grafit

Chemnitzer Str. 31, 44139 Dortmund
Internet: http://www.grafit.de
E-Mail: info@grafit.de

Umschlaggestaltung: © Nele Schütz Design unter Verwendung von shutterstock/SvedOliver (Schilf), Creative-Material (Haus)
Druck und Bindearbeiten: CPI – Clausen & Bosse, Leck
ISBN 978-3-89425-490-2
3./2019

Stefanie Ross

Das Schweigen von Brodersby

Ein Landarzt-Krimi

Kriminalroman

grafit

Die Autorin

Stefanie Ross wurde in Lübeck geboren. Sie verbrachte einen Teil der Schulzeit in Amerika und unternahm später ausgedehnte Reisen unter anderem durch die USA, Kanada und Mexiko. Nach dem Studium der Betriebswirtschaftslehre folgten leitende Positionen bei Banken in Frankfurt und Hamburg. Sie ist verheiratet, Mutter eines Sohnes, fährt gerne Motorrad und schreibt seit 2012 Thriller.

Das Publikum der ›krimi-couch.de‹ wählte *Das Schweigen von Brodersby* zu seinem ›Buch des Jahres‹.

www.stefanieross.de

Kapitel 1

Laut Wetterbericht sollte es ein schöner Tag werden, nichts deutete darauf hin, dass eine Tragödie bevorstand. Nichts, außer dem unguten Gefühl, das Theo Dunker seit dem Aufstehen verfolgte.

Als Arzt war er es gewohnt, sich bei der Behandlung seiner Patienten nicht nur von den Fakten, sondern auch seiner Intuition leiten zu lassen. Sein Verstand sagte ihm, dass kein Grund zur Sorge bestand. Trotzdem hatte er das Gefühl, eine Katastrophe steuerte geradewegs auf ihn zu und kam mit jeder Sekunde näher.

Die idyllische Landschaft um ihn herum verbot eigentlich solche negativen Gedanken. Es war schon später Vormittag, aber noch hingen Reste der morgendlichen Nebelschwaden über der Wasseroberfläche. Vögel kreisten krächzend über der Schlei. Am Olpenitzer Noor wirkte der Meeresarm wie die Ostsee selbst – weit und friedlich. Für Theo kam dieser Ort seiner Vorstellung vom Paradies sehr nahe. Hinter ihm dichter Wald, vor ihm das Ufer mit hohem Schilf und einem kleinen Sandstrand. Die freie Fläche am Ufer war gerade groß genug für ihn, seinen Klapphocker und seine Tasche. Die Angel war nur ein Alibi. Heute hatte er sie nicht einmal zusammengesteckt und ausgeworfen. Er blickte auf das Wasser und hoffte auf den Frieden und die Ruhe, die er sonst hier fand. Vergeblich.

Ausgerechnet einen Mittwoch, den Tag, an dem seine Praxis geschlossen blieb, verschwendete er mit Grübeleien. Theo sah auf die Uhr. In etwas über einer Stunde wurde er im Dorfkrug zur Chorprobe erwartet. Danach standen ein gemeinsames Essen und der eine oder andere Korn auf dem Programm – oder vielleicht eher ein Ouzo.

Theo schmunzelte unwillkürlich bei dem Gedanken an das Treffen mit seinen Mitsängern. Als junge Kerle hatten sie sich zusammengefunden, er konnte kaum glauben, dass ihre Gruppe nun schon seit über vierzig Jahren bestand. Als der Besitzer des Dorfkrugs vor einem Jahr völlig unerwartet seinen Rückzug aus dem Geschäft ankündigte und gleichzeitig ein griechisches Ehepaar als seine Nachfolger präsentierte, hatten sie Böses befürchtet. Aber der Wirt war clever genug gewesen, nicht alles zu ändern. Aus der *Alten Schleifähre* war *Beim Zeus* geworden. Die Speisekarte war an die neuen Inhaber angepasst, die Gaststätte mit modernen Möbeln ausgestattet worden, aber der Stammtisch hatte immer noch seinen Platz in der Ecke. Und im Nebenraum, in dem mittlerweile mehr Beerdigungen als Hochzeiten gefeiert wurden, fand weiterhin regelmäßig ihre Chorprobe statt.

Alles war im Fluss, änderte sich und das war auch gut so, denn Theo hasste eingefahrene Wege. Auch er musste sein jetziges Leben überdenken. Sein eigener sechzigster Geburtstag lag schon drei Jahre zurück und so ungern er es zugab, er musste sich endlich um den Abschied aus dem Berufsleben kümmern. Aber welcher Arzt wäre schon bereit, nach Brodersby zu ziehen und seine Landarztpraxis fortzuführen? Reich wurde man damit nach den ganzen unsäglichen Gesundheitsreformen nicht und Idealismus allein ernährte keine Familie. Er selbst hatte wenigstens noch die fetten Jahre als Arzt miterlebt und ausreichend Geld gespart, um sich nicht einschränken zu müssen. Seine Frau plante schon die Reisen, die sie bald unternehmen würden, und ein Teil von ihm freute sich auf diese Zeit. Aber da war auch die Angst, wie ihm ein Leben ohne seine Arbeit gefiel, denn eins hatte sich in all den Jahren nicht geändert: Er war mit Leib und Seele Arzt und wollte den Menschen helfen.

Seufzend packte er seine Sachen zusammen. Er konnte ebenso gut früher beim *Zeus* auftauchen. Einer seiner Kumpels war eigentlich immer schon dort und alles war besser, als hier herumzusitzen und sich ohne konkreten Anlass Sorgen zu machen.

Der Weg zu seinem Auto führte durch das kleine Waldstück. Die hohen Stämme der Weiden wirkten heute fast bedrohlich. Theo schüttelte stirnrunzelnd den Kopf. Eine solche Schwarzseherei kannte er nicht und sie war nur schwer zu ertragen. Dann sah er die Grünfläche vor sich, auf der er seinen Mercedes geparkt hatte. Der Geländewagen war der einzige Luxus, den er sich gönnte. Seine Frau hatte nur milde gelächelt, als er ihr von seiner Absicht erzählt hatte, sich ausgerechnet dieses Auto zu kaufen. Er brauchte weder Allradantrieb noch ein Fahrzeug für über sechzigtausend Euro, aber er hatte es einfach haben wollen und liebte es.

Den dunklen Fleck direkt vor sich hätte er fast übersehen. »Verdammter Mist!«, entfuhr es ihm. Langsam setzte er seine Tasche ab.

Ein Kadaver. Dabei wirkte der Vogel, als ob er schlafen würde. Theo hatte nicht viel Ahnung von Vögeln, aber dieser war leicht zu erkennen. Der braune Körper, der deutlich hellere Hals und Kopf. Die Schönheit des Seeadlers war ungebrochen.

Er hockte sich neben das tote Tier. Ein merkwürdiger Gestank stieg ihm in die Nase. Den gleichen stechenden Geruch hatte er schon auf dem Parkplatz bemerkt, als er seine Sachen aus dem Kofferraum geholt hatte. Woran mochte der Vogel gestorben sein? Es gab keine sichtbaren Verletzungen. Damit schloss Theo die verirrte Kugel eines Jägers ebenso aus wie eine Schlinge. Blieb eigentlich nur Gift. Er strich über die Schwungfedern, die den Körper des majestätischen Tieres niemals wieder durch den Himmel tragen würden.

Eine tiefe Trauer ergriff Besitz von Theo, die ihn selbst überraschte. Er blinzelte und kämpfte um seine Fassung.

Auf der Suche nach einer Ablenkung blickte er nach oben. Vielleicht war irgendwo dort in den Gipfeln der Bäume ein Hort. Davon hatte er bisher zwar nicht einmal gerüchteweise etwas gehört, aber das war kein Wunder, denn die Brutstätten der seltenen Vögel wurden aus gutem Grund geheim gehalten. Sosehr sich auch die Naturfreunde über die Rückkehr des Seeadlers freuten, die Schleifischer waren davon weniger begeistert.

Dieses Tier würde den Fischbestand jedenfalls nicht länger gefährden. Theo hustete trocken. Der Geruch, der von dem Kadaver ausging, war unangenehm und schien sich wie ein Film über seine Bronchien zu legen.

Unschlüssig stand er auf und sah sich um.

Dann hatte er sich entschieden. Hannes, nicht nur sein Freund, sondern auch der örtliche Jäger, gehörte zu seinem Chor, und er würde wissen, was zu tun war. Hannes würde vielleicht auch erkennen, woran das Tier gestorben war. Aus irgendeinem Grund war die Antwort auf diese Frage für Theo wichtig. Wenn der majestätische Vogel durch Menschenhand umgebracht worden war, dann wollte er den Verantwortlichen bestraft wissen.

Theo wuchtete seine Tasche wieder auf den Rücken und zögerte kurz. Der Gedanke, das tote Tier anzufassen, gefiel ihm nicht. Egal. Es musste sein. Energisch griff er nach den Fängen und stutzte. Das Gewebe fühlte sich noch warm an. Keineswegs kalt und unangenehm, wie er es erwartet hatte. Dann verzog er selbstkritisch den Mund. Auf dem Hinweg vor etwa zwei Stunden hätte er den Vogel kaum übersehen können, demnach musste das Tier erst vor Kurzem verendet sein.

Der Kadaver war schwerer als gedacht, fünf bis sechs Kilo waren es wohl. Unschlüssig blickte Theo zu seinem Mercedes. Er liebte die Nobelkarosse, aber sie war dennoch ein Gebrauchsgegenstand. Also breitete er die alte Decke im Kofferraum aus und hievte den Vogel hinauf. Das musste als Schutz für den Innenraum reichen.

Er rümpfte die Nase. Immer noch dieser Gestank. Theo vermutete, dass er nicht von dem toten Vogel kam, denn schließlich hatte er ihn schon bei seiner Ankunft wahrgenommen. Der Geruch war widerlich, aber doch auch irgendwie vertraut. Theo kam nur nicht darauf, woran er ihn erinnerte.

Wieder musste er husten. Rasch schlug er den Kofferraumdeckel zu.

Auf dem Parkplatz vor dem *Zeus* stand schon der Škoda von Hannes. Sein Freund winkte ihm zu und ging in Richtung der Gaststätte. Theo hupte und signalisierte ihm zu warten.

Sichtlich ungeduldig trat Hannes an die Fahrerseite heran. »Moin, Theo. Was ist denn? Ich müsste mal ums Eck.«

Theo stieg aus und seufzte. »Sieh dir bitte erst kurz an, was ich hinten drinhabe.« Er hatte den Kofferraum schon per Fernbedienung entriegelt.

Hannes genügte ein Blick. »So'n Schiet.«

Eine bessere und knappere Zusammenfassung wäre Theo auch nicht eingefallen.

»Wo hast du ihn gefunden? Sag nun bitte nicht am Olpenitzer Noor in deinem kleinen Anglerparadies.«

»Genau dort.«

»Ach, Mist! Das war ein Pärchen, von dem wir uns Nachwuchs erhofft haben.« Hannes fuhr über die Federn des Tieres und hob den Kadaver an. »Komisch. Keine sichtbaren Verletzungen, auch keine offensichtliche Vergiftung. Dann sehen die Vögel anders aus. Dieser Bursche wirkt, als ob er nur pennen würde, das Gefieder ist nur etwas feucht. Was für ein Jammer … Aber ich nehme ihn mit, denn bei einem Seeadler will jeder wissen, wie er gestorben ist. Das gibt Untersuchungen, die jeden Tatort-Kommissar neidisch machen.«

Hannes hatte den toten Adler in seinem Škoda verstaut, ehe Theo ihm seine Hilfe anbieten konnte. Anschließend betrachtete sein Freund ihn prüfend. »Sag mal, alles in Ordnung mit dir? Wenn ich dich so sehe, gefällst du mir gar nicht.«

Theo fuhr sich über die verschwitzte Stirn. »Alles gut. Nur ein Tag, der zum Abgewöhnen ist.« Er ignorierte das leise Stechen im Brustbereich, das alle möglichen Ursachen haben konnte, aber kein Grund zur Sorge war.

Überzeugt war Hannes wohl nicht, aber er ließ das Thema auf sich beruhen. »Lass uns reingehen. Ich glaube, wir können beide einen ordentlichen Korn gebrauchen.«

Als sie den Tresen erreicht hatten, war Theo außer Atem. Er lehnte sich gegen das Holz und horchte in sich hinein. Leugnen war zwecklos: Er wurde eben einfach nicht jünger. Außerdem hatte ihn der Anblick des toten Adlers stärker getroffen, als er gedacht hätte. Leben und Tod lagen so verdammt nah beieinander, das wusste er als Arzt nur zu gut. Doch manchmal wurde dieses Wissen zur Last. Denn schließlich hatte er selbst die Macht, den Tod herbeizuführen. Theo fragte sich, ob es immer richtig gewesen war, was er getan hatte. Es gab Tage, da wünschte er sich die Unbeschwertheit eines Kindes zurück.

»Ich wünscht', es wär' noch mal Viertel vor sieben«, entfuhr es ihm.

Irritiert blickte ihn sein Freund an.

Theo winkte ab. »Ein Lied, das mir seit einiger Zeit nicht mehr aus dem Kopf geht. Reinhard Mey. Als Kind war irgendwie alles leichter.«

Hannes nickte. »Das kannste wohl laut sagen. Aber ein ordentlicher Korn und die Welt sieht wieder anders aus.«

Dimitri, der Wirt, schob ihnen lächelnd zwei Gläser zu. »Die gehen aufs Haus.«

Der Alkohol half. Sie redeten, waren nachdenklich, lachten, dann trafen auch schon die anderen Chormitglieder ein. Der Tag schien sich zum Besseren zu wenden.

Wie immer starteten sie mit *Gaudeamus igitur* – ›Lasst uns fröhlich sein‹. Hannes hatte irgendwo ausgegraben, dass das Lied ursprünglich ›Über die Kürze des Lebens‹ – *De brevitate vitae* genannt wurde. Das passte zu diesem Tag. Theo würde es in Gedanken dem toten Adler widmen. Bei jeder Silbe sah er den Vogel in weiten Kreisen durch die Luft segeln und das Leben genießen, ohne zu wissen, dass es schon in der nächsten Sekunde vorbei sein konnte. *Venis mort velociter* – ›Der Tod kommt schnell‹. Diese Zeile brachte Theo nicht über die Lippen. Er selbst schien durch den Raum zu schweben. Mit überraschender Klarheit sah er plötzlich Details, die ihm vorher entgangen waren. Der Fleck auf Hannes' Hemd. Die abgerissene Tapete in der Ecke des Raumes. Die Worte der nächsten Strophe drangen an sein Ohr, verstummten schlagartig. Er sah sich selbst am Boden liegen, hustend, zusammengekrümmt, ohne zu verstehen, was geschah. Seine Freunde beugten sich über ihn, versperrten ihm die Sicht. Ein grauenhafter Druck lastete auf seiner Brust – und dann war es plötzlich vorbei. Dunkelheit umfing ihn, abgelöst von Helligkeit, Seite an Seite schraubte er sich mit dem Adler in die Höhe, unter ihm ein grenzenloser Ozean. Für einen Moment begriff er, dass er nicht mehr Teil dieser Erde war, er wusste sogar, was mit ihm und dem Vogel geschehen war, wollte seine Freunde warnen und konnte es nicht. Er ahnte, dass er nun erfahren würde, ob es eine andere Gewalt jenseits der bekannten Welt gibt, vor der er sich nun verantworten musste. Ein letztes Mal verspürte Theo eine tiefe Sorge um seine Frau, wusste aber auf eigentümliche

Weise, dass letztlich alles gut werden würde – und nun sowieso außerhalb seines Einflussbereiches lag.

Kapitel 2

Blut. Überall. Es färbte den Tarnanzug tiefrot, fast schwarz. Es versickerte im Boden. Blut war Leben. Aber nur innerhalb des Körpers. Jan konnte nichts dagegen tun, dass das Leben aus seinem besten Freund herausfloss. Im Prinzip hatte ihrer beider Leben dort im Staub geendet.

Jan Storm riss am Gashebel seiner Kawasaki. Die Bilder aus der Vergangenheit drohten ihn zu überwältigen. Doch während er mit mehr als zweihundert Sachen über die Autobahn flog, war das nicht drin. Die Erinnerungen verfolgten ihn, hatten ihn monatelang gelähmt, aber jetzt hatte er den Kampf gegen sie aufgenommen. Seine Waffe hieß Ninja ZX10R, ein schwarzgraues Motorrad mit zweihundertzehn PS bei nur gut zweihundert Kilo Kampfgewicht. Er brauchte einen freien Kopf und seine Konzentration, um dieses Monster auf der Straße zu halten. Da war kein Platz für Trauer, Wut, Verzweiflung und grenzenlosen Schmerz.

Die digitalen Ziffern des Tachos zählten hoch, stoppten schließlich bei zweihundertdreißig. Und noch war die Kraft der Ninja nicht ausgereizt. Zweihundertfünfundneunzig Stundenkilometer waren möglich, allerdings hatte er die noch nie erreicht. Die Landschaft flog an ihm vorbei wie in einem Videospiel. Er erkannte nur verschwommene Schemen. Es war früher Morgen, noch dunkel, und damit Wahnsinn, so schnell im Licht der Scheinwerfer über die Autobahn zu jagen. Aber er wusste, was er tat. Einigermaßen.

Viel zu nah vor ihm scherte ein Wagen aus. Die Rücklichter kamen rasend schnell näher. Jan widerstand dem instinktiven Impuls, am Bremshebel zu reißen. Das Motorrad war

Hightech auf zwei Rädern, aber die Gesetze der Physik konnte es nicht aushebeln. Gefühlvoll bremste er ab. Es reichte.

Er bummelte dem Kombi mit dem Schild *Konstantin an Bord* hinterher, bis die Frau es endlich geschafft hatte, den Lkw zu überholen. Warum war sie wohl an einem Montagmorgen um fünf Uhr auf der Autobahn unterwegs? Ihr Sohn schlief auf der Rückbank im Kindersitz, so viel konnte Jan erkennen.

Eine Schilderbrücke mit dem Hinweis auf die A 7, Richtung Flensburg. Warum eigentlich nicht? Er kalkulierte die Fahrtzeit. Mit normalem Tempo waren es ungefähr drei Stunden bis zu jenem Ort, an dem er neu beginnen wollte. Bei seiner Geschwindigkeit wäre er deutlich früher dort und konnte sich in Ruhe umsehen.

Er gab Gas.

Langsam ließ Jan seine Maschine vor dem Ortsschild ausrollen. Brodersby. Merkwürdiger Name, den es noch dazu zweimal in dieser Gegend gab: einmal als größere Gemeinde in der Nähe von Schleswig und dann eben dieses Dorf zwischen Schlei und Ostsee. Bisher waren rechts und links der Straße gelb blühende Rapsfelder, Mais oder Kuhweiden gewesen, aber exakt nach dem Schild begann die Bebauung. Häuser, die ihre besten Zeiten schon hinter sich hatten. Gepflegte Vorgärten. Menschenleer. Jan sah auf die digitale Uhr am Armaturenbrett. Kurz nach sieben. Müssten nicht Schulkinder unterwegs sein? Pendler? Wo war er hier nur hingeraten? Es war Wahnsinn gewesen, ohne Ortsbesichtigung die Verträge für die Praxisübernahme zu unterschreiben. Jetzt bekam er dafür die Quittung. Aber so schnell ließ er sich nicht entmutigen. Alles war besser als die Passivität der letzten Monate. Er wollte einen Neuanfang und den würde er hier beginnen.

Ein Hupen direkt hinter ihm, das eher an eine Schiffssirene erinnerte, ließ ihn zusammenfahren. Ehe er sich umdrehen konnte, stand ein riesiges Ungetüm von Traktor neben ihm.

Der Fahrer beugte sich zu ihm herunter: »Haste dich verfahren, mien Jung?«

Die Anrede hätte ihn fast zum Lachen gebracht. Aber nur fast. Er öffnete das Visier seines Helms und schüttelte den Kopf. »Nee, alles klar. Aber danke.«

»Dafür nich.« Der Trecker fuhr an und stieß dabei einen Qualm aus, der an einen kaputten Schornstein erinnerte.

Hilfsbereit waren die Bewohner anscheinend. Jan nahm sein Handy aus der Brusttasche, rief das Navigationsprogramm auf und prägte sich sein Ziel ein. Verfehlen konnte er es kaum. Denn wenn er der Karte auf dem Display trauen konnte, bestand der Ort lediglich aus vier Straßen, die nahezu parallel zueinander verliefen, und zwei Querstraßen. Obwohl er nun den Weg kannte, starrte er weiter auf die Karte. Der Aufbau glich den Dörfern in Afghanistan: eine lange Hauptstraße, die anderen enger, schmaler und damit die perfekte Umgebung für einen Hinterhalt und ...

Jans Gedanken machten eine Art Vollbremsung. Er war in Deutschland, die dänische Grenze war in der Nähe – nicht gerade der typische Ort für Heckenschützen oder Sprengfallen. Rasch fuhr er wieder an, ehe sich einmal mehr Vergangenheit und Gegenwart vermischten. Vor einem Kiosk in einem uralten Reetdachhaus stand bereits eine Werbetafel und warb für belegte Brötchen und Kaffee zum Mitnehmen. Die Botschaft war kaum in seinem Gehirn angekommen, als Jan sein Motorrad bereits in die Lücke zwischen einem verdreckten Škoda und dem Sprinter eines Elektroinstallateurs rangierte.

Nach dem Absteigen spürte er die verkrampften Muskeln und reckte sich. Das stundenlange Sitzen auf der Ninja machte sich nun mit voller Wucht bemerkbar. Er fuhr sich durch die braunen Haare, die unter dem Helm jeden Ansatz einer Frisur verloren hatten und unangenehm an seiner Kopfhaut klebten.

Das Öffnen der Tür wurde von einem Klingeln begleitet. Hinter dem Verkaufstresen stand eine weißhaarige Frau, in der Ecke an einem Bistrotisch waren zwei Männer in den Sechzigern, jeder mit einem Pott Kaffee vor sich. Einer von ihnen im Blaumann, vermutlich der Fahrer des Sprinters, der andere trug einen Bundeswehrparka.

»Moin«, begrüßte ihn die Frau, während die Männer sich auf einen flüchtigen Blick und ein knappes Nicken beschränkten.

Schmunzelnd erwiderte Jan den ungewohnten Gruß, der nördlich von Hamburg und Kiel die Standardfloskel war. Die belegten Brötchen sahen vielversprechend aus und der Kaffee roch stark und frisch.

Jan sah sich noch ratlos um, wie und wo er mit Helm, Teller und Kaffeebecher sein Frühstück essen sollte, da rückten die Männer schon etwas zusammen. Das war wohl ihre Art einer Einladung.

Er legte den Helm kurzerhand auf einen Stuhl, der in der Ecke stand. »Danke.«

Ein zweistimmiges Brummen antwortete ihm. Schweigend standen sie zu dritt an dem Tisch, jeder mit seinem Frühstück beschäftigt. Erst ein heftiger Hustenanfall des Mannes im Parka beendete die Ruhe.

Automatisch wechselte Jan in den Arztmodus. Das klang bedrohlich und keineswegs nach einer harmlosen Erkältung. Der Mann lief rot an, rang nach Atem, seine Lippen verfärbten sich bereits bläulich. Jan warf seinen Helm auf den Boden und drückte den hustenden Mann auf den Stuhl.

Als der Mann sich zusammenkrümmen wollte, hinderte Jan ihn daran. »Nicht! Halten Sie den Oberkörper aufrecht, das erleichtert das Atmen. Und nun ganz gleichmäßig. Nicht hektisch werden. Einatmen. Ausatmen.« Er wiederholte die letzten Worte bestimmt, aber ruhig. Das wirkte. Sein neuer Patient hörte auf, krampfhaft nach Luft zu ringen, und verfiel in den Atemrhythmus, den Jan ihm vorgab. Die erste Gefahr war gebannt.

»Holen Sie mir ein Glas Wasser, keine Kohlensäure«, befahl er, ohne seinen Blick von dem Mann abzuwenden, dessen Atmen immer noch wie ein Röcheln klang.

Der Elektriker eilte zum Tresen und kehrte nach wenigen Sekunden mit einem Glas in der Hand zurück.

»Kleine Schlucke, nicht nervös werden. Es ist alles in Ordnung. Wie lange geht das denn schon so?«, erkundigte sich Jan bewusst beiläufig.

Der Mann trank zunächst und Jan war nicht sicher, ob er eine Antwort bekäme. »Seit einigen Wochen. Es ist kurz schlimm, meistens nicht so heftig wie eben, und dann wieder ganz weg.«

Neben ihm atmete der Elektriker tief ein. »Mensch, Hannes! Ich dachte schon, das endet wie bei ...« Er brach mitten im Satz ab, deutliche Trauer in der Miene, und sah zu Boden.

Jan beschloss, sich auf das medizinische Thema zu konzentrieren, mehr konnte er sowieso nicht tun. »Damit müssen Sie zum Arzt. Das sieht nach einem ernsthaften Problem mit den Bronchien aus, aber erkältet wirken Sie nicht. Ist es morgens, nach einem Kaffee oder nach einem alkoholischen Getränk schlimmer? Oder wenn Sie lange nichts getrunken haben?«

»Jetzt reden Sie schon wie ein Arzt.« Ein tiefer Seufzer. »Meistens geht es mir gut, nur ab und zu bleibt plötzlich die Luft weg. Aber zum Doktor mal eben so ist nicht drin, der ist nämlich ...«

Der Elektriker schlug heftig mit der Faust auf den Tisch »Ganz genau, der Theo ist an etwas gestorben, das sich sehr ähnlich anhörte. Willst du ihm folgen? Du gehst zum Arzt. Schluss. Aus. Vorbei. Entweder freiwillig oder ich spreche mit Lisa. Die wird dich schon hinscheuchen. Mir hast du eben einen fürchterlichen Schrecken eingejagt. Willst du riskieren, dass deine Frau einen Herzinfarkt bekommt, wenn du bei ihr einen solchen Anfall bekommst? Oder glaubst du, es kommt jedes Mal zufällig ein Biker vorbeigeschneit, der weiß, was zu tun ist?«

Jan musste sich bei der Tirade ein Schmunzeln verkneifen. Dann erst zog er die richtige Verbindung. Der Arzt, dessen Praxis er übernehmen würde, hieß Theobald Dunker. Vermutlich war das ›Theo‹. Er fuhr sich mit der Hand durch die Haare. Dem Mann zu helfen, war selbstverständlich gewesen, sich nun jedoch als neuer Arzt des Ortes zu outen, fiel ihm unerwartet schwer.

»Hören Sie auf Ihren Freund und gehen Sie zum Arzt und … falls Sie vorhin von Doktor Dunker gesprochen haben: Sein Nachfolger plant, die Praxis in zwei Wochen wiederzueröffnen, aber so lange sollten Sie nicht warten.«

Die beiden Männer sahen ihn neugierig an. Schließlich nickte der Elektriker. »Damit wissen Sie dann mehr als wir und das geht eigentlich nur, wenn Sie der Neue sind.« Er musterte ihn von den Motorradstiefeln bis zu den zerzausten Haaren. »Ernsthaft?«

Dieses Mal schmunzelte Jan offen. »Ernsthaft«, bestätigte er.

Der Mann mit dem Husten schüttelte den Kopf. »Menno, wenn das nicht mal eine Überraschung ist.« Er kniff die Augen etwas zusammen, sah dann durch das Fenster auf Jans Motorrad. »Die zwei Wochen werde ich schon noch aushalten, Unkraut vergeht nicht.« Er streckte die Hand aus. »Hannes Waldner. Na, dann mal herzlich willkommen in Brodersby, Herr Doktor.«

»Jan Storm.« Sie wechselten einen festen Händedruck.

Der Elektriker wollte seinem Freund in nichts nachstehen. »Karl Leistner. Wenn Sie Probleme mit Ihren Leitungen haben, dann rufen Sie mich an.«

Das klang zwar zweideutig, war aber offensichtlich nicht so gemeint. »Mach ich.« Es war Zeit für eine weitere Ermahnung. Jan sah Waldner fest an. »Ihr Vertrauen ehrt mich, aber Sie sollten nicht so lange mit dem Arztbesuch warten. Einen derartigen Husten muss man sich genau ansehen.« Er musterte den Mann prüfend, konnte aber keine Auffälligkeiten feststellen. Im Gegenteil, kein erkennbares Übergewicht, wettergebräuntes Gesicht, der Mann schien auf seine Gesundheit zu achten. Umso besorgniserregender war der Hustenanfall. »Und zwar möglichst schnell«, bekräftigte er.

Waldner schüttelte den Kopf. »Ich besuche Sie am Tag nach Ihrer Eröffnung. Falls Sie an einen Tumor denken, kann ich Sie beruhigen. Das habe ich schon hinter mir. Vor vier Wochen war ich bei der Nachsorge und da gab es keinen Grund zur Beunruhigung.«

Jan konnte ihn nicht zwingen, zum Arzt zu gehen. Lungenkrebs hatte er tatsächlich in Erwägung gezogen, aber da das ausgeschlossen zu sein schien, zuckte er mit der Schulter. »Na gut, aber trinken Sie viel, und damit meine ich nicht Kaffee, Tee oder Bier, sondern Wasser. Das hilft mehr, als man sich vorstellen kann. Wenn es geht, dürfen es gerne um die drei Liter pro Tag sein.«

Jan erwartete Widerspruch, als Waldner tief Luft holte, stattdessen klang er einsichtig: »Das will ich gerne tun. Hat mir meine Lisa nämlich auch schon zu geraten. Aber eine Frage hätte ich da noch. Weiß denn die Elvira, dass Sie die Praxis weiterführen? Der nächste Arzt wäre für uns in Kappeln, darum finde ich es gut, dass Sie kommen. Wundere mich aber, weil sie uns bisher nichts gesagt hat.«

Elvira musste die Witwe des früheren Landarztes sein. Da sie der Praxisübernahme zugestimmt hatte, wusste sie, dass und wann Jan kommen würde. Allerdings hatte sie bisher keinen Kontakt zu ihm aufgenommen und auch nicht auf seine Nachrichten reagiert, die er auf ihrem Anrufbeantworter hinterlassen hatte. Sämtliche Formalitäten und Praxisfragen waren von der kassenärztlichen Vereinigung geregelt worden, der viel daran lag, dass sich in dieser Region wieder ein Allgemeinarzt niederließ. Obwohl das Angebot finanziell durchaus attraktiv gewesen war, hatte es außer Jan keinen Bewerber gegeben.

Er entschied sich für eine unverbindliche Antwort: »Eigentlich sollte sie über alles informiert sein. Aber Sie wissen ja, wie es manchmal so ist, wenn viele Stellen eingeschaltet sind und die Bürokratie ihre Blüten treibt.«

Nicken, Schulterzucken.

Die Erklärung kam offenbar an, gleichzeitig fragte Jan sich jedoch, warum die Witwe seines Vorgängers die bevorstehende Wiedereröffnung der Praxis verschwiegen hatte. Aus den Unterlagen war hervorgegangen, dass sich sowohl die Praxis als auch seine neue Wohnung in einer Hälfte des Doppelhauses befanden, das der Arzt mit seiner Frau bisher komplett bewohnt hatte. Die Witwe beschränkte sich zukünftig auf den anderen Teil. Instinktiv spürte er, dass ihn da kein warmer Empfang erwartete. Verdammt.

Wieder breitete sich Schweigen aus. Jeder schien seinen eigenen Gedanken nachzuhängen, während sie ihren Kaffee tranken und Jan endlich dazukam, sein Brötchen zu verspeisen. Seine Wahl war exzellent gewesen, sowohl die Mettwurst als auch das Rührei schmeckten wie hausgemacht und nicht wie der typische Industriemist.

Schließlich verabschiedeten sich die Männer. Waldner bedankte sich ein letztes Mal und versprach, gleich nach der Praxiseröffnung, vorbeizukommen.

Als Jan sein Geschirr auf dem Tresen abstellte, musterte ihn die Frau dahinter neugierig.

»Dann werden wir uns ja hoffentlich öfters sehen, Herr Doktor. Aber bitte hier zum Frühstück und nicht bei Ihnen in der Praxis.«

Jan lächelte. Es wunderte ihn nicht, dass sie jedes Wort mitbekommen hatte. Er war in einem kleinen Dorf aufgewachsen und ahnte, dass dieser Kiosk so etwas wie die Nachrichtenbörse war. »Ich komme gern wieder.«

»Das freut mich. Fahren Sie jetzt zur Elvira?« Sie sah an ihm vorbei durch das Fenster auf sein Motorrad. »Also für einen Arzt hätte ich Sie nun nicht gehalten. Eher für einen Hamburger Unternehmer in der Midlife-Crisis.«

Er hatte sich nicht geirrt: Die Art, ihn einzuschätzen und unterschwellig auszufragen, war typisch für jemanden, der den Dorfklatsch gewissermaßen verwaltete. Er hielt ihr die Hand hin. »Jan Storm, Arzt, kein Unternehmer, nicht in der Midlife-Crisis.« Stattdessen mitten in einer anderen Lebenskrise, aber das würde er hier niemals erwähnen.

Sie schüttelte ihm die Hand. »Erna Wolf. Angenehm.« Ein Lächeln vertiefte die Falten um den Mund herum. »Ich glaube, das mit Ihnen wird interessant.«

So konnte man das natürlich auch sehen. Jan erwiderte das Lächeln und verließ den Kiosk. Neben seinem Motorrad blieb er stehen. Kurz vor acht Uhr und es herrschte eine bemerkenswerte Stille. Kein Verkehrslärm, kein Gestank nach Abgasen.

Im nächsten Moment war es schlagartig mit der Ruhe vorbei. Ein lautes, mehrstimmiges Krächzen ertönte und er zuckte zusammen. Eine Gruppe Krähen ließ sich in einer Baumgruppe auf der anderen Straßenseite nieder. Früher galten die Vögel als Unglücksboten. Jan hatte sich nie für abergläubisch gehalten, dennoch überfiel ihn ein ungutes Gefühl.

Kapitel 3

Bevor Jan sein zukünftiges Zuhause ansteuerte, fuhr er ziellos durch die wenigen Straßen des Dorfes. Die Häuser hatten noch weitläufige Gärten statt der winzigen Rasenflächen, die heute in den Neubaugebieten typisch waren. Eine Tankstelle kurz vor dem Ortsende. Ein griechisches Restaurant. Ein Schild in einem Vorgarten fiel ihm auf: *Hannes Waldner, frisches Wild direkt vom Jäger*. Dazu noch eine kaum lesbare Handynummer. An einem eher unscheinbaren Haus war das rote S der Sparkasse direkt neben der Haustür befestigt, unmittelbar darunter das Zeichen für einen Geldautomaten, vor der Tür ein üppig bepflanzter Blumenkübel und einige Gartenzwerge auf den wenigen Stufen zum Eingang. Vermutlich wurden die Bankgeschäfte im Wohnzimmer abgewickelt. Diese Vorstellung brachte ihn zum Grinsen.

Damit hatte er sich das gesamte Dorf angesehen und es gab keinen Grund mehr, Zeit zu schinden. Die Zähne fest zusammengebissen, bog er wieder auf die Hauptstraße ein, die den Ort in zwei Hälften teilte. Nach wenigen Metern erreichte er die Nebenstraße, die ihn zu seiner zukünftigen Praxis führen würde. Er musste sich zwingen, sein Motorrad in die Kurve zu legen, und verstand sich selbst nicht. Brodersby gefiel ihm, die wenigen Bewohner, die er getroffen hatte, waren nett gewesen und er hatte sich freiwillig zu diesem Neuanfang entschieden. Es gab also keinen Grund für dieses zögerliche Verhalten. Er würde lediglich einen kurzen Blick auf sein neues Zuhause werfen und das war es dann für heute. Der Rest konnte warten.

Ohne Vorwarnung hatte er plötzlich wieder die Bilder vor Augen, denen er zu entkommen versuchte. Das Blut. Den Staub. Den Blick seines Freundes, in dem schon die Gewissheit dessen lag, was ihn erwartete, während Jan nicht bereit gewesen war, aufzugeben. Der aussichtslose Kampf um Michaels Leben. Das, was danach gekommen war, blendete er wie immer komplett aus.

Jan hielt am Straßenrand und löste seine verkrampfte Hand vom Gasgriff. Kurz durchatmen, dann würde er wenden, das Dorf verlassen, zurück auf die Bundesstraße und über die Autobahn mit Vollgas zu seiner jetzigen Wohnung rasen. Wieder für ein paar kostbare Stunden das Denken ausschalten und sich nur auf die Fahrt konzentrieren. Damit hätte er jedoch nur eine kurze Erlösung von den ewig gleichen Bildern erreicht. Er blinzelte, zwang sich zurück in die Gegenwart und bemerkte erst jetzt die Frau, die mit einer Gartenschere bewaffnet im Vorgarten seiner neuen Bleibe herumwerkelte und ihn beobachtete. So viel zum Thema, sich unauffällig das Haus anzusehen. Theoretisch konnte er einfach Gas geben und davonfahren, aber sie würde das Motorrad später wiedererkennen. Damit würde sein Verhalten Fragen aufwerfen, die er nicht beantworten konnte. Er würde hier als Arzt arbeiten und musste Vertrauen zu den Bewohnern aufbauen. Eine überstürzte Flucht war ein denkbar schlechter Beginn für seinen Neuanfang.

Ihm fiel Hannes Waldner und dessen Hustenanfall ein. Jan würde zu gerne einen Blick in Waldners Patientenakte werfen. Die Wahrscheinlichkeit, dass die Frau ihm das erlaubte, tendierte jedoch vermutlich gegen null, wenn er ihre Miene richtig interpretierte. Aber Hindernisse hatten ihn schon immer eher angespornt als abgeschreckt.

Ob das wirklich Elvira Dunker war? Nun verfluchte er die unpersönliche Abwicklung über die kassenärztliche Vereinigung. Die schlanke Frau wirkte mit dem pinkfarbenen T-Shirt unter einem offenen Jeanshemd wie Anfang fünfzig. Aus den Unterlagen wusste er jedoch, dass sie wenige Tage vor dem Tod ihres Mannes ihren sechzigsten Geburtstag gefeiert hatte. Sie trug eine enge, ziemlich verdreckte Jeans und hatte die weißblonden Haare zu einem Pferdeschwanz zusammengebunden. Der abweisende, fast wütende Blick störte den positiven Gesamteindruck jedoch gewaltig.

Jans Entschlossenheit geriet ins Wanken, dann musste er über sich selbst grinsen. Wenn er sich jetzt schon von der Frau in die Flucht jagen ließ, konnte er genauso gut von dem Vertrag zurücktreten. Energisch klappte er den Seitenständer seines Motorrads aus und stieg ab. Helm und Handschuhe ließ er auf dem Sitz liegen.

Kaum hatte er den ersten Schritt in ihre Richtung gemacht, erklang hinter ihm lautes Krächzen. Instinktiv wirbelte er herum. Wieder diese verdammten Krähen, als ob sie ihn verfolgt hätten. Eine Handvoll Vögel ließ sich in einer Eiche auf der anderen Straßenseite nieder.

»Früher galten sie als Todesboten«, ertönte eine weibliche Stimme hinter ihm.

Langsam drehte Jan sich wieder um und verfluchte sich dabei für seine unbeherrschte Reaktion. Er war in Deutschland, nicht in einem Kriegsgebiet und es gab keinen Grund, einen Angriff aus dem Hinterhalt zu fürchten.

Missbilligend, aber auch mit einem Hauch von Neugier wurde er gründlich gemustert. Unwillkürlich fühlte er sich an seine ungeliebte Klassenlehrerin während der Schulzeit erinnert. *Hausaufgaben erledigt? Alle Vokabeln gelernt? Hefte ordentlich?*

»Sind Sie zufällig Frau Dunker?«, eröffnete er das Gespräch.

Ein knappes Nicken.

»Entschuldigen Sie den Überfall. Es war eine spontane Idee, hier vorbeizufahren, aber ich hätte Sie niemals um diese frühe Zeit gestört. Mein Name ist Jan Storm. Ich habe …«

»Ich kenne Ihren Namen und habe schon erfahren, dass Sie im Ort sind. Gehören Sie zu den neumodischen Ärzten, die es nicht mehr nötig haben, sich einen Doktortitel zu verdienen?«

Er verkniff sich gerade noch rechtzeitig ein Augenrollen. Viele junge Kollegen waren schlicht und einfach gezwungen zu arbeiten, um eine Familie zu versorgen, und hatten weder Zeit noch Nerven für eine Promotion. Er hatte während seines Studiums an der Uni dank der Bundeswehr vergleichsweise komfortable Umstände gehabt und seinen Doktortitel während des praktischen Jahres problemlos nebenbei erworben. Aber eins war nun klar, mit seiner Einschätzung von der Kioskbesitzerin hatte er richtiggelegen. Vermutlich hatte sie gleich nach seiner Abfahrt bei Elvira Dunker angerufen und ihr den neuesten Dorfklatsch brühwarm erzählt.

»Außerhalb der Praxis führe ich den Titel nicht«, erklärte er haarscharf an der Grenze der Höflichkeit.

Eine Augenbraue wurde hochgezogen und bildete einen perfekten Halbkreis. »Wenn Sie meinen. Sie sind also spontan gut vier Stunden über die Autobahn gefahren?« Vielsagend blickte sie an ihm vorbei auf sein Motorrad. »Leiden Sie an Schlafstörungen? Und besitzen Sie kein vernünftiges Fahrzeug?«

Seine Geduld war erschöpft, es war Zeit, ein paar Grenzen zu ziehen. »Mir gefällt diese Art, sich fortzubewegen. Da wir uns nun schon zufällig getroffen haben, hätte ich eine Bitte. Ich würde gerne einen kurzen Blick auf eine Patientenakte werfen.«

Die Arztwitwe atmete scharf ein, sie schien widersprechen zu wollen, aber dann zeigte sich so etwas wie Resignation in ihrer Miene. »Wollen Sie sich das Blatt von Hannes ansehen?«

»Anscheinend wissen Sie schon Bescheid. Ja, mir macht sein Hustenanfall etwas Sorge.«

»Dann kommen Sie mal mit.«

Während er ihr folgte, überlegte er, ob und wie er sein Beileid über den Tod ihres Mannes ausdrücken konnte. Ihm fiel nichts Passendes ein.

Die Praxis war aufgeräumt, wirkte betriebsbereit, als ob der Inhaber lediglich eine Mittagspause eingelegt hätte. Statt den Computer hochzufahren, öffnete die Witwe einen Aktenschrank und holte nach kurzem Suchen einen Pappordner heraus. »Mein Mann hat sämtliche Daten im PC und in Papierform vorgehalten.«

»Danke.« Er überflog die Eintragungen, die in erstaunlich lesbarer Handschrift akkurat festgehalten waren. Außer einem überstandenen Hautkrebs, der schon relativ weit fortgeschritten gewesen war, gab es keinerlei ernsthafte Erkrankungen. Wie Waldner gesagt hatte, waren die Nachsorgeuntersuchungen unauffällig gewesen. Nichts in der Patientenakte wies auf Lungenprobleme hin.

Die Witwe stand für Jans Geschmack etwas zu dicht neben ihm und überflog ebenfalls die Eintragungen. »Gab es noch mehr Patienten mit unerklärlichen Hustenanfällen?«, fragte er und legte die Akte zur Seite.

Die Miene seiner Begleiterin wurde zu einer undurchsichtigen Maske. »Ich weiß nur, dass mein Mann einen ähnlichen Anfall erlitten hat und daran verstorben ist.«

Das klang beunruhigend. Ein Virus? Unwahrscheinlich, ihm war keiner bekannt, der sich ausschließlich mit Husten bemerkbar machte und zum Tod führen konnte.

Es war vermutlich nur ein Zufall, dass der Arzt vor seinem Tod einen ähnlichen Anfall erlitten hatte. Jan fielen die Worte des Elektrikers wieder ein, der ebenfalls einen Vergleich zwischen Waldners Anfall und dem Tod des Arztes gezogen hatte. Vielleicht war es diese Bemerkung gewesen, die ihn nachdenklich gemacht hatte. Doch dafür gab es bei genauerer Betrachtung keinen Grund. Zwischen Theo Dunkers Tod und dem Hustenanfall von Waldner lagen mehrere Wochen. Aus medizinischer Sicht war ein Zusammenhang damit so gut wie ausgeschlossen. Doch restlos überzeugt war Jan trotzdem nicht.

Als er den fragenden Blick der Witwe bemerkte, zuckte er lediglich mit der Schulter. »Herr Waldner war nicht zu überreden, sofort zu einem Arzt zu gehen. Den Daten in seiner Akte nach gibt es keinen Grund zur unmittelbaren Sorge«, sagte er schließlich, fand aber selbst, dass er nicht besonders überzeugend klang.

Elvira Dunker kniff die Lider etwas zusammen. »Mein Mann war angeblich auch kerngesund.«

Damit war alles und nichts gesagt. Doch im Moment konnte Jan nicht mehr tun.

Hannes Waldner blieb vor der Tür der griechischen Gaststätte stehen und atmete tief durch. Prüfend horchte er in sich hinein. Alles normal, kein Anzeichen eines weiteren Hustenanfalls. Die Luft im Inneren des *Zeus* war manchmal etwas stickig, aber nicht so verqualmt wie in früheren Zeiten, als die Raucher noch nicht in einen Extraraum oder auf die Terrasse verbannt worden waren. Trotzdem fiel es Waldner schwer, den Gastraum zu betreten. Die Erinnerung an seinen Freund war plötzlich zu übermächtig. Halb erwartete er, dass Theo ihn drinnen begrüßen würde. Obwohl er wusste, dass das niemals wieder der Fall sein würde, sehnte er sich nach seinem Freund, nach ihren Gesprächen. Er musste sich dringend mit jemandem unterhalten, der ebenfalls über gewisse Dinge im Dorf Bescheid wusste. Sonst würde er noch verrückt werden.

Entschlossen stieß er die Tür auf. Sein erster Blick galt dem Stammtisch. Karl Leistner saß dort und starrte in sein Bier. Der Nachbartisch war nicht besetzt. Perfekt, damit war eine ungestörte Unterhaltung gesichert. Waldner winkte dem Wirt zu und hob zwei Finger, um sein übliches Bier und einen Korn zu bestellen.

Schwerer als sonst ließ er sich auf den Stuhl neben Karl fallen, verzichtete auf eine Begrüßung und wartete schweigend, dass der Grieche seine Getränke brachte. Es dauerte nur wenige Momente, dann standen die Gläser vor ihm. Waldner hob den Schnaps zu einem stummen Gruß und stürzte ihn in einem Zug herunter.

Karl hatte bisher noch keinen Ton gesagt. Nun seufzte er tief. »Das war dann heute also der junge Doktor, der Nachfolger vom alten.« Er hob den Kopf und sah Waldner an. »Dir hat er ja nun schon mal geholfen.«

Obwohl das eine scheinbar harmlose und absolut zutreffende Feststellung war, hörte Waldner die unterschwellige Frage heraus, die sein Freund nicht aussprach. »Ich weiß es nicht, Karl. Ich weiß es einfach nicht. Solange Theo lebte, erschien alles richtig. Du weißt ja, wie erschrocken ich war, als wir das erste Mal darüber gesprochen haben. Aber dann war ich so sicher, dass er das Richtige tut. Wenn du mich allerdings heute fragst, dann ...« Ihm fielen keine passenden Worte ein, stattdessen nippte er an seinem Bier.

Karl seufzte wieder und leerte sein Glas in einem Zug. »Es ist und war richtig. Alles andere geht gar nicht, weil ich damit nicht leben könnte, dass wir es nicht verhindert haben.«

Die einfache Logik hätte Waldner fast zum Schmunzeln gebracht. »Du machst dir doch auch Sorgen, oder?«

Karl nickte knapp. »Aber nicht deswegen. Ich frage mich nur, ob's Dinge in Theos Praxis gibt, auf die der Junge stoßen könnte.« Er warf seinem Freund einen prüfenden Blick zu. »Sag mal, was ist denn mit dir los? Da ist doch noch was.«

Endlich hatte Waldner genügend Mut, den Gedanken auszusprechen, der ihm seit Tagen im Kopf herumspukte. »Meinst du, dieser Husten könnte so was wie eine Strafe sein? Vielleicht lässt der Allmächtige uns so für unsere Sünden büßen.«

Karl sah ihn an, als ob ihm Hörner gewachsen wären. »Wat fürn Schiet erzählste denn da?«, brach es schließlich aus ihm heraus. Er packte Waldner fest am Arm. »Für Gespräche über Gott bin ich der falsche Ansprechpartner, da musst du zum Pfaffen im Nachbardorf gehen. Aber ich kann dir sagen, was richtig und falsch ist! Wir haben nichts Falsches gemacht, sondern alles richtig. Der Theo wusste schon, was er tat. Wir hätten doch was dagegen unternommen, wenn wir nicht gewollt hätten, dass er das tut. Nee, Hannes, ich verstehe ja, dass dir der Schrecken im Nacken sitzt wegen dieser ganzen Husterei, aber nun trink mal dein Bier und noch 'nen Köm und dann siehst du auch wieder klarer.«

Langsam nickte Waldner, nicht überzeugt, aber etwas getröstet. »Nur noch eins. Was machen wir denn mit dem jungen Doktor, wenn er erfährt, was sein Vorgänger so gemacht hat?«

Der Blick seines Freundes wurde ernst. »Das wird nicht geschehen und wenn doch, dann muss er lernen, was richtig und was falsch ist. Und hier bei uns in Brodersby bestimmen eben wir, was schwarz und was weiß ist. Der Junge machte doch einen vernünftigen Eindruck. Wenn er wirklich was erfährt und nicht kapiert, dass wir nur das Beste wollten, dann wird es halt Zeit für die harte Tour.«

Waldner zog es vor, das Thema zu wechseln. Er wollte lieber nicht wissen, was sein Freund unter ›harte Tour‹ verstand. Nachdem er sein halbes Glas Bier geleert hatte, fühlte er sich besser, leichter. Seine Zweifel waren noch da, hatten aber an Gewicht verloren. Und was den jungen Doktor anging, so würden sie abwarten müssen. So lange klammerte er sich an Karls Worte. Sie hatten zugelassen, dass in Brodersby für Recht und Ordnung gesorgt wurde, weil es sonst keiner getan hatte. Sie waren die Guten.

Kapitel 4

Der letzte Umzugskarton war verstaut, die Tür des Transporters wurde verschlossen. Es klang, als ob eine Zellentür verbarrikadiert wurde. Der Fahrer hob lässig eine Hand, seine Version eines Abschiedsgrußes, ging zur Fahrertür und stieg ein. Krachend legte er den ersten Gang ein und rollte von dem Garagenhof. Hoffentlich hielt bei der Fahrweise das Getriebe die gut vierhundert Kilometer bis nach Brodersby.

Jan sah ihm reglos nach, eine Hand auf die Sitzbank seiner Ninja gelegt. Es war, wie ein langweiliges Buch zuzuschlagen. Er ließ Bekanntes, aber Ungeliebtes hinter sich, hatte jedoch noch keine Vorstellungen, was ihn erwarten würde, nur vage Ideen. Sechs Tage waren seit seinem spontanen Trip zu seinem neuen Wohnort vergangen. Sechs Tage, in denen das Gefühl, einen Fehler zu machen, stetig gewachsen war. Tage, in denen er unendlich oft seinen kurzen Aufenthalt im Ort gedanklich durchgegangen war. Immer auf der Suche nach dem Grund, warum er den Eindruck hatte, direkt auf ein drohendes Unheil zuzusteuern. Jedes Mal erfolglos.

Er wollte wieder mit Patienten arbeiten. Im Bereich der Allgemeinmedizin. Er hatte keine Angst vor den Entscheidungen, die in seinem Beruf dazugehörten, obwohl es wenig wahrscheinlich war, dass er jemals wieder zu lebensrettenden Maßnahmen greifen musste, die besser in der Chirurgie eines Krankenhauses angesiedelt wären.

Wenn es nicht an ihm lag, mussten seine Bedenken an dem Dorf und seinen Bewohnern liegen oder doch aus dem merkwürdigen Husten resultieren. Aber für Letzteren gab es auch Dutzende logische Erklärungen, weswegen die Anfälle kein Grund für dieses ungute Gefühl sein konnten.

Nachts hatte Jan etliche Male von den Krähen geträumt. Und von älteren Herren, die plötzlich und unerwartet verstarben, während er danebenstand und zusah.

Ein roter BMW Z3 hielt am Straßenrand und touchierte dabei mit der Felge den Kantstein. Das kreischende Geräusch ließ ihn zusammenzucken. Eine Frau, die er gut kannte, sprang aus dem Wagen und eilte auf ihn zu. In der Hand hielt sie ein Brötchen, das in eine durchsichtige Folie eingewickelt war.

Elisabeth Schönfeld war nicht nur seine bisherige Vermieterin gewesen, sondern eine Freundin seiner Eltern und hatte sich selbst immer als seine ›Tante ehrenhalber‹ bezeichnet. Er hatte nicht damit gerechnet, dass sie an einem Sonntag um sieben Uhr aufstand, nur um sich von ihm zu verabschieden. Da sie der gesamte Rest seiner Familie war, freute er sich, schüttelte jedoch scheinbar missbilligend den Kopf. »Das grenzt an Autoquälerei. Du solltest dir einen Geländewagen zulegen, der ist robuster.«

»Ach was, das muss er abkönnen, ist ja schließlich ein Gebrauchsgegenstand. Ich dachte, wir würden noch zusammen frühstücken. Aber du siehst aus, als ob du gleich loswillst.«

Er nickte und ahnte, was nun kommen würde. Tatsächlich umarmte sie ihn im nächsten Moment fest und strich ihm mit dem Brötchen über den Rücken. Dass er sich für die herzliche Geste bücken und sie sich ordentlich strecken musste, hatte keinen von ihnen je gestört. »Ich werde dich vermissen, mein Kleiner.«

Die Anrede gehörte seit seiner Kindheit dazu, auch wenn er mittlerweile fast einen Kopf größer war als sie. Jan drückte sie noch einmal an sich und zwinkerte ihr zu. »Du bist jederzeit eingeladen, vorbeizukommen, Liz.«

»Das werde ich auch tun. Schließlich bist du dieses Mal nicht am Ende der Welt. So ein ruhiger Ort an der Schlei ist genau das Richtige für dich.«

»Und woher weißt du das?«

»Na, aus dem Internet natürlich. Ich habe mir Bilder angesehen, Dorfbeschreibungen durchgelesen und natürlich die Immobilienpreise analysiert. Da werde ich schon noch ein ideales Objekt für dich finden. Aber erst einmal lernst du eine nette Frau kennen.«

Manche Dinge änderten sich nie. »Du bist die Erste, die das erfahren würde. Aber vergiss nicht, dass ich dorthin ziehe, um als Arzt zu arbeiten.«

»Es gibt überregionale Singlebörsen und du bist durchaus eine gute Partie, Jan.« Sie strich sich eine blonde Haarsträhne hinters Ohr. »Und ich bin heilfroh, dass du dich nicht länger in Gefahr begibst.«

Bei ihren Worten lief es Jan schlagartig kalt den Rücken herunter. Bilder aus Afghanistan erschienen vor seinem inneren Auge, die er sofort energisch verdrängte. Er war jetzt Allgemeinmediziner, ein Landarzt, um genau zu sein. Ihn erwarteten nur eine idyllische Landschaft und ein paar kranke Dorfbewohner, die er bei ernsthaften Problemen an Spezialisten überweisen würde.

Er zwang sich zu einem Lächeln und nahm das Päckchen, das Liz ihm entgegenhielt.

»Brot und Salz fürs neue Eigenheim. Größer ging ja nicht, weil es sonst deinen Rucksack gesprengt hätte. Und natürlich …« Suchend blickte sie sich um und zog dann eine Grimasse, die eigentlich nicht zu einer Frau Mitte fünfzig passte, sie aber nur jünger und schelmisch aussehen ließ. »Ich habe es im Auto liegen lassen. Ich glaube, ich werde alt.«

»Du doch nicht«, widersprach Jan, doch sie hatte ihm bereits den Rücken zuwandt und war zurück zu ihrem Wagen gelaufen.

Mit einem weiteren Päckchen kehrte sie zurück. »Da, nimm. Das wollte ich dir schon so lange schenken. Herzlichen Glückwunsch zur eigenen Praxis, mein Kleiner.«

Neugierig öffnete Jan das bunte Papier und lachte, war aber gleichzeitig gerührt. Ein nagelneues Stethoskop. Seit seinem praktischen Jahr im Krankenhaus hatte er keins mehr regelmäßig benutzt, nun würde es eines seiner wichtigsten Instrumente werden. »Du bist verrückt, aber ich danke dir.«

Wieder umarmten sie sich. Dann legte sie den Kopf etwas schief. »Ich habe die Hoffnung auch noch nicht aufgegeben, dass dein alter Sturkopf von Vater sich nun besinnt und sich bei dir meldet.«

Das würde wohl erst geschehen, wenn Ostern und Weihnachten auf einen Tag fielen, aber Jan brachte es nicht fertig, den Hoffnungsschimmer in ihren Augen zu vertreiben, und lächelte deshalb nur.

»Die Zeit reicht noch locker für ein Frühstück. Ich lade dich ein, aber dafür fährst du.«

Lächelnd klopfte sie auf die Sitzbank des Motorrads. »Gerne! Darauf bekommen mich keine zehn Pferde.«

Er zwinkerte ihr zu. »Doch, wenn du mich das erste Mal dort unten besuchst.«

»Oben, mein Junge, denn es zieht dich schließlich in den Norden.« Sie betrachtete abschätzend die Ninja. »Wir werden sehen.«

Knapp zwei Stunden später befand Jan sich auf der Autobahn. Das Frühstück hatte dann doch länger gedauert als geplant. Es war ihm unerwartet schwergefallen, sich von Liz zu trennen. Letztlich war sie der einzige noch verbliebene Fixpunkt in seinem Leben. Zu seinem Vater hatte er seit Jahren keinen Kontakt mehr, seine Mutter war tot, seine Freunde waren im Auslandseinsatz und er hatte seit Monaten sämtliche Mails oder Anrufe von ihnen ignoriert, sodass er nicht sicher war, ob die Bezeichnung ›Freunde‹ überhaupt noch richtig war. Zum ersten Mal fiel ihm auf, wie allein er tatsächlich war. Mit seinem Abschied von der Bundeswehr hatte er jede Menge Brücken hinter sich abgebrochen. Viele Leute in seinem Umfeld hatten ihn nicht verstanden und die, die es getan hatten, waren nun wieder unterwegs. Vielleicht wurde das nun anders. Brodersby war in jeder Hinsicht ein Neuanfang. Wäre da nicht das unterschwellige ungute Gefühl, das er nicht richtig zu fassen bekam, wäre alles perfekt.

Jan konzentrierte sich wieder aufs Fahren. Die Jagd über die Autobahn mit fast hundertachtzig Stundenkilometer war nicht der ideale Zeitpunkt für tiefgründige Grübeleien. Wenn er Glück hatte, würde er den Sprinter, der seine Sachen in seine künftige Heimat brachte, noch einholen, ansonsten hatte der Fahrer eben Pech gehabt und musste kurz auf ihn warten. Der Umzugsservice war schließlich teuer genug.

Irgendwann würde er den verdammten Köter umbringen. Den Pudel im Meer zu ersäufen, stand ganz oben auf seiner Wunschliste. Dann wäre endlich Schluss mit dem ständigen Gekläffe. Seine Frau versprach ihm regelmäßig, für die Erziehung des Tieres zu sorgen, aber geschehen war nichts. Klaus Zeiske zerrte an der Leine, um seinen störrischen Begleiter zum Weitergehen zu bewegen. Die dunklen Wolken kündigten den nächsten Regenschauer an. Bis dahin musste das Viech sein verfluchtes Geschäft erledigt haben, aber bisher machte es keine Anstalten und schnüffelte nur herum.

Wenn es nach Zeiske gegangen wäre, hätte er sein Haus heute nicht verlassen. Aber es hatte keine Alternative gegeben. Im Garten buddelte der Hund alles um, weshalb er dort nicht rausdurfte, und die Teppiche waren zu teuer gewesen, um sie von dem Köter versauen zu lassen. Außerdem ertrug er keine weitere Tirade seiner Frau, die er – von ihrer affigen Zuneigung für Polly, den Pudel, mal abgesehen – immer noch liebte. Oder er hing an ihr aus Gewohnheit, ganz sicher war er sich nicht. Aber er wollte sie nicht verlieren, wenigstens das wusste er.

Erna Wolf, die Kioskbesitzerin, kam ihm entgegen und lächelte ihn an. »Bei diesem Wetter noch unterwegs? Da braut sich ordentlich was zusammen. Aber was tut man nicht alles für seine vierbeinigen Freunde?«

Er zwang sich zu einer unverbindlichen Antwort und ging weiter, während er wieder seiner Wunschvorstellung nachhing, den Köter zu ertränken. Aber Erna hatte Zeiske auf eine Idee gebracht. Bei dem drohenden Regen wäre es Wahnsinn, zu ihrem üblichen Hundeklo, einer Wiese hinter der Dorfgrenze, zu gehen. Der Spielplatz musste ausnahmsweise reichen. Dank des Regens würde das niemand bemerken und außerdem mochte der dämliche Pudel die riesige Sandfläche, auf der die Geräte standen. Er würde dadurch über eine halbe Stunde einsparen. Diese Zeit konnte er wesentlich besser nutzen, zum Beispiel um die Kurse seiner Aktienbestände zu überprüfen. Entwickelte sich der DAX weiterhin so, wie er es voraussah, waren seine Tage als Arbeitnehmer gezählt.

Wenige Meter vor ihnen sah er schon den Holzzaun des Spielplatzes. Er zerrte den störrischen Hund hinter sich her und löste die Leine. Der Pudel hob witternd die Schnauze und rannte kläffend los.

Alberner Köter. Wenn er doch für immer verschwinden würde! Aber so viel Glück hatte er nicht. Der Hund kehrte immer brav zu ihm zurück, schien ihn sogar zu mögen. Mochte einer diese Viecher verstehen.

Es dauerte einige Zeit, bis Zeiske realisierte, dass Pollys Kläffen dieses Mal nicht aufhörte, sondern in ein dumpfes Knurren überging.

Erste Tropfen fielen vom Himmel. Der Wolkenbruch würde nicht mehr lange auf sich warten lassen.

Er pfiff. Polly stand weiter wie angewurzelt am anderen Ende des Platzes vor der Rutsche. Widerwillig stapfte er auf den Köter zu. Der Regen wurde stärker, trotz seiner wetterfesten Jacke fröstelte Zeiske.

»Was ist denn, du dumme Töle?«

Polly sah weiter starr auf einen Fleck, der für Zeiske völlig normal aussah. Einfach nur nasser Sand. Erst als er den Pudel erreicht hatte, bemerkte er den Gestank. Erschrocken schnappte Zeiske nach Luft und bereute es im nächsten Moment, als er den widerlichen Geruch auf der Zunge spürte.

Er bückte sich und zerrte Polly am Halsband einige Meter zurück. Nun erkannte er, dass ein Teil des Sandes dunkler war als der Rest. Es sah aus, als ob dort eine größere Menge Flüssigkeit verschüttet worden war. Da er den Geruch sofort erkannt hatte, wusste Zeiske nicht nur, was ihn dort erwartete, sondern auch, wie gefährlich das Zeug war. An Pollys Instinkten gab es nichts auszusetzen. Hätte sie ein paar Meter weiter im Sand geschnüffelt, wäre sie nun elendig verreckt.

Wieso nur hatten diese Idioten ausgerechnet diesen Ort gewählt? Einen Spielplatz! Selbst für ihn gab es eine moralische Grenze und die war hier überschritten worden. Andererseits … Zeiske sah sich um. Menschenleer. Keine Mutter würde sich mit ihrem Kind bei diesem Wetter an diesen Ort verirren. Der Regen würde den Mist schon ausreichend verdünnen. Mehr als darauf zu hoffen, dass er mit seiner Einschätzung richtiglag, konnte er sowieso nicht tun. Feuerwehr oder Umweltschutzamt alarmieren? Das würde Fragen aufwerfen, deren Antworten ihn auf direktem Weg ins Gefängnis befördern würden. Das kam nicht infrage. In wenigen Monaten wollte er genügend Geld haben, um sich den Traum von einem Haus in Spanien am Meer zu erfüllen. Mit Frau, aber ohne Pudel. An Letzterem musste Zeiske noch arbeiten. Dabei war er dem Viech fast dankbar. Montag würde er Maßnahmen ergreifen, dass sich eine solche Schlamperei nicht wiederholte. Tote Kinder würden Schlagzeilen und Untersuchungen auslösen, die sie sich nicht leisten konnten. Ob der Fahrer diese Sauerei hier zum ersten Mal veranstaltet hatte? Hoffentlich ...

Kapitel 5

Jan bremste vor der Doppelhaushälfte, in der sich seine Wohnung und die Praxis befanden. Kurz vor Rendsburg hatte heftiger Regen eingesetzt, der die Fahrt zu einer gefährlichen Rutschpartie gemacht hatte.

Er wischte mit der Hand übers Visier, aber der Anblick änderte sich nicht: ein Stapel Umzugskartons vor der Tür, schon reichlich durchnässt, daneben Holzelemente, die zusammengesetzt ein Bett und einen Schrank ergeben würden. Von dem Sprinter, geschweige denn dem Fahrer war nichts zu sehen, genauso wenig wie von den restlichen Kartons, einem Regal, der Matratze und einigen anderen Dingen.

Großartig! Vor sich hin fluchend, stieg Jan ab. Er stellte sich besser nicht vor, wie der Fahrer über die Autobahn geheizt sein musste, um so lange vor ihm anzukommen, auszuladen und wieder zu verschwinden.

Da die gesamte Abwicklung der Wohnungsübernahme von der kassenärztlichen Vereinigung übernommen worden war, hatte er lediglich eine Mail mit der Zusicherung erhalten, dass für die Schlüsselübergabe vor Ort gesorgt war. Als er genauer hinsah, erkannte er, dass im Schloss der Haustür tatsächlich ein Schlüssel steckte.

Das wurde ja immer besser. Rasch ging er auf den Eingang zu und drückte die Klinke nieder. Die Tür gab einen Spalt nach, wurde dann jedoch von irgendetwas blockiert. Er spähte durch die Öffnung und verzog den Mund. Im Windfang stand ein Durcheinander der Sachen, die er vermisst hatte. Die Matratze, das Regal, einige Kartons und noch mehr.

Es würde eine höllische Schufterei werden, die ganzen Dinge allein ins Obergeschoss zu schleppen. Wehmütig erinnerte Jan sich an einige Umzugsaktionen mit seinen Kumpels während der Bundeswehrzeit. Die Arbeit war in Rekordzeit erledigt worden, damit man sich den wichtigen Dingen wie Grill und Bier zuwenden konnte. Es wurde viel gelacht, herumgefrotzelt und alles in allem waren es trotz der Arbeit vergnügliche Stunden gewesen. Kein Vergleich zu dem, was ihn hier erwartete. Er musste als Erstes den Platz hinter der Tür leer räumen, um die Sachen hineinbringen zu können, die noch draußen standen. Denn ewig würden die den Aufenthalt im Dauerregen nicht überstehen. Und das Ganze ... ohne Hilfe.

Er sah sich die Treppe genauer an und fluchte erneut. Eigentlich war sie kein Problem, solange man sehen konnte, wohin man trat. Mit einem Karton in den Händen würde das Unterfangen jedoch zu einer Herausforderung werden. Dennoch schaffte Jan es unerwartet schnell, den Windfang freizuräumen. Nun kam ihm seine hervorragende Kondition zugute. Er war körperliche Anstrengungen gewohnt und hatte in den letzten Monaten wenigstens auf seine Fitness geachtet. Einigermaßen jedenfalls.

Trotzdem war der Anblick des hohen Stapels vor der Tür deprimierend. Die Kartons waren eher harmlos, die Möbelteile hingegen schwer und unhandlich. Außerdem befürchtete er, dass das Holz durch die Nässe schon Schaden genommen hatte. Aber abwarten brachte ihn genauso wenig weiter, wie sich über die Umstände zu ärgern.

Jan visierte das erste Teil des Bettes an, als er einen Wagen bemerkte, der hinter seinem Motorrad hielt. Den Škoda kannte er.

Waldner stieg aus, betrachtete die Kisten und Möbelteile und schüttelte den Kopf. »Tach, schönes Schietwetter für einen Umzug.«

»Moin, tja, hatte ich mir auch anders vorgestellt.«

»Dann sollten wir mal zusehen, den Kram ins Trockene zu bringen.«

»Wir?«, wiederholte Jan verblüfft.

»Natürlich. Theo war mein bester Freund, der würde mir was erzählen, wenn ich hier nicht schnell mitanpacke. Zu zweit ist das nur ein Fliegenschiss. Außerdem wollte ich kurz was mit Ihnen besprechen.«

Waldners sture Miene sprach für sich und da Jan tatsächlich Hilfe gebrauchen konnte, nickte er zustimmend. »Meinetwegen gerne, aber erst möchte ich wissen, was Ihr Husten macht.«

Ein breites Lächeln verriet Jan die Antwort. »Nix mehr gewesen. Ich bin fit. Aber eins noch. Ich bin Hannes.«

»Jan.« Ein fester Händedruck besiegelte die freundschaftliche Anrede.

Eine Stunde später waren nicht nur sämtliche Sachen im Inneren des Hauses verstaut, sondern auch der Bettrahmen und der Kleiderschrank aufgebaut. Jan blickte aus dem Fenster und lachte. »Typisch, nun hat's aufgehört zu regnen. Ich würde dir ja was zu trinken anbieten, aber …« Er machte eine hilflose Geste in Richtung der Umzugskartons und des noch stromlosen Kühlschranks.

»Das macht nix, außerdem finde ich, das ist ja wohl das Mindeste, was Elvira für uns tun kann.«

Entschlossen beugte sich Hannes über das Treppengeländer. »Du kannst uns wenigstens was zu trinken bringen, wenn du den Jungen schon so empfängst«, rief er laut in Richtung Haustür.

Auch Jan hatte schon bemerkt, dass die Witwe seines Vorgängers sie unauffällig, aber eben nicht unauffällig genug, erst durch das Fenster, dann vom Garten aus beobachtet hatte.

Hannes schmunzelte. »Ich glaube, sie hat nur auf eine Einladung gewartet. Hab ein bisschen Geduld mit ihr. Theos Tod hat sie hart getroffen. Es ist alles kompliziert.«

Das war eine merkwürdige Formulierung. Jan hatte den Eindruck, als ob Hannes nicht nur den plötzlichen Tod seines Freundes gemeint hatte. Nachfragen konnte er kaum, so gut kannten sie sich noch nicht. Er blickte zu einer Stelle im Flur, an der bis Kurzem ein Durchgang gewesen war. Durch die fehlende Tapete wirkte die frische Mauer wie ein Mahnmal. »Haben die beiden eigentlich Kinder?«

Hannes legte den Kopf schief. »Jein. Einen Sohn, aber nicht einmal der Tod seines Vaters hat ihn wieder nach Hause gebracht. Keiner weiß, was damals geschehen ist. Eben noch ein rebellischer Teenager mit langen Haaren und zweifelhaftem Musikgeschmack und dann …« Er hob die Hände und ließ sie gegen die Oberschenkel platschen. »Keine Ahnung, was dann passiert ist. Selbst zwischen Theo und mir war das Thema tabu. Und wir haben sonst über alles gesprochen.«

Jan nickte knapp. Das erinnerte ihn fatal an seine eigene Beziehung zu seinem Vater. Seine neue Nachbarin tat ihm leid, aber dennoch graute ihm schon vor dem Treffen mit ihr. Die fehlende Begrüßung und die Tatsache, dass lediglich der Schlüssel im Schloss gesteckt hatte, zeigten überdeutlich, wie wenig willkommen er hier war.

»Du hattest gesagt, dass du mit mir über irgendwas reden wolltest«, wechselte Jan das Thema.

»Stimmt.« Hannes kratzte sich an der Stirn. »Ich frage mich wieder und wieder, ob ein Zusammenhang zwischen meinen Hustenanfällen und Theos Tod bestehen könnte.« Er atmete tief durch. »Lisa, das ist meine Frau, ist ganz sicher, dass der Mist bei mir am Tag nach Theos Tod losging. Ich hatte das gar nicht mehr so auf der Reihe.«

Nachdenklich setzte sich Jan auf einen der Umzugskartons. Hannes betrachtete abschätzend eine andere Kiste.

»Kannst dich ruhig draufsetzen. Wenn was Zerbrechliches drin wäre, würde das draufstehen«, beruhigte Jan ihn. »Du oder dein Freund, ihr hattet bei unserem ersten Treffen schon erwähnt, dass dein Husten Ähnlichkeit mit dem von Theo hatte.« Es fühlte sich falsch an, seinen Vorgänger post mortem mit dem Vornamen anzusprechen, aber ihm fiel nichts Besseres ein. »Ich habe da auch schon drüber nachgedacht. Wie genau ist denn dein Freund ums Leben gekommen?«

Es arbeitete heftig in Hannes' Gesicht, doch er bewahrte seine Fassung. »Eigentlich ging es ihm ganz gut, obwohl er etwas fertig wirkte. Aber das war kein Wunder, denn er war über einen toten Seeadler gestolpert. Das war kein schöner Anblick. Ich erinnere mich an wirklich jedes Detail von unserem letzten Treffen. Er war blasser als sonst und etwas verschwitzt. Das war alles. Wir haben eine Kleinigkeit gegessen, einen Korn getrunken und anschließend in der Chorprobe unser erstes Lied angestimmt. Ausgerechnet *Gaudeamus igitur*. Plötzlich ist er verstummt, dann fing er an, furchtbar zu husten, und ehe wir das richtig verstanden haben, war es auch schon vorbei. Er lief blau an und war tot. Wir haben es noch mit einer Herzmassage versucht und ihn beatmet. Aber das war vergeblich. Der Notarzt kam und konnte nur noch Theos Tod feststellen.«

Schweigen breitete sich aus, während Jan fieberhaft überlegte, wie er aus den wenigen Fakten auf die Todesursache seines Vorgängers schließen sollte. Das Geräusch von Schritten auf der Treppe sorgte für die ideale Ablenkung.

Elvira Dunker erschien. Sie balancierte ein Tablett mit drei geöffneten Flaschen Bier in der Hand. Sie stellte es auf der Arbeitsplatte ab und reichte jedem der Männer ein *Jever*. Hannes nickte sie nur kurz zu, dann sah sie Jan direkt an.

»Ich hätte dem Fahrer sagen müssen, dass es so nicht geht, und Sie persönlich begrüßen sollen. Aber das war vorhin einfach nicht drin.«

Kein Entschuldigung, nur eine direkte Erklärung ohne Umschweife oder Ausreden.

Jan hob die Flasche. »Kein Problem. Danke fürs Bier.«

»Dafür nicht. Was war das eben? Ihr habt über den Todestag von Theo gesprochen oder habe ich das unten falsch verstanden?« Ein kaum merkliches Lächeln zeigte sich in ihren Mundwinkeln. »Dein Organ ist kaum zu überhören, Hannes.«

Ihre Stimme hatte etwas gezittert, aber ihr Blick war forschend und klar, sodass sich Jan zu einer ehrlichen Antwort entschloss. »Wir haben überlegt, ob die Hustenanfälle von Hannes und Ihrem Mann eventuell die gleichen Ursachen haben könnten.«

Ihre Kiefernmuskeln verhärteten sich deutlich. »Das wäre möglich. Aber ein Virus oder so was ist das nicht, dann hätte es schon mehrere Fälle dieser Art gegeben und davon habe ich nichts gehört. Falls du dir Sorgen machst, Hannes, das musst du nicht. Theo ist nur indirekt an dem Husten gestorben. Dadurch ist was mit seinem Herzen passiert. Es gab wohl eine Ablagerung an einem Blutgefäß, die sich durch den Husten gelöst hat, oder so ähnlich. Hätte er sich irgendwann vorher gründlich untersuchen lassen, wäre dieser Defekt wohl aufgefallen und man hätte ihn behandeln können. Aber so …« Sie trank einen großen Schluck aus der Bierflasche, an die sie sich so stark klammerte, dass ihre Fingerknöchel weiß hervortraten.

»Solche Vorerkrankungen, wie Sie sie gerade beschrieben haben, sind tückisch, weil der Patient keine Beschwerden hat und deshalb auch keinen Anlass für weitergehende Untersuchungen sieht«, erklärte Jan bewusst neutral.

Elvira Dunker musterte ihn durchdringend. »Dann hat Theo keine Warnsignale ignoriert, sondern das gar nicht gemerkt?«

Stumm nickte Jan den Kopf.

»So ist das also«, murmelte sie vor sich hin und sah auf den Boden.

Hannes räusperte sich. »Tja, trotzdem kann es doch theoretisch die gleiche Ursache für unseren Husten gegeben haben, oder was meinst du, Jan?«

»Die Vermutung liegt nahe. Wenn es keine Erkältungssymptome gab, würde ich darauf tippen, dass ihr mit etwas in Kontakt gekommen seid, das gesundheitsgefährdend ist.«

Hannes zuckte die Schultern. »Aber was kann das sein? Theo hat sich in seiner Praxis oder an der Schlei aufgehalten. Ich überall und nirgends. Mir fällt da nichts ein, was für uns beide als Auslöser infrage käme.«

»Wenn es so etwas gab, muss es hochtoxisch gewesen sein. Sollte es einen weiteren Fall geben, könnte uns eine Blutuntersuchung vielleicht weiterhelfen. Aber das Ganze ist nur eine vage Idee. Husten kann auch durch Allergien ausgelöst werden. Und Grippe und Erkältung verlaufen mit den unterschiedlichsten Krankheitsbildern, manchmal auch ohne verstopfte Nase. Es kann auch ein harmloser Virus gewesen sein.«

Hannes schüttelte den Kopf. »Dann hätte ich meine Frau angesteckt. Die Lisa nimmt nun wirklich jeden kleinen Infekt mit.«

Das war allerdings ein Argument.

Elvira Dunker hatte aufmerksam zugehört, nun sah sie Jan direkt an. »Wenn es noch etwas über den Tod meines Mannes zu erfahren gibt, möchte ich das wissen.«

»Sicher«, versprach Jan, rechnete aber nicht ernsthaft damit, dass er weitere Informationen ausgrub.

»Gut.« Sie hielt ihm die Hand hin. »Ich kann zwar nicht sagen, dass mir die Situation gefällt, aber es wäre in Theos Sinne gewesen, dass es weiterhin einen Arzt im Ort gibt. Deshalb habe ich der Anfrage der kassenärztlichen Vereinigung zugestimmt. Unser Dorf ist klein, die Zahl der älteren Bewohner nimmt zu und das hier ist die einzige Praxis in der Umgebung. Es würde ein falsches Signal setzen, wenn wir feindlich oder distanziert miteinander umgehen. Ich heiße Elvira.«

Jan erwiderte den festen Händedruck. »Jan. Und danke für deine Ehrlichkeit.«

Das erste aufrichtige Lächeln zeigte sich kurz in ihrem Gesicht. »Ehrlich war ich schon immer. Es ist nicht leicht für mich, also erwarte nicht zu viel von mir. Aber ich werde dir keine Steine in den Weg legen.«

»Das ist unter diesen tragischen Umständen schon eine Menge«, erwiderte Jan und meinte es auch so.

»Gut, dann lasse ich euch Männer mal wieder allein.«

Kapitel 6

Seit gut einer Stunde grübelte Klaus Zeiske über eine einfache Frage nach, deren Antwort Konsequenzen haben würde, die er nicht abschätzen konnte. Draußen wurde es allmählich dunkel. Der offizielle Arbeitstag war längst vorbei, aber gewisse Teile der Firma schliefen nie. Was sollte er tun? Schweigen oder Alarm schlagen? Beides konnte fatale Folgen haben. Die Börse lief nicht mehr so steil nach oben, wie er es gehofft hatte. Er brauchte Zeit, um seine Pläne umzusetzen. Geld war der Schlüssel zu allem und darum sein Ziel. Was könnte dies gefährden: wenn er schwieg oder wenn er als Unglücksbote in Erscheinung trat?

Er hatte sich entschieden. Besser einen schlechten Eindruck hinterlassen, als alles zu verlieren. Ein Blick aus dem Fenster verriet ihm, dass der Mercedes des Geschäftsführers noch auf seinem gewohnten Platz stand.

Die Vorzimmerdame winkte ihn durch.

Mit erhobener Augenbraue sah ihm sein Chef entgegen. »Schlechte Nachrichten, Zeiske?«

»Eher eine Vorwarnung, ein leichtes Unwohlsein. Der neue Arzt sucht nach Verbindungen, wo keiner welche sehen sollte.«

Sein Gegenüber legte die Stirn in Falten, schwieg geraume Zeit und nickte dann. »Gut zu wissen. Wir werden ihn im Auge behalten und uns ansehen, mit wem wir es zu tun haben. Halten Sie weiter die Ohren auf, Zeiske. Ich weiß Ihre Warnung zu schätzen.«

Damit war er entlassen, hatte aber das Gefühl, richtig gehandelt zu haben. Der Dorfklatsch war harmlos, aber ein Mediziner, der schon das Wort ›toxisch‹ in den Mund genommen hatte, konnte zur Gefahr werden.

Zeiske war jedoch überzeugt, dass ein bekanntes Problem ein gelöstes war. Sollte der Neuankömmling ihnen keine Wahl lassen, würde er eben genauso enden wie der uneinsichtige und leichtsinnige Fahrer, der vor etlichen Wochen in der Kneipe zu viel herumerzählt hatte: als Leiche im Kieler Hafenbecken. Das war dann weder seine Schuld noch seine Verantwortung. Ganz im Gegenteil, sein Gewissen war rein. Er brachte es ja noch nicht einmal fertig, sich von diesem dämlichen Köter zu befreien.

Nach zwei Wochen mit laufendem Praxisbetrieb entwickelte sich langsam eine gewisse Routine. Eins war Jan mittlerweile klar: Ohne Gerda, seine Arzthelferin, wäre er im Dschungel der Abrechnungen hoffnungslos verloren. Gerda war Mitte fünfzig, kannte nicht nur Kniffe im Umgang mit den Krankenkassen, sondern auch alles und jeden in Brodersby. Sie hatte schon aushilfsweise seinem Vorgänger geholfen, war aber nicht detaillierter darauf eingegangen, sondern hatte schnell das Thema gewechselt.

Jan war sicher, dass Gerda auch bei der Bundeswehr eine erfolgreiche Karriere als Feldwebel offengestanden hätte. Sie besaß sowohl den passenden Befehlston als auch ein unübertreffliches Organisationstalent. Es hatte zwar zwei Tage gedauert, bis sie bereit gewesen war, Jan zu duzen, aber nun waren sie ein eingespieltes Team.

Es klopfte zweimal schnell hintereinander an der Tür seines Behandlungsraumes. Das Signal kannte Jan inzwischen: Gerda hatte Gesprächsbedarf. Ehe er sie hereinbitten konnte, stürmte sie schon ins Zimmer.

»Passend zum schönen Wetter sind wir für heute durch. Der letzte Termin hat abgesagt. Das war der Junge mit den heftigen Bauchschmerzen. Es handelte sich laut der Mutter um eine Spontanheilung, nachdem sie herausgefunden hatte, dass heute eine Mathearbeit angestanden hätte. Als Entschädigung für den ausgefallenen Termin bringt sie uns morgen zwei Gläser Erdbeermarmelade vorbei. Und glaub mir: Dafür lohnt es sich, dass der Junge geschwänzt hat.«

»Das klingt tatsächlich gut. Dann sieh mal zu, dass du rauskommst.«

Gerda verschränkte die Arme vor der Brust und lehnte sich gegen die Wand. »Mach ich, aber erst reden wir mal Tacheles miteinander.«

Jan hatte keine Ahnung, was er verbrochen hatte, aber da zog eindeutig ein Gewitter auf. »Was meinst du?«

»Es ist ein Uhr und wir sind fertig. Das heißt, du setzt dich nun auf dein Höllengeschoss und fährst an den Strand oder so. Du wirst hier nicht herumsitzen und grübeln oder sinnloses Zeug lesen. Die Praxis hat an zwei Nachmittagen zu, damit wir uns erholen. Die Betonung liegt auf wir. Du machst deinen Job richtig gut. Aber nun ist mal Pause.« Sie lächelte breit. »Auch wenn alle erst mal schief gucken, weil du so gar nicht wie ein Arzt aussiehst.«

Jan schmunzelte. Es hatte tatsächlich für ziemlich viel Gesprächsstoff gesorgt, dass der neue Arzt in Jeans und Hemd oder Sweatshirt statt im weißen Kittel praktizierte.

»Ich wollte mir nur noch ein paar Akten ansehen und dann …«

Resolut schüttelte Gerda den Kopf und hielt einen Schlüssel hoch. »Das ist mit verschlossenem Schrank ziemlich schwer. Nu komm schon, Chef. Gönn dir mal eine Auszeit! Am Wochenende renovierst du die Bude da oben und in der Woche schuftest du rund um die Uhr. Das lassen wir erst gar nicht einreißen.«

Jan hatte schon gelernt, dass Alarmstufe rot angesagt war, wenn Gerda ihn ›Chef‹ nannte. Also nickte er brav und hoffte, dass sie die Patientenakte auf seinem Schreibtisch nicht bemerkte.

Gerda musterte ihn prüfend und war dann offensichtlich zufrieden. »Da du so einsichtig bist, möchte ich dir noch etwas sagen.« Abwartend sah sie ihn an.

Ihr ernster Ton alarmierte Jan, er gab ihr ein Zeichen fortzufahren.

»Meine Oma hat immer gesagt, in jedem Schatten gibt es auch ein kleines Licht oder so. Weißt du, der Theo, der war schon in Ordnung und ich hätte ihm niemals gewünscht, dass er so plötzlich gehen muss. Aber du, du bringst hier frischen Wind rein. Das tut den Menschen gut. Und mir auch. Bei Theo durfte ich nur in der Praxis helfen, wenn die Elvira was anderes vorhatte, aber das mit uns, das gefällt mir. Wir sind ein gutes Team. Darum werde ich mir auch die Freiheit rausnehmen und mal ein bisschen auf dich aufpassen. Und nun mach dir einen schönen Nachmittag. Bis morgen.« Gerda nickte ihm zu und ging.

Gut, dass sie keine Reaktion auf ihre Ankündigung erwartet hatte. Jan war sprachlos. Das Lob freute ihn. Aber er hatte wenig Lust, dass Gerda ihn wie einen unmündigen Jungen behandelte. Andererseits akzeptierte sie ihn als Chef und unterstützte ihn, wo sie nur konnte. Er würde es einfach mal darauf ankommen lassen, wie sich die Dinge zwischen ihnen weiterentwickelten. Immerhin wusste er nun, was sie ihm bisher verschwiegen hatte. Die Frau des verstorbenen Arztes hatte sich also überwiegend um die Praxis gekümmert … Merkwürdig, denn dafür, dass Gerda nur aushilfsweise tätig gewesen war, hatte sie den Laden erstaunlich gut im Griff. Irgendwas musste da noch im Busch sein, vielleicht ein Zickenkrieg zwischen Elvira und Gerda, aber das interessierte ihn nicht weiter.

Jan lehnte sich in dem Schreibtischstuhl zurück, bis er eine bequeme Position gefunden hatte. Das Möbelstück aus schwarzem Leder und Chrom war der einzige Luxus, den er sich bisher gegönnt hatte. Er drückte die Lehne weiter nach hinten, bis er die Füße auf die Schreibtischplatte legen konnte. Eigentlich sollte er zufrieden sein. Es gab während der Sprechstunde genug Patienten, aber nicht so viele, dass er sich beeilen musste. Das war sein größter Albtraum gewesen: keine Zeit für ausgiebige Patientengespräche zu haben. Die Krankenkasse honorierte diese zwar nicht, aber ihm ging es nicht ums Geld, sondern um das Wohl der Menschen. Vermutlich war es einfach, solche Prinzipien umzusetzen, wenn man nicht auf das Geld angewiesen war, um eine Familie zu ernähren. Er kam auch ohne Abrechnungstricks gut über die Runden und mehr wollte er nicht.

Im Einsatz war er gezwungen gewesen, schnell zu handeln. Wenn es um Leben und Tod gegangen war, blieb keine Zeit für falsche Rücksichtnahme, da zählte jede Sekunde, jeder Handgriff musste sitzen. Aber schon am Bundeswehrkrankenhaus hatte er gemerkt, dass viel zu viele Kollegen sich nur auf Basis einzelner Symptome für eine Behandlung entschieden. Es war ausgerechnet eine Gynäkologin gewesen, die ihm bei einer gemeinsamen Patientin bewiesen hatte, dass es auf die ganzheitliche Sicht ankam. Häufig reichte schon ein ruhiges Gespräch, um zu erkennen, warum jemand krank geworden war. Die Ursache zu bekämpfen, war

Jan um einiges wichtiger, als nur gegen die Symptome anzugehen.

Unwillkürlich dachte er an Hannes und seinen Husten. Entgegen seiner Beteuerung hatte Hannes doch noch weitere Anfälle gehabt. Gerda war da mal wieder bestens informiert gewesen.

Leider war Jan bei der Suche nach dem Auslöser noch keinen Schritt weiter, sodass ihm in diesem Fall nichts anderes übrig blieb, als sich darauf zu beschränken, die Symptome zu bekämpfen. Und das gefiel ihm nicht. Sein ehemaliger Vorgesetzter hatte ihn dafür kritisiert, dass er dazu neigte, sich wie ein Terrier in offene Fragen zu verbeißen. Doch genau das würde er hier tun, denn er war mittlerweile sicher, dass zwischen dem Tod seines Vorgängers und dem Husten von Hannes eine Gemeinsamkeit bestand, und die würde er herausfinden.

Sein Blick fiel auf die Patientenakte, die Gerda bei ihrem Auftritt als Wachhund entgangen war. Felix Mommsen. Der Fall gab ihm Rätsel auf. Mit der Pünktlichkeit eines Uhrwerks hatte Theo Dunker dem Mann schwerste Schmerzmittel verschrieben, die unter das Betäubungsmittelgesetz fielen. Dennoch gab es keinerlei Hinweise auf eine Krankheit, die diese Medikation rechtfertigen würde. Im Gegenteil, in der Akte waren lediglich Hinweise auf Blutdruck und Puls zu finden, beides etwas zu niedrig. Aber das wäre niemals ein Grund für dermaßen starke Medikamente gewesen. Auch im Computer hatte er keine weiteren Hinweise entdeckt, sondern war nur auf die Rezepte für die Schmerzmittel gestoßen. Da passte einiges nicht zusammen.

Nachdenklich beugte Jan sich vor. Eigentlich hätte sein Vorgänger vor zwei Wochen die nächsten Tabletten und Tropfen verschreiben müssen. Vor zwei Tagen hatte Gerda ihm eine Telefonnotiz hingelegt, dass Felix Mommsen sich sein neues Rezept quasi im Vorbeifahren abholen wollte.

Jans Antwort war nach einem Blick in die Akte unmissverständlich gewesen: Ohne Untersuchung würde es keine so starken Mittel geben. Danach hatte Mommsen keinen Kontakt mehr zu ihm aufgenommen.

Jan warf die Akte zurück auf den Schreibtisch. Hier würde er die Antworten auf seine Fragen nicht bekommen. Vielleicht hatte der Mann einfach einen anderen Arzt gefunden oder besorgte sich die starken, opiathaltigen Arzneien auf illegalem Wege, aber eigentlich glaubte Jan das nicht. Alles an diesem Fall war merkwürdig und das war noch nett ausgedrückt.

Er rief am PC *Google* auf und ließ sich die Adresse des Patienten auf einer Karte anzeigen. Wenn er die Satellitenaufnahme richtig deutete, wohnte Mommsen auf einem Resthof direkt an der Schlei. Diese Gegend hatte Jan bisher noch nicht weiter erkundet, weil es ihn mehr an die Ostsee mit ihren Sandstränden und Steilküsten zog als ans Schleiufer, das größtenteils mit Gras bewachsen war. In diesem Fall sprach jedoch einiges für eine kleine Motorradtour, die er mit einem unangemeldeten Hausbesuch verbinden würde. Mehr als eine harsche Abfuhr konnte er sich nicht einhandeln, aber dafür hätte er für einige Zeit das schöne Wetter ausgenutzt – und damit Gerdas Forderung wenigstens zum Teil erfüllt.

Zwei Stunden später saß Jan am Strand in der Nähe von Damp und ertappte sich dabei, dass er es viel mehr als erwartet genoss, einfach nur auf die Wellen hinauszublicken. Vielleicht hatte Gerda mit ihren Ermahnungen doch nicht so verkehrtgelegen. Ihn reizte weder die Aussicht, irgendwann in seine Wohnung zurückfahren zu müssen, noch die Vorstellung, diesen seltsamen Patienten zu besuchen. Einfach in der Sonne zu sitzen, den Möwen zuzusehen und dem Klang der Wellen zu lauschen, reichte ihm. Leider war da sein Pflichtbewusstsein, das er nicht so einfach abschalten konnte – vermutlich ein lästiges Überbleibsel aus seiner Bundeswehrzeit. Seufzend stand er schließlich auf und schüttelte den Sand von seiner Jacke.

Auf dem Weg zu seinem Motorrad, das er verkehrswidrig wenige Meter entfernt in einem der schmalen Durchgänge zum Strand geparkt hatte, kämpfte er gegen die Versuchung an, einfach doch nur weiter im Sand zu sitzen oder alternativ über die Autobahn zu jagen. Am Rande seines Bewusstseins spürte er schon wieder die Erinnerung an Afghanistan lauern. Anscheinend bekamen ihm freie Stunden nicht besonders gut, denn während der Praxisöffnungszeiten fand er ausreichend Ablenkung und konzentrierte sich auf seine Patienten.

Er zog sich seine Handschuhe an, ließ den Helm aber noch auf der Sitzbank liegen, da er erst wenden wollte, was bei dem sandigen Untergrund kein Vergnügen war. Jan hatte die Ninja kaum einen Meter bewegt, als er etwas Buntes aus dem Augenwinkel auf sich zukommen sah. Er hielt das Gewicht des Motorrads mit der Hüfte und drehte sich um. Eine Radfahrerin war mit Schwung in den Durchgang zum Strand abgebogen und hatte offenbar nicht mit einem Hindernis gerechnet. Im letzten Moment war sie abgesprungen, um einen Zusammenstoß zu vermeiden.

Eine Frau, Anfang oder Mitte dreißig, blitzte ihn aus blauen Augen wütend an. »Durchfahrt für Fahrzeuge aller Art ist hier verboten.«

Jan hob eine Augenbraue. »Das würde dann ja wohl auch für Fahrräder gelten.«

»Die sind wenigstens nicht so gemeingefährlich wie das da.«

Damit war dann wohl seine Maschine gemeint. »Hat eigentlich nur Ihre Laune bei der Notbremsung etwas abbekommen oder auch Ihr Knöchel?«, gab Jan ironisch zurück, da ihm aufgefallen war, dass die Frau sich an den Lenker ihres Rades klammerte.

»Es geht schon wieder, ich bin nur blöd aufgekommen. Lassen Sie sich nicht aufhalten. Und bitte entdecken Sie nun nicht plötzlich Ihr Gewissen oder ein dezentes Grundverständnis für Verkehrsregeln.«

Jan biss sich auf die Lippe, um nicht laut loszulachen. Damit hätte er die Frau vermutlich endgültig auf die Palme gebracht. Aber es hatte schon etwas, wie sie fauchte. Ihre blauen Augen funkelten und der Wind wehte durch ihre langen blonden Haare, das weite orangefarbene T-Shirt und den bunt gestreiften Rock. Jan war kein Experte, doch besonders modisch erschien ihm ihre Kleidung nicht, aber irgendwie interessant.

»Wie Sie meinen«, quetschte er halbwegs ernst hervor. »Wenn Sie denn Ihr Rad bitte etwas weiterschieben würden, habe ich auch genug Platz zum Wenden.«

Sein Gegenüber legte den Kopf in den Nacken, schnaubte aufgebracht und tat dann, worum er es gebeten hatte.

Jan rangierte das Motorrad in die Startposition, setzte den Helm auf und beobachtete dabei die Frau im Rückspiegel. Von ihrer kratzbürstigen Art abgesehen, gefiel sie ihm. Er mochte unkonventionelle Menschen. Ihr Rad warf sie einfach in den Sand und setzte sich nach einigen Schritten an den Strand. Wenn Jan sich nicht irrte, sah sie genauso gedankenverloren aufs Meer hinaus, wie er es noch vor wenigen Minuten getan hatte.

Er startete den Motor und fuhr langsam an, dennoch drehte das Hinterrad etwas durch. Mühelos fing er die Maschine ab und erreichte ohne weitere Probleme die Hauptstraße. Ein Nachteil am Motorradfahren war das Fehlen eines Navigationssystems. Nun war Jan auf sein Gedächtnis angewiesen, um den Weg zu Felix Mommsen zu finden. Die grobe Richtung konnte er kaum verfehlen, weil es in der Nähe nur zwei

Möglichkeiten gab, die Schlei zu überqueren: in Kappeln über die viel befahrene Klappbrücke oder mit der Fähre in Arnis. Solange er also auf dieser Seite blieb, konnte er sich nicht völlig verfahren. Sollte er jedoch plötzlich die einspurige Schleibrücke in Lindaunis vor sich haben, hatte er sein Ziel deutlich verfehlt.

Einige Kilometer fuhr er parallel zur Schlei und sah die Wasserfläche ab und zu durch die Bäume aufblitzen. Er genoss die Landschaft, bis er einen schwarzen Geländewagen im Rückspiegel bemerkte, der ihn irritierte. Egal, in welcher Geschwindigkeit Jan fuhr – der Fahrer hielt exakt denselben Abstand. Selbst als Jan seine Maschine deutlich unters Tempolimit abbremste, machte der Wagen keinen Versuch, ihn zu überholen.

Als die Straße von der Schlei wegführte, gab Jan Gas. Der Geländewagen mochte zwar schwerer sein, kam in Sachen Beschleunigung aber nicht einmal ansatzweise an seine Ninja heran. Zufrieden atmete Jan auf, als er das Fahrzeug im Rückspiegel aus den Augen verlor. Dann suchte er nach einem kleinen Feldweg, der demnächst links kommen musste und ihn hoffentlich zu dem Resthof von Felix Mommsen bringen würde.

Kapitel 7

Fast hätte Jan die Zufahrt zu seinem Ziel dann doch noch übersehen. Er bremste etwas härter als geplant und nahm die Kurve in abenteuerlicher Schräglage. Immerhin war der Weg asphaltiert und führte direkt auf die Schlei zu. Dann erkannte Jan seinen Irrtum: Das Gebäude am Ende der Straße war rechtwinklig und hatte keinerlei Ähnlichkeit mit dem Resthof von Mommsen, den er sich vor der Fahrt bei *Google Earth* angesehen hatte.

Statt einfach zu wenden und zurückzufahren, sah er zu einem Bootsanleger hinüber, vor dem zwei Männer arbeiteten – einer vermutlich Ende sechzig, Anfang siebzig, der andere höchstens Mitte zwanzig, vielleicht auch jünger. Obwohl sich bei dem Älteren beachtliche Muskeln unter seinem T-Shirt abzeichneten, hatten die beiden offenbar Probleme, einen Balken richtig im Boden zu versenken. Der Jüngere hielt ihn, während der Ältere auf abenteuerliche Art und Weise auf einer Klappleiter balancierte und offensichtlich von oben auf den Balken einhämmern wollte. Das konnte nur schiefgehen. Jan stellte den Motor ab, riss sich den Helm vom Kopf und sprintete zu den Männern. Er erreichte sie gerade, als dem Jüngeren der Balken aus der Hand zu rutschen drohte. Dank seiner Handschuhe bekam Jan das Holz zu packen und zu dritt schafften sie es, den Balken zu verankern.

»Mensch, das war Rettung in letzter Minute«, stellte der Ältere erleichtert fest. »Ich bin Jo. Wenn ich mit jemand zusammenarbeite, reicht der Vorname.«

»Finde ich auch. Jan. Ich dachte eigentlich, dass das hier der Hof von Felix Mommsen ist, aber da bin ich wohl falsch abgebogen.«

Der Jüngere nickte. »Jörg. Danke auch von mir. Wäre meinen Zehen nicht gut bekommen, wenn mir der Mist da draufgeknallt wäre. Zu Felix kommst du, wenn du in gut fünfzig Metern abbiegst. Wir sind sozusagen Nachbarn, auch wenn zwischen uns ein paar Büsche und Bäume stehen.«

Jan betrachtete die fünf Balken, die im Gras neben dem Anleger lagen. »Da kann ich auch später noch hinfahren. Wollt ihr den Rest auch noch im Boden versenken?«

Jo grinste breit. »Wenn du mich so fragst: Wollen wir. Bist du dabei?«

»Klar, aber nur, wenn ihr mir verratet, was das werden soll.«

Jörg deutete grinsend auf Jo. Der seufzte. »Frag das mal lieber meine Frau. Auf die Balken soll nachher noch so ein Sonnensegel kommen, damit man hier gut sitzen und aufs Wasser gucken kann. Wir hatten das mit Schnüren probiert, die wir an Heringen befestigt hatten, aber das klappte nicht, war immer der falsche Winkel. Nun kommt der Stoff eben oben auf die Balken.«

»Verstanden«, antwortete Jan und bemerkte erst jetzt ein Tattoo, das Jo auf dem Oberarm trug. Neugierig sah er genauer hin. Den Sägefisch kannte er als Symbol für die Kampfschwimmer – neben dem KSK die zweite Eliteeinheit bei der Bundeswehr.

Dem älteren Mann war seine Reaktion nicht entgangen und er musterte ihn prüfend. »Ist lange her«, sagte er schließlich.

»Vorbei ist es doch eigentlich nie, oder?«, entfuhr es Jan und hätte sich im selben Moment am liebsten auf die Zunge gebissen.

Jörg sah ihn irritiert an, dann rieb er sich über die Stirn. »Ich hole mal was zu trinken. Möchtest du Wasser, Cola oder Bier?«, fragte er Jan.

»Wasser wäre nett. Bier klingt zwar gut, aber das geht nicht, wenn ich noch fahren muss.«

»Gute Einstellung«, lobte Jörg ihn und ging zum Haus.

Jan sah auf die Schlei hinaus, über die zwei Enten im Tiefflug jagten. Eigentlich wollte er ein paar Worte mit Jo wechseln, stattdessen erinnerte ihn die friedliche Landschaft ohne Vorwarnung wieder an Afghanistan. Auch dort gab es beeindruckende Orte, die einen vergessen ließen, dass sich das Land im Krieg befand.

Er schrak fast zusammen, als Jo ihn ansprach. »Falls du mal reden willst, kannst du jederzeit vorbeikommen. Zimmer haben wir auch genug, wenn du deine Kiste anschließend nicht mehr nach Hause fahren willst.«

Das Angebot rührte Jan. Sie kannten sich schließlich nicht. Der Zusammenhalt zwischen den Angehörigen von Spezialeinheiten war zwar legendär, aber woran sollte Jo erkennen, dass Jan zu diesem Kreis gehörte? Dennoch schien der ältere Mann erstaunlicherweise zu wissen, dass Jan mit seiner Vergangenheit nicht im Reinen war. Und das hatte er alles aus einer kurzen, gedankenlosen Bemerkung abgeleitet? »Vielleicht komme ich darauf zurück. Danke.« Erstaunt bemerkte Jan, dass er dies tatsächlich ernsthaft in Erwägung zog. Nicht heute, aber vielleicht irgendwann.

Zum Glück kehrte in diesem Moment Jörg zurück.

Das Gespräch wandte sich wieder leichteren Themen zu und sie hatten die Balken schnell an die Stellen gebracht, wo sie hingehörten.

»Das Segel machen wir morgen dran«, verkündete Jörg und leerte die Flasche Cola bis auf den letzten Tropfen.

»Wozu hast du eigentlich die Gläser rausgebracht?«, brummte Jo.

»Damit Jan sieht, dass wir welche haben. Ich muss langsam los. Morgen kann ich so gegen Mittag hier sein. Komm ja nicht auf die Idee, allein auf die Leiter zu steigen, um den Tüddelkram mit dem Stoff und den Schnüren fertig zu machen!«

»Du musst nicht extra rauskommen«, widersprach Jo und ignorierte damit Jörgs Forderung einfach.

»Weiß ich, mach ich aber trotzdem. Ich hole schnell meine Klamotten und bin dann mal weg. Gruß und Kuss an Helga. Ich schicke ihr wohl besser noch eine WhatsApp, damit du auch wirklich nicht allein auf die Leiter steigst. Man sieht sich, Jan.« Mit einem Winken verabschiedete sich Jörg.

»Dein Sohn?«, fragte Jan.

»Gewissermaßen, aber erst seit ein paar Jahren. Meine eigenen Gewächse haben es vorgezogen, in den Süden des Landes zu ziehen: Hannover und Braunschweig.«

Jan unterdrückte ein Lachen, bei Jos Formulierung hätte er eher an Bayern gedacht. »Das ist natürlich ein Verbrechen. Na komm, lass uns das Segel noch da oben befestigen. Ich sehe dir doch an, dass du nicht warten wirst. Aber Jörg hat recht: Allein ist das unverantwortlich. Du hältst die Leiter und ich tacker den Stoff da oben schon irgendwie fest.« Überzeugt schien Jo noch nicht zu sein, da musste Jan wohl nachlegen. Die Rivalität zwischen ihren früheren Einheiten war der ideale Ansatzpunkt. »Dass man euch Sägefischen aber auch immer erst Nachhilfe erteilen muss, wie der Laden läuft.« Er sah bedeutungsvoll auf die Schlei hinaus. »Und das auch noch direkt am Meer, was doch angeblich eure Stärke sein soll ... Na, ich weiß nicht ... Schon mal was von Teamgeist gehört? Das ist das Gegenteil von einem Einzelkämpfer. Ich kann dir gerne eine Skizze machen, damit du es verstehst.«

Jo legte den Kopf in den Nacken und lachte laut. »Netter Versuch, Jan. Und das ausgerechnet von einem Schlammfresser, der auf dem Meer ab Windstärke drei über der Reling hängt. Ehe ich mir noch mehr solchen Mist anhören muss, ziehen wir das jetzt durch. Aber eins interessiert mich jetzt dann doch: Was hat dich denn eigentlich hierher verschlagen?«

»Eine leer stehende Arztpraxis.«

Jo sah ihn von Kopf bis Fuß an. »Du bist der neue Doktor? Na, das ist ja mal ein Ding.«

Eine Stunde später war die Konstruktion fertig und Jan musste zugeben, dass die Idee von Jos Frau gar nicht so schlecht gewesen war.

Auch Jo nickte zufrieden. »Besser, als ich gedacht habe. Da vorn kann der Grill hin. Und hier unterm Stoff können dann fünf oder sechs Leute sogar bei leichtem Nieselregen bequem sitzen. Wenn du noch nichts vorhast, komm doch am Samstagabend mal vorbei. Dann weihen wir das mit einem ordentlichen Steak ein. Der Bauer um die Ecke züchtet

Highlandrinder, das ist noch ordentliches Fleisch und kein Vergleich zu diesem Fabrikfraß.«

»Klingt gut. Danke.«

Als Jan das Grundstück von Jo hinter sich gelassen hatte und die Maschine wieder auf die Straße lenkte, überlegte er, ob er sich den Besuch bei Mommsen wirklich noch antun sollte. Die Zeit mit Jo und Jörg hatte etwas in ihm berührt, über das er nachdenken wollte. Er hatte es genossen, mit den Männern zusammenzuarbeiten. Ihre lockere Art hatte ihn an seine Freunde und Kameraden bei der Bundeswehr erinnert.

Schlagartig fühlte er sich etwas einsam. Tagsüber hatte er in der Praxis genug zu tun, aber in seiner Freizeit hatte er … nichts. Das war ihm bisher nie so bewusst gewesen, nun störte es ihn. Vielleicht waren die beiden Männer ein Anfang, um das zu ändern.

Links vor sich erkannte er den nächsten Feldweg. Diese Zufahrt musste zu Mommsens Resthof führen. Bei dem Gedanken an die starken Medikamente, die der Mann ohne offenkundigen Anlass nahm, meldete sich Jans Pflichtbewusstsein und er bog ab.

Zwei Teenager auf Fahrrädern kamen ihm entgegen und machten ihm bereitwillig Platz, damit sie sich auf der schmalen Straße nicht ins Gehege kamen. Im Gegensatz zu dem Weg, der zu Jo führte, war dieser nicht asphaltiert und der festgefahrene Sand wies starke Spurrillen auf, mit denen seine Maschine zu kämpfen hatte. Jan atmete auf, als er das Gebäude vor sich dieses Mal von den Bildern aus dem Internet sofort wiedererkannte. Das Haus war kleiner, als er gedacht hatte. Der Stall hingegen musste relativ neu sein. Bei *Google earth* hatte Jan ihn nicht gesehen und das Holz wirkte kaum verwittert.

Er stieg ab, legte Handschuhe und Helm auf die Sitzbank und wollte gerade Richtung Haustür gehen, als laut bellend ein Hund auf ihn zugelaufen kam. Jan blieb ruhig stehen und wartete, bis das Tier seine Stiefel ausgiebig beschnüffelt hatte. Erst dann beugte er sich hinab und kraulte ihm den Rücken. »Na, du bist ja ein Wachhund.«

Ein Mann in verschmutzter Jeans und einem T-Shirt, dessen Farbe nicht mehr erkennbar war, trat auf sie zu. Die hagere Gestalt und die leicht gelbliche Gesichtsfarbe alarmierten Jan. Wenn das Mommsen war, hatte er ernsthafte gesundheitliche Probleme. Aber wieso stand davon nichts in der Patientenakte?

»Komm her, Rambo!«, befahl der Mann und seufzte, als der Hund sich neben dem Motorrad ausstreckte und gähnend den Kopf auf die Pfoten legte. »Meinetwegen auch das …« Dann wandte er sich Jan zu. »Haben Sie sich verfahren?«

»Das habe ich vorhin getan, als ich bei Jo und Jörg gelandet bin. Ich suche Felix Mommsen.«

Wachsamkeit trat in die Miene seines Gegenübers. »Den haben Sie gefunden. Wer sind Sie und was wollen Sie?«

Das nannte sich dann wohl auf den Punkt gebracht, von übertriebener Höflichkeit oder Smalltalk schien Mommsen nichts zu halten.

»Mein Name ist Jan Storm. Ich habe die Praxis von Theo Dunker übernommen.«

»Ja, und? Ich habe Ihre Nachricht bekommen, dass Sie mir kein Rezept ausstellen. Das war ja nicht schwer zu begreifen. Thema durch.«

Demonstrativ öffnete Jan seine Lederjacke, die für das Wetter zu warm war, wenn er nicht fuhr. »Anscheinend haben Sie die Nachricht trotzdem nicht verstanden. Ich habe gesagt, erst eine Untersuchung, dann reden wir über die benötigten Medikamente.«

»Mag sein. Das ändert am Ergebnis jedoch nichts, denn ich habe keinen Bedarf an irgendwelchen Ärzten, Tests oder Untersuchungen.«

Jan hob eine Augenbraue. »Sie wollen also einfach auf Zuruf opiathaltige Medikamente bekommen? Das ist ja mal eine interessante Inanspruchnahme des Gesundheitssystems. Hat das bei meinem Vorgänger funktioniert?«

Mommsens blaue Augen blitzten vor Wut. »Hat es. Theo waren die Menschen wichtiger als Vorschriften. Schon klar, dass das bei Ihnen anders ist.«

»Und das wissen Sie nach den paar Sekunden? Beeindruckende Menschenkenntnis. Sie haben Probleme mit der Leber, trinken zu wenig und Ihr rechtes Hüftgelenk bereitet Ihnen Schmerzen. Außerdem tippe ich auf leichte Unterzuckerung. Wenn Sie *Tramal* und ähnliche Medikamente einfach weiterschlucken wie bisher, wird Ihnen Ihre Leber noch mehr Probleme bereiten.«

Mommsen schwieg geraume Zeit. »Kommen Sie mal mit«, sagte er dann.

Eine freundliche Einladung klang anders, dennoch folgte Jan ihm zu dem Stall. Als sie davorstanden, entdeckte er auch die Weide direkt hinter dem Gebäude. Drei Pferde, einige zottelige Ponys, drei Schafe und eine Ziege grasten dort. Vor dem Stall war ein Zaun, hinter dem sich etliche Hühner aufhielten. In der Sonne lag ein schwarzer Hund und schlief.

Mommsen deutete auf die Tiere. »Die will keiner mehr haben, weil sie alt oder krank sind. Hier können sie in Ruhe leben. Dafür brauche ich mein Geld, also für das Futter, für ein paar Schüler, die mir helfen, und natürlich für die Tierarztrechnungen. Ich weiß, was mir gesundheitlich fehlt, da brauche ich keine weiteren Untersuchungen. Die Frage ist nur, ob mir noch sechs Monate bleiben oder ein paar Wochen länger. Theo hat mir das Zeug für den Fall gegeben, dass ich vor Schmerzen nicht mehr schlafen oder mich nicht mehr bewegen kann.« Mommsen sprach fast beiläufig, ohne Bedauern, als ob er Fakten aufzählte, die ihn nicht betrafen.

Da war kein Versuch, Mitleid zu erheischen, nur eine sachliche Erklärung.

»Was ist mit Ihrer Krankenkasse?«

Mommsen winkte ab. »Von einem der Glaspaläste, in denen sie residieren, gehört mir mindestens die untere Etage, so hohe Beiträge habe ich früher gezahlt. Als ich sie dann brauchte, konnten sie mich nicht schnell genug loswerden.«

Jan beobachtete einen Moment zwei Ponys, die erst einige Fliegen mit wildem Kopfschütteln abwehrten und dann über die Weide galoppierten. Den Tieren schien es im Gegensatz zu ihrem Besitzer gut zu gehen. Das Bild, das Mommsen da zeichnete, gefiel Jan überhaupt nicht und er war nicht sicher, wie er sich ihm gegenüber verhalten sollte. Schließlich nickte er knapp. »Die Krankenkasse interessiert mich nicht. Die Frage, ob ich Ihnen Medikamente gebe, mit denen Sie Ihre Lebenserwartung noch weiter verkürzen, jedoch schon. Kommen Sie morgen früh als Erster zu mir in die Praxis. Dann reden wir und ich überlege mir, ob und wie ich Ihre Schmerzen lindern kann.«

Jan rechnete nicht mit einer Zustimmung, aber dann atmete Mommsen tief durch. »Nur reden?«, fragte er nach.

Lächelnd nickte Jan. »Vielleicht kann ich Sie ja noch dazu bringen, dass ich Ihren Blutdruck messen darf. Aber das war es dann auch.« Für den Anfang! Aber das sprach er nicht laut aus.

Kapitel 8

Wesentlich später als geplant fuhr Jan wieder Richtung Brodersby. Er bereute jedoch weder den Ausflug an die Ostsee noch die Zeit, die er danach an der Schlei verbracht hatte. Jörg und Jo gefielen ihm und er hatte das Gefühl, dass sich zwischen ihnen eine Freundschaft anbahnen konnte. Das eher schroffe Verhalten von Mommsen war ein ganz anderes Kaliber: ein interessanter Mensch mit einer anscheinend ebenso interessanten Geschichte. Jan war gespannt, wie ihre zweite Begegnung verlaufen würde.

Er war neugierig, was hinter Mommsens Verhalten steckte, und vielleicht war der Mann auch der Schlüssel zur Wahrheit über Theo Dunker. Jan hatte viel Gutes über den alten Arzt gehört, aber ab und zu auch das Gefühl gehabt, dass da ein gewisser Unterton mitschwang oder ihm sogar Dinge verschwiegen wurden.

Fast bedauerte Jan es, dass er nun schon Brodersby vor sich sah. Motorradtouren in dieser Landschaft zwischen Ostsee und Schlei hatten ihren ganz eigenen Charme und reizten ihn mehr als seine leere Wohnung. Da sich jedoch weder sein Badezimmer von allein putzte noch seine Wäsche von selbst in die Waschmaschine begeben würde, war ein Ende der heutigen Fahrt abzusehen – dafür müsste dann sogar Gerda Verständnis haben.

Nachdem er das Ortsschild passiert hatte, drosselte er sein Tempo und stutzte, als er die kleine Menschenmenge am Rand des Sportplatzes sah. Automatisch wurde er noch langsamer und stoppte, als er sah, dass ein Kind am Boden lag.

Jan warf Helm und Handschuhe achtlos auf den Boden und rannte zu der Gruppe. »Lassen Sie mich durch. Ich bin Arzt!« Als man ihm nicht sofort Platz machte, half er mit zwei gezielten Schubsern nach. Eine Frau, tränenüberströmt, überprüfte die Atmung des Jungen, der vielleicht zehn oder zwölf Jahre alt war.

Jan kniete sich hin und tastete als Erstes nach dem Puls. Viel zu schwach und unregelmäßig.

Die Frau rückte etwas zur Seite. »Er hat fürchterlich gehustet und ist dann bewusstlos zusammengebrochen. Seine Atmung …«

Jan hatte bereits selbst gemerkt, dass das Kind nicht atmete. »Ist der Notarzt alarmiert?«

»Ja, aber das kann etwas dauern ...«

»Scheiße.« Sein Gefühl sagte ihm, dass der Junge nicht mehr viel Zeit hatte. Jan begann mit der Mund-zu-Mund-Beatmung.

Als er den Puls erneut überprüfen wollte, sah die Frau ihn bereits an. »Weiterhin schwach, aber spürbar. Soll ich Sie ablösen?«

»Noch nicht, überwachen Sie weiter den Herzschlag.« Jan setzte die Beatmung fort und beendete sie erst, als die Frau aufschrie. »Weg!«

»Verdammt.« Er begann mit der Herzmassage. Schweiß lief ihm den Rücken hinab, aber er hielt sich nicht damit auf, die Lederjacke auszuziehen. Er würde das Kind nicht verlieren! Das kam einfach nicht infrage. Als seine Bemühungen keinen Erfolg zeigten, ballte Jan die Hand zur Faust und schlug dem Kind heftig auf den Brustkorb.

»Ich glaube ... vielleicht ... ich bin nicht sicher«, stammelte die Frau.

Jan legte dem Kind einen Finger an den Hals und suchte angespannt nach dem Puls. Flatternd wie Schmetterlingsflügel, aber eindeutig da. Er setzte die Beatmung fort und wurde schließlich von einem schwachen Husten belohnt. Jan wich etwas zurück. Die Gesichtsfarbe des Kindes hatte sich halbwegs normalisiert.

Die Frau, die ihm geholfen hatte, umklammerte das Handgelenk des Jungen. »Etwas regelmäßiger«, sagte sie deutlich ruhiger als zuvor.

Die Männer und Frauen, die sie bisher umringt hatten, machten plötzlich Platz. Ein Notarzt kam, gefolgt von zwei Sanitätern, auf sie zugerannt.

»Puls hat ausgesetzt, ist wieder da, war vorher extrem schwach und unregelmäßig. Atmung im Moment stabil, hatte ebenfalls ausgesetzt. Gesichtsfarbe deutlich verbessert. Angeblich Kollaps nach Hustenanfall. Eventuell ein toxischer Schock.«

Der Arzt nickte knapp. »Danke.« Ohne den Blick von dem Jungen abzuwenden, sprach er den Sanitäter an: »Ruf den Heli. Ich gehe kein Risiko ein, die Uniklinik in Kiel ist für solche Fälle besser vorbereitet. Legt einen Zugang.«

Erst nachdem Jan sich überzeugt hatte, dass der Arzt den Jungen perfekt überwachte und versorgte, ging er zur Seite.

Die Frau folgte ihm. »Danke. Ohne dich … Ich bin Uschi, die Trainerin der Jungs.«

»Jan. Jan Storm, der Arzt hier aus dem Ort. Das hast du verdammt gut gemacht.«

Sie hob die Schultern, als ob sie frieren würde. »Eigentlich hast du ja alles gemacht, bei mir waren plötzlich all meine Ersthelferkenntnisse einfach weg. Ich dachte nur an stabile Seitenlage und danach fiel mir die Überprüfung der Vitalzeichen ein.«

Jan öffnete den Reißverschluss seiner Jacke und atmete tief durch. »Das ist doch völlig normal. Wichtig war nur, dass du ihn versorgt und danach mir geholfen hast. Und das hast du echt richtig gut gemacht. Was ist denn eigentlich passiert?«

Uschi rieb sich fahrig mit der Hand über die Stirn und zeigte dann auf ein paar Bäume, die am hinteren Ende des Spielfelds standen. »Jonas hat dort drüben gedribbelt. Allein. Er hat so viel Mist gemacht, dass ich ihm eine Auszeit verordnet habe. Erst hat er den Ball zwischen die Bäume gedroschen, sich dann aber wieder beruhigt. Etwas später ist er zu mir gekommen und hat gesagt, dass ihm irgendwie komisch wäre. Jonas sah da ganz käsig aus, hat sich an den Rand gesetzt und auch ein paarmal gehustet. Auf dem Weg zu den Kabinen wurde der Husten immer schlimmer und er ist zusammengebrochen.« Sie schlug sich mit der flachen Hand gegen die Stirn. »Mensch, ich muss doch seiner Mutter Bescheid sagen! Ich melde mich morgen mal bei dir«, versprach sie und rannte davon.

Jan überzeugte sich davon, dass der Junge weiterhin stabil war, und blickte dann zu den Bäumen hinüber, bei denen Jonas gespielt hatte. Was konnte es schon schaden, wenn er sich dort etwas umsah? Doch er kam nicht dazu, dorthin zu gehen. Die Männer und Frauen, die ihn bisher stumm beobachtet hatten, stürzten nun auf ihn zu und begannen, ihn auszufragen.

»Was hat der Junge?«, wollte ein bulliger Mann mit struppigem Bart wissen.

»Ich weiß es nicht. Das müssen die Untersuchungen im Krankenhaus zeigen.«

Eine Frau mit grauen kurzen Haaren drängte sich an dem Mann vorbei. »Wie geht's Jonas denn?« Sie bedachte den Mann mit einem strafenden Blick. »Das ist doch nun mal das Wichtigste!«

»Besser, er scheint einigermaßen stabil zu sein.«

Eine jüngere Frau mit langen braunen Haaren nickte Jan zu. »Na, das ist dann ja wohl dein Verdienst. Ich habe mitbekommen, dass Puls und Atmung ausgesetzt haben. Bist du der neue Arzt?«

Jan nickte.

Ein leises Raunen ging durch die kleine Gruppe. Der bullige Kerl musterte Jan von den Motorradstiefeln bis zu den verschwitzten Haaren und schlug ihm dann auf den Rücken. »Guter Einstand. Wie heißt du?«

»Jan. Jan Storm. Sagt mal, weiß jemand, ob Jonas krank war?«

Die Antwort bestand in allgemeinem Kopfschütteln.

»Oder habt ihr was gehört, dass noch andere plötzlich einen so starken Husten hatten?«

Wieder die gleiche Reaktion.

Die jüngere Frau hob einen Finger, als ob sie sich in der Schule melden würde. »Hast du nicht was von toxisch gesagt?«

»Ja, aber ich weiß es nicht. Ich habe nur auf die Möglichkeit hingewiesen, weil man eine Vergiftung ganz anders behandeln muss als zum Beispiel eine Viruserkrankung. Das werden die Ärzte im Krankenhaus abklären.«

Die Frau wickelte sich eine Haarsträhne um den Finger und biss sich auf die Unterlippe. Schließlich atmete sie tief durch. »Also, ab und an hört man ja doch mal was. Bei Husten denke ich an den Hannes und den Theo und natürlich an das Baby von …«

Der bullige Kerl unterbrach sie rüde. »Ach, komm, hör auf mit dem Tratsch, Anke.«

Anke sah den Mann scharf an. »Von wegen Tratsch! Das sind alles Fakten. Denk mal lieber darüber nach, was das heißt.«

Der Bulle schnaubte. »Und was?«

Sie zuckte mit der Schulter. »Weiß ich nicht, aber da muss es einen Zusammenhang geben.«

Dröhnend lachte der massige Kerl los. »Eine Verbindung zwischen Jonas und dem alten Dunker? Wie soll das denn gehen?«

Jan ignorierte die Zankerei und konzentrierte sich auf die Fakten. Nachdenklich sah er wieder zu den Bäumen hinüber, bei denen der Junge gespielt hatte. Es war Zeit, sich dort umzusehen. Da die Menschen um ihn herum nun mit sich selbst beschäftigt schienen, hob Jan lediglich grüßend die Hand und setzte sich in Bewegung.

Nach wenigen Metern tauchte schnaufend der bullige Kerl an seiner Seite auf. »Willst du dich da umsehen, wo Jonas rumgebolzt hat?«

Jan nickte und fragte sich gleichzeitig, ob es zum Dorfleben dazugehörte, dass hier offenbar jeder sämtliche Gespräche der anderen verfolgte. Schließlich hatte die Trainerin ihm von Jonas' Auszeit erzählt.

»Ich bin Lukas. Wir sind hier nicht so steif mit dem ganzen Gesieze untereinander. Hoffe, das geht klar.«

»Kein Problem. Und du meinst also, dass Anke sich wegen der Hustenanfälle was zusammengereimt hat?«

Lukas rieb sich über die Oberlippe. »Weiß nicht, vielleicht auch nicht. Mal sehen, was wir da gleich finden.«

Als sie das Ende des Sportplatzes erreicht hatten, blieb Jan stehen und sah sich um. Doch er konnte nichts Auffälliges entdecken. An einer Stelle führte ein schmaler Pfad in das Dickicht zwischen den Bäumen. Mit seiner Jeans und den Motorradstiefeln brauchte er keine Angst vor den hohen Brennnesseln zu haben, aber ein Kind musste höllisch aufpassen, um nicht gestochen zu werden. Fluchend folgte ihm Lukas ein kurzes Stück, dann gaben sie es auf. Das Gebüsch wurde immer undurchdringlicher und verhinderte ein Weiterkommen.

Lukas streckte die Hand aus und verfing sich prompt in einigen tief hängenden Ästen. »Hinter dem Busch ist schon der Weg, den die Bauern benutzen, um zu ihren Feldern zu kommen. Mehr gibt es da nicht. Außer den Äckern natürlich. Also ich sehe hier nichts Auffälliges.«

Jan holte tief Luft. Er könnte schwören, dass ein leicht metallischer Geruch in der Luft lag. »Riechst du was?«

Geräuschvoll atmete nun auch Lukas tief ein. »Weiß nicht. Da ist was. Doch ... Könnte sein. So ähnlich wie beim Schlachter, wenn der gerade ein Schwein gekeult hat.«

»Du meinst, es riecht nach Blut?«

Lukas schnüffelte erneut. »Eigentlich nicht, das ist was anderes, aber ich komme nicht drauf und weiß auch nicht, wieso ich daran denken muss. Kann das schon giftig sein?«

»Nee, eigentlich nicht.«

»Meinst du, das hat was mit dem Husten zu tun?«

Nachdenklich legte Jan den Kopf etwas seitlich. »Womöglich. Irgendwie ist das für mich eine Chemikalie, die nicht hierher gehört. Aber das werden wir heute nicht mehr klären können. Vielleicht kann Jonas uns verraten, ob ihm was aufgefallen ist.«

»Sehr gute Idee, könnte direkt von mir sein!«, lobte ihn Lukas.

Jan grinste flüchtig. Der Kerl wurde ihm immer sympathischer und gab der Bezeichnung ›rau, aber herzlich‹, mit der die Norddeutschen so oft beschrieben wurden, eine völlig neue Bedeutung. In der Ferne war das Geräusch von Rotoren zu hören. »Der Hubschrauber kommt. Der wirbelt hier sowieso alles durcheinander.«

»Na, dann lass uns mal zurückgehen. Die Alten Herren kommen gleich zum Training und haben meistens einen Kasten *Jever* dabei. Trinkst du eins mit auf den Schreck?«

Jan zog es immer noch nicht in seine Wohnung. Außerdem konnte er die Einladung schlecht ausschlagen und nach einem Bier wäre er immer noch fahrtauglich, zumal er den restlichen Weg auch leicht zu Fuß gehen könnte.

»Klar, ich bin dabei. Kickst du bei denen mit?«

»Jo, ich stehe im Tor.« Er musterte Jans Motorradstiefel. »Aber heute beschränken wir uns nach der Aufregung mal aufs Schnacken. Wenn du noch andere Schuhe hast, dann komm mal mittwochs vorbei. Die Truppe ist echt voll in Ordnung.«

Klaus Zeiske bemühte sich nach Kräften, die unaufhörliche Tirade seiner Frau zu überhören. Als ob ihn der Dorfklatsch interessieren würde! Wenn alles nach Plan verlief, waren ihre Tage hier gezählt und ein Leben unter südlicher Sonne wartete auf sie. Während sie sich in ihr Thema hineinsteigerte, überlegt er, ob er sich nicht doch für ein Leben als Single und ohne nervenden Köter entscheiden sollte. Kochen konnte sie zwar und sie hielt auch den Haushalt in Ordnung, aber sie ging ihm zunehmend auf die Nerven. Im Bett lief schon lange nichts mehr. Doch dafür gab es andere Möglichkeiten – vielleicht so ein Thaimädel, wie er sie aus seinem Massagesalon kannte. Die stellten keine hohen Ansprüche und wussten, was ein Mann brauchte. Das war eine Überlegung wert.

Er vergaß seine Zukunftspläne, als ihm mit Verspätung einzelne Worte seiner Frau ins Bewusstsein sickerten. »Was hast du gerade gesagt?«

Unwillig runzelte seine Frau die Stirn. »Hörst du denn überhaupt nicht zu?«

»Natürlich höre ich dir zu. Aber ich bin gerade entsetzt und kann es nicht glauben. So was in unserem friedlichen Dorf?« Normalerweise reichte es, ihr ein Stichwort zu geben, und sie begann erneut zu schwadronieren.

»Das kannst du wohl sagen. Ein Hubschrauber. Hier! Und wenn der junge Doktor nicht gewesen wäre, dann hätte Jonas das nicht geschafft. Da waren sich alle einig. Aber wenn es hier wirklich was Giftiges gibt, dann sind wir alle in Gefahr. Vor allem Polly, die ja zu gerne überall herumschnüffelt.«

Zeiske sortierte die wenigen Wortfetzen, die er mitbekommen hatte. Er erinnerte sich noch gut daran, dass Polly auf dem Spielplatz beinahe tatsächlich mit dem Zeug in Berührung gekommen wäre. »Und das war am Fußballplatz? Dort ist doch immer so viel Betrieb, dass jemand was gesehen haben muss.«

»Keine Ahnung. Ich habe nur gehört, dass der neue Doktor und der Lukas sich was angesehen haben. Dabei ist jedoch nichts rausgekommen. Der Arzt war aber wohl sicher, dass der Junge vergiftet worden ist.«

Davon ging Zeiske auch aus und er hatte auch eine ungefähre Vorstellung davon, was passiert war. Die Rückseite des

Fußballplatzes grenzte an Felder, die brachlagen. Vermutlich hatte einer der Fahrer genau dort heimlich den Dreck entsorgt und nicht darüber nachgedacht, wo der Mist hinsickerte. Das interessierte ihn nicht weiter, viel mehr Sorgen machte er sich um den Arzt. Es hörte sich so an, als ob der Mann schon auf der richtigen Spur war. Und das konnten sie nicht zulassen. Er hätte vor einigen Stunden die Gelegenheit nutzen sollen, ihn umzufahren. Doch da war ihm das noch übertrieben vorgekommen. Obwohl das Risiko gering gewesen wäre. Er kannte schließlich die richtigen Leute, um den ›Unfall‹ erklären zu können. Als er sich endlich entschlossen hatte, es doch durchzuziehen, hatte der Arzt ihn mit seinem Motorrad bereits abgehängt.

Da mussten sie wohl wirklich präventiv tätig werden. Und dieses Mal würden sie die Geschwindigkeit der Maschine miteinkalkulieren.

Das alles gefiel ihm gar nicht. Zeiske mochte nichts, was seine Ordnung durchbrach. Vielleicht würde er sich mit einem Thaimädchen auch übernehmen. Bei Gudrun wusste er wenigstens, was er hatte. Eventuell reichte es ja doch, den nervigen Pudel loszuwerden.

Der saftige Rinderbraten schmeckte plötzlich wie Pappe. Zeiske schob den Teller weg. »Mir ist der Appetit vergangen. Der arme Junge. Ich gehe noch mal eine Runde raus.«

»Da wird sich Polly freuen.« Gudrun stand auf, um das Geschirr abzuräumen, und legte ihm eine Hand auf den Arm. »Du bist so ein guter Mensch, dass dir das so nahegeht.«

Er nickte. »Halte mich bitte auf dem Laufenden, wenn du was von deinen Damen hörst.«

Kapitel 9

Am nächsten Morgen fiel Jan das Aufstehen ungewohnt schwer. Nachts hatten ihn wieder die Bilder aus Afghanistan eingeholt, aber das war nichts Neues. Erstmals war jedoch die Stille nach dem Aufwachen aus dem Albtraum ungewohnt beklemmend gewesen.

Er quälte sich aus dem Bett und zwang sich unter die Dusche. Erst als er sich mit einem gefüllten Kaffeebecher gegen die Arbeitsplatte in der kleinen Küche lehnte, begriff er, dass die Begegnungen des Vortages noch an ihm nagten. Die Zeit mit Jörg und Jo hatte er genossen und freute sich auf ein Wiedersehen, aber merkwürdigerweise beschäftigte ihn nicht nur das Schicksal von Felix Mommsen, sondern ihm spukte auch noch die Frau vom Strand im Kopf herum. Dabei sollte doch eigentlich in erster Linie der Zustand von Jonas seine Gedanken beherrschen.

Dass er an Mommsen dachte, konnte er noch verstehen. Ein schwer kranker Mann, der vorher offenbar ein völlig anderes Leben geführt hatte und jetzt für kranke und alte Tiere sorgte, ließ niemanden kalt. Jan hoffte, dass er ihm helfen konnte. Dass die zickige Frau ihn noch beschäftigte, schien darauf hinzudeuten, dass er schon zu lange allein war. Aber bisher hatte er niemanden in seinem Leben vermisst und damit würde er nun nicht beginnen. Es gab Wichtigeres, was seine Aufmerksamkeit forderte: zum einen Mommsen, zum anderen die ungeklärte Ursache für den heftigen Husten, der seinen Vorgänger und Hannes und nun wohl Jonas erwischt hatte. Dazu fiel ihm auch noch der schwarze Geländewagen ein, der sich gestern auf der Landstraße so auffällig verhalten hatte. Jan schüttelte über sich selbst den Kopf: Seine Fantasie machte anscheinend Überstunden.

Plötzlich musste er nun auch noch an die junge Frau vom Sportplatz denken, die eine Verbindung zwischen Hannes, dem alten Arzt und noch einem anderen Fall gezogen hatte. Und dann war da dieser Geruch gewesen ... Vielleicht doch Gift?

Es war Zeit, mit der Arbeit zu beginnen, ehe er noch eine ausgewachsene Paranoia entwickelte. Später konnte er sich in der Kieler Uniklinik nach Jonas erkundigen und vielleicht erfuhr er von den Kollegen die Ursache für den Kollaps. Am besten fuhr er persönlich dort vorbei, am Telefon war die Gefahr zu groß, abgewimmelt zu werden.

Der Plan gefiel ihm und endlich war er bereit, in die Praxis zu gehen. Schließlich bestand eine gute Chance, dass in einer halben Stunde Felix Mommsen eintraf, und den wollte er keinesfalls warten lassen.

Überrascht blieb er stehen, als er die angelehnte Tür bemerkte. So früh war Gerda eigentlich nicht da ... Vorsichtig stieß er die Tür auf und rechnete schon beinahe damit, auf einen Einbrecher zu treffen, als er das leise Pfeifen hörte, mit dem Gerda ihren Tag begann.

»Moin, Gerda«, rief er laut, um sie nicht zu erschrecken.

»Moin, Jan. Der Kaffee ist gleich fertig. Geh schon mal durch.« Gerdas Stimme kam aus der kleinen Pantry.

Verdutzt ging Jan in sein Sprechzimmer und betrachtete ungläubig seinen Schreibtisch. Butter, ein Glas mit Marmelade, ein Teller mit dicken Scheiben Mettwurst und ein Korb voller verführerisch duftender Brötchen, daneben zwei leere Teller und Besteck. »Was ist denn hier los?«, rief er.

Die Antwort war nahezu unverständlich, es hörte sich an wie »Heldenfrühstück«, aber das konnte nicht ihr Ernst sein.

Mit zwei Bechern in der einen und einer Kanne Kaffee in der anderen Hand kam Gerda ins Sprechzimmer. »Ich dachte, du hast dir ein ordentliches Frühstück verdient, und damit war ich nicht allein. Die Marmelade ist von Uschi, Jonas'

Trainerin, und die Mettwurst von ihrem Mann, der ist nämlich Metzger. Nur die Brötchen, die sind von mir. Mensch, Jan, so hatte ich das mit der Erholung eigentlich nicht gemeint! Aber was für 'n Glück, dass du rechtzeitig dort warst. Und nun setz dich und lass uns essen.«

Jan sah erst auf die Mettwurst, dann auf die Uhr. »Würde ich gerne, aber in zehn Minuten kommt der erste Patient.«

Energisch schüttelte Gerda den Kopf. »Als ob mir so was durch die Lappen gehen würde. Erster Termin ist um neun.«

»Nee, ich habe Felix Mommsen gebeten, um acht vorbeizukommen, weiß aber nicht, ob er das tut.«

»Na, dann isst er eben mit. Das ist doch kein Problem.« Gerda schob Jan förmlich zu seinem Schreibtischstuhl. »Hinsetzen, essen und mir verraten, wann du Felix getroffen hast.«

Schmunzelnd gab Jan nach, schnitt sich ein Brötchen auf und bestrich es mit Butter. »Bekomme ich mildernde Umstände, wenn ich gestehe, dass ich bei ihm vorbeigefahren bin?«

»Kommt drauf an, was du vorher getan hast!«

»Faul am Strand gesessen und danach Jörg und Jo mit ihrem neuen Pavillon geholfen.«

»Bei Jo warst du auch?«

»Ja, ich bin falsch abgebogen und da waren die beiden gerade am Bauen.«

Gerda trank einen Schluck Kaffee und nickte dann. »Klar, das kann leicht passieren, wenn man den Weg nicht kennt. Tja, der Jo ...« Sie runzelte die Stirn. »Ihr beide müsstet euch doch eigentlich verstehen. Und der Jörg, der ist auch in Ordnung.«

»Finde ich auch. Woher weißt du denn von dem Kollaps des Jungen?«

Der Blick, mit dem sie Jan bedachte, war an Herablassung nicht zu übertreffen.

Er winkte ab. »Ich vergaß: Ich wohne nun in einem Dorf und da verbreiten sich solche Dinge eben schnell. Richtig?«

»Ganz genau. Und nun iss dein Brötchen. Was denkst du denn über Felix?«

Wie sollte er denn gleichzeitig essen und ihre Fragen beantworten? »Ein interessanter Typ«, erwiderte er und biss schnell ein Stück ab.

Da Gerda nickte, war sie offenbar zufrieden. »Ich mag ihn«, verkündete sie. »Lass dich bloß nicht von seiner ruppigen Art täuschen. Der ist schon in Ordnung.«

Jan nickte unverbindlich und hoffte, dass das Thema damit erledigt wäre.

Gerda legte den Kopf etwas schief. »Wenn 'n von 'n Düvel snackt …«

Jan verstand den plattdeutschen Spruch, der ungefähr ›Wenn man vom Teufel spricht‹ hieß, erst, als die Praxistür geöffnet wurde und sich Schritte näherten. Anscheinend war Felix Mommsen eingetroffen.

Mommsen betrat das Zimmer, ohne zu klopfen, sondern stieß die Tür so heftig auf, dass sie gegen die Wand prallte. Jan wollte ihn verärgert anfahren, als ihm zwei Dinge gleichzeitig auffielen: Mommsen rang nach Luft und in der Hand hielt er eine Klappbox, die mit einem Haufen Heu gefüllt war. Mit zwei Sätzen war Jan bei ihm, nahm ihm die Kiste ab und stellte sie auf die Untersuchungsliege. Dann drückte er Mommsen in den freien Besucherstuhl. »Schön gleichmäßig atmen«, befahl er.

Keuchend zeigte Mommsen auf die Box. »Ich wollte eigentlich nicht kommen, aber vielleicht können Sie Hannibal helfen. Der braucht Sie dringender als ich.«

Gerda schüttelte missbilligend den Kopf. »Jetzt hört mal mit diesem formellen Kram auf. Ihr braucht Jan beide. Das steht ja nu mal fest. Ich hole dir einen Kaffee und dann frühstückst du erst mal mit uns.«

Jan nickte. »Frühstücken klingt gut, aber vorher sehe ich mir Hannibal an.« Er schob das Heu vorsichtig auseinander und hielt unwillkürlich die Luft an. Ein Meerschweinchen sah ihn an. Sein schwarzes wuscheliges Fell wurde an einigen Stellen von hellbraunen, fast goldenen Streifen unterbrochen. »Ein Peruaner«, sagte Jan leise und kämpfte gegen die Bilder aus der Vergangenheit an.

Gleich vier Meerschweinchen hatten zur Familie seines getöteten Freundes gehört und wurden von ihm, seiner Frau und der gemeinsamen Tochter abgöttisch geliebt. Jan erinnerte sich noch gut daran, dass eines der Tiere krank geworden war, als sie sich eigentlich zum Brunch hatten treffen wollen. Damals hatte er das Meerschweinchen retten können und sich danach einiges über die Tiere angelesen, damit die Familie nicht auf einen Tierarzt angewiesen war. Denn der hatte gut dreißig Kilometer entfernt praktiziert und war dazu auch noch unverschämt teuer gewesen.

»Du bist also Hannibal«, murmelte er leise und hatte dabei wieder seinen Freund vor Augen. Es war wie in einer Diashow – eben sah er Michael noch lachend im Kreis seiner Familie und dann verblutend auf einer staubigen Piste im Nirgendwo.

Behutsam nahm Jan das Tier hoch und fühlte sofort, wie es leicht zusammenzuckte, als er es an dem aufgeblähten Bauch berührte. Meerschweinchen hatten ein enorm empfindliches Verdauungssystem und Störungen konnten schnell tödlich enden.

»Hat er was gefressen, was er nicht verträgt? Zum Beispiel Kohl?«, fragte Jan mit leiser Stimme, um das Tier nicht zu erschrecken.

»Nein, eigentlich nicht«, erwiderte Mommsen, der jeden Handgriff von Jan aufmerksam verfolgte.

»Na, dann wollen wir mal nachsehen, ob das stimmt. Halt ihn bitte fest, ich will mir seine Zähne ansehen.«

Ehe Mommsen aufstehen konnte, war Gerda schon bei Jan. »Nichts da, du ruhst dich aus! Wir sind hier für die Patienten zuständig.«

Hannibal schnupperte neugierig, quiekte dann aber leise.

»Ganz ruhig, Kleiner, wir helfen dir ja«, redete Jan auf ihn ein und zog ihm vorsichtig die Lippen auseinander. Zwischen den scharfen, langen Zähnen entdeckte er einige Fäden, die sich dort verfangen hatten. Mit einer Pinzette löste er sie und betrachtete sie genauer. Schließlich schüttelte er den Kopf. »Du solltest nicht alles anknabbern, was du siehst. Du merkst ja, was du davon hast.« Er sah Gerda an. »Lass ihn mal los, ich nehme ihn. Ich brauche zwei Spritzen, ohne Kanülen. Einmal *Sab Simplex*. Mach ordentlich was rein, die Dosierung ist egal. Und dann brauche ich unsere Antibiotikatropfen für Kinder, berechne das bitte so, dass wir auf zwei Komma fünf Milligramm kommen.«

Während Gerda am Medikamentenschrank herumhantierte, setzte sich Jan mit dem Meerschweinchen auf dem Schoß wieder auf seinen Stuhl. »Der Junge hat an Kunststofffasern geknabbert, die ihm nicht bekommen sind. Vielleicht ein Teppich?«

Mommsen duckte sich etwas. »Kann sein, er war gestern Abend eine Zeit lang unbeaufsichtigt.«

»Dann dürften wir die Ursache haben. Dadurch hat er sich eine Magenverstimmung eingehandelt. Das *Sab Simplex* räumt den Magen auf, damit Hannibal wieder frisst. Das Antibiotikum ist rein vorbeugend, da solche Magenverstimmungen häufig zu Infektionen führen, die tödlich enden würden.« Er sah Mommsen fest an. »Das Antibiotikum könnte seinen Magen allerdings auch zusätzlich schädigen, aber das Risiko müssen wir eingehen. Durch das *Sab Simplex* dürfte die Nebenwirkung ganz gut kompensiert werden. Der kleine Kerl muss fressen, und zwar viel Heu, dazu Gurke und Karotte. Kräuter und Löwenzahn gehen auch, aber erst mal keine Tomaten oder Äpfel, die enthalten zu viel Säure, und auch nichts Schweres wie Trockenfutter auf Getreidebasis. Vermeide solche Sachen, bis Hannibal wieder fit ist.«

Mommsen nickte langsam. »Du weißt, was du da tust.«

Jan hatte keine Ahnung, ob das eine Feststellung oder eine Frage war, aber er entschloss sich zu einer Erklärung. »Ein Freund von mir hatte vier Meerschweinchen und ich war sozusagen ihr Privatarzt. Ich muss dir ja nicht sagen, dass Hannibal beim Tierarzt besser aufgehoben wäre als bei mir, aber so ein bisschen kenne ich mich mit den Tieren tatsächlich aus. Wir können das hier ja als Notfall deklarieren.«

Er versuchte, die Bilder von dem letzten Meerschweinchen, das er behandelt hatte, aus seinem Kopf zu vertreiben. Auch damals war es um einen verdorbenen Magen gegangen und Michaels Tochter war untröstlich gewesen. Jan kniff die Augen zusammen und konzentrierte sich darauf, Hannibal sanft übers Fell zu streicheln. Die Art und Weise, wie das Meerschweinchen seine Nähe und vermutlich vor allem seine Wärme suchte, verriet ihm einiges über den Zustand der sonst eher scheuen Tiere.

Felix sah ihn durchdringend an. »Er ist tot, oder?«

Merkwürdigerweise wusste Jan sofort, dass die Frage sich auf seinen Freund bezog. »Ja.«

»Schöner Scheiß.«

Sie schwiegen und selbst Gerda beschränkte sich auf einen Blick über die Schulter.

Schließlich räusperte sich Felix. »Was bekommst du für die Behandlung?«

»Dein Versprechen, dass du meine Fragen zu deinem Zustand ehrlich beantwortest. Und die Zusage, dass du das Brötchen aufisst, ehe du völlig vom Fleisch fällst und umkippst.«

Felix rieb sich übers Kinn. »Der Tierarzt hätte mich mindestens fünfzig Euro gekostet und wer weiß, wann ich da einen Termin bekommen hätte.«

»Ruf einfach an, wenn du Probleme mit den Tieren hast. Ich kann ihnen zwar wahrscheinlich nicht immer helfen, aber manchmal bestimmt.« Er wunderte sich selbst über das Angebot, das ihm einfach so herausgerutscht war, und sprach schnell weiter: »Wie viele Meerschweinchen hast du denn?«

»Zwei. Und zwei Kaninchen. Die wurden einfach so ausgesetzt.«

»Hannibal auch? Der ist doch ein Prachtkerl. Ich müsste seine Wirbel noch genau ansehen, aber er wirkt wie ein reinrassiger Peruaner.«

Gerda reichte ihm die Spritzen mit den Medikamenten. Jan rechnete damit, dass Hannibal sich wehren würde, aber stattdessen trank er beide Füllungen brav aus und streckte sich dann lang aus.

»Na, das nenne ich mal einen Patienten. Hol ihm eine Handvoll Heu, Gerda. Da er sich hier offensichtlich wohlfühlt, wäre es ein Verbrechen, ihn in die Box zurückzutun.«

Nachdenklich sah Felix Jan an und nickte dann, als ob er zu einem Ergebnis gekommen wäre. »Ich habe von der Sache auf dem Sportplatz gehört, das war auch nicht schlecht. Aber das hier ...« Er deutete auf Hannibal.« ... das zeigt, wo dein Herz sitzt, und das gefällt mir.« Er biss von seinem Brötchen ab. »Wenn Hannibal dir so offensichtlich vertraut, versuche ich es auch mit dir als Doc. Aber ich warne dich, viel Geld habe ich nicht und meine Krankenkasse zahlt nichts.«

»Das interessiert mich nicht, wobei ich mir deine Probleme mit der Krankenkasse mal genauer ansehen möchte. Denn ganz so einfach geht das ja nun auch nicht, dass sie nichts mehr zahlt. Jedenfalls nicht in Deutschland.«

Damit war zunächst alles gesagt. Schweigend genossen sie das Frühstück zu dritt. Selbst Gerda war ungewohnt still. Erst mit reichlicher Verspätung stellte Jan verwundert fest, dass er erstmals Bilder von Michael vor Augen gehabt hatte, die nicht unmittelbar mit seinem Tod verbunden waren.

Gerda schaffte es in Rekordzeit, die Spuren ihres Frühstücks zu beseitigen, und wies Felix schroff zurecht, als er ihr helfen wollte. Jan hatte das wohlweislich gar nicht erst angeboten, denn Gerda betrachtete gewisse Bereiche der Praxis als ihr Revier und duldete keine Einmischung.

Jan beobachtete stattdessen Hannibal, der weiterhin an dem Heu knabberte. Wenn er sich nicht sehr irrte, schlugen die Medikamente bereits an.

»Hat er bei dir zu Hause auch Heu gefressen?«

Felix schüttelte den Kopf.

»Dann werten wir das mal als gutes Zeichen.«

Mit etwas zur Seite gelegtem Kopf beugte sich Felix vor. »Er sieht sehr zufrieden aus und quiekt auch nicht mehr leise und schmerzerfüllt. Ich hätte nichts dagegen, wenn du das bei mir auch hinbekommst.«

Jan grinste. »Das ist kein Problem, wenn du auch nur am Teppich geknabbert hast.«

Ein bitteres Lächeln zeigte sich für einen flüchtigen Moment in Felix' Miene. Als Gerda die Tür des Sprechzimmers hinter sich geschlossen hatte, setzte sich Felix gerader hin. »Wenn das so einfach wäre ... Ich habe jahrelang zu viel getrunken und zu gut gelebt. Irgendwann, leider viel zu spät, wurde mein hoch bezahlter Arzt bei einem Routinecheck misstrauisch und leitete weitere Untersuchungen ein. Das Ergebnis war eindeutig: Leberkrebs mit begleitender Zirrhose im fortgeschrittenen Stadium. Die Tumorzellen waren auch schon in den Lymphknoten angekommen.« Obwohl er sachlich sprach, verrieten seine Augen eine schwelende Wut.

»Folgte dann eine der Standardtherapien?«, hakte Jan nach, als Felix schwieg.

»Ja, aber dadurch ging es mir noch schlechter, das war kein Leben mehr. Das einzig Positive war, dass ich Zeit hatte, eine Bilanz zu ziehen. Ich hatte mir mein Leben versaut, weil die Arbeit immer an erster Stelle kam. Die Krankenkasse hatte eine Klausel entdeckt, die besagte, dass ich selbst schuld an meinem Zustand wäre und zu viele Kosten verursachen würde. Eine Klage hätte sich ewig hingezogen und die Zeit hatte ich natürlich nicht. Daraufhin habe ich meine letzten finanziellen Reserven nicht für einen Anwalt verschwendet, sondern benutzt, um den Resthof zu kaufen und mich selbst um meine Gesundheit zu kümmern.«

»Und wie sieht das aus?« Jan wurde bewusst, dass dies die ungewöhnlichste Form der Anamnese war, die er jemals durchgeführt hatte. Aber andererseits stand nirgends geschrieben, in welcher Form eine Patientenbefragung üblicherweise zu erfolgen hatte.

»Ich versuche, so zufrieden wie möglich zu sein und alle Umstände als gegeben hinzunehmen, die ich nicht ändern kann. Aber auch alles für die Tiere zu tun, was ich noch für sie machen kann. Daneben viel frische Luft, körperliche Tätigkeit so weit wie möglich. Vitamine, Fleisch in Maßen, genau ein Glas Wein am Tag oder alternativ einen Whisky.«

Felix sah ihn an, als ob er Widerspruch erwarten würde, aber Jan nickte nur.

Tief durchatmend fuhr Felix fort: »Und eben regelmäßig die Schmerzmittel, die Theo mir gegeben hat. Ohne die geht es nicht immer.«

»Wann hast du die Diagnose bekommen und wie lange ist es her, dass du die Behandlung abgebrochen hast?«

»Diagnose vor sechs Jahren, Abbruch der letzten Chemo vor vier Jahren.«

Jan verglich Felix' Zeiten mit der statistischen Lebenserwartung bei einer fortgeschrittenen Leberkrebserkrankung, die er ungefähr kannte. »Dann hast du die Statistik schon geschlagen und bewiesen, dass dein Weg nicht völlig verkehrt ist.«

Felix riss die Augen auf und atmete scharf ein. »Das klingt ja fast wie ein Lob!«

»Ist es auch. Ich bin nur nicht so glücklich darüber, dir Medikamente zu geben, die ausgerechnet deine Leber weiter belasten, und würde gerne versuchen, das vorsichtig umzustellen.«

Sekundenlang ruhte Felix' Blick auf dem Meerschweinchen, dann nickte er kaum merklich.

Jan interpretierte das als Zustimmung. »Gut. Ich würde dir etwas gegen die Gelenkschmerzen geben, ein paar Vitamine, die dir vielleicht helfen, und ein Schmerzmittel auf ähnlicher, aber etwas schonenderer Basis als das bisherige Zeug, das du geschluckt hast. Da muss ich allerdings noch mal genau nachsehen, was am besten infrage kommt. Wenn dir das nicht hilft, kann ich dir immer noch die alten Medikamente geben. Aber ich möchte regelmäßig deine Werte checken und auch eine Blutprobe von dir im Labor auf die Streuung des Tumors auswerten lassen. Den Begriff des Tumormarkers muss ich dir ja bestimmt nicht erklären. Damit haben wir dann einen annähernd objektiven Anhaltspunkt, wie sich dein Zustand entwickelt, führen aber keine weiteren qualvollen Untersuchungen durch. Wäre das für dich ein Weg?«

Statt zu antworten, stand Felix auf und hielt Jan seine Hand hin.

Jan blieb wegen des Meerschweinchens sitzen, drückte sie aber fest und besiegelte so ihre Vereinbarung. »Sehr schön. Dann bring mal deinen Hannibal nach Hause. Ich muss nach Praxisschluss noch nach Kiel, aber anschließend komme ich bei dir vorbei, versorge das Meerschweinchen noch mal mit den Medikamenten und lass dir genug da, dass du das die nächsten Tage selbst übernehmen kannst. Und um deine Tabletten kümmere ich mich auch. Es könnte allerdings spät werden, so acht, halb neun. Ist das ein Problem?«

»Nein, überhaupt nicht. Danke für deine Mühe.«

»Ach, dafür nicht.« Es war Zeit, sich für Felix' Offenheit zu revanchieren. »Vielleicht erkläre ich es dir irgendwann, aber dein Hannibal hat mir heute auch geholfen.«

Felix fragte nicht nach, sondern nickte nur und nahm dann vorsichtig das Meerschweinchen hoch. »Ich hoffe, du bist Samstag dabei, wenn Jo und Helga den Pavillon einweihen? Immerhin ist es dir zu verdanken, dass das Holzstück nicht Jörgs Fuß zerdeppert hat und Jo nicht allein auf die Leiter geklettert ist.«

Vermutlich würde Jan sich nie daran gewöhnen, wie schnell sich einige Dinge hier in der Gegend herumsprachen, aber in diesem Fall konnte er damit leben. »Wenn nichts dazwischenkommt, bin ich dabei. Aber tu mir bitte einen Gefallen, bevor du gehst: Lass dir von Gerda noch ein oder zwei Brötchen mitgeben. Ich habe den Verdacht, dass du zwar gesund, aber längst nicht regelmäßig isst.«

Felix wich Jans forschendem Blick aus. »Es ist nicht immer einfach, für sich allein was zu kochen.«

Schuldbewusst dachte Jan an die Sammlung von Fertiggerichten in seiner Küche. »Ich weiß, aber trotzdem …«

Felix setzte Hannibal in die Klappbox und tippte sich mit zwei Fingern an die Stirn. Die extrem lässige Version eines militärischen Grußes brachte Jan zum Schmunzeln.

»Alles klar, Doc. Die Botschaft ist angekommen. Danke und bis nachher«, verabschiedete Felix sich.

Kapitel 10

Der Vormittag verlief unspektakulär. Gerda hatte die Termine so gelegt, dass Jan für jeden Patienten genügend Zeit hatte. Hoffentlich änderte sich das nicht mit der nächsten Grippewelle!

Jeder Praxisbesucher verlor noch ein, zwei Worte über den Zwischenfall mit Jonas, aber Jan nickte jedes Mal nur unverbindlich und ging nicht weiter auf die Sache ein. Dennoch ließ ihn der Gedanke an den plötzlichen Hustenanfall des Jungen nicht los. Er konnte es kaum erwarten, nach Kiel zu fahren, um dort vielleicht mehr über die Ursachen des Kollapses zu erfahren.

Irritiert sah er hoch, als es an der Tür des Sprechzimmers klopfte. Den letzten Patienten hatte er gerade verabschiedet und Gerda betrat sein Zimmer in der Regel ohne Ankündigung. Es sei denn …

Unwillkürlich seufzte er. Wenn seine patente Helferin klopfte, hatte sie meistens etwas ausgeheckt, was sie ihm verkaufen wollte. Beim letzten Mal hatte sie das Wartezimmer komplett neu dekoriert, was ihm allerdings gefallen hatte. Davor hatte sie vergeblich versucht, ihn davon zu überzeugen, ein Werbeplakat für eine Strickgruppe neben der Eingangstür aufzuhängen.

»Was genau ist es dieses Mal?«, rief er amüsiert.

Gerda öffnete die Tür einen Spalt und sah ihn abwartend an. »Wie ist denn so deine Stimmung?«

»Noch gut.«

Wenigstens war Gerda jemand, der sofort zur Sache kam und sich nicht mit langen Ausflüchten aufhielt. »Ich habe dir doch von meiner Schwester erzählt?«

»Die chronisch krank ist, die du nicht magst, aber dennoch ab und zu pflegst?«

»Genau. Ich fürchte, ich muss mich bald mal wieder für ein oder zwei Tage ausklinken. Glaub bloß nicht, dass mir das gefällt, mir dort stundenlanges Gejaule anhören zu müssen, statt hier mit dir zu arbeiten!«

Da Gerda ansonsten außerordentlich mitfühlend mit Patienten umging, hätte Jan zu gerne gewusst, was bei ihrer Schwester anders war, aber er war zu zurückhaltend, um nachzufragen. »Kein Problem, ich schaffe das schon allein. Familie geht vor.«

»Ha, ich wusste doch, dass du keinen Gedanken daran verschwendest, dass Elvira dir helfen könnte!«

Damit hatte sie recht. Er arbeitete lieber doppelt so lange, als Hilfe von der Witwe seines Vorgängers anzunehmen. Sie gingen zwar höflich miteinander um, aber er hatte das Gefühl, jeder Blick von ihr enthielte einen stummen Vorwurf, weil er einiges anders machte als ihr verstorbener Mann.

»Also, Jan, ich kenne da jemanden. Lena Paulsen. Die hatte es die letzten Monate sehr schwer und beginnt gerade wieder, am Leben teilzunehmen. Ich habe sie gefragt, ob sie nicht für mich einspringen kann. Du wirst sie mögen, denn sie hat wie du das Herz am rechten Fleck. Sie kommt gleich mal vorbei, damit ihr euch beschnuppern könnt. Und dann möchte sie auch noch etwas wegen der Sache gestern mit Jonas wissen.«

Als Jan genervt mit den Augen rollte, schüttelte Gerda vehement den Kopf. »Doch nicht aus Neugier! Sie hat wirklich einen guten Grund, mit dir darüber zu sprechen. Aber den soll sie dir selbst verraten.«

Jan seufzte. Das half ihm ja weiter. Es klang für ihn, als ob er für eine depressive Freundin von Gerda den Beschäftigungstherapeuten spielen sollte. Darauf konnte er nun wirklich verzichten. Da diese Lena Paulsen jedoch schon unterwegs war, würde er sich eben kurz mit ihr unterhalten, sich für das Angebot bedanken und es dann freundlich, aber entschieden ablehnen. »Na gut, ich sehe sie mir an. Wann kommt sie denn?«

»Jetzt«, sagte Gerda und verließ das Sprechzimmer.

Wenig später hörte Jan, dass sie in Begleitung einer anderen Person zurückkehrte. Er seufzte erneut und erhob sich.

»Wem gehört denn das Motorrad da unten?«, erkundigte sich eine Frau.

»So, da wären wir«, erwiderte Gerda auf ihre typische resolute Art, wenn sie Fragen kurzerhand ignorierte, und öffnete sein Sprechzimmer.

Jan blickte fassungslos auf die Frau, die in der offenen Tür stand. Gerdas Kandidatin für eventuelle Vertretungszeiten war die streitlustige Radfahrerin vom Strand! Sie starrte ebenso ungläubig zurück. Heute trug sie eine schwarze Jeans und dazu ein T-Shirt in den unterschiedlichsten Orangetönen. Nun hatte die Unbekannte wenigstens einen Namen. Lena Paulsen.

Sie verzog den Mund zu einem schiefen Lächeln und drehte sich zu Gerda um, die direkt hinter ihr stand. »Vielen Dank für den Versuch, aber ich nehme lieber den Job an der Tankstelle.«

Gerda machte keine Anstalten, zur Seite zu treten. »Nun mal langsam, Lena. Ich weiß ja, dass ihr einen ungünstigen Start hattet, aber das könnt ihr jetzt wieder hinbiegen.«

Jan lehnte sich tief durchatmend gegen die Schreibtischkante und beobachtete das stumme Blickduell der beiden. Dieses Mal hatte Gerda den Bogen deutlich überspannt, aber das würde Lena ihr nun hoffentlich klarmachen.

»Hallo? Kann mir mal jemand helfen?«

Der laute panische Ruf sorgte erfolgreich für Ablenkung. Jan drängte sich an Gerda und Lena vorbei und rannte zur Haustür.

Eine Frau, Mitte vierzig, stützte ein kreidebleiches Mädchen im Teenageralter, das gefährlich schwankte. Mit einem Satz war Jan bei ihr und nahm das Mädchen auf seine Arme. Sie schien kaum bei Bewusstsein zu sein, Kopf und Gliedmaßen hingen schlaff herunter. Jan eilte mit ihr in sein Sprechzimmer und bettete sie vorsichtig auf die Untersuchungsliege. Während er ihren Puls und die Atmung überprüfte, befestigte Lena Paulsen bereits die Blutdruckmanschette an ihrem Handgelenk.

Gerda hielt das Telefon in der Hand. »Rettungswagen?«, fragte sie knapp.

Der Puls war kaum spürbar, der Atem erschreckend schwach. »Ja.«

»Blutdruck fällt«, erklärte Lena.

»Was ist passiert?«, fragte Jan die Frau.

»Ich dachte, sie wollte die Schule schwänzen«, begann sie und schluchzte dann.

Lena packte sie fest an der Schulter. »Dafür ist später Zeit, jetzt brauchen wir Informationen. Was ist passiert? Los!«

»Schwächegefühl und dann ein fürchterlicher Hustenanfall. Auf dem Weg in die Praxis dann noch einer und ab da war sie nicht mehr richtig ansprechbar.«

»Blutdruck fällt weiter, Puls ...« Lena brach ab und sah Jan ratlos an. »Ich übernehme die Herzmassage«, bot sie dann an.

Sein Instinkt sagte Jan, dass sie mit den normalen Wiederbelebungsmaßnahmen keinen Erfolg haben würden. »Gerda, den Autoinjektor aus meiner Notfalltasche!«, befahl er und begann dann mit der Beatmung. Schnell zeigte sich, dass er mit seiner Vermutung richtiggelegen hatte.

Jan hatte nichts zu verlieren und schon vor langer Zeit im Einsatz gelernt, auf sein Gefühl zu hören. Er stoppte Lena und schob das T-Shirt des Mädchens hoch. Gerda reichte ihm die Spritze. Obwohl jede Sekunde zählte, nahm er sich die Zeit, die perfekte Einstichstelle im Brustkorb zu suchen. Erst dann jagte er das Adrenalin direkt in das Herz des Mädchens. Lena schrie erstickt auf. Ihre Patientin keuchte und krümmte sich zusammen. Rasselnd rang sie nach Luft. Jan brachte sie in eine aufrechte Sitzposition und die Atmung wurde stabiler. Schwach hob das Mädchen eine Hand, als ob sie ihn abwehren wollte.

Sofort hielt Lena sie fest. »Es ist alles gut, Imke«, schaltete sie sich ein. »Du bist beim Arzt. Er hilft dir gerade, dass du wieder Luft bekommst.«

Hustend wollte das Mädchen etwas sagen, bekam aber kein Wort heraus.

»Ganz ruhig, das kann alles warten. Konzentriere dich nur darauf, gleichmäßig zu atmen. Du hast uns einen ganz schönen Schreck eingejagt«, sagte Jan und bemühte sich um einen ruhigen Ton, obwohl sein Puls raste. Es war verdammt knapp gewesen, aber Imke ging es besser und er war auf der Suche nach dem Auslöser der Hustenanfälle einen Schritt weiter: Adrenalin wirkte unter anderem bei allergischen Schocks, es stimulierte den Herzschlag und erweiterte die Bronchien. Imke musste mit etwas in Kontakt gekommen sein, das ...

Ein lautes Kläffen beendete Jans Überlegungen. Ein kleiner, struppiger Hund raste durch die offene Tür und blieb laut bellend vor der Liege stehen.

»Zottel«, brachte Imke zwischen dem Husten hervor.

Anscheinend war heute der Tag der Tiere in seiner Praxis. Jan beugte sich hinab, hob den Hund hoch und setzte ihn neben Imke. »Aber du benimmst dich, klar?«, befahl er dem Kläffer.

Das Tier kuschelte sich an Imke und sie vergrub eine Hand in seinem Fell. Jan kontrollierte den Puls des Mädchens und gab Lena ein Zeichen, den Blutdruck zu übernehmen. Beide Werte waren noch etwas niedrig, aber nicht mehr besorgniserregend. Er überprüfte mit dem Stethoskop die Lungengeräusche, stellte aber nichts Auffälliges fest. Mehr konnte er mit seinen Mitteln nicht tun.

Endlich erklang in der Ferne das Geräusch von Martinshörnern, das schnell lauter wurde und vor der Praxis abrupt verstummte.

Jan erklärte dem Notarzt, was geschehen war und wie Imke auf die Injektion angesprochen hatte. Danach schlug er vor, das Mädchen nach Kiel zu bringen, weil es dort in der Klinik schon einen ähnlichen Fall gab. Sein Kollege rieb sich übers Kinn. »Adrenalin also. Das ist ja mal ein Ding. Da ist Kiel tatsächlich die bessere Wahl.« Er wandte sich an Imkes Mutter. »Wenn es sich um einen allergischen Schock handelt, kann es nach einer Erstversorgung noch zu Rückfällen kommen. Auf so was sind die Ärzte in der Uniklinik besser vorbereitet, insbesondere, wenn sie schon einen Patienten mit ähnlichen Symptomen haben. Zumindest heute Nacht muss sie wohl stationär aufgenommen werden«, erklärte er.

»Nur wenn Zottel mitdarf«, protestierte Imke.

Der Notarzt kratzte sich am Ohr. »Das verstößt zwar gegen sämtliche Vorschriften, aber ich möchte ungern hinter meinem Kollegen zurückstehen. Dann lass uns mal überlegen, wie wir das hinbekommen. Ich vermute mal, Sie sind die Mutter des Mädchens?«

Die Frau nickte. »Ich möchte auch mitfahren. Mein Mann kann dann direkt nach Kiel kommen und uns ein paar Sachen bringen. Er wird sich dann auch um Zottel kümmern. Das muss leider so sein.«

Imke hustete leise. »Kann Papa dann auch mein Tab und mein Handy mitbringen? Dort ist es doch bestimmt voll langweilig.«

Jan verkniff sich mühsam ein Lachen. Er hatte schon erlebt, dass Atropin oder Adrenalin sich als reinste Wundermittel entpuppten, aber ein so extremer Fall war ihm neu. Wenn die Langeweile in der Klinik nun Imkes einzige Sorge war, dürfte sie tatsächlich über den Berg sein.

Nachdem die Rettungssanitäter mit Imke und ihrer Mutter die Praxis verlassen hatten, war es ungewohnt still.

Jan rieb sich über die Stirn und nickte Lena anerkennend zu. »Du hast den Job, wenn du willst. Deine Hilfe konnten wir sehr gut gebrauchen.«

Lena blinzelte zwar, schien mit ihren Gedanken aber meilenweit entfernt zu sein.

In diesem Moment kam Gerda mit einem Tablett, auf dem drei gefüllte Becher standen, herein und drückte Lena einen in die Hand. »Nun erklär Jan schon, worum es geht. Ich bin weder Arzt noch Rechtsmediziner, sehe aber genug Fernsehserien, um einen Zusammenhang zu erkennen, wenn er auf der Hand liegt.«

Lena klemmte sich eine Haarsträhne hinters Ohr, trank einen Schluck und hustete heftig. »Himmel, was ist das denn?«

»Tee mit einem Schuss Rum.«

»Wohl eher Rum mit einem Schuss Tee!«, widersprach Lena.

Jan schnupperte erst einmal an seinem Becher und probierte dann vorsichtig den Tee. Mit der Mischung konnte er leben, zumal die Praxis erst um drei wieder öffnete und die Wirkung des Rums bis dahin verflogen war.

»Alkohol kann auch als Medizin genutzt werden«, sagte er zu Lena. »Und du musst mir nichts erzählen, wenn du es nicht willst.«

Lena wich seinem Blick aus und starrte auf das Poster, das er für Sehtests nutzte. Dann schluckte sie und zog die Schultern hoch. »Ich hatte ein Kind. Im Alter von vier Monaten ist es nach einem Hustenanfall gestorben. Einfach so. Das alles kam völlig ohne Vorwarnung. Meine Kleine war weder erkältet noch sonst irgendwie auffällig gewesen. Bisher dachte ich nicht …« Sie schluckte wieder. »Gerda erzählte mir gestern von Jonas. Nun die Sache mit Imke. Dazu noch der alte Arzt und sein Freund. Das ist schon etwas komisch. Bisher dachte ich, vielleicht habe ich doch etwas übersehen, so was wie Krupphusten vielleicht. Aber nun … ich weiß nicht. Was kann nur der Grund für diese Anfälle sein?«

»Dein Verlust tut mir sehr leid«, begann Jan und wünschte sich, er hätte passendere Worte gefunden. »Du solltest aber die Schuld nicht bei dir suchen, denn es ist leider so, dass

Babys manchmal am plötzlichen Kindstod sterben und die Eltern vor einem Rätsel stehen. Du willst nun aber wissen, ob der Hustenanfall deines Kindes den gleichen Auslöser gehabt haben könnte wie die anderen Fälle. Richtig?«

Lena nickte stumm.

Jan seufzte. »Ich wünschte, ich würde die Ursache schon kennen, aber bisher habe ich nur ein paar vage Ideen. Allerdings werde ich heute Abend nach Kiel fahren. Vielleicht können mir die Ärzte oder Jonas und Imke mir Anhaltspunkte geben.«

»Ich habe gehört, du hast dir gestern das schmale Waldstück am Feldrand hinterm Sportplatz angesehen.«

»Das ist richtig. Aber außer einem etwas merkwürdigen Geruch, der alle möglichen Ursachen haben kann, ist mir da nichts aufgefallen.«

»Imke geht auf der anderen Seite der Bäume immer mit Zottel lang.«

Jan rieb sich übers Kinn und trank einen Schluck Tee. »Na, da haben wir doch den Zusammenhang. Dann wäre allerdings noch die Frage, wie der Ort zu dem Husten von meinem Vorgänger, Hannes und natürlich deinem Kind passt. Oder warst du mit dem Baby dort?«

Lena schüttelte den Kopf und atmete schwer aus. »Ich weiß, wie abstrus meine Idee ist, dass das womöglich alles zusammenhängt. Kannst du mich trotzdem auf dem Laufenden halten?«

Wieso ging sie wie selbstverständlich davon aus, dass er die Sache weiterverfolgen würde? Er hatte das zwar vor, trotzdem fühlte er sich unangenehm durchschaut. »Natürlich. Wenn du möchtest, kannst du auch mit nach Kiel kommen.«

Sie überlegte kurz. »Du meinst, auf deinem Motorrad?«

»Ja, ein Wagen steht bei mir erst zum Winter hin auf dem Programm.«

Er sah ihr den inneren Kampf an, schließlich schüttelte sie den Kopf. »Nee, das lasse ich lieber. Kann ich morgen Mittag mal reinschauen?«

Einerseits bedauerte er ihre Ablehnung, andererseits fühlte er eine gewisse Erleichterung, die er nicht einordnen konnte. »Klar. Mach das.«

Kapitel 11

Auf dem Weg zur Kieler Uniklinik hatte Jan sich ausnahmsweise ein Auto mit Navigationssystem gewünscht. Aber als er das Gelände schließlich erreicht hatte, war er froh, dass er sich keine Gedanken um die Parkplatzsuche machen musste. Im Inneren der Klinik genügte ein kurzer Blick, um sich zu orientieren, und er wusste, wo er hinmusste. Anscheinend war an dem Spruch etwas dran, dass man sich in jedem Krankenhaus zurechtfand, wenn man eins kannte. Auf der richtigen Station angekommen, spähte Jan in den Aufenthaltsraum fürs Personal, dessen Tür offen stand. Er klopfte leicht gegen den Rahmen und lächelte den jungen Arzt an, der genervt von seiner Zeitschrift aufsah. Vermutlich hielt er ihn für einen verirrten Besucher. »Moin, Sie haben zwei meiner Patienten übernommen, mein Name ist Jan Storm. Ich bin …«

Der Mann mit der runden Brille und den verstrubbelten Haaren sprang auf. »Der Name sagt mir was. Ich bin Björn, Björn Mahlmann. Da hast du uns ja zwei interessante Fälle hergeschickt. Wir sind ganz schön am Rätseln, was mit den beiden passiert ist.«

Erleichtert über den kollegialen Empfang betrat Jan den Raum und legte seinen Helm auf einen der Stühle. »Deshalb bin ich hier. Und natürlich, weil ich wissen wollte, wie es den Kindern geht.«

»Setz dich. Kaffee?«

»Gerne.«

»Gut, dann bediene dich selbst, Maschine und Becher sind ja nicht zu übersehen. Ich hole uns mal die toxikologischen Befunde, die sind noch nicht eingescannt. Bin gleich wieder da.«

Grinsend schenkte sich Jan einen Becher Kaffee ein und setzte sich.

»Der Bereich hier ist nicht öffentlich«, belehrte ihn eine müde aussehende Krankenschwester, die wenig später in den Raum hineinstürmte.

»Weiß ich. Björn meinte aber, es wäre okay, wenn ich mir einen Kaffee nehme. Jan Storm, ich habe euch Imke und Jonas hergeschickt.«

Die Schwester ließ sich auf einen Stuhl fallen und trat sich die Schuhe von den Füßen. »Das ist was anderes. Ich bin Jutta.«

Jan stand auf, schenkte ihr ebenfalls einen Kaffee ein und reichte ihr den Becher.

Ein flüchtiges Lächeln blitzte in ihrem Gesicht auf. »Danke, nun weiß ich, wieso Imke so von dir schwärmt.«

Jan schmunzelte. »Tut sie das? Sie hat mir einen ziemlichen Schrecken eingejagt. Aber ihre Erholung war schon unglaublich: Erst hatte sie keinerlei Vitalzeichen mehr und wenige Minuten später wollte sie ihr Smartphone haben.«

Björn kehrte zurück, warf einige Zettel auf den Tisch und nickte. »Das habe ich im Bericht des Notarztes gelesen. Ganz ehrlich, wenn die Mutter die Angaben nicht bestätigt hätte, wäre ich von gnadenloser Übertreibung des behandelnden Arztes ausgegangen.«

Weit davon entfernt, beleidigt zu reagieren, lächelte Jan lediglich. »Das verstehe ich. Ich habe so was auch noch nicht erlebt.« Ein Gedanke durchzuckte ihn. »Wobei das nicht ganz richtig ist. Ich kenne tatsächlich einen Fall, der ähnlich gelagert war, aber damals war Atropin das Wundermittel und es ging um Giftgas.«

Wieso hatte er diese Parallele nicht schon vorher gesehen? Vermutlich weil eine Verbindung zwischen dem Irak, wo seine Einheit im Einsatz gewesen war, und der Schlei einfach zu abwegig erschien.

»Atropin klingt nach Bundeswehr?«

Jan nickte. »Richtig. Vermutlich habe ich deshalb an Adrenalin gedacht, das ist ja dafür bekannt, ähnlich schnell und effektiv zu wirken wie Atropin. Im Nachhinein bin ich einfach nur dankbar, dass es gewirkt hat.«

Björn hob die Hände und ließ sie wieder fallen. »Ja, ein echter Geistesblitz, für den Kinder und Eltern dir dankbar sein sollten. Wir rätseln allerdings immer noch, was die Ursache für den Husten sein könnte. Der ist ziemlich abgeflaut und mit der Gabe von leichten Histaminen in den Griff zu kriegen.« Er tippte auf die Papiere. »Weder das große Blutbild noch sonstige Analysen von Harn oder Speichel zeigen irgendwelche Auffälligkeiten. Einige Werte sind leicht erhöht, aber nichts liefert uns einen konkreten Anhaltspunkt darauf, womit die Kinder in Berührung gekommen sind. Wir tappen da völlig im Dunkeln.«

»Dort, wo Jonas gestern gespielt hat, ist uns ein merkwürdiger Geruch aufgefallen. Ich wollte Imke fragen, ob sie mit ihrem Hund in der Gegend unterwegs war.«

Björn sprang auf. »Das erledigen wir sofort! Wenn da was dran ist, muss das Gebiet abgesperrt und untersucht werden.«

Jan trank seinen Kaffee aus. »Kann ich den Helm und meine Jacke hierlassen?«

»Klar. Wir haben die Kinder übrigens ausnahmsweise in ein Zweierzimmer gelegt, weil sie sich kennen.« Er lächelte etwas schief. »Ich weiß, dass man Jungs und Mädchen sonst getrennt unterbringt, aber wir haben wenig Platz und sie verstehen sich gut. Bei Bedarf ziehen wir den Vorhang zu.«

Jan nickte nur, ihm war der Zustand der Kinder ebenfalls wichtiger als irgendwelche Vorschriften. Er folgte Björn den Flur entlang zu einem Zimmer. Nach einem kurzen Klopfen öffnete er die Tür.

Jonas' Bett stand am Fenster, seine Eltern saßen neben ihm. An der gegenüberliegenden Wand sah Imke ihnen überrascht entgegen und ließ blitzschnell einen Gegenstand unter der Decke verschwinden.

Björn stemmte die Hände in die Taille. »Dieses Mal hoffentlich nur ein Smartphone und kein Hund!«, beschwerte er sich.

Das Mädchen kicherte leise. »Mein Vater hat Zottel leider schon abgeholt. Meine Mutter kommt aber gleich wieder.« Sie riss ihre Augen weit auf und setzte eine halbwegs überzeugende Unschuldsmiene auf. »Das Handy habe ich nur zum Spielen und zum Musikhören. Ich kenne doch die Vorschriften.«

»Ich bezweifele auch keine Sekunde, dass du sie kennst. Mich würde viel mehr interessieren, ob du dich auch daran hältst.«

Wieder kicherte Imke. »Aber immer, Herr Doktor. Hallo, Jan. Ich habe mich noch gar nicht dafür bedankt, dass du mein Leben gerettet hast. Ich darf doch Jan sagen, oder?«

Mit den hellblonden Haaren und den auffallend blauen Augen würde das Mädchen in ein paar Jahren die Jungs verrückt machen. Jan bemerkte Jonas' verliebten Blick und korrigierte sich: Vermutlich tat sie es jetzt schon. »Das ist in Ordnung, Imke. Wie geht es dir?«

»Ein wenig Husten, ganz wenig Druck im Brustbereich und ganz viel Langeweile.«

Björns Miene verriet, dass er bisher nichts von dem unangenehmen Gefühl gewusst hatte. »Na, das möchte ich mir dann mal kurz genauer ansehen«, kündigte er an und schloss den Vorhang, sodass Jonas und seinen Besuchern der Blick auf die andere Zimmerhälfte versperrt war. »Hast du das schon länger?«

»Nö, erst seit vorhin. Es ist auch nicht schlimm, nur nervig. Wenn ich mich anders hinsetze, geht es weg.«

Das klang nach Problemen mit den Bronchien, aber Jan würde das bisher so kollegiale Verhältnis zu Björn nicht belasten, indem er sich ungebeten einmischte.

Björn horchte Imke im Brustbereich und am Rücken ab. »Nichts Schlimmes«, sagte er schnell, als er Imkes ängstlichen Blick bemerkte. »Bei einer Erkältung dauert es ja auch immer etwas, bis man wieder völlig fit ist. Wir behalten das im Auge, aber mach dir deswegen mal keine Sorgen.«

»Heißt das, ich muss noch hierbleiben?«

»Erst einmal bis morgen Mittag. Dann entscheiden wir das neu. Wir hatten doch vorhin über die Möglichkeit gesprochen, dass es zu einem kleinen Rückfall kommen kann, wenn die Wirkung von Jans Wundermedizin verflogen ist. Ich fürchte, das ist nun ein ganz klein wenig der Fall. Aber solange es so harmlos bleibt, können wir uns da nicht beschweren.«

»Kann ich nicht einfach noch mal was von Jans Medikament haben?« Sie rieb sich über den Brustkorb. »Aber dieses Mal bitte nicht wieder dahinspritzen. Ich habe dort jetzt einen blauen Fleck.« Ihr strafender Blick hatte es in sich.

Jan biss sich auf die Lippen, um nicht laut loszulachen. »Entschuldige, Imke. Ich hatte es vorhin so eilig, dass ich ein wenig rücksichtslos war.«

Imkes Mundwinkel zitterten, dann lachte sie laut. »It's a prank. Ich bin dir doch voll dankbar und nicht sauer!«

Als Jan ratlos blinzelte, lachte auch Björn. »Wir haben zu *It's a prank* früher ›verarscht‹ gesagt.«

Jan schüttelte schmunzelnd den Kopf. »Danke für die Übersetzung und dafür, dass ich mich plötzlich uralt fühle.«

»Bist du aber nicht, sondern echt cool. Wolltest du mich besuchen?«

»Ja, ich wollte wissen, wie es dir geht. Und Jonas. Und außerdem habe ich eine Frage.«

»Was denn?«

Jan sah auf den Vorhang und Björn schob ihn wieder auf. Da auf der anderen Zimmerseite das Gespräch verstummt war, hatte Jan damit gerechnet, dass die Eltern und der Junge ihnen aufmerksam zugehört hatten. Das ließ sich in einem Doppelzimmer kaum vermeiden.

Jonas' Mutter wandte sich sofort an ihn. »Du bist Jan, Jan Storm, unser neuer Arzt? Dann wollen wir uns ganz herzlich für deine Hilfe bedanken. Uschi hat uns erzählt, was passiert wäre, wenn du nicht zufällig vorbeigekommen wärst.« Ihr Blick irrte zwischen Jan und Björn hin und her. »Was fehlt den Kindern denn nun eigentlich?«

Nach einer stummen Abstimmung übernahm Björn als behandelnder Arzt die Antwort: »Wir gehen von einer hochgradig allergischen Reaktion nach dem Kontakt mit einer toxischen Umgebung aus.« Als die Eltern ihn verständnislos ansehen, räusperte sich der junge Arzt. »Entschuldigen Sie das Fachchinesisch. Die Kinder müssen mit etwas Giftigem in Berührung gekommen sein, auf das sie zusätzlich allergisch reagiert haben. Das ist im Moment aber noch eine Theorie. Wir wissen weder wo noch womit sie Kontakt hatten. Aber deshalb ist Jan hier. Er hatte an Imke noch eine Frage.«

Björns geschickte Überleitung zum Grund seines Besuchs gefiel Jan. »Stimmt. Ich habe mir gestern angesehen, wo Jonas gespielt hat. Auf der anderen Seite des kleinen Waldstücks oberhalb vom Sportplatz ist ein Feldweg. Bist du da heute Morgen vielleicht mit Zottel gelaufen, Imke? Das wäre dann ein erster Hinweis.«

Imke nickte so heftig, dass ihre Haare durch die Luft flogen. »Nicht nur das! Zottel hatte sich losgerissen, als ich meine WhatsApp gecheckt habe, und ist ins Gebüsch neben dem Weg gelaufen. Ich musste hinterher und ihn rausziehen, weil seine Leine sich um einen Ast gewickelt hatte. Und ich weiß noch, dass es dort komisch roch.«

Jonas schoss in seinem Bett hoch. »Das war bei mir auch so! Also, ohne Hund. Aber mir ist der Ball ins Dickicht geraten.« Er duckte sich etwas. »Um ehrlich zu sein, habe ich ihn da ganz schön reingebolzt. Als ich ihn rausgeholt habe, fand ich auch, dass es da komisch roch. Wie im Schwimmbad.«

»Ganz genau«, bestätigte Imke.

»Chlor«, sagten Jan und Björn wie aus einem Mund.

Schmunzelnd schlug Björn Jan auf die Schulter. »Da hast du deinen Hinweis. Übernimmst du die Bäume? Ich recherchiere mal nach Chlor und Chlorgas. Vielleicht können wir die Behandlung noch ein wenig optimieren.«

Jan nickte. »Ich sehe mir den Ort noch mal genauer an, solange es hell genug ist. Sollte ich was finden, alarmiere ich die Polizei, damit sie den Bereich absperrt und weitere Untersuchungen einleitet. Ich weiß zwar noch nicht, wie das mit den anderen Fällen zusammenhängt, aber das ist ein Anfang.«

Bisher hatte Jonas' Vater geschwiegen, nun runzelte er die Stirn. »Chlor? Da war doch was …« Er rieb sich über die Stirn und atmete dann heftig ein. »Bei den anderen Fällen denkst du an Theo? Und an Hannes? Mir kommt da gerade eine Idee, aber die ist ziemlich abstrus. Theo hatte einen toten Seeadler gefunden und den Kadaver an Hannes übergeben, weil der unser Jäger ist. Und Hannes wiederum hat später erwähnt, dass der Vogel stank, als ob er im Swimmingpool getaucht wäre. Ich hake da mal nach, denn das Tier wurde obduziert. Wegen gefährdeter Art und so. Allerdings hat Theo den Vogel an der Schlei und nicht in einem Schwimmbecken gefunden. Wie das alles mit unserem Sportplatz zusammenhängen soll, verstehe ich nicht.«

»Ich auch nicht, aber es ist eine gute Idee, da weiter nachzuforschen. Danke«, sagte Jan.

»Dafür nicht. Ich bin übrigens Richard, aber jeder nennt mich Richie. Mir gehört die Werkstatt im Ort. Wenn du mal Probleme mit deinem Wagen oder deinem Motorrad hast, sag was. Ich schulde dir mehr, als ich dir jemals zurückzahlen kann.« Er legte seinem Sohn eine Hand auf die Schulter. »Plötzlich weiß man wieder, was wirklich zählt!«

Auf der Rückfahrt nach Brodersby konzentrierte sich Jan mehr auf die Informationen aus Kiel als auf den Verkehr. Wieder und wieder überlegte er, ob eine Vergiftung durch Chlorgas als Ursache für die Hustenanfälle infrage kam. Chlorgas in Brodersby? Das klang absurd. Dafür erinnerte er sich plötzlich kurz vor Eckernförde ausgerechnet beim Überholen einer langsam dahinrollenden Wagenkolonne an ein anderes Medikament, das er während seiner Zeit als Bundeswehrarzt kennen- und schätzen gelernt hatte. Wenn er sich nicht irrte, musste er davon noch einen kleinen Vorrat besitzen, der ideal für Felix wäre. Jan musste bei der Vorstellung schmunzeln, wie Felix wohl auf den Anblick der ›Lollis‹ reagieren würde.

Später am Abend würde er dann recherchieren, welche Möglichkeiten ihm der sogenannte Off-Label-Use bei der Behandlung von Felix bot, um an weitere ›Lollis‹ zu kommen. Während ihrer Einsätze war Jan standardmäßig von den engen Vorschriften des Arzneimittelrechts befreit gewesen und hatte Medikamente auch außerhalb der zugelassenen Indikation verwenden können. Nur deswegen hatte er überhaupt noch einen kleinen Vorrat dieser Arznei. Die gleichen Möglichkeiten gab es jedoch als letzte Behandlungschance für an Krebs erkrankte Menschen. Vielleicht hatte Theo Dunker das nicht gewusst und Felix deshalb auf illegalem Weg mit opiathaltigen Mitteln versorgt. Jan würde diesen Fehler vermeiden. Auch für ihn stand das Wohl der Patienten an erster Stelle, aber solange es andere Wege gab, würde er sich nicht als Dealer betätigen.

Etliche Überholmanöver später hatte er Eckernförde hinter sich gelassen und befand sich wieder auf der Bundesstraße Richtung Kappeln, die jeder nur ›Schwansenstraße‹ nannte. Ihm wurde bewusst, dass er erstmals seit Langem auch außerhalb seiner Sprechzeiten so beschäftigt war, dass er keine Zeit hatte, über die Vergangenheit nachzugrübeln.

Zu Hause angekommen, warf er rasch die Medikamente, die er für Hannibal und Felix benötigte, in einen Rucksack und machte sich sofort wieder auf den Weg. Da er sowieso am Sportplatz vorbeikam, bog er in den Feldweg ab, auf dem Imke morgens ihren Hund ausgeführt hatte. Kaum hatte er die Kurve hinter sich gebracht, trat er so stark auf die Bremse, dass die schwere Maschine ins Schlingern geriet. Jan blinzelte, aber natürlich änderte sich der Anblick vor ihm nicht. Rot-weiße Baken sperrten den Bereich an dem Waldstück ab, dahinter stand ein Bagger, der schon eine beachtliche Menge Erdreich bewegt hatte – exakt dort, wo die Bäume an den Sportplatz grenzten. Jan glaubte keine Sekunde lang an einen Zufall, sondern ging davon aus, dass hier Spuren beseitigt werden sollten. Aufgebracht riss er sich den Helm herunter. Es wurde schon dämmerig, aber noch konnte er sämtliche Details auch ohne Taschenlampe erkennen. Sogar einige Bäume waren gefällt und die Wurzeln bereits entfernt worden. Durch die Lücke, die dabei entstanden war, konnte er den Rasenplatz erkennen, auf dem die Kinder sonst spielten.

Da hatte sich jemand wirklich Mühe gegeben, die vermutlich kontaminierte Erde zu entsorgen. Jan nahm sein Smartphone aus der Lederjacke und schoss einige Fotos. Vielleicht konnte er den Bagger identifizieren, der zwar kein Kennzeichen hatte, an dessen Fahrertür sich jedoch ein kaum noch leserliches Firmenschild befand.

Er inspizierte die Schaufel des Baggers, klaubte einen Erdklumpen zwischen den Zacken hervor und roch daran. Nichts. Nur normaler modriger Geruch.

Das wäre wohl zu einfach gewesen.

Irgendjemand war in der kurzen Zeit verdammt fleißig gewesen und Jan fragte sich, woher derjenige wissen konnte, dass er eine Gemeinsamkeit zwischen Imke und Jonas entdeckt hatte. Noch vor wenigen Stunden war das nicht mehr als ein vager Verdacht gewesen, den er nur Lena und Gerda gegenüber geäußert hatte. Danach hatten das zwar einige Leute im Kieler Krankenhaus mitbekommen, aber die kurze Zeit, die seitdem vergangen war, hätte niemals gereicht, um das hier alles zu arrangieren.

Da Jan im Moment nichts mehr tun konnte, würde er die Fahrt zu Felix nutzen, um seinen Ärger abzureagieren.

Er hatte Brodersby gerade hinter sich gelassen und den Gashebel aufgerissen, als er beim Blick in den Rückspiegel stutzte. Das durfte doch nicht wahr sein! In überhöhtem Tempo jagte ein schwarzer Geländewagen hinter ihm her. Auch dieses Mal glaubte Jan nicht an einen Zufall. Allerdings konnte der Fahrer nicht besonders lernfähig sein, schließlich hatte er ihm schon beim letzten Mal bewiesen, dass der Wagen es nicht mit seiner Ninja aufnehmen konnte.

Zum Glück herrschte wenig Verkehr. Jan legte sich tief in die Kurven, um den Abstand zu seinem Verfolger zu vergrößern. Kurz überlegte er, anzuhalten und eine Erklärung für diese Verfolgungsjagden zu fordern, verwarf den Gedanken dann aber als zu gefährlich, weil er nicht wusste, wie viele Männer sich in dem Wagen aufhielten. Mit einem würde er es aufnehmen, selbst, wenn der bewaffnet war, aber gegen eine Überzahl hatte er keine Chance.

Plötzlich vermisste er seine Pistole, mit der hätte er sich sofort auf eine Konfrontation eingelassen. Als ehemaliger Angehöriger einer Spezialeinheit besaß er nicht nur einen offiziellen Waffenschein, sondern hatte auch seine Dienstpistole behalten und durfte sie weiter tragen.

Immer wieder sah er in den Rückspiegel, sein Vorsprung hielt, aber er musste noch zweimal abbiegen, ehe er Felix' Resthof erreichte. Da hatte der Wagen gute Chancen aufzuholen. Wenn der Typ es tatsächlich auf eine Kollision anlegte, hatte Jan ein ernsthaftes Problem.

Beim Blick auf die Benzinanzeige hatte er die rettende Idee. In wenigen Kilometern kam er an einer Tankstelle mit angeschlossenem Minisupermarkt vorbei. Dort war immer einiges los, und falls sein Verfolger wirklich einen Angriff im Sinn hatte, würde er diesen kaum vor Zeugen durchführen.

Erst kurz vor der Einfahrt zu seinem ungeplanten Zwischenstopp bremste Jan, bog in riskanter Schräglage auf das Gelände ab und stoppte direkt vor den Zapfsäulen. Der schwarze Geländewagen zog, ohne die Geschwindigkeit zu verringern, an ihm vorbei, hupte dabei lediglich zweimal. Es klang wie eine Warnung und war wohl auch eine. Leider war das Kennzeichen völlig verdreckt, ansonsten hätte Jan mit Sicherheit einen Weg gefunden, den Fahrer zu ermitteln.

Fluchend entschied er sich, den unfreiwilligen Stopp zu nutzen, um den Tank seines Motorrads zu füllen. Während er den Zapfhahn festhielt, dachte er über den Geländewagen nach. Einen kurzen Augenblick befürchtete er einen Anflug von Paranoia, aber wenn er sich auf die Fakten konzentrierte, konnte er das so gut wie sicher ausschließen.

Kapitel 12

Kaum hatte Jan seine Maschine vor Felix' Haus gestoppt, rannte Rambo wieder kläffend auf ihn zu. Anders als beim letzten Mal wedelte er nun begeistert mit dem Schwanz und wartete auf seine Streicheleinheiten.

Er nahm seinen Helm ab, zog die Handschuhe aus und erfüllte dem Hund seinen Wunsch. Dabei spürte Jan, wie der letzte Rest Anspannung von ihm abfiel. Anscheinend waren Tiere doch die idealen Therapeuten.

Die Tür öffnete sich. »Gerade rechtzeitig, das Essen ist fertig«, rief Felix ihm zu und verschwand wieder im Inneren des Gebäudes.

Reichlich verdutzt über diesen Empfang, der in völligem Gegensatz zu ihrem Treffen vom Vortag stand, folgte Jan ihm. Nach einem misstrauischen Blick Richtung Rambo, der bereits seine Lederhandschuhe anvisierte, legte er seine Sachen auf der Kommode im Flur ab und hängte seine Jacke an einen Garderobenhaken, der unter dem Gewicht des Leders bedrohlich knackste.

Rasch sah er sich um. Der alte Holzdielenboden war abgenutzt, aber sauber. Die Türen und die wuchtige Kommode bestanden aus massivem Kiefernholz. An den Eingangsbereich schloss sich ein Esszimmer an, das nur durch einen Tresen von der Küche getrennt war. Ein köstlicher Geruch nach Bratkartoffeln lag in der Luft und erinnerte Jan daran, dass sein Mittagessen ausgefallen war.

Alles war gemütlich eingerichtet und einige Möbelstücke waren offensichtlich recht teuer gewesen, denn eine solche massive Tischplatte hatte ihren Preis, ebenso die Stühle mit den aufwendigen Schnitzereien.

In der Küche stand Felix am Herd und wendete die Kartoffelscheiben. »Du hattest gesagt, dass ich vernünftig essen soll. Bratkartoffeln, mit wenig Fett gebraten, und gefüllte Paprika müssten doch dazugehören, oder? Magst du ein Bier? Ist im Kühlschrank. Öffner liegt daneben, Gläser sind in der Vitrine.«

Jan nahm sich ein *Jever* und genoss die Kälte der Flasche. »Ein Glas ist überflüssig ... Danke, das kann ich gebrauchen. Aber du hättest dir nicht so viel Mühe machen müssen.«

»Und du hättest dich nicht um Hannibal kümmern müssen. Wieso siehst du so fertig aus?«

Jan öffnete die Flasche und trank erst einen Schluck. Es überraschte ihn, dass Felix ihm seine Stimmung ansah, und er war nicht sicher, ob er ehrlich antworten sollte. »Wie kommst du darauf?«

»Menschen zu durchschauen, auch wenn sie das eigentlich nicht wollten, gehörte früher zu meinem Job.«

»Danke für die Warnung, dann arbeite ich ab sofort an meinem Pokerface. Was hast du denn gemacht?«

»Firmen, die in Schwierigkeiten geraten waren, billig aufgekauft. Manchmal habe ich sie gerettet, wesentlich öfter lediglich die Filetstücke versilbert und der Rest ist pleitegegangen. Heute bin ich nicht mehr besonders stolz darauf, aber noch vor wenigen Jahren habe ich mich für einen der Größten gehalten.«

Jan trank einen weiteren Schluck und entschloss sich dann zu einer ehrlichen Antwort. »Heute Mittag wäre beinahe ein weiteres Kind an einem Hustenanfall gestorben. Das Mädchen ist zwar über den Berg, aber mir macht die Ursache für diesen Mist ziemliche Sorgen. Ich glaube, ich kenne den Ort, an dem sie und Jonas mit irgendeinem Teufelszeug in Berührung gekommen sind.«

Felix schaltete den Herd aus und drehte sich zu Jan um. »Das wäre dann ja eigentlich ein Grund, sich zu freuen. Wo ist das Problem?«

»Als ich mir die Stelle vorhin ansehen wollte, stieß ich auf umfangreiche Baggerarbeiten. Etliche Kubikmeter Erde sind schon abtransportiert worden. Auf dem Weg zu dir fuhr dann ein schwarzer Geländewagen hinter mir her und wirkte, als ob er mich vom Bock holen wollte. Wie klingt das für dich?«

Felix holte erst zwei Teller aus einem der Schränke. »Schlüssig. Du bist auf etwas gestoßen, was du nicht hättest sehen sollen. Beweismittel werden vernichtet und Zeugen eingeschüchtert.«

Jan verzog den Mund. »Ist das nicht zu einfach, zu durchsichtig? Und wenn die Theorie stimmt: Wer könnte dahinterstecken? Irgendeine Art von Umweltgift hier an der Schlei? Wo soll das Zeug denn herkommen? Hier gibt's überhaupt keine Fabriken.«

»Hast du das Kennzeichen des Wagens?«

»Nein, leider nicht, das war total verdreckt. Ich habe nur ein uraltes, halb abgerissenes Firmenschild des Baggers fotografiert.«

»Hm, ich höre mich morgen mal um. Wer wusste denn, dass du dem Ort auf der Spur bist?«

»Lena Paulsen und Gerda, meine Sprechstundenhilfe, und dann natürlich Imkes Mutter. Die drei waren dabei, als wir vermutet haben, dass Imke dort entlanggegangen sein könnte. Die Bestätigung habe ich erst in Kiel von den Kindern bekommen.«

»In der Praxis also«, murmelte Felix vor sich hin und holte die Paprikaschoten aus dem Backofen.

Merkwürdigerweise kam Jan nun sofort Elvira, die Witwe seines Vorgängers, in den Sinn. Hatte sie eventuell durch die offen stehenden Türen mitbekommen, was sich in der Praxis abgespielt hatte? Er hatte sie schon öfter in der Nähe der Patienten oder des Sprechzimmers gesehen, sie aber nie darauf angesprochen. Vielleicht war Gerda aufgefallen, ob sie einen ungebetenen Zuhörer gehabt hatten. Was Elvira jedoch mit möglichen Umweltgiften zu tun haben konnte, blieb ihm ein Rätsel.

Das Essen verlief sehr angenehm, sie fanden genug Themen, bei denen sie einer Meinung waren, und diskutierten dann wieder über andere Dinge. Insbesondere bei Filmen lagen ihre Interessen meilenweit auseinander. Felix bevorzugte die Art von Filmen, die bei Jan zum sofortigen Einschlafen führten. Obwohl jeder seinen Standpunkt vehement verteidigte, genossen sie den Schlagabtausch.

Bedauernd sah Jan schließlich auf seine Uhr. Schon halb elf, er hatte nicht gemerkt, wie die Zeit verflogen war. »Ich sollte mir allmählich mal Hannibal ansehen und dann habe ich da ja auch noch deine Medikamente.« Er holte die Arzneien aus dem Rucksack und erklärte Felix jeweils die Dosierung und Wirksamkeit. Am Ende tippte er auf eine Packung. »Hiervon habe ich nur noch zehn Stück, aber ich kümmere mich um Nachschub. Die Dinger sehen aus wie Lollis und werden auch so verwendet. Sie sind ähnlich wirksam wie Morphine, jedoch besser dosierbar und damit auch mit weniger Nebenwirkungen verbunden. Sie werden zum Beispiel bei Verwundungen im Einsatz verwendet. Wenn es nicht anders geht, nimm sie. Verpackung öffnen und den Wirkstoff auf der Zunge zergehen lassen. Wenn du das Gefühl hast, dass es reicht, zur Seite legen.«

Felix tastete die in undurchsichtige Folie eingeschweißten ›Lollis‹ ab und schmunzelte dann. »Nun gut, ich vertraue dir, dass du mir keinen Traubenzucker als Placebo aufschwatzt. Und die sind echt von der Bundeswehr? Ist das denn legal?«

»Es ist zumindest nicht illegal. Sowohl im Gefecht als auch bei der Behandlung von Krebspatienten haben Ärzte ein paar nette Spielräume, die ich nutzen werde.« Er sah Felix forschend an. »Darum verstehe ich auch nicht, dass Theo Dunker sich zu einem Vorgehen hinreißen ließ, das sowohl ihm als auch dir einigen Ärger eingebracht hätte, wenn es bekannt geworden wäre.«

Felix wich seinem Blick aus und stand auf. »Lass uns nach Hannibal sehen.«

Mittlerweile hatte Jan eine ungefähre Vorstellung von Felix' Sturheit, sodass er auf weitere Nachfragen verzichtete. Aber ihm entging nicht, dass es offenbar Dinge in Verbindung mit seinem Vorgänger gab, die zumindest Felix und Elvira ihm vorenthielten.

Die Meerschweinchen hatten ein großes Gehege mit passendem Auslauf in Felix' Schlafzimmer. Das Arrangement war ungewöhnlich, aber Jan kommentierte es nicht. Vielleicht hatte die Anwesenheit der Tiere eine beruhigende Wirkung auf Felix. Außerdem ging es ihn nichts an, wo er die Tiere unterbrachte. Hannibal sah deutlich besser aus und dieses Mal zeigte er, dass er keine Lust auf seine Medizin hatte, schluckte sie aber schließlich mit beleidigt gekräuselter Nase.

Lächelnd gab Jan ihm zur Belohnung ein Stück Petersilie, das Felix ihm hinhielt. »Der hat eine Mimik wie ein Mensch.«

»Finde ich auch. Die meisten würden dich wegen des Spruchs allerdings für verrückt erklären.«

Jan atmete tief durch. »Dann irren sich die meisten. Dank meines Freundes weiß ich, dass Meerschweinchen intelligent wie kleine Hunde sein können – und genauso ausdrucksstark.« Ihm kam eine Idee. Allerdings wusste er genau, dass er sie wieder verwerfen würde, wenn er sie nicht sofort durchführte. »Darf ich ein Foto von Hannibal machen und es an eine … Freundin schicken?«

»Na klar.«

Jan holte sein Smartphone aus der Hosentasche und wartete, bis Hannibal ihn ansah. Dann drückte er ab. So hatte er nicht nur das schwarze Fell mit den Tigerstreifen, sondern auch den neugierigen Gesichtsausdruck perfekt erwischt.

Ehe er es sich anders überlegte, leitete er das Foto via WhatsApp weiter. Als Text schrieb er nur: *Gruß aus meiner neuen Heimat, habe seit heute einen tierischen Patienten. Hannibal. Ich hoffe, dir, deiner Mutter und deinen Meeerschweinchen geht es gut. Meld dich mal. Jan.* Erst als das Gehäuse leise knackte, merkte er, dass er das Handy viel zu fest umklammerte.

Felix' Miene verriet zwar seine Neugier, aber er sagte nichts.

Vielleicht entschloss sich Jan gerade deshalb zu einer Erklärung. »Meine Patentochter. Wir haben uns etwas aus den Augen verloren.«

Die Floskel traf zwar nicht wirklich zu, aber Jan konnte kaum zugeben, dass die Mutter des Kindes ihn bei ihrer letzten Begegnung voller Zorn angeschrien hatte, dass besser er anstelle ihres Mannes getötet worden wäre – als ob er sich das selbst nicht oft genug gewünscht hätte.

Mitten in der Nacht fuhr Jan mit wild rasendem Puls hoch und warf die durchgeschwitzte Bettdecke von sich. Die Bilder vom Tod seines Freundes hatten ihn wieder eingeholt. Er hatte gehofft, ein wenig Abstand zwischen sich und seine Albträume gebracht zu haben. Was für ein Irrtum. Die Erinnerungen waren präsenter als jemals zuvor. Er hatte mittlerweile genug Erfahrung mit solchen Nächten, um zu wissen, dass an Schlaf trotz seiner Müdigkeit nicht mehr zu denken war. Gähnend tastete Jan nach seinem Smartphone. Erst halb drei. Damit lagen noch einige Stunden vor ihm, bis die Arbeit in der Praxis ihn auf andere Gedanken bringen würde.

Fluchend stand er auf und fluchte noch einmal lauter, als er mit dem nackten Fuß gegen etwas Hartes stieß. Verflixt, er hätte seine Motorradstiefel besser dort ausgezogen, wo sie hingehörten: im Flur. Nun bekam er die Quittung für seine Unordnung. Doch der unfreiwillige Zusammenstoß hatte ihn auch auf eine Idee gebracht. Vielleicht kannte er einen Ort, an dem er etwas Frieden finden würde. Einen Versuch war es wert.

Wenige Minuten später saß er auf seinem Motorrad und fuhr los. Die menschenleeren Straßen wirkten im Licht seiner Scheinwerfer seltsam unwirklich. Die Bäume warfen bizarre Schatten auf den Asphalt. Die Fahrt durch die Dunkelheit forderte seine Aufmerksamkeit und ließ wenig Platz für die Bilder, die schon wieder am Rande seines Bewusstseins lauerten. Wie würde es sein, wenn er sein Ziel erreicht hatte? Die Antwort würde er bald kennen.

Als Jan die Ninja den Sandweg entlangrollen ließ, musste er an Lenas Schimpftirade denken, dass dies kein Weg für Fahrzeuge wäre. Schmunzelnd stellte er die Maschine wieder an dem Durchgang zum Strand ab. Um diese Tageszeit würde er niemanden stören, wenigstens das war sicher.

Nachdem er den Motor ausgeschaltet hatte, umgab ihn einen Moment lang eine unwirkliche Stille. Dann erst nahm er das Geräusch der Wellen wahr, die an den Strand schlugen. Langsam stapfte Jan durch den Sand. Der Mond spendete genug Licht, sodass er eine halb zerstörte Sandburg entdeckte, die eine ideale Rückenlehne abgeben würde. Besonders warm war es nicht, aber durch seine Zeit als Soldat war er abgehärtet und seine Motorradjacke wärmte ihn ausreichend. In den Bergregionen Afghanistans waren zu einigen Jahreszeiten zweistellige Temperaturen ein echter Luxus gewesen, da würde er sich jetzt nicht über rund fünfzehn Grad beschweren.

Jan setzte sich in den weichen Sand und suchte sich eine bequeme Position. Das Meer war nachts noch beeindruckender als tagsüber. In der Dunkelheit blitzte immer wieder die weiße Gischt von Brechern auf, die geräuschvoll auf den Sand trafen. Aber die meisten Wellen waren ruhiger, erinnerten an eine abgeflachte Form von Drachenschuppen, die sich in einem steten Rhythmus hoben und senkten.

Der Blick aufs Meer hatte etwas Beruhigendes, fast Meditatives, die Bilder aus Afghanistan traten wieder in den Hintergrund. Da gehörten sie auch hin! Als Erinnerungen waren sie akzeptabel, aber nicht als diese alles beherrschenden, lähmenden Elemente, die keinerlei Platz für andere Gefühle oder Taten ließen.

Langsam kamen ihm die Dinge, die in den letzten Tagen passiert waren, in den Sinn. Während er weiter die Wellen beobachtete, ordnete er einige Fakten, bewertete sie neu und staunte am Ende über das Ergebnis.

Wenn er nicht völlig falschlag, gab es zwei Fronten, die er klären wollte. Irgendetwas gab es in Verbindung mit seinem Vorgänger, das ihm Sorgen bereitete. Dabei dachte er nicht nur an den leichtfertigen Umgang mit den opiathaltigen Medikamenten für Felix, sondern auch an Bemerkungen mit merkwürdigen Untertönen seitens der Dorfbewohner, die er noch nicht richtig einordnen konnte.

Viel wichtiger war der zweite Punkt, die Frage nach dem möglichen Umweltgift. Durch den Geländewagen wurde die Bedrohung real und musste sehr nahe sein. Die Reaktionen der Kinder zeigten ihm, dass das Zeug lebensgefährlich sein konnte. Er musste den Wahnsinn stoppen. Egal, mit wem er sich deswegen anlegen musste, er würde am Ende siegen.

Langsam stand er auf und schüttelte den Sand von seiner Jacke und seiner Hose. Wer immer auch dahintersteckte, würde noch merken, dass er sich nicht nur mit einem einfachen Landarzt angelegt hatte, sondern mit einem Elitesoldaten, der mehr als einmal in scheinbar ausweglosen Situationen gewesen war.

Befreit atmete Jan auf. Bisher hatte er funktioniert, sogar seinen Job sehr ordentlich gemacht, aber ein Teil von ihm war tot gewesen. Aber nun spürte er wieder den alten Kampfgeist und die eiserne Entschlossenheit, die ihn während seiner Bundeswehrzeit begleitet hatte. Jan zog seine Jacke aus und ließ sie in den Sand fallen. Dann lief er in lockerem Joggingtempo direkt an der Wasserlinie entlang.

Mit jedem Meter, den er hinter sich ließ, fühlte er sich besser. Er genoss das Ziehen in den Oberschenkeln und das Ringen nach Luft. Viel zu lange war er nicht mehr gelaufen – aus Angst vor den Erinnerungen an Michael, mit dem er früher so oft gemeinsam Kilometer um Kilometer zurückgelegt hatte. Erst als ihm ein umgestürzter Baumstamm den Weg versperrte, hielt er keuchend an. Er hatte keine Ahnung, wie weit er gelaufen und wie spät es war, es interessierte ihn auch nicht.

Minutenlang sah er den dunklen Silhouetten nach, die über dem Wasser im Mondschein dahinjagten. Möwen. Er hatte nicht einmal gewusst, dass die Vögel nachts flogen. Nach einer gefühlten Ewigkeit drehte er um und joggte zurück. Als er bei seinen Sachen angekommen war, fühlte er sich trotz des fehlenden Schlafes erfrischt und munter.

Sein altes Leben lag hinter ihm, aber einen wichtigen Teil hatte er wiederentdeckt. Vielleicht hatte er mit Felix, Jörg und Jo sogar neue Freunde gefunden, das würde sich zeigen. Aber ob allein oder mit einem neuen Team – er war wieder kampfbereit und das würden die Verantwortlichen dieser Umweltsauerei bald zu spüren bekommen!

Kapitel 13

Als er das Motorrad vor seiner Wohnung parkte, stutzte er. In der Doppelhaushälfte von Elvira brannte schon Licht – und das morgens um kurz nach vier. Hoffentlich lockte sie das Geräusch der Ninja nicht nach draußen. Er hatte zwar diverse Fragen, die er mit ihr klären wollte, aber nicht um diese Zeit. Doch er kam lediglich bis zur Haustür, dann knarrte etwas beim Nachbarhaus und Elvira trat ins Freie.

»So früh schon unterwegs?«, begrüßte sie ihn.

Jan zuckte nur mit der Schulter. Was sollte er darauf antworten?

»Magst du einen Kaffee, Jan?«

Ihm lag bereits eine freundliche Ablehnung auf der Zunge, aber irgendetwas an ihrem Tonfall berührte ihn. »Na sicher.

Wenn es dich nicht stört, dass ich ein wenig sandig und verschwitzt bin.«

»Das gehört dazu, wenn man so dicht am Meer lebt. Dann komm mal rein.«

Kurze Zeit später saß Jan in der Essecke, die direkt an die Küche angrenzte. Anders als in seiner Haushälfte, in der alles noch recht provisorisch eingerichtet war, hatte Elvira sich mit den Möbeln und der Dekoration viel Mühe gegeben. Ein bunter Strauß Tulpen war ein fröhlicher Farbfleck auf der vermutlich selbst bestickten weißen Tischdecke. Lediglich das Porträtfoto ihres verstorbenen Mannes, das von Kerzenständern eingerahmt auf der Kommode stand, irritierte Jan ein wenig. Der Arzt schien ihn direkt anzusehen, was natürlich Einbildung war, aber trotzdem …

Elvira platzierte zwei gelbe Sets auf dem Tisch und holte zwei gefüllte Kaffeebecher und einen Teller mit Keksen. Sie lächelte etwas verlegen. »Ich bin nicht sicher, was man um diese Zeit anbietet. Aber zumindest der Kaffee ist handgefiltert und sollte dir helfen, den Tag zu überstehen. Kannst du oft nicht schlafen?«, fragte sie und setzte sich auf einen Stuhl ihm gegenüber.

Jan überlegte kurz, ob sie früher wohl mit ihrem Mann hier gesessen hatte. »Manchmal holen einen Erinnerungen ein, die man nicht so einfach abschütteln kann«, antwortete er schließlich.

Sie nickte leicht und umfasste den Becher, als ob sie an ihm ihre Hände wärmen würde. »Das kenne ich … Aber bei mir sind es eher verpasste Gelegenheiten. Was hätten wir alles machen können oder sollen! Immer haben wir es auf die Zeit seines Ruhestands verschoben und nun ist es zu spät.«

»Carpe diem«, sagte Jan unwillkürlich und schluckte dann. ›Genieße den Tag‹ war Michaels Lieblingsspruch gewesen. Sein Freund hatte die Gabe besessen, jede Sekunde in vollen

Zügen zu genießen. Er hätte niemals etwas auf später verschoben, was er sofort tun konnte.

Elvira stellte den Becher beiseite, ohne einen Schluck getrunken zu haben. Der Ansatz eines Lächelns umspielte ihre Lippen. »Wie so viele lateinische Weisheiten hat Theo auch diesen Spruch geliebt. Nur leider hat er nicht danach gelebt. Bitte sei ganz ehrlich, Jan. Meinst du, ich hätte erkennen können, dass er krank ist?«

Ohne zu zögern schüttelte Jan den Kopf. »Nein, nicht einmal er selbst hätte eine reelle Chance gehabt zu bemerken, dass es ihm nicht so gut ging, wie er glaubte. Denn die Warnzeichen sind so unauffällig, dass sie immer übersehen werden. Mach dir bitte keine Vorwürfe.«

»Ich versuche es.« Sie spielte gedankenverloren am Henkel ihres Bechers herum. »Du bist als Arzt völlig anders als Theo. Schon, dass du keinen Kittel trägst.« Ihr Blick huschte kurz zu dem Bild ihres Mannes, dann sah sie Jan direkt an. »Du hast dir das Vertrauen der Patienten auch ohne Kittel verdient, das heißt wohl, dass beide Wege richtig sind. Aber erst seit ich gestern durch Zufall mitbekommen habe, wie du Imke mit diesem Bundeswehrtrick gerettet hast, bin ich ganz sicher, dass du der Richtige für die Praxis bist. Es fällt mir sehr schwer, das zu sagen, aber ich fürchte, mein Theo hätte das Mädchen verloren und das hätte ihn umgebracht. Es war gut, dass du gestern da warst und wusstest, was du zu tun hattest.«

»Mir hat gestern zwar meine Erfahrung aus dem Einsatz geholfen, aber es ist gut möglich, dass Theos jahrelange Routine ihm auch den richtigen Weg gezeigt hätte.«

»Es ist schön, dass du das sagst, aber ich glaube es nicht. Möchtest du vielleicht einen Toast zum Kaffee?«

»Nein, vielen Dank. Ich muss auch allmählich rüber und duschen.«

»Ich wollte dich gar nicht so lange aufhalten, aber da ich dich zufällig gesehen habe ... Also, ich wollte euch gestern nicht stören, doch ich habe gehört, was ihr geredet habt. Nicht, dass du mich für neugierig hältst, ich wollte nur wissen, wie es Imke geht und ... Also, wenn das mit dem Gift stimmt, dann ist derjenige, der das verteilt, auch an Theos Tod schuld.« Sie atmete tief durch und fuhr sich über die Stirn. »Ich habe über meine Damen ziemlich viele Verbindungen und wir haben uns gestern mal über die Sache unterhalten.«

Jan hob eine Hand. »Sekunde, was für Damen meinst du?«

»Ach, wir treffen uns regelmäßig zum Klönen und das schon seit Jahren. Erna, die kennst du auch, ihr gehört der Kiosk, ist sicher, dass sie einen Tankwagen am Feld hinter dem Sportplatz gesehen hat.«

»Da wo Jonas und Imke gewesen sind?«, hakte Jan vorsichtshalber nach.

»Ja, genau dort. Und als Erna den Wagen beschrieben hat, da meinte Lisa, dass sie den kennt, weil der regelmäßig aufs Firmengelände von *Brodersen und Söhne* fährt.«

»*Brodersen und Söhne*«, wiederholte Jan ratlos.

»Ja, das ist eine Firma, die hat ihren Sitz in der Nähe der Bundesstraße auf einem recht großen Gelände. Aber die handeln eigentlich nur mit allem möglichen Zeug. Wir wüssten nicht, was da ein Tanker zu tun hat oder wo da Gift herkommen könnte.«

»Und womit handeln die?«, fragte Jan.

»Ach, die holen sich zum Beispiel ganz billiges Spielzeug aus China und verkaufen es dann teuer weiter. Die Firma hat einen sehr guten Ruf und ist der größte Arbeitgeber in der Gegend. Ich kann mir also nicht vorstellen, dass die was mit der Sache zu tun haben, aber ich wollte es dir wenigstens gesagt haben.«

»Wann habt ihr euch denn getroffen?«

»Getroffen haben wir uns vorgestern, gestern haben wir das alles über unsere WhatsApp-Gruppe geklärt. Nun halt uns mal nicht für tüddelig, nur weil wir keine zwanzig mehr sind.«

Jan tarnte sein aufsteigendes Lachen mit einem Hüsteln. Elviras empörter Blick war einfach zu schön. »Ich frage doch nur, weil gestern ein Bagger das Erdreich an der verdächtigen Stelle abgetragen hat.«

Elviras Becher verharrte auf halbem Weg zu ihrem Mund. Mit einem lauten Knall landete er wieder auf dem Tisch. »Na, das ist ja ein Ding. Und ich habe noch so was Ähnliches! Der Vogel, den Hannes ins Institut gebracht hat, damit man dort die Todesursache feststellt, ist verschwunden. Einfach weg. Niemand weiß, wo er geblieben ist.«

Damit musste sie den toten Seeadler meinen, der ein mögliches Verbindungsglied zwischen den Hustenanfällen von Theo und Hannes gewesen sein könnte. »Na, das wird ja wohl kein Zufall sein«, überlegte Jan laut.

Elvira nickte heftig. »Aber die kriegen wir. So nicht, nicht mit mir!«

Plötzlich hatte Jan ein Bild von Miss Marple vor Augen und wieder musste er sich ein Lachen verkneifen. »Du solltest aber gut aufpassen, mit wem du sprichst, denn irgendwie müssen die bösen Jungs ja erfahren haben, dass wir ihnen auf den Fersen sind.«

Elviras Augenbrauen hoben sich. »Auf meine Damen lasse ich nichts kommen!«

»Ich meinte nicht, dass sie was mit dem Gift zu tun haben. Aber mit wem mögen sie wohl noch darüber reden?«

Nach kurzem Zögern nickte sie. »Ich denke darüber nach.«

Jan sah auf die Uhr und stand auf. »Danke für den Kaffee, wir können später weitersprechen, denn so langsam sollte ich wirklich mal duschen.« Und mir diese Firma im Internet genauer ansehen, aber das sagte er nicht laut.

Als er den Becher wegräumen wollte, hielt Elvira ihn davon ab. »Lass stehen. Ich kümmere mich darum. Danke, dass du noch mit reingekommen bist, trotz der ungewöhnlichen Uhrzeit.«

»Aber nein, ich danke dir für den Kaffee. Noch eine Bitte, es wäre sinnvoll, nicht mit zu vielen Leuten über die Sache zu reden. Es wäre ein Albtraum, wenn die Verbrecher gewarnt werden und Beweise vernichten. Denn ich will, dass sie für ihren Mist zur Verantwortung gezogen werden.«

Erst sah es aus, als ob Elvira widersprechen wollte, aber dann nickte sie und wirkte dabei so nachdenklich, dass Jan sich fragte, ob sie womöglich schon jemanden in Verdacht hatte. »Ich komme heute Mittag mal vorbei, wenn die Praxis geschlossen hat.«

»Gerne, tu das.«

Der Vormittag verlief erstaunlich ruhig. Eine verschleppte Erkältung, typische Alterskrankheiten und ein verstauchter Arm waren die Höhepunkte. Bei den restlichen Patienten ging es um Vorsorgeuntersuchungen oder Folgetermine, die relativ schnell abgehandelt gewesen wären, wenn sich nicht jeder seiner Besucher ausführlich nach dem Zustand der Kinder erkundigt hätte. Einige äußerten ganz direkt ihre Befürchtung, dass es eine Ursache für die Hustenanfälle gab, die sie auch noch treffen könnte, andere reagierten mit deutlicher Nachdenklichkeit.

Während die ältere Dame, die zugleich die letzte Patientin des Tages war, ihm ausführlich von ihren Gelenkschmerzen erzählte, die je nach Temperatur variierten, ertappte sich Jan dabei, dass er auf seine Armbanduhr schielte. Nach seinen Recherchen am frühen Morgen wollte er sich im Internet weiter über die Firma informieren, die Elvira ins Spiel gebracht hatte, und sich vielleicht sogar direkt vor Ort umsehen. Außerdem war da noch das Treffen mit Lena, die mittags vorbeikommen wollte. Er war zwar nicht auf der Suche nach einer Beziehung, aber die Frau interessierte ihn. Trotz ihrer tragischen Geschichte strahlte sie einen Lebensmut aus, der ihn nicht kaltließ.

Als seine Patientin am Ende ihrer Leidensgeschichte angekommen war, konzentrierte Jan sich mit etwas Mühe wieder auf sie. Nach einer weiteren Viertelstunde verließ sie mit einer Creme, einem leichten Schmerzmittel für besonders schlimme Tage und ein paar Verhaltensempfehlungen zufrieden sein Sprechzimmer.

Jan wollte sich ein paar Minuten Ruhe gönnen, ehe er mit Gerda die letzten Fragen zu ihren Abrechnungen klärte. Das war ein Punkt, den er hasste und bei dem er auf Gerdas Hilfe angewiesen war. Die Zusammenarbeit mit den Krankenkassen war an Formalismus und möglichen Fallstricken nicht zu überbieten und schlug sogar den Bürokratiewahnsinn bei der Bundeswehr um Längen. Ohne eine pfiffige Praxishelferin verbrachte man mehr Stunden mit dem Ausfüllen von Formularen und der Suche nach den richtigen Abrechnungsziffern als mit seinen Patienten. Das hatte Jan sich einfacher vorgestellt. Außerdem waren die Vorgaben teilweise ein Witz. Beratungsgespräche oder eine ausführliche Anamnese waren schlicht und einfach nicht vorgesehen. Diese Zeit, die so immens wichtig war, musste im Zweifel von ihm selbst als Quasiverdienstausfall getragen werden. Jan war in der komfortablen Situation, dass er problemlos auf einen Teil seiner Einnahmen verzichten konnte. Aber was sollte ein junger Kollege tun, den noch seine Studienschulden belasteten und der eine Familie ernähren sollte? An einer Fließbandabfertigung der Patienten führte dann kein Weg vorbei.

»Sag mal, schläfst du? Dein Handy vibriert und mein Klopfen hast du auch überhört.«

Erschrocken fuhr Jan hoch. Geschlafen hatte er zwar nicht, war aber so in Gedanken gewesen, dass er weder Gerda noch sein Smartphone wahrgenommen hatte.

»Du wirst es mir nicht glauben, aber ich war gedanklich gerade bei unseren Abrechnungen«, erklärte er und griff nach seinem Handy, das den Eingang einer neuen WhatsApp anzeigte.

Er signalisierte Gerda, kurz zu warten, als er den Absender erkannte: Michaels Tochter. Schlagartig wurde er nervös. *Hannibal ist so süß. Bitte sag mir, dass du ihn wieder gesund machst! Wie geht es dir? Mama fragt, ob sie dir auch schreiben darf.*

Jan schluckte hart.

Gerda war ausnahmsweise so rücksichtsvoll, dass sie nicht nachfragte. »Ich mach uns mal einen Kaffee. Uschi hat einen Kuchen für uns vorbeigebracht, na ja, eigentlich ist der für dich, aber den schaffst du nie allein. Sie wollte eigentlich noch kurz mit dir schnacken, aber leider war das Wartezimmer zu voll.«

Sie verschwand, ehe Jan nachfragen konnte, wer Uschi war. Doch dann kam er von selbst darauf, dass sie die Trainerin von Jonas war. In den letzten Tagen hatte er einfach zu viele Menschen kennengelernt, damit stieß sein sowieso nicht allzu gutes Personengedächtnis an seine Grenzen.

Er sah wieder auf das Display des Handys und tippte schnell eine Antwort: *Hannibal frisst wieder normal. Alles gut. Sonst ist es ganz schön hier. Hannibals Besitzer hat auch noch Ponys und Hasen. Das wäre was für dich. Vielleicht besucht ihr mich hier mal. Ich freue mich, wenn deine Mutter sich meldet!*

Als Gerda mit einem Tablett zurückkehrte und Teller und Becher auf dem Schreibtisch verteilte, hatte Jan seine Gefühle wieder unter Kontrolle. Vielleicht heilte die Zeit tatsächlich einige Wunden. Es wäre eine wahnsinnige Erleichterung, wenn sich seine Beziehung zu Andrea und Ida wieder normalisieren würde. Im Moment meldete sich viel zu oft sein schlechtes Gewissen, dass er sie im Stich gelassen hatte.

Dabei war es Andrea gewesen, die gefordert hatte, ihn nie wieder zu sehen.

Er rieb sich übers Gesicht, griff nach dem Kaffeebecher und grinste Gerda an. »Nun schieß schon los, ehe du an deinen Fragen erstickst.«

»Das war jetzt nicht fair, Jan. Ich bin zwar neugierig, weiß aber auch, wann mich etwas nichts angeht. Von wem war die Nachricht?«

Gerdas todernste Erklärung, gefolgt von der resoluten Nachfrage, brachte Jan zum Schmunzeln. »Die WhatsApp kam von der Tochter eines verstorbenen Freundes. Ich war nicht sicher, ob sie und ihre Mutter überhaupt noch daran interessiert sind, mit mir in Kontakt zu bleiben. Aber es sieht ganz gut aus.«

»Ist das der Freund mit den Meerschweinchen?«

Jan stutzte, dann fiel ihm ein, dass sie am Vortag einen Teil seines Gesprächs mit Felix gehört hatte. »Ja. Sein Tod hat uns alle schwer getroffen ... Aber können wir uns jetzt um die Abrechnungen kümmern?«

»Die sind erledigt, ich habe nämlich ein neues System.«

Ratlos biss Jan ein Stück Schokoladenkuchen ab. »Was meinst du damit? Mann, ist der gut!«

Gerda lachte. »Ich hoffe, das bezieht sich auf meinen neuen Trick, auch wenn du ihn noch nicht kennst. Nee, ernsthaft. Uschis Kuchen ist berühmt und erzielt bei der Weihnachtstombola Höchstpreise. Du kannst dich echt geehrt fühlen, dass sie ihn für dich gebacken hat.«

Jan blickte abwägend auf seinen Teller. »Und du meinst wirklich, ich schaffe den allein nicht?«

»Ganz sicher, sonst müsste ich ja den Teil, den ich für mich abgezweigt habe, wieder rausrücken und das kannst du vergessen. Nun aber zu meinem neuen System, das ist kinderleicht. Wenn zweifelhaft ist, welche Nummer stimmt, nehme ich zukünftig immer die, die dir ein paar Euros mehr einbringt. Und das spart ordentlich Zeit. Das zusätzliche Geld hast du dir schon deshalb verdient, weil du dir immer so viel Zeit für deine Patienten nimmst und dir das keiner dankt. Und wir beide haben nun wirklich Besseres zu tun, als stundenlang ganz genau aufzudröseln, ob es ein grippaler Infekt mit Ohrenschmerzen oder eine eigenständige Mittelohrentzündung ist. Wer sich das ausgedacht hat, spinnt doch. Und der Unterschied macht dann zwei Euro fünfzig nach Ziffer oder Multiplikator irgendwas aus. Das ist krank!«

In diesem Fall hielt sich Jans schlechtes Gewissen gegenüber der Krankenkasse in engen Grenzen und er prostete Gerda mit dem Kaffeebecher zu. »Sag mir am Ende des Quartals doch ungefähr, wie viel wir dadurch mehr eingenommen haben, dann überweisen wir den Betrag an *Ärzte ohne Grenzen*.«

Gerda schnaubte. »Wenn da fünfzig Euro zusammenkommen, ist das schon viel!« Sie legte den Kopf zur Seite und lauschte. »Oh, Lena kommt. Ich hole schnell noch einen Teller und Kaffee. Mal sehen, was es Neues gibt.«

Damit blieb es dann wohl ihm überlassen, Lena zu empfangen. Irgendwann würde er auch herausfinden, wieso Gerda anscheinend auch das kleinste Geräusch nicht entging. Er hatte nichts gehört, aber schon in den ersten Tagen gelernt, ihr auch in diesem Punkt zu vertrauen.

Jan erreichte die Haustür, ehe sie klingeln konnte. »Gerda hat schon abgeschlossen. Hallo, Lena. Komm doch rein.«

»Moin, Jan. Danke, dass …«

»Hast du mal einen Moment, Jan!«, erklang unerwartet Elviras Stimme. Bei ihren Worten handelte es sich eindeutig um einen Befehl und keine Frage.

Er brachte es nicht fertig, sie vor Lena zurechtzuweisen. Ihre wütende Miene und die geröteten Wangen passten zu ihrer Tonlage. Statt den Weg zu benutzen, der die beiden

Haushälften verband, war sie quer über den Rasen gegangen und stand nun wie eine Rachegöttin mitten in dem Beet. Sie hatte keinerlei Ähnlichkeit mehr mit der Frau, mit der er frühmorgens Kaffee getrunken hatte, und er hatte keine Idee, was er verbrochen haben sollte.

»Sekunde, Lena«, entschuldigte er sich und ging Elvira entgegen. »Möchtest du reinkommen?«

»Nein. Ich möchte nur einen Punkt klären. Dass du Gerda eingestellt hast, verstehe ich ja, das war auch richtig so, obwohl ich die Praxis viel besser im Griff hatte. Aber damals war ich noch nicht so weit. Dass du jetzt aber nicht einmal daran denkst, mich zu fragen, ob ich Gerda vertreten würde, sondern diese ... diese Frau fragst, das ist ein Affront! Sie hat ja nicht einmal ihr Kind versorgen können und ausgerechnet der vertraust du deine Patienten an, das hätte ich von dir ...«

»Es reicht!«, fuhr er sie in seinem besten Offizierston an. »Beruhige dich, Elvira. Ich weiß nicht, warum du dich so aufregst, aber ich werde es nicht dulden, dass du so einen Mist über Lena erzählst. So, wie es aussieht, ist ihr Baby an einem Hustenanfall gestorben, der vermutlich den gleichen Auslöser wie der von Theo hatte.«

Elvira wurde bleich und taumelte einen Schritt zurück. »Das wusste ich nicht.«

»Dann weißt du es jetzt. Und was den Ersatz für Gerda angeht ... Du hast bisher immer sehr deutlich gemacht, dass du mit meiner Art, die Praxis zu führen, nicht einverstanden bist. Wie sollte ich da auf die Idee kommen, dass du gerne helfen möchtest? Außerdem ging es bei Lenas Job überhaupt nicht nur um die Praxis. Dort hilft sie nur, wenn Gerda aus familiären Gründen verhindert ist. Ich brauche auch in anderen Bereichen Hilfe. Haushalt und Praxis sind ein bisschen viel für mich.« Er fuhr sich etwas verlegen durch die Haare. »Ich bekomme mit der Ninja ja nicht einmal einen

Großeinkauf hin, da bin ich heilfroh, dass Lena mir organisatorisch etwas unter die Arme greift.«

»Dann habe ich wohl noch einen Grund, mich zu entschuldigen. Theo meinte auch oft, dass ich zu vorschnell urteile.« Tränen zeigten sich in ihren Augenwinkeln. »Ich sehe ihn gerade vor mir, wie er den Kopf schüttelt.«

Jan berührte sie leicht am Arm. »Komm doch mit rein. Wir wollten gerade über das Gift reden und Uschi hat etwas Schokoladenkuchen vorbeigebracht.«

»Das Angebot ist wirklich nett.« Elvira zögerte. »Ich komme gleich. Danke, Jan.« Sie eilte über den Rasen davon.

Seufzend sah Jan ihr nach. Mitleid und Ärger hielten sich bei ihm die Waage.

Als er die Tür aufstieß, entdeckte er Lena, deren Wangen gerötet waren. »Du hast gehört, was ich gesagt habe? Ich wollte nur …«

Sie legte ihm eine Hand auf die Schulter. »Schon gut, ich weiß, warum du das gesagt hast. Du wolltest Elviras Gefühle schonen. Wenn ich mich so umsehe, glaube ich aber, du könntest tatsächlich ein wenig Hilfe gebrauchen. Darüber sollten wir in Ruhe reden. Aber erst einmal möchte ich dir danken, dass du mich einfach so, ohne jeden Beweis meiner Unschuld, verteidigt hast. Weißt du, die ersten Wochen waren die Hölle. Es gab so viele, die mir offen oder verdeckt die Schuld an Rebeccas Tod gaben. Dabei war ich doch mein größter Ankläger und bin es irgendwie immer noch.«

Schlagartig hatte Jan die Bilder von seinem vergeblichen Kampf, Michael vor dem Verbluten zu retten, vor Augen. Wenn einer Experte für Schuldgefühle war, dann er. »Ich weiß«, sagte er nur.

Forschend sah Lena ihn an und atmete dann tief durch. »Uschis Schokoladenkuchen? Dafür putze ich dir deine ganze Wohnung«, wechselte sie entschieden das Thema und Jan bewunderte sie dafür.

Kaum betraten sie sein Sprechzimmer, schlug Gerda begeistert in die Hände. »Na, die Hexe hast du sehr erfolgreich in ihre Schranken verwiesen, Jan. Ich wäre zwar noch deutlicher geworden, aber das ist wohl nicht deine Art. Wenn du jedoch wüsstest, was man über sie und ihren sauberen Mann sagt ...« Sie winkte ab. »Na gut, ich will keinen Klatsch verbreiten. Und die Idee, dass Lena dir im Haushalt etwas hilft, ist wirklich so gut, dass sie glatt von mir hätte stammen können.«

Jan brachte es nicht fertig klarzustellen, dass er das eigentlich gar nicht vorgehabt hatte. »Wir reden da später drüber. Und mit ›wir‹ meine ich Lena und mich«, präzisierte er sicherheitshalber und ignorierte sowohl Lenas Lachen als auch Gerdas beleidigtes Stirnrunzeln. Nachdenklich betrachtete er seinen leeren Teller. »Statt Mittagessen brauche ich jetzt mehr Kuchen. Ihr auch?«

Beide Frauen nickten und zu seinem Erstaunen durfte er tatsächlich in die Pantry gehen und das erledigen. Als er zurückkehrte, redete Gerda gerade auf Lena ein, den Job als Haushaltshilfe unbedingt anzunehmen. Nun wusste Jan, warum er ihr Reich ungestraft hatte betreten dürfen.

Kapitel 14

Eine Viertelstunde später wollte Jan nach einigen allgemeinen Bemerkungen übers Wetter endlich zum eigentlichen Thema überleiten, als es überraschend schüchtern an der offen stehenden Tür seines Sprechzimmers klopfte. Elvira hatte wieder einmal ihren eigenen Schlüssel zur Praxis benutzt, zögerte nun aber einzutreten.

Einladend deutete Jan auf den dritten und letzten Besucherstuhl. »Komm rein, wir wollten gerade anfangen. Ich hole dir noch Kaffee und Kuchen.«

Gerda schoss hoch. »Das lässt du mal schön bleiben. Das ist mein Job!«

Elvira stellte eine Schüssel auf den Tisch und hob den Deckel ab. »Nach all dem Süßen könntet ihr vielleicht das hier gebrauchen«, erklärte sie.

Ein köstlicher Geruch nach Speck ließ Jan genießerisch schnuppern. Vier Brezel, die mit kross gebratenen Schinkenwürfeln und Käse überbacken waren, lagen dort und sahen so lecker aus, wie sie rochen. »Eigentlich sollte ich sagen, dass das doch nicht nötig gewesen wäre, aber dafür sehen die zu gut aus«, sagte er und brachte Elvira damit zum Lächeln.

Selbst Gerda nickte anerkennend, als sie zurückkehrte. »So lasse ich mir unsere Ermittlertreffen schmecken. Das ist viel besser als diese Unmengen an Donuts in den amerikanischen Serien«, kommentierte sie den Anblick.

»Ermittlertreffen?«, wiederholte Jan und versuchte, ein Grinsen zu unterdrücken, weil er wieder Miss Marple und ihre Freundinnen vor Augen hatte, die sich mit ihrem Strickzeug in der Hand über ungeklärte Mordfälle unterhielten – oder so ähnlich, so ganz hatte er die Filme nicht mehr in Erinnerung.

Dass Lena aussah, als ob sie sich ebenfalls mit aller Kraft ein Lachen verkniff, half ihm nicht. »Ich wette, ich habe gerade die gleichen Bilder wie du im Kopf. Dann wärst du der allgegenwärtige, mutige Helfer Mr Stringer, dieser Bibliothekar.«

»Nun ja, wenn du in dem Fall mein heimlicher Schwarm bist, kann ich mit dem Vergleich leben«, erwiderte er schmunzelnd.

Sie lachten gleichzeitig los und ignorierten wohlweislich die fragenden Blicke von Gerda und Elvira, die sich dann ausnahmsweise einig zu sein schienen.

»Junggemüse«, stellte Gerda lapidar fest und Elvira nickte energisch.

»Also gut, kommen wir zum ernsteren Thema.« Jan fasste zusammen, was er im Krankenhaus erfahren hatte, erwähnte die Baustelle, den verschwundenen Seeadler und dann die Firma, auf die Elvira gestoßen war.

Gerda nickte anerkennend. »Nicht schlecht. Ich habe auch von zwei Dingen gehört, die interessant klingen. Ein dreijähriges Kind hat nachts einen fürchterlichen Hustenanfall bekommen. Die Mutter ist ausgebildete Krankenschwester und schwört, dass ihr Sohn vorher kerngesund war. Sie hat den Anfall selbst in den Griff bekommen, aber …« Gerda beugte sich etwas zur Seite und legte Lena eine Hand auf den Oberschenkel. »Das Ganze ist in der Nacht geschehen, als deine Rebecca gestorben ist. Vermutlich bringt es nun nichts mehr, aber wir könnten nachforschen, ob ihr euch eventuell am selben Ort aufgehalten habt.«

Lena blinzelte heftig. »Das ist ja ein Ding«, sagte sie dann leise.

»Was ist denn hier bloß los?«, murmelte Elvira und setzte sich gerader hin. »Wer immer auch dahintersteckt, das muss ein Ende haben!«, forderte sie energisch und fügte etwas kleinlauter hinzu: »Was machen wir?«

Alle Blicke richteten sich auf Jan. Damit war er wohl zum Boss ihrer kleinen Truppe ernannt worden. »Im Moment haben wir nur einen Hinweis, dem wir nachgehen können, das ist diese Firma. Ich sehe mir die mal persönlich an, denn im Internet habe ich bisher so gut wie nichts über die rausgefunden. Vielleicht sind wir dann schlauer. Außerdem frage ich in Kiel nach, ob sie bei der Identifizierung des Wirkstoffes Fortschritte gemacht haben. Chlor im Allgemeinen hilft uns nicht weiter, vielleicht hat das Labor schon einen konkreteren Hinweis, sodass wir herausfinden können, wo dieser Stoff anfällt. Ansonsten können wir nur weiter nach Verbindungen zwischen den einzelnen Krankheitsfällen suchen. Vielleicht ergeben die Orte, an denen die Betroffenen mit dem Gift in Kontakt gekommen sind, ein Muster und helfen uns bei der Suche nach dem Verursacher weiter. Wir sollten zwar Augen und Ohren offenhalten, aber vorsichtig mit dem sein, was wir rumerzählen. Die Baustelle an der vermutlich verseuchten Stelle, die Hals über Kopf eingerichtet worden ist, sollte uns eine Warnung sein.«

Jan unterdrückte ein Grinsen, als ihm bewusst wurde, dass das Gespräch stark den früheren Teambesprechungen bei der Bundeswehr glich. Es war seine Aufgaben als Führer ihres Trupps gewesen, den aktuellen Status zusammenzufassen und die nächsten Schritte zu koordinieren. Michael war dabei stets an seiner Seite gewesen, und obwohl Jan ihm aufgrund der längeren Dienstzeit theoretisch vorgesetzt war, hatten sie ihre Männer gleichberechtigt geführt. Die Erinnerung an diese Zeit war wie ein scharfer Stich in seiner Magengegend, aber er hatte sie im Griff.

Die Frauen nickten zustimmend, doch dann Lena seufzte laut. »Das sind gute Ansätze, aber ich würde lieber noch mehr tun.«

»Geduld gehört leider auch zu jeder normalen Ermittlung.«

Sie runzelte die Stirn. »Das klingt, als ob du Erfahrung mit solchen Tätigkeiten hast.«

Ins Detail konnte er nicht gehen, aber ein wenig Offenheit war schon drin. »Die habe ich auch. Es gibt auch bei der Bundeswehr einige Truppen, die manchmal polizeiähnliche Aufgaben übernehmen.«

»Das wusste ich gar nicht«, erwiderte sie und biss von ihrer Brezel ab. »Das passt dann ja richtig gut, dass der Mist bei dir gelandet ist«, fügte sie mit vollem Mund hinzu. »Ups, entschuldigt meine Manieren, aber mein Frühstück ist ausgefallen und die sind einfach zu lecker.«

Hinter Lenas lockerer Art erkannte Jan den tief sitzenden Schmerz über den Verlust ihrer Tochter, aber die Aussicht, die Verantwortlichen zu identifizieren, schien ihr etwas

Trost zu geben. Das war ein weiterer Grund auf der mittlerweile ellenlangen Liste, warum sie Erfolg haben mussten. Es würde ihre Trauer nicht mindern, aber vermutlich in gewisser Weise eine Erleichterung für sie sein, wenn sie schwarz auf weiß hatte, dass sie keine Schuld am Tod ihres Kindes traf.

Ehe sein freier Nachmittag begann, der dank der geplanten Nachforschungen recht ausgefüllt war, wollte Jan wenigstens versuchen, Lena auf andere Gedanken zu bringen, während sie zu dritt den Kuchen und die Brezel aufaßen.

Prüfend betrachtete Jan durchs Küchenfenster den wolkenlosen Himmel. Eine Wetteränderung war nicht in Sicht, damit wäre der freie Nachmittag ideal, um auf dem Balkon oder am Strand etwas entgangenen Schlaf nachzuholen. Wenn er sowieso noch loswollte, um sich die ominöse Firma genauer anzusehen, kam wohl eher der Strand infrage. Außerdem ersparte er sich so den Anblick, wie Elvira allein in ihrem Garten auf einem Stuhl saß und vor sich hin brütete. Diese Aussicht hatte ihn schon einige Male von seinem Balkon vertrieben.

Jan mochte die Arztwitwe nicht besonders, hatte aber trotz ihrer immer wieder durchschimmernden Abneigung Mitleid mit ihr. Wenigstens war sie vorhin recht umgänglich gewesen, als sie gemeinsam überlegt hatten, was hinter diesen Vergiftungen stecken konnte.

Er nahm seine Motorradsachen und zog die Wohnungstür hinter sich zu. Vor dem Haus erwartete ihn Elvira.

»Ich habe mir gedacht, dass du gleich loswillst, um dir die Firma anzusehen. Ich hätte allerdings noch drei Punkte, die ich mit dir klären möchte, das geht schnell.« Sie hielt ihm einen Schlüsselbund hin. »Die sind für die Praxis. Ich brauche sie ja nicht mehr.«

Jan hob abwehrend eine Hand. »Behalte sie ruhig. Vielleicht ergibt sich mal ein Notfall, wenn ich nicht da bin und du helfen musst. Da wäre es doch ganz gut, wenn du Zugang zum Sprechzimmer und zu dem Verbandsmaterial hast.«

Elviras Augen leuchteten kurz auf und sie steckte den Bund wieder in ihre Hosentasche. »Danke für dein Vertrauen. Dann der nächste Punkt. Der halbe Garten und die Terrasse, die du von der Pantry aus betreten kannst, gehören doch dir. Mir ist aufgefallen, dass du sie nie nutzt. Ich habe noch ein paar Gartenmöbel, die ich nicht mehr brauche. Wenn du magst, kannst du dir die nachher holen.«

Das war ein Angebot, das er nicht einfach ablehnen konnte. Obwohl er es sich kaum auf der Terrasse gemütlich machen würde, wenn es ihm schon widerstrebte, den Balkon zu nutzen, nur weil Elvira wenige Meter weiter allein saß. »Vielen Dank«, sagte er dennoch. »Ich klingele nachher, wenn ich zurück bin.«

»Tja, damit wären wir beim dritten Punkt. Bitte versprich mir, dass du vorsichtig bist und kein Risiko eingehst. Ich weiß überhaupt nicht, womit wir es zu tun haben könnten und ob diese Firma darin verstrickt ist, aber eins weiß ich ganz genau: Ich möchte nicht, dass dir etwas passiert, mein Junge.«

Gerührt griff Jan nach ihrer Hand. »Versprochen, Elvira. Ich kann dir nicht viel über meinen alten Job erzählen, aber dort habe ich gelernt, auf mich aufzupassen und Risiken realistisch einzuschätzen.« Und wieso ist dann Michael gestorben?, schrie eine Stimme in seinem Inneren. Er räusperte sich. »Danke, dass du dich um mich sorgst.«

Eine bessere Formulierung fiel ihm nicht ein, aber Elvira schien zufrieden zu sein. Sie tätschelte seinen Arm, drehte sich dann zu seiner Ninja um und fuhr vorsichtig über den Tank. »Irgendwie sieht das Ding ganz schön giftig aus.«

»Das ist die Kleine auch. Wie wäre es mal mit einer kleinen Spritztour?«

Er rechnete mit einer sofortigen Ablehnung, stattdessen wirbelte Elvira zu ihm herum. »Warum nicht? Heute passt es nicht, da hast du was vor. Aber ich komme darauf zurück.« Mit den blitzenden Augen und dem schelmischen Lächeln sah sie plötzlich um Jahre jünger aus, von der mürrischen älteren Dame war für einige Sekunden nichts mehr zu sehen.

»Das würde mich freuen!«, sagte Jan und meinte es auch so.

»Gut, dann ist das abgemacht. Aber nun sieh zu, dass du loskommst.«

Das gute Wetter, das auch am Wochenende noch anhalten sollte, führte leider auch zu vielen Touristen und Besuchern, die die Fahrt auf der Bundesstraße zu keinem Vergnügen werden ließen. Einige Wagen konnte Jan mühelos überholen, aber anscheinend hatten sich sämtliche Rentner mit umhäkelter Klorolle auf der Hutablage gegen ihn verschworen. Über die Dekoration der Fahrzeuge hätte er ja noch hinweggesehen, aber dass man das gültige Tempolimit um gut dreißig Stundenkilometer unterschritt, ließ ihn mit den Zähnen knirschen.

Seine Geduld war am Ende. Er nahm die nächste Abfahrt und fuhr über kleine Nebenstraßen weiter Richtung Eckernförde. Hier kam er zwar auch nur langsam voran, hatte aber wenigstens keine nervigen Autofahrer vor sich, sondern er konnte die Fahrt durch die Landschaft, die ihn jeden Tag stärker in den Bann zog, genießen. Felder wurden immer wieder von schmalen Waldstücken unterbrochen, in der Ferne sah man häufig die Ostsee oder die Schlei. Kurven führten um uralte Bäume herum, deren knorrige Äste ein natürliches Dach über einen Teil der Straße bildeten. Auf den ersten Blick gab es hier nichts Besonderes, aber auf den zweiten Blick erkannte man in der Weite und der Natur eine Schönheit, die sich vermutlich nicht jedem erschloss. Für Motorradtouren war die Gegend zwischen Kiel und Flensburg ideal, sofern nicht gerade Horden von Autofahrern das Gebiet unsicher machten, die den Zweck ihres Gaspedals nicht kannten.

Erst wenige Kilometer vor Eckernförde fuhr er wieder Richtung Bundesstraße. Nach einigen Minuten sah er rechts die Straße vor sich, die zu einem kleinen Einkaufszentrum führte. Neben einem Supermarkt und einer Tankstelle hatte dort vor Kurzem auch noch ein Textildiscounter eröffnet. Er bog dort ab und suchte nach dem Weg, der zu der verdächtigen Firma führen sollte. Es gab keinerlei Hinweisschilder, nicht einmal einen Straßennamen, vor ihm lag lediglich ein schmaler geteerter Weg, der ins Nirgendwo zu führen schien. Plötzlich war Jan froh, dass er seine ehemalige Dienstwaffe eingesteckt hatte. Trotz des wolkenlosen Himmels hatte er ein schlechtes Gefühl, während er das Motorrad langsam den Weg entlangrollen ließ. Sollten sich hier zwei Fahrzeuge begegnen, musste ein Fahrer nach einer Ausweichmöglichkeit suchen. Eins war sicher: Hier wollte Jan keine Auseinandersetzung mit dem Geländewagen riskieren, der ihn verfolgt hatte!

Nachdem er ein kleines Waldstück durchquert hatte, lag endlich das Firmengelände vor ihm. Jan hielt an einer Feldzufahrt und betrachtete das Areal aus sicherer Entfernung. Der hintere Bereich wurde von Bäumen und Büschen eingerahmt, aber die gesamte Front war weithin einsehbar. Eine unbemerkte Annäherung zu Fuß schied hier aus. Jan fuhr wieder an und hinter der nächsten Kurve hatte er dann einen großen Sandparkplatz vor sich, der fast leer war. Vermutlich war freitags früher Feierabend, besonders wenn das Wetter zu einem Strandbesuch oder Grillabend einlud. Das eigentliche Firmengelände befand sich hinter einem hohen Metallzaun, eine massive Schranke versperrte den Weg. Das Wachhäuschen war unbesetzt. Eine weitläufige Rasenfläche umgab das Gebäude, vor dem zwei Mercedes-Limousinen parkten – und ein schwarzer Geländewagen, bei dem es sich um seinen Verfolger handeln konnte. Das war doch schon mal ein Ansatzpunkt.

Jan holte sein Handy aus der Jackentasche und zoomte mit der Kamerafunktion die Fahrzeuge dichter heran. Perfekt, nun war auch das verdreckte Kennzeichen des Geländewagens lesbar.

Ansonsten konnte Jan keinerlei Auffälligkeiten erkennen. Der ganze Bau wirkte wie eine typische Firma: viel Glas, etwas Metall und helles Mauerwerk. In dem Gebäude befanden sich vermutlich auf zwei Stockwerken die Büros. Dahinter erkannte Jan eine Art Lagerhalle. Ein asphaltierter Weg führte rechts am Zaun entlang zu einer weiteren Zufahrt. Der war wahrscheinlich für Lkws bestimmt, die an der Halle mit den Laderampen ihre Container füllten.

Alles wirkte ruhig, friedlich und eigentlich auch normal. Doch einige Dinge gefielen ihm nicht, allen voran natürlich der Geländewagen, aber da gab es noch mehr Unstimmigkeiten. Wieso war an dem Tor kein Firmenschild? Oder irgendeine Art von Werbung? Warum parkten die Mitarbeiter außerhalb des Firmengeländes, wenn es auf dem Rasen Platz ohne Ende gab?

Spontan fielen ihm nur Sicherheitsbedenken ein. Aber wozu solche Sicherheitskonzepte, wenn die Firma lediglich Waren einkaufte und weitervermittelte? Hier passte einiges nicht zusammen und Jan wunderte sich, dass bisher anscheinend niemand solche Fragen gestellt hatte. Denn nicht einmal den top informierten Damen waren Gerüchte über die Firma zu Ohren gekommen.

Fürs Erste hatte Jan genug gesehen. Als er losfahren wollte, kam ein Mann im Anzug mit einer Aktentasche in der Hand aus dem Gebäude und eilte zu dem Geländewagen. Bevor er einstieg, sah er sich um und entdeckte Jan. Einen Augenblick wirkte der Unbekannte wie erstarrt. Obwohl die

Entfernung viel zu groß war, hatte Jan das Gefühl, dass sich ihre Blicke trafen und der Mann spöttisch grinste. Falls er erwartete, dass Jan nun davonfuhr, hatte er sich geirrt. Im Gegenteil. Er stieg ab, nahm den Helm ab und legte ihn demonstrativ auf die Sitzbank. Auf der Straße hatte er bei einer direkten Konfrontation mit dem Geländewagen ein Problem, aber das galt nicht für ein persönliches Aufeinandertreffen mit dem Fahrer – auch ohne die Waffe, die er im Gürtelholster trug. Zumal der Typ wie ein typischer Schreibtischtäter aussah und Jans Ausbildung als Soldat vermutlich nichts entgegenzusetzen hätte.

Unauffällig tastete Jan nach seinem Smartphone und rief, ohne hinzusehen, die Kamerafunktion auf. Erst jetzt riss er das Handy hoch, zoomte den Mann heran und drückte auf den Auslöser. Der Unbekannte wandte sich mit einer ruckartigen Bewegung ab und stieg so hektisch in sein Auto, dass er sich den Kopf stieß. Sollte das sein Verfolger gewesen sein, fühlte der sich offenbar nur hinterm Steuer sicher. Geduldig wartete Jan weiter. Wenn der Mann das Gelände durch das Tor verlassen wollte, musste er fast direkt an ihm vorbei. Das würde interessant werden.

Er lachte auf, als der Geländewagen keineswegs den Haupteingang ansteuerte, sondern um das Gebäude herumfuhr und die Ausfahrt für die Lkws benutzte. Damit hatte der Fahrer eine Möglichkeit gefunden, Jan doch noch auszuweichen. Wenige Sekunden später passierte der Wagen Jan mit etlichen Metern Abstand. Spöttisch hob Jan eine Hand zum Gruß an die Stirn. Der Fahrer war hinter den leicht getönten Scheiben nur als Silhouette zu erkennen, aber sein Verhalten war dennoch aufschlussreich.

Auch nachdem das Auto außer Sichtweite war, wartete Jan noch einige Minuten. Als eine Gruppe von Mitarbeitern das Gelände verließ und die Männer und Frauen zu ihren Fahrzeugen eilten, startete er wieder den Motor seiner

Ninja. Die Gelegenheit, mit den anderen gemeinsam loszufahren, würde er sich nicht entgehen lassen. Denn sollte der Geländewagen irgendwo auf ihn warten, würde der Fahrer vor Zeugen kaum etwas unternehmen.

In gemächlichem Tempo folgte Jan der kleinen Kolonne zur Bundesstraße. Sein Tagesprogramm betrachtete er als erledigt, damit sprach nichts gegen einen kurzen Abstecher zum Strand. Obwohl er den Rückspiegel ständig im Auge behielt, entdeckte er keinen Verfolger und konnte sich dem nächsten Problem zuwenden: Wie kam er an den Namen des Fahrers? Vermutlich handelte es sich um einen Firmenwagen. Selbst wenn er Kontakte zur Polizei oder der Zulassungsstelle hätte, die er nicht besaß, brachte ihn das nicht weiter. Aber er musste herausfinden, wer den teuren Mercedes fuhr. Das war dann wohl ein Fall für Erna, die Kioskbesitzerin, oder Elvira mit ihren unzähligen Bekannten aus dem Dorf.

Zeiskes Kiefer schmerzte, so fest hatte er die Zähne zusammengebissen. Dieser verdammte Arzt! Wieso war er vor der Firma aufgetaucht? Es gab einige schwarze Geländewagen in der Gegend. Wusste der neugierige Schnüffler etwa, dass er selbst versucht hatte, ihn von der Straße zu schubsen? War sein Verhalten gerade eben verdächtig gewesen? Zeiske war sich nicht sicher. Er fühlte sich unwohl, sein Magen schmerzte und die Anzahl der offenen Fragen machte seinen Mund trocken. Er brauchte Ruhe, um nachzudenken, und einen ordentlichen Schnaps. Stattdessen würden ihn seine Frau und der kläffende Köter empfangen. Das waren keine besonders schönen Aussichten und vor allem keine idealen Voraussetzungen, um zu überlegen, was er jetzt tun sollte.

Er fuhr sich über seine verschwitzte Stirn und fluchte vor sich hin. Warum hatte er nur gestern nicht energischer Gas gegeben und den Kerl vom Motorrad geholt? Dann wären seine Probleme jetzt nicht mehr existent. Er hätte niemals zögern dürfen, sondern sich darauf verlassen müssen, dass seine Beziehungen ausreichten, um ihn von jedem Verdacht zu befreien. Wenn seine Vorgesetzten erfuhren, dass er gezögert hatte, den Schnüffler auszuschalten, würden sie ihn dafür zur Verantwortung ziehen.

Nervös zog Zeiske an dem Gurt. Er wäre in ernsthafter Gefahr, wenn jemals bekannt werden würde, dass der Arzt ihn vermutlich wiedererkannt hatte. Sein Leben wäre keinen Pfifferling mehr wert, statt im sonnigen Süden würde er auf dem Dorffriedhof landen.

Sein Herzschlag beschleunigte sich weiter. Der Mistkerl sollte doch Leben retten, stattdessen brachte der Arzt ihn noch ins Grab! Das war einfach nicht fair, wobei …

Er erinnerte sich an eine Bemerkung seiner Frau. Eigentlich hatte er nur hingehört, weil der Name des Arztes gefallen war. Der neugierige Bastard ahnte ja nicht, dass Zeiske sozusagen einen direkten Draht in die Praxis hatte und über seine Pläne bestens informiert war. Eigentlich sollte ein Telefonanruf reichen, um dem Arzt am nächsten Tag eine Lektion zu erteilen, die er nicht überleben würde.

Sein Puls beruhigte sich wieder und Zeiske schaltete das Radio ein. *Don't worry, be happy,* schallte es ihm entgegen. Das musste einfach ein Omen sein. Seine Panik und die Angst vor einer persönlichen Konfrontation blendete er erfolgreich aus.

Kapitel 15

Gähnend quälte Jan sich aus dem Bett. Am Samstag musste er wenigstens nicht in die Praxis, sodass er die fehlenden Stunden Schlaf hoffentlich noch nachholen konnte. Er würde sich den Grillabend bei Jo jedenfalls nicht damit verderben, dass er dort im Halbschlaf auftauchte. Verdammter Mist, er hätte nicht die halbe Nacht am Notebook verbringen sollen, aber die Erkenntnis kam zu spät. Am meisten ärgerte es ihn, dass die vielen Stunden der Recherche absolut nichts gebracht hatten. Die Firma schien eine weiße Weste zu haben, Werbung machte sie kaum und die Homepage war informativ wie ein Telefonbuch, bei dem man die Nummern entfernt hatte. Die Chemikalie, die von den Kieler Ärzten als Auslöser für den Husten verdächtigt wurde, konnte für alles Mögliche verwendet werden. Stundenlanges Lesen und Klicken, nur um am Ende genauso schlau wie vorher zu sein, nervte Jan gewaltig. Er musste einen anderen Weg finden, um an Informationen über die Firma und den Fahrer des Geländewagens heranzukommen. Nur welchen? Wegen des schwarzen Mercedes würde er sein Glück bei der Kioskbesitzerin versuchen, aber danach war er mit seinem Latein am Ende.

Jan schaltete die Kaffeemaschine ein und hoffte, dass das heiße Getränk nicht nur die Müdigkeit vertrieb, sondern auch seine Stimmung hob. Kaum hatte er den ersten Schluck getrunken, klingelte es. Bitte kein Notfall!, war sein erster Gedanke. Mit Jogginghose und T-Shirt war er wenigstens einigermaßen anständig bekleidet. Seufzend ging er die Treppe hinunter und öffnete die Haustür.

»Habe ich dich aus dem Bett geholt?«, fragte Lena und lächelte etwas unsicher. Sie hielt eine Tüte Brötchen hoch. »Ich dachte, ich spendiere dir ein Frühstück, und dann reden wir darüber, wie ich dir mit dem Haushalt helfen kann. Und außerdem möchte ich wissen, wie es gestern bei der Firma war.«

Stumm trat Jan beiseite, um sie hereinzulassen, und fluchte dabei innerlich. Eigentlich war sein angebliches Arbeitsangebot nur eine Ausrede gewesen, um Elvira nicht zu verletzen. Er hatte gedacht, das wäre Lena klar gewesen. Großartig. Wie kam er denn nun aus der Nummer wieder raus?

Lena ging vor ihm die Treppe hoch, zögerte dann jedoch, die Wohnungstür zu öffnen. »Ich weiß, dass ich dich damit ziemlich überfalle, aber Gerda meinte, dass du tatsächlich ein wenig Hilfe gebrauchen könntest. Nun ja, und ich könnte etwas Geld gebrauchen … Und außerdem hasse ich es, allein zu frühstücken. Sag einfach, wenn ich gehen soll.«

»Nein, schon okay«, antwortete Jan und merkte selbst, wie wenig überzeugend das klang. »Sorry, ehe ich meinen Kaffee nicht ausgetrunken habe, macht man besser einen Bogen um mich. Auf dem Balkon müsste es schon warm genug sein, um draußen zu essen.«

Jan duckte sich ein wenig, als Lena seinen fast leeren Kühlschrank musterte. »Ich fürchte, Gerda hat nicht ganz unrecht«, gab er zu.

Grinsend holte Lena ein Paket Butter heraus. »Nun ja, wenigstens etwas. Dazu noch der Honig und dann …«

»Welcher Honig?«, entfuhr es Jan.

Geduldig zeigte Lena auf ein Glas, das neben dem Herd stand. »Der da. Der ist von dem Imker am Ortseingang, das erkenne ich an der Papierserviette, die er zur Deko der Gläser benutzt.«

»Ach? Da ist also Honig drin. Gerda hatte mir den mitgegeben und …«

»Mensch, Jan. Geh raus und trink deinen Kaffee! Den Rest übernehme ich.«

Das nannte sich dann wohl Rausschmiss aus der eigenen Küche. Jan nahm seinen Becher und ging. Eigentlich wäre ein wenig Hilfe tatsächlich nicht so verkehrt. Er hasste es, seine freie Zeit mit Dingen wie Putzen, Waschen oder Einkaufen zu verbringen.

Wenig später stellte er fest, dass der Honig richtig gut schmeckte und ein Frühstück in Gesellschaft tatsächlich Spaß machte. Sie hatten sich schnell darauf geeinigt, dass Lena sich an zwei Tagen in der Woche um seine Wohnung kümmern würde und nebenbei auch den Kühlschrank im Auge behielt.

Dann kam sie ohne Umschweife auf die Firma zu sprechen und Jan spürte deutlich, wie sehr ihr das Thema am Herzen lag. Die Wut in ihren Augen alarmierte ihn jedoch, sodass er versuchte, sie etwas zu bremsen.

»Selbst wenn wir nachweisen, dass die Firma für das Gift verantwortlich ist, ändert das nichts am Tod deines Kindes, Lena«, sagte er ruhig, aber bestimmt.

Lena zuckte zusammen, ihr Kiefer zitterte leicht. Einen Augenblick lang befürchtete Jan, dass sie aufspringen und weglaufen würde, dann nickte sie kaum merklich. »Ich weiß. Trotzdem habe ich die Hoffnung, dass es mir hilft, wenn ich die Ursache kenne.« Sie hob die Hände und ließ sie auf den Tisch fallen. »Es ist einfach so unbegreiflich, einfach nicht zu verstehen, wie so etwas passieren kann. Wenn ich einen Verantwortlichen kenne, mildert das nicht meine Trauer, aber es macht alles greifbarer. Ich kann es dir nicht besser erklären. Ich will weder Rache nehmen noch verspreche ich mir eine Art Spontanheilung von den Ermittlungen. Nur eine Antwort auf die Frage ›Warum?‹. Das wäre schon eine Hilfe.«

Die Erklärung gefiel Jan, denn er selbst wünschte sich auch eine Antwort auf die Frage nach dem Warum. Warum hatte es Michael getroffen? Warum ausgerechnet so, dass er ihm nicht mehr helfen konnte? Warum den Einzigen von ihnen mit einer Familie? »Manchmal ist es einfach nur Schicksal. Da gibt es keine Erklärungen, das muss man so akzeptieren, wie es einen ereilt hat«, wiederholte er die Worte seiner Tante Liz, als er seinen Abschied bei der Bundeswehr eingereicht hatte.

Lena schüttelte den Kopf. »So ein Typ bist du nicht. Du würdest doch auch dagegen ankämpfen.«

Jan sah an ihr vorbei zu den Bäumen am Ende des Gartens. »Manchmal kann man nicht mehr kämpfen, das ist dann der

Punkt, an dem man etwas akzeptieren muss. Ansonsten hast du allerdings recht: Solange es irgendwie geht, würde ich mich wehren.«

Lena ballte ihre Hand zur Faust und öffnete sie langsam wieder. »Das klingt schon eher nach dir. Du hast deine eigene fiese Erfahrung gemacht, oder?«

»Ja, aber ich bin noch nicht so weit, dass ich darüber reden möchte.«

»Das wiederum kann ich akzeptieren. Und nun verrate mir alles über die Firma. Ich verspreche auch, nicht loszurennen und sie in die Luft zu jagen!«

Ihr Verständnis und der Versuch eines Scherzes berührten Jan tief. Er war sich jedoch nicht sicher, ob es ihm gefiel, dass sie ihn jeden Tag mehr beeindruckte. Es war definitiv sicherer, über die Firma zu reden. Er fing mit dem Geländewagen an und schilderte ihr dann die Dinge, die ihm aufgefallen waren.

Mit gerunzelter Stirn zupfte Lena kleine Krümel von ihrem Brötchen und drapierte sie als Muster auf ihrem Teller. »Mir fällt erst jetzt auf, dass man eigentlich kaum etwas über dieses Unternehmen weiß, außer dass es einer der größten Arbeitgeber in der Region ist. Denn abgesehen von dem Tourismus in Damp und Kappeln gibt es hier neben der Landwirtschaft ja nicht viel. Selbst in Eckernförde sieht es mittlerweile ziemlich duster aus und Kiel ist zum Pendeln ganz schön weit.«

Jan deutete grinsend auf die Raute, die Lena aus weißen und hellbraunen Brötchenkrümeln auf dem Teller gelegt hatte. »Bist du eigentlich Künstlerin? Aber nebenbei: Der HSV hat andere Farben.«

Blinzelnd sah sie auf ihr Werk und lachte. »Nee, Fußball interessiert mich nicht. Das ist eine Angewohnheit von mir, wenn ich nachdenke. Und ja, ich male und zeichne. Hauptberuflich mache ich Illustrationen für Bücher und ab und zu verkaufe ich auch eins meiner Gemälde, aber in den letzten Monaten habe ich das ziemlich vernachlässigt. Darum habe ich überhaupt erst über dein Jobangebot nachgedacht, das ja gar keins war.«

»Stimmt, aber mir gefällt, was jetzt dabei rausgekommen ist. Fällt dir was zu dem Geländewagen ein?«

»Jein. Ich habe da eine Idee, aber die ist so abwegig, dass ich erst darüber nachdenken muss, ehe ich jemand Falschen verdächtige.«

»Lass uns gemeinsam nachdenken.«

»Na gut. Ich kenne da einen, der dort arbeitet und einen solchen Wagen fährt. Aber der Typ müsste harmlos sein. Elvira ist mit seiner Frau befreundet. Mein Problem ist eigentlich nur, dass ich ihn nicht mag und nicht deshalb anschwärzen möchte.«

»Tust du ja nicht. Wie heißt der Herr denn?«

»Klaus Zeiske. Er wohnt in dem Riesenhaus neben dem Löschteich und geht ab und zu mit seinem Pudel spazieren.«

An den Hund erinnerte sich Jan, an den Mann nicht. »Eher so ein Typ ›graue Maus‹?«

»Ganz genau, aber ich habe einmal gesehen, wie er den Pudel hinter sich hergezogen hat. Das gefiel mir nicht. Seine Frau ist ziemlich resolut, hat aber das Herz am richtigen Fleck. Dass Zeiske irgendwas mit der Sache zu tun hat oder ernsthaft versucht, dich umzufahren, passt irgendwie nicht.«

»Vielleicht doch. Er wäre nicht der Einzige, der sich hinterm Steuer ganz groß fühlt. Einer direkten Konfrontation mit mir ist der Kerl ja aus dem Weg gegangen. Warte mal. Vielleicht können wir das klären.«

Nach kurzem Suchen fand Jan sein Handy neben der Kaffeemaschine. Er wählte das Bild aus, das er von dem Fahrer aufgenommen hatte, und reichte Lena das Smartphone. »Ich weiß, unscharf und verwackelt, aber könnte das eventuell Zeiske sein?«

Lena öffnete leicht den Mund, dann nickte sie. »Ja ... durchaus. Die Figur stimmt schon mal, ein Jammer, dass man das Gesicht nicht erkennt. Hast du die Nummer des Wagens?«

»Klar, der Mercedes konnte sich ja nicht abwenden.« Er zeigte Lena auch dieses Foto.

»Ich gehe da nachher mal vorbei und sehe nach, welches Kennzeichen der Wagen von Zeiske hat. Mensch, das ist ja ein Ding, wenn der das wirklich ist.«

»Das wäre dann auch unser erster stichhaltiger Hinweis ... Aber pass bitte auf, wenn du da langgehst. Ich würde das ja selbst machen, aber ich denke, es ist besser, wenn er mich nicht in der Nähe seines Hauses sieht. Der soll bloß nicht ahnen, dass wir ihm auf der Spur sind.«

Ein vernichtender Blick traf Jan. »Hältst du mich eigentlich für total bescheuert?«

Vorsichtshalber zog er den Kopf etwas ein und wechselte das Thema. »Isst du das letzte Brötchen noch?«

Schnaubend schüttelte Lena den Kopf.

Ehe Jan richtig klar wurde, was er da tat, fragte er: »Hast du Lust, heute Abend mit zu Jo zu kommen? Er hat mich zum Grillen eingeladen. Du müsstest dann aber auf der Ninja mitfahren, ein Auto habe ich noch nicht.«

Lenas Blick konnte er nicht deuten, aber ihr Kopfschütteln war leicht zu verstehen. »Leider habe ich meiner Vermieterin versprochen, heute als Babysitter für ihre Hunde einzuspringen. Aber danke, dass du gefragt hast. Ich wäre sehr gerne mitgekommen, allerdings hätten wir dann meinen Wagen genommen!«

Jetzt meinte Jan, ehrliches Bedauern in ihrer Miene zu erkennen, und lächelte. »Der Sommer ist ja noch lang. Es ergibt sich bestimmt bald eine neue Gelegenheit.« Er deutete mit dem Kopf auf den Garten unter ihnen. »Sonst schmeißen wir hier mal den Grill an.«

Für einen kurzen Moment zeigte sich ein strahlendes Lächeln in Lenas Gesicht. »Das wäre schön.«

Jan nickte, obwohl er sich im Stillen fragte, ob es eine gute Idee war, ihr einen gemeinsamen Abend in Aussicht zu stellen, solange er noch dabei war, sein eigenes Leben wieder auf Kurs zu bekommen.

Nach einem kurzen Beratungsgespräch mit Erna hatte Jan sich für eine Schachtel Pralinen und eine Flasche Wein aus dem Sortiment des Dorfkiosks als Mitbringsel für Jo und seine Frau entschieden. Er bedankte sich für ihre Hilfe und packte beides in seinen Rucksack. Wie gut, dass Erna nicht sehen konnte, was sich in dessen vorderem Fach befand. Er war sich zwar etwas albern vorgekommen, als er seine Waffe dort verstaut hatte, aber er war nicht bereit, ein vermeidbares Risiko einzugehen. Mit einem Gürtelholster bei Jo aufzutauchen, war jedenfalls auch keine Alternative gewesen.

Langsam ließ er die Maschine anrollen und gab erst Gas, als er das Ortsschild hinter sich gelassen hatte. Nur mühsam hatte er der Versuchung widerstanden, eine Runde durchs Dorf zu drehen und am Löschteich vorbeizufahren, um nach dem schwarzen Geländewagen Ausschau zu halten.

Im Zweifel hätte er Zeiske damit nur vorgewarnt. Es wäre ein Albtraum, wenn die Verantwortlichen Zeit bekommen würden, ihre Spuren zu verwischen. Er würde einfach warten, dass Lena das Kennzeichen von Zeiskes Wagen überprüfte. Dann würden sie wissen, wen er vor der Firma gesehen hatte.

Die Straßen waren um diese Zeit angenehm frei, sodass er die schnelle Fahrt vorbei an den Feldern genießen konnte. Er bedauerte etwas, sich nicht früher auf den Weg gemacht zu haben. Viel zu schnell näherte er sich der kleinen Stichstraße, die zu Jos Resthof führte. Er nahm das Tempo zurück, um sie nicht zu verfehlen.

Als er in den Rückspiegel sah, zuckte er zusammen. Ein schwarzer Geländewagen raste von hinten auf ihn zu.

Jan fluchte und gab Gas. Das lief dann wohl wieder auf ein abenteuerliches Fahrmanöver hinaus, um den Mistkerl abzuhängen.

Plötzlich nahm er einen überdimensionierten Schatten wahr, der sich von rechts näherte. Dann erst erkannte er den gigantischen Mähdrescher, der sich vor ihm auf die Straße schob. Noch wenige Sekunden und die Fahrbahn wäre komplett blockiert. Selbst mit dem Motorrad würde er an dem breiten Monster kaum vorbeikommen.

Jans Puls raste, als er nach einem Ausweg suchte. Links Bäume, rechts ein Graben und dahinter Felder, hinter ihm der Geländewagen, der jede Sekunde näher kam. Einen Zusammenstoß mit einem der Fahrzeuge würde er nicht überleben. Schlagartig wurde ihm klar, dass diese Situation kaum ein Zufall war, aber für solche Gedanken hatte er keine Zeit. Er brauchte eine Lösung. Jetzt.

Instinktiv beschleunigte Jan, um die schwere Maschine möglichst stabil zu halten. Wenn er bremsen würde, erhöhte er die Sturzgefahr noch zusätzlich und hätte nichts gewonnen. Selbst wenn er vor dem Mähdrescher zum Stehen kommen würde, was er bezweifelte, hätte er es mit zwei schweren Fahrzeugen zu tun, die ihn in die Zange nehmen konnten.

Der Fahrer des Mähdreschers zog weiter nach links, als ob er ihm dort die Durchfahrt versperren wollte. Darauf hatte Jan gehofft. Er zog ebenfalls nach links, um den Fahrer in Sicherheit zu wiegen, und hielt dann den Atem an. In letzter Sekunde riss er die Ninja nach rechts. Sein Vorderreifen touchierte den Grünstreifen. Das Motorrad wurde nur kräftig durchgeschüttelt, blieb jedoch stabil. Jan schrammte so nah an dem Mähdrescher vorbei, dass er förmlich das Metall an seiner Schulter spüren konnte. Erst dann trat er auf die

Bremse und brachte die Maschine sicher zum Stehen. Er fragte sich dabei lieber nicht, ob seine Hand vor Wut oder Angst zitterte. Er blickte über die Schulter zurück und erschrak. Der Geländewagen hatte sich an dem Mähdrescher, der ihm Platz gemacht hatte, vorbeigezwängt und raste nun auf ihn zu. Dieses Mal wäre er nicht schnell genug, um wegzufahren. Jan schlug das Lenkrad hart ein und ließ die Kupplung viel zu schnell kommen. Die Ninja machte einen Satz nach vorn und brachte ihn außer Reichweite des Wagens, der knapp an ihm vorbeischoss.

Die Maschine geriet ins Ungleichgewicht, Jan versuchte, das Gewicht mit dem Fuß abzufangen, aber sie rutschte ihm weg. Unsanft landete er auf dem Asphalt.

Verdammt.

Sein erster, reichlich abstruser Gedanke galt der Lackierung der Verkleidung, die bestimmt etwas abbekommen hatte. Als ob er keine anderen Probleme hatte! Er schob sich unter dem auf der Seite liegenden Motorrad hervor, stand auf und nahm seinen Rucksack ab. Der schwarze Geländewagen hatte einige Meter entfernt angehalten und war dabei, zu wenden. Gleichzeitig kam der Fahrer des Mähdreschers mit einem Stemmeisen in der Hand auf ihn zu.

Jan riss sich seine Handschuhe herunter und nahm die Pistole aus dem Rucksack. Er *hatte* eindeutig andere Probleme als ein paar Kratzer am Motorrad! Ein Angriff aus zwei Richtungen war trotz seiner Waffe kein Kinderspiel. Er setzte jedoch darauf, dass der Fahrer des Mercedes zu feige war, um selbst einzugreifen, und sich auf seinen schweren Wagen verließ.

Jan ignorierte den Typen aus dem Mähdrescher, gab einen Warnschuss auf den Mercedes ab und traf einen der Reifen. Er wirbelte herum, gerade noch rechtzeitig. Der Mistkerl aus dem Erntefahrzeug hatte ihn fast erreicht. Ein grauer, verdreckter Arbeitsoverall, ein tief ins Gesicht gezogenes

Baseballcap, dicke Arbeitshandschuhe … Jan konnte die Gesichtszüge nicht richtig erkennen, aber erst einmal ging es darum, den Angriff zu stoppen. Er wich etwas zurück und hob drohend die Waffe. »Ich würde mir den nächsten Schritt genau überlegen!«

Abrupt blieb der Kerl stehen und sah an ihm vorbei zu dem Geländewagen. Jan widerstand der Versuchung, sich umzudrehen, sondern ging so weit zurück, dass er sowohl den Mercedes als auch den Kerl aus dem Mähdrescher im Auge behalten konnte.

Der Geländewagen fuhr an, nahm dieses Mal jedoch keinen Kurs auf Jan, sondern hielt erst neben dem Fahrer des Mähdreschers. Der Typ stieg ein und der Mercedes raste leicht schlingernd davon. Der platte Reifen schien dem Fahrer nicht allzu viel auszumachen.

Jan atmete tief durch und rieb sich mit der Hand über die Stirn. Einerseits war er stinksauer, dass die beiden entkommen waren, andererseits wusste er auch nicht, wie er sie hätte aufhalten können. Sie einfach zu erschießen, wäre zwar reizvoll gewesen, schied aber leider aus.

Vor sich hin fluchend ging er zu seinem Motorrad und wollte es gerade hochstemmen, als er hörte, dass ein weiterer Wagen näher kam. Übermäßig befahren war diese Landstraße zwar nicht, aber dennoch hatten seine Angreifer Glück gehabt, dass sie so lange ungestört geblieben waren.

Ein silberner Passat fuhr vorsichtig an dem Mähdrescher vorbei und hielt neben Jans Motorrad. Jörg sprang aus dem Fahrzeug, wollte etwas sagen und erstarrte dann förmlich.

Erst jetzt wurde Jan bewusst, dass er instinktiv seine Waffe auf den Neuankömmling gerichtet hatte.

»Sorry, ich …« Jan brach abrupt ab, als er bemerkte, dass Jörgs Hand bereits unter seiner Jacke verschwunden war. »Oh verdammt«, entfuhr es ihm und er atmete tief durch. »Sag mir bitte, dass du einen guten Grund hast, bewaffnet durch die Gegend zu fahren, und nicht zu den Leuten gehörst, die mich gerade umfahren wollten.«

Jörg zog seine Hand wieder hervor. »Würde es dir sehr viel ausmachen, nicht auf mich zu zielen? Darauf reagiere ich allergisch. Und dann wüsste ich gerne, was hier los ist. Ich bin übrigens Polizist und hoffe für dich, dass du eine dieser kleinen Karten hast, die dir das Tragen der *Walther* erlaubt, und einen guten Grund, warum du sie in der Hand hältst.«

Ohne auf eine Antwort oder Erklärung zu warten, ging Jörg zu Jans Motorrad und packte es am Heck. »Zusammen kriegen wir die Ninja wieder hoch.«

Jan steckte seine Waffe in die Jacke und akzeptierte die Hilfe mit einem knappen Nicken. Als die Maschine sicher stand, fuhr er fluchend mit der Hand über die Schrammen im Lack. »Dafür wird der Mistkerl bezahlen«, versprach er seinem Motorrad.

»Na, wenn du sonst keine Sorgen hast«, meinte Jörg kopfschüttelnd. »Ich sehe mal zu, ob ich den Mähdrescher weggefahren bekomme. So ein Verkehrshindernis kann ich ja schlecht einfach hier stehen lassen. Lohnt es sich noch, eine Fahndung zu veranlassen?«

Stumm schüttelte Jan den Kopf.

»Schade.«

Während Jörg das Erntefahrzeug zurück aufs Feld rangierte, überprüfte Jan die Ninja. Außer einem verbogenen Spiegel und einigen Kratzern hatte das Motorrad die unsanfte Landung auf der Seite gut überstanden.

»Fährt sie noch?«, fragte Jörg, als er zurückkehrte.

»Ja, alles gut, nur ihre Schönheit hat gelitten.«

Jörg zog am Ärmel seines Sweatshirts. »Ich habe in der Fahrerkabine nichts berührt. Ist das Ganze hier ein Fall für die Spurensicherung?«

Jan schüttelte den Kopf. »Der Fahrer des Ungeheuers hatte Arbeitshandschuhe an.«

»Schade, das wäre wohl zu einfach gewesen. Ich rufe nachher mal bei dem Bauern an, dem das Feld gehört. Der würde so einen Mist nicht machen, aber er wird garantiert wissen wollen, was hier los war.« Nachdenklich sah er erst auf die Straße, dann auf den Mähdrescher und das Motorrad.

»Ist dir ein schwarzer Geländewagen entgegengekommen, der nur drei Reifen hatte, also, einen platten, meine ich?«, fragte Jan mit reichlicher Verspätung.

»Nein, der wäre mir aufgefallen. Willst du selbst weiterfahren oder bei mir einsteigen?«

Ratlos sah Jan ihn an und hob seine Handschuhe auf. »Ich dachte, du hast ein paar Fragen.«

»Die habe ich auch, sogar eine ganze Menge. Aber wieso sollte ich sie dir hier stellen, wenn ich das auch bei Jo auf einem bequemen Stuhl und mit einem kühlen Bier in der Hand erledigen kann?«

Diese Logik gefiel Jan.

Kapitel 16

Eine knappe halbe Stunde später wünschte sich Jan, Jörg hätte seine Fragen doch auf der Straße gestellt. Jos Frau Helga war mit ihrer Freundin Melanie im Haus verschwunden, um die Salate vorzubereiten. Eigentlich war der Platz unter dem Pavillon mit Blick auf die Schlei herrlich – wenn nicht drei Augenpaare forschend auf Jan gerichtet gewesen wären: Neben Jörg und Jo sah auch Felix ihn mit einer Mischung aus Belustigung und Neugier an.

Jan trank einen Schluck Bier. »Wollen wir das Thema nicht einfach auf sich beruhen lassen?«

Jörg lehnte sich so weit in seinem Stuhl zurück, bis er seine Füße auf einer Querstrebe des Tischbeins ablegen konnte. »Natürlich, gerne.«

Misstrauisch musterte Jan ihn. »So einfach?«

»Klar, wenn dir ein offizielles Gespräch auf dem Revier lieber ist, lässt sich das einrichten.«

Jan presste einen Fluch zwischen seinen Lippen hervor, der Jo zum Schmunzeln brachte. Der ehemalige Kampfschwimmer winkte ab. »Jörg blufft nur. Er hat hier überhaupt keine Befugnisse, sondern nur in Kiel ein bisschen was zu sagen. Aber nun erzähl endlich, ehe ich ungemütlich werde. Du hast tatsächlich mit einer Waffe auf Jörg gezielt?«

Mit einem lauten Knall landete Felix' Wasserglas auf dem Tisch. »Davon weiß ich ja noch gar nichts. Ich dachte, man wollte dich nur umfahren?«

»Nur?«, wiederholten Jan und Jörg wie aus einem Mund.

Als Felix sichtlich geknickt auf den Tisch starrte, gab Jan nach. »Also gut. Das mit Jörg war nur ein Missverständnis. Ich war sozusagen noch im Kampfmodus und habe meine *Walther* natürlich sofort weggesteckt, als ich ihn erkannt habe.«

»Nun ja, über die Definition von ›sofort‹ könnte man streiten, aber die Sache ist es nicht wert, darüber zu reden.«

»Und wieso hast du sie dann Jo brühwarm erzählt?«, brummte Jan.

Jörg prostete ihm mit seiner Flasche zu. »Sorry, hatte sich beim Bierholen ergeben, weil ich es beeindruckend fand, womit ein Arzt hier so rumläuft. Und nun komm zum interessanten Teil: Was hatte es mit dem Mähdrescher und der umgestürzten Ninja auf sich?«

Jan verzog den Mund. »Erst einmal kurz zum offiziellen Part: Ich darf eine Waffe tragen und besitze den entsprechenden Ausweis.« Er deutete mit dem Kopf Richtung Haus. »In meiner Lederjacke ist meine Brieftasche, da findest du ihn.«

»Nicht nötig. Ich habe mir mittlerweile zusammengereimt, dass du innerhalb der Bundeswehr nicht bei einer ›normalen‹ Truppe warst. Und zufällig weiß ich auch, dass

Mitglieder der unnormalen Truppen einen Waffenschein besitzen und ihre Dienstwaffen in der Regel sogar nach der Entlassung behalten dürfen.«

»Na, du bist ja bestens informiert.« Jan runzelte die Stirn und sah Jo an. »Ist ›unnormal‹ eigentlich eine Beleidigung?«

Der ehemalige Kampfschwimmer wackelte unschlüssig mit dem Kopf. »Das könnt ihr später klären, ich werde dich jedenfalls nicht zurückhalten, wenn du ihm ein Bad in der Schlei spendierst. Zu meiner Zeit nannte man das Eliteeinheit und nicht unnormal. Also, was war nun los?«

So viel zum Versuch eines Themenwechsels. Jan gab endgültig nach, begann mit den Hustenanfällen, skizzierte kurz die möglichen Ursachen, berichtete dann von seinem Besuch bei *Brodersen und Söhne* und erwähnte auch den Verdacht gegen Zeiske.

Als er geendet hatte, breitete sich Schweigen aus. »Na, das ist ja ein Ding«, sagte Jo und rieb sich übers Kinn. »Ich kümmere mich erst einmal um die Steaks und du, Jörg, frag doch schnell nach, ob dieser Zeiske rein zufällig seine Karre als gestohlen gemeldet hat.«

Jörg hielt sein Smartphone hoch. »Schon dabei.« Er stand auf und entfernte sich ein paar Schritte. Nach kurzer Zeit, in der Felix auffallend still vor sich hin gegrübelt hatte, kehrte er zurück.

»Wie ich es mir gedacht habe. Zeiske hat bei den Kollegen angegeben, dass ihm sein Wagen von seinem Grundstück gestohlen worden sei.«

Felix nickte. »Mann, Mann, das sind ja Neuigkeiten. Dass der Theo, der ja selbst … also … na, egal. Lässt sich nicht ändern. Ich finde, wir sollten uns morgen das Firmengelände mal genau ansehen. Am Sonntagabend dürfte der Wachdienst nicht besonders aufmerksam sein. Wenn wir dort dann Pumpanlagen für Tanker finden, wissen wir, dass da was faul ist.«

»Wir?«, wiederholte Jan überrascht, obwohl ihn viel mehr interessiert hätte, was Felix über den verstorbenen Landarzt hatte sagen wollen.

Jörg legte sein Smartphone auf den Tisch. »Klar, er meint uns damit.«

Jo drehte sich vom Grill aus zu ihnen um und zielte mit dem Fleischwender auf sie. »Morgen passt es nicht, da bin ich mit Helga in Kiel. Sucht euch einen anderen Tag aus!«, befahl er.

Jan wechselte einen Blick mit Jörg, offenbar waren sie sich einig. »Morgen«, erwiderte er bestimmt und hielt locker mit Jos Befehlston mit. Dann richtete er seine Bierflasche auf Felix. »Du kannst als Fahrer und Rückendeckung mitkommen, aber den Rest überlässt du uns. Es sein denn, du kannst mir eine Nahkampfausbildung und eine Topkondition nachweisen. Denn die wirst du brauchen, wenn da was schiefgeht.«

Felix brummte etwas Unverständliches vor sich hin, nickte und schob Jan einen Teller hin. »Für so viel Einsicht hätte ich aber gerne ein Steak.«

Jan stand auf, verzog demonstrativ den Mund und ging dann mit den Tellern zum Grill. »Ein winziges für Felix und ein normales für mich«, bestellte er bei Jo.

»Dauert aber noch etwas, es sei denn, ihr wollt sie blutig.«

»Ja«, rief Felix.

Jan wollte ihn bereits darauf hinweisen, dass das bei seinen angegriffenen Verdauungsorganen keine gute Idee war, als er sich gerade noch bremste, schließlich war er nicht als Arzt hier. Eine kleine Spitze konnte er sich dennoch nicht verkneifen. »Ich warte lieber. Das ist gesünder.«

Felix verdrehte genervt die Augen – die Botschaft war angekommen.

Während Jo sich fachmännisch um die Fleischstücke kümmerte, genoss Jan den Blick auf die Schlei. Die Landschaft war die reinste Idylle: eine Wasserfläche, die an vielen Stellen von Schilf eingerahmt wurde, dazu einige Vögel im Tiefflug auf Nahrungssuche und zuletzt die Sonne, die alles mit einem goldenen Schimmer versah. Eine entsprechende Postkarte hätte er vermutlich kitschig gefunden.

»Der Standort des Pavillons ist tatsächlich perfekt gewählt.« Jan lachte kurz. »In einer solchen Umgebung wirkt unser geplanter Hausfriedensbruch irgendwie völlig abstrus.«

Jörg stellte sich mit einer Flasche Bier in der Hand neben ihn. »Ach was, wir sehen uns doch nur ein wenig um«, widersprach er. »Was brauchen wir denn, um über den Zaun zu kommen?«

Jan musste erneut lachen. Jörgs Art gefiel ihm. »Nur eine Decke, die dick genug ist, um sie über den Stacheldraht zu legen, oder eine scharfe Zange. Der Zaun steht nicht unter Strom.«

»Na, klingt doch nach einem netten Abendausflug.«

»Aber einem, der dich deinen Job kosten kann.«

»Nur, wenn wir uns erwischen lassen, und das habe ich nicht vor.« Aus Jörgs Miene verschwand jeder Anflug von Humor. »Als Kind und als Teenager habe ich noch an Schwarz und Weiß, an Gut und Böse geglaubt, mittlerweile weiß ich, dass man der Gerechtigkeit manchmal einen Tritt in die richtige Richtung verpassen muss.«

Jo brummte zustimmend und legte das erste Steak auf einen Teller. »Das ist für Felix. Rosa statt blutig. Gesundheit geht vor.«

Jan grinste zufrieden und bekam eine Mischung aus Knurren und Schnauben von Felix zu hören.

»Ohne dich wäre er nie auf eine solche Idee gekommen«, beschwerte er sich.

Jo hob grüßend seinen Fleischwender. »Jan ist unschuldig, ich hatte von Helga schon genaue Anweisungen, worauf ich achten soll.«

Felix schnitt sein Fleisch an und musterte es prüfend. »Na ja, das geht gerade noch so. Sag mal, Jo, hat das Junggemüse auf den Schrecken hin nicht einen vernünftigen Schluck verdient? Ich würde mich ihnen dann solidarisch anschließen.«

Jo legte den Kopf in den Nacken und lachte laut. »So charmant hast du deine gierigen Finger noch nie nach meinem Single Malt ausgestreckt. Den sparen wir uns für nach dem Essen auf, einverstanden?«

Felix wollte offenbar widersprechen, aber da genau in diesem Moment Helga und ihre Freundin mit einer Salatschüssel und einem Korb voller Brot aus dem Haus zurückkehrten, schwieg er nach einem bedeutungsvollen Blick in ihre Richtung.

Jan zwinkerte ihm zu. »Die Frauen haben dich ja anscheinend gut im Griff. Das muss ich mir merken«, zog er ihn leise auf.

Felix hob gekonnt eine Augenbraue. »Mach nur so weiter, Doc. Dann überlege ich mir das mit meinem Angebot noch mal.«

»Welchem Angebot?«

»Na, willst du den ganzen Abend an einer Flasche Bier herumnuckeln und später auf Jos Whisky verzichten? Ich habe drüben mehr Zimmer, als ich brauche. Du kannst gerne bei mir pennen und morgen mit deiner zerkratzen Lady zurückfahren.«

Jan zögerte keine Sekunde, dafür gefiel ihm der bisherige Verlauf des Abends viel zu gut. »Danke, dass du mich an die Schrammen erinnerst. Ich hatte sie tatsächlich für einen Moment vergessen. Und danke fürs Zimmer, da sage ich nicht Nein.«

»Weise Entscheidung, Jan«, lobte ihn Jo. »Wenn ihr jetzt noch eure Aktion um einen Tag verschieben könntet, dann wäre ich absolut zufrieden.«

»Keine Chance, Jo«, lehnte Jan ab. »Ich hätte nichts dagegen, einen ehemaligen Sägefisch an meiner Seite zu haben. Aber der Sonntag ist für unseren kleinen Ausflug ideal und ich möchte nicht eine ganze Woche warten.«

»Das verstehe ich, aber es muss mir ja nicht gefallen.«

Helga trat zu ihnen an den Grill und musterte das Fleisch. »Na, das sieht ja gut aus. Worum ging es da eben bei euch?«

Jo winkte ab. »Nichts Wichtiges. Die Jungs wollen sich was ansehen und ich hatte angeboten, sie zu begleiten, aber das kollidiert mit unseren Konzertkarten.«

Jan hob seine Bierflasche zu einem stummen Gruß, denn von dieser Erklärung war kein Wort gelogen.

»Ach so, schade, aber lässt sich nicht ändern. Melanie, setz dich doch schon mal neben Felix und ruh dich aus. Du hast schon genug geholfen.«

Felix schien auf seinem Stuhl förmlich zu schrumpfen und Jan biss sich sicherheitshalber auf die Lippe, um nicht laut loszulachen. Helgas Bemühungen, aus Melanie und Felix ein Paar zu machen, waren unübersehbar. Doch während ihre Freundin dem Plan anscheinend durchaus positiv gegenüberstand, konnte Felix sein Entsetzen kaum verbergen. Auch Jörg hielt seine Bierflasche plötzlich so, dass sie einen Großteil seines Gesichts verbarg.

Melanie war offenbar in ihrem Element. Sie versorgte Felix trotz seiner Proteste mit einer Portion Salat und einem Stück Zwiebelbrot. Nicht einmal einige scharfe Bemerkungen über seine geringe Lebenserwartung konnten sie bremsen.

Wenn das so weiterging, war Jörg nicht der Einzige, der sein Grinsen hinter einer Bierflasche verbergen musste.

Jo wandte sich nach einem raschen Blick zu seinen Gästen schnell wieder dem Grill zu und schmunzelte dabei. »Mal sehen, welcher Dickkopf am Ende gewinnt.«

Jan genoss den Abend und insbesondere die lockeren Gespräche mit Felix, Jo und Jörg mehr, als er erwartet hatte.

Ein ums andere Mal musste er an die Abende denken, die er früher mit seinen Kameraden verbracht hatte. Nach Michaels Tod hatte er sämtliche privaten Verabredungen mit ihnen konsequent gemieden. Erst jetzt wurde ihm bewusst, dass ihm etwas gefehlt hatte. Aber er war gerade dabei, das zu ändern. Denn dass dies nicht das letzte Treffen sein würde, stand für ihn fest, da die Chemie zwischen ihnen einfach stimmte.

»Hey, träumst du? Ich möchte auch ein Steak!«, beschwerte sich Jörg.

»Sorry, musste gerade an was anderes denken.« Bevor jemand nachfragen konnte, übernahm er es, sämtliche Gäste mit den Steaks zu versorgen, die Jo ihm auf den Teller legte.

»Was ist da eigentlich zwischen dir und Lena?«, fragte Helga, als er einen Teller vor ihr platzieren wollte.

Verdutzt hielt er mitten in der Bewegung inne. »Nichts, das heißt doch. Sie hilft mir in der Praxis, wenn Gerda keine Zeit hat, und auch sonst ein wenig mit dem Haushalt und Einkauf und solchen Dingen.«

Felix lehnte sich zurück. »Oh, der Herr Doktor hat also schon Hauspersonal eingestellt.«

»Na, logisch«, gab Jan grinsend zurück. »Ich dachte, jeder Landarzt hat seine Haushaltshilfe, so wie die katholischen Pastoren.«

Schmunzelnd zeigte Jörg mit seiner Gabel auf Jan. »Eins zu null für den Arzt in der Motorradkluft. Du musst dir schon was anderes einfallen lassen, um ihm eins reinzuwürgen, Felix. Aber übertreib es nicht, sonst kümmert er sich nachher nicht um deine Viecher, wenn denen wieder was quer im Magen liegt.«

Jan schüttelte den Kopf. »Die Drohung kannst du vergessen. Ich würde kein Tier leiden lassen, nur weil sein Besitzer ein wenig wunderlich ist.«

»Du kannst auch im Stall pennen«, bot Felix an.

»Oder bei uns«, schoss Jörg zurück.

»Himmel, sie sind wie die kleinen Jungs«, kommentierte Helga ihren Schlagabtausch kopfschüttelnd.

»Lass sie doch, ich finde sie süß«, verteidigte Melanie sie und lächelte dabei Felix an.

Die Männer wechselten einen vielsagenden Blick. Es gab Dinge, die blieben besser unkommentiert.

Am nächsten Morgen wusste Jan nach dem Aufwachen einige Sekunden lang nicht, wo er sich befand. Dann fiel ihm ein, dass er bei Felix übernachtet hatte. Angesichts des hervorragenden Single Malts, den Jo so großzügig ausgeschenkt hatte, war dies definitiv die richtige Entscheidung gewesen. Der *Talisker Dark Storm* war bereits auf seiner Einkaufsliste gelandet.

Schon am Vorabend hatte er den Eindruck gehabt, dass das Gästezimmer sehr geschmackvoll eingerichtet war. Nun sah er, dass er richtiggelegen hatte. Die massiven Kiefernmöbel passten perfekt zu der Dachschräge und den Balken, bunte Kissen und Bilder sorgten für Farbakzente. Jan stand auf und genoss die Aussicht aus dem Fenster. Die Schlei lag ruhig wie eine blau schimmernde Scheibe hinter dem Schilfgürtel. Auf der Weide drängten sich die Ponys um Felix, der sie mit irgendetwas aus einem Eimer fütterte. Jan reckte sich und zog sich seine Klamotten vom Vortag wieder über. Duschen würde er zu Hause nachholen, denn er wollte Felix' Gastfreundschaft nicht überstrapazieren. Vielleicht konnte er sich für die Übernachtungsgelegenheit revanchieren, indem er ihm bei der Versorgung der Tiere half. Eventuell bekam er so auch noch die Chance, ihn nach dem Geheimnis auszuquetschen, das offenbar seinen Vorgänger umgab. Denn mittlerweile war er sicher, dass man ihm absichtlich etwas verschwieg. Aber das motivierte ihn nur noch mehr, sich dahinterzuklemmen.

Rambo lief schwanzwedelnd auf ihn zu und sprang an ihm hoch.

»Guten Morgen, Jan. Lass das, Rambo!«

Der Hund ignorierte Felix' Befehl. Er beruhigte sich erst, nachdem Jan ihn ausgiebig gekrault hatte. Der zweite Hund, ein schwarzes Ungetüm, vermutlich eine Mischung aus Bernhardiner und Labrador, hob nicht einmal den Kopf.

»Moin. Kann ich dir helfen?«, fragte Jan.

»Moin.« Felix deutete auf eine Schüssel, die mit Salatblättern und Möhren gefüllt war. »Die Hasen warten schon. Aber pass auf, dass die Ziege dir nichts klaut, Herr Schmielau ist verdammt clever.«

»Herr Schmielau?«

»So hieß einer vom Finanzamt, der mich in den Wahnsinn getrieben hat – und das ist nicht die einzige Ähnlichkeit zwischen den beiden. Sag mir mal, wie das Hasenklo und die Boxen aussehen. Vielleicht muss ich da heute noch ran. Ich fülle so lange die Tränke hier draußen auf.« Felix lächelte etwas verlegen. »Danach kümmere ich mich um unser Frühstück. Tiere first.«

»Das ist doch selbstverständlich und ein Frühstück muss auch nicht …«

»Rede keinen Blödsinn«, unterbrach Felix ihn schroff. »Sonntags wird gefrühstückt. Punkt.« Er wandte sich einfach ab und streichelte einem Pony über die Blesse. Die Diskussion war offensichtlich beendet.

Mit der Schüssel in der Hand betrat Jan die Scheune und blieb verblüfft stehen. Damit hatte er nicht gerechnet: Von außen machte das Gebäude einen einfachen Eindruck, aber drinnen war es das reinste Paradies für die Tiere. Die offenen Boxen der Ponys waren von einem Bereich für die Hasen abgetrennt, deren Auslauf durch einen Wanddurchbruch bis nach draußen ging. Hinter den Ponys hatten die Schafe einen Teil für sich, ebenfalls mit einer breiten Tür, durch die sie nach Belieben zwischen Weide und Stall wechseln konnten. Am Ende war ein weiterer Teil durch eine Holzwand abgeschirmt, hatte aber auch einen Durchgang ins Freie. Herr Schmielau legte seinen Kopf über die oberste Latte des Gatters und meckerte.

Die Scheune war nicht nur artgerecht gestaltet, sondern auch gut durchdacht und bestimmt nicht billig gewesen. Lediglich das Stroh, das Felix als Einstreu benutzte, war schon reichlich verschmutzt. Aber Jan ahnte, dass Felix' Gesundheit es nicht zuließ, öfter auszumisten.

Zumindest heute konnte er das für ihn übernehmen. An einer Wand lehnten eine Mistgabel und eine Schubkarre. Mehr brauchte er nicht.

Jan begann mit der kleinen Ecke, die von den Hasen als Toilette benutzt wurde, sah den possierlichen Tieren kurz zu, wie sie an dem Futter zerrten, und kümmerte sich dann um die Boxen. Ein Pony kam hereingetrabt und beschnupperte ihn neugierig.

Herrn Schmielau war offensichtlich schlechter gelaunt. Jan musste den störrischen Ziegenbock erst energisch nach draußen befördern, ehe er das Stroh austauschen konnte.

Als Felix in den Stall kam, rechnete Jan halbwegs mit Ärger wegen seiner eigenmächtigen Putzaktion. Doch stattdessen lehnte sich Felix lächelnd gegen die Wand.

»Danke.«

»Kein Ding. Wie oft kommen die Schüler, um zu helfen?«

»Zweimal die Woche, mehr ist finanziell nicht drin.«

»Sag Bescheid, wenn du Unterstützung brauchst. Ich finde es bewundernswert, was du hier für die Tiere aufgebaut hast.«

Felix holte tief Luft. »Mal sehen, vielleicht muss ich ja gelegentlich darauf zurückkommen. Saubere Ställe sind wichtiger als mein verdammter Stolz. Aber weißt du …« Er machte mit den Armen eine ausholende Bewegung, die den gesamten Stall umfasste. »Das sind alles Tiere, die niemand mehr haben wollte. Ich werde das nie begreifen. Wie kann man solche Lebewesen einfach so wegschmeißen?«

Jan zuckte mit der Schulter. »Frag mich nicht. Egal, ob es um diesen frechen Ziegenbock oder Hannibal geht – ich verstehe das auch nicht.«

Langsam nickte Felix. »Und genau deshalb bekommst du gleich ein besseres Frühstück, als es dir ein Fünfsternehotel bietet. Früher habe ich sonntags für meine Familie immer Brunch gemacht, also ganz früher, als wir noch eine Familie waren. Heute ist es schön, mal nicht nur für sich selbst zu kochen. Du kannst ja zwischenzeitlich nach Hannibal sehen, während ich den Herd anschmeiße.«

Für einen kurzen Augenblick hatte Jan die tiefe Einsamkeit hinter Felix' manchmal ruppiger Art erkannt. »Mach ich. Dann leg dich mal ins Zeug, wenn du wirklich einen Fünfsterneladen toppen willst. Ich habe meine Tante ziemlich häufig sonntags in einen eingeladen und weiß, was man dort serviert bekommt.« Jan lachte, als er sich Felix und Elisabeth zusammen vorstellte.

»Was ist daran so lustig?«

»Ich habe gerade überlegt, dass meine Tante viel besser zu dir passen würde als Melanie.«

Felix schnappte nach Luft und murmelte etwas vor sich hin, was nicht freundlich klang.

»Hey, du würdest sie lieben«, schlug Jan erneut in die Kerbe.

Zum Glück ahnte Felix nicht, dass ihm die Idee tatsächlich nicht so abwegig erschien. Vielleicht konnte er demnächst ein zufälliges Zusammentreffen arrangieren, das würde interessant werden.

Jan musste zugeben, dass Felix nicht zu viel versprochen hatte. Das Rührei mit Paprika, Schinken und kleinen Käsestücken war perfekt, dazu gab es frisch gepressten Orangensaft, kross gebratenen Speck und selbst gebackenes Brot mit Honig.

Jan beschloss, die entspannte Stimmung zu nutzen. »Wieso habe ich eigentlich das Gefühl, dass es etwas gibt, was ich über meinen Vorgänger wissen sollte? Und damit meine ich nicht das Zeug, das du von ihm bekommen hast. Es gibt immer wieder Situationen, in denen jemand mitten im Satz abbricht, wenn es um Theo geht.«

Schlagartig schien Felix sein Rührei vergessen zu haben, seine Gabel verharrte in der Luft.

Sofort legte Jan nach. »Ich frage nicht aus Neugier ... Na ja, jedenfalls nicht nur. Ich habe das Gefühl, dass es um etwas geht, was direkt mit der Praxis zusammenhängt, und das sollte ich wissen.«

Nachdem er die Gabel zurück auf seinen Teller gelegt hatte, lehnte sich Felix etwas vor. »Ich halte zu viel von dir, um dich anzulügen. Ja, es könnte da etwas geben, was du wissen solltest. Aber das könnte alles auch nur Dorfklatsch sein. Ich denke darüber nach.«

»Das klingt fair.«

Felix lächelte flüchtig. »Schön, dass du damit leben kannst.«

»Erst mal«, schränkte Jan ein.

»Das habe ich mir gedacht. Aber ich finde, wir haben mit dieser Giftfirma im Moment schon genug auf dem Plan. Wegen der Sache habe ich übrigens noch eine Idee.«

Nachdem sie das Geschirr abgeräumt und in der Spülmaschine verstaut hatten, stellte Felix sein Laptop auf den Tisch und startete den Computer.

»Was hast du vor? *Google* gibt so gut wie nichts her. Das habe ich selbst probiert.«

Felix schmunzelte. »Du hast nicht an der richtigen Stelle gesucht. Unternehmen ab einer bestimmten Größe müssen ihre Bilanzen veröffentlichen, und zwar auch im Internet, das nennt sich elektronischer Bundesanzeiger oder so ähnlich.«

»Und damit kennst ...« Jan brach mitten im Satz ab, als ihm einfiel, dass Felix früher Unternehmen ge- und verkauft hatte. »Entschuldige ... Ich gehe also davon aus, dass du Bilanzen lesen kannst, denn ich verstehe davon überhaupt nichts.«

Felix hatte sich schon in die erste Zahlenreihe vertieft und brummte nur. Wenig später schüttelte er den Kopf. »Ich kann nur sehen, dass etwas nicht stimmt, weiß aber nicht, was es genau ist.«

»Kannst du dein Kauderwelsch für mich übersetzen?«

»Das Verhältnis Eigenkapitel zu Fremdkapital, also zu Krediten, stimmt nicht und vor allem passen die Umsatzerlöse nicht zum Aufwand und damit auch nicht zum Jahresergebnis.«

Das war keine Übersetzung, sondern ein weiteres Rätsel. »Und worauf deutet das hin?«

»Weiß ich nicht. Es könnte sein, dass bei denen das Geld praktisch vom Himmel fällt. Man müsste nun weitere Recherchen anstellen, zum Beispiel, wem der Laden genau gehört. Hier ist nämlich eine ausländische Holding als Eigentümerin angegeben. Ich habe aber eine Idee, wie wir an der Stelle weiterkommen.« Felix wählte auf seinem Handy eine Nummer, schaltete schon beim Wählen den Lautsprecher ein und hielt sich nicht mit einer Begrüßung auf, als Jörg sich meldete. »Du hast doch diesen Kumpel beim Kieler LKA. Ich bräuchte mal eine vollumfassende Firmenanalyse, denn der Jahresabschluss unseres verdächtigen Unternehmens stinkt zum Himmel.«

»Du meinst Markus ... Das geht nicht, der ist mit seiner Band auf Tour. Ich kenne aber noch jemanden in Hamburg, der uns vielleicht helfen könnte. Ich melde mich, wenn ich was weiß«, versprach Jörg und legte einfach auf.

Sichtlich zufrieden lehnte sich Felix zurück. »Das und der Besuch bei der Firma heute Abend dürften uns ein ganzes Stück weiterbringen.«

Jan nickte und wünschte sich, sie könnten schon loslegen, statt auf die Dunkelheit warten zu müssen. Seine Anspannung wuchs, denn er war sicher, auf der richtigen Spur zu sein, und wollte endlich Ergebnisse sehen. Genau das gleiche Gefühl hatte er früher kurz vor ihren Einsätzen gehabt – einige Dinge änderten sich wohl nie. Überrascht stellte er fest, dass er diese Spannung vermisst hatte.

Kapitel 17

Die Sonne war inzwischen so gut wie untergegangen. Endlich! Der Nachmittag war im Schneckentempo verstrichen und Jan hatte seine gesamte Beherrschung aufbieten müssen, um nicht viel zu früh aufzubrechen. Dieses Mal verzichtete er auf Umwege, sondern fuhr direkt zu Felix und traf praktisch zeitgleich mit Jörg vor dem Resthof ein.

Der Polizist grinste ihn an. »Du siehst nicht so aus, als ob du die Sache abblasen willst, sondern eher, als ob du es nicht erwarten kannst loszustürmen.«

Jan legte den Helm auf die Sitzbank. »Damit liegst du richtig. Konnte dein Kollege aus Hamburg schon etwas rausfinden?«

»Nein, er hat den Tag mit seiner Familie und Freunden am Strand verbracht. Er hofft, dass er morgen dazukommt, sich die Firma anzusehen.«

Das klang gut, passte aber nicht zu Jörgs Miene. »Wo ist das Problem?«

»Es gibt keins, wir haben wirklich Glück, dass er das übernimmt. Er ist noch eine Klasse besser als mein Kumpel aus Kiel. Es ist nur … Unser Verhältnis ist ein wenig schwierig.«

»Stimmt nicht. Du machst es dir nur schwer! Jeder andere außer dir hat die Vergangenheit längst abgehakt«, mischte sich Felix unerwartet ein und Rambo schien zustimmend zu kläffen.

Jörg verzog den Mund. »Na, du bist offensichtlich ja bestens informiert!«

»Tja, Jo und ich trinken eben ab und zu gerne mal einen …«, Felix schielte zu Jan, » … Schluck Saft zusammen.«

»Is' klar«, kommentierte Jan und verdrehte die Augen. »Du hast Glück, dass dein Arzt Feierabend hat.« Dann sah er Jörg abwartend an, denn er hätte zu gerne nachgefragt, was es mit Felix' Bemerkung auf sich hatte, mochte aber auch nicht zu neugierig erscheinen.

Jörg fuhr sich durch die Haare. »Ich habe mal eine Zeit lang auf der falschen Seite des Gesetzes gestanden«, erklärte er ohne weitere Aufforderung. »Dirk, das ist der vom LKA, hat mich da rausgeholt, nachdem er meinetwegen fast draufgegangen wäre. Das alles liegt schon eine Weile zurück.«

Felix nickte heftig. »Ganz genau. Außerdem ist das nicht mal die halbe Wahrheit. Die lange Version der Geschichte klingt schon ein wenig anders. Jo sagte mir, dass jeder der Jungs, wen immer er damit auch gemeint hat, für dich alles stehen und liegen lassen würde, wenn du sie brauchst! Also glaube mal etwas mehr an dich und lass die Vergangenheit ruhen … Rambo, du springst jetzt ins Auto und hörst auf, an Jans Stiefeln herumzuknabbern!«

Erstaunlicherweise gehorchte der Hund.

»Ich wusste gar nicht, dass er mitkommt«, sagte Jan überrascht.

Felix sah Rambo nach. »Er beherrscht ein paar hilfreiche Tricks und vielleicht sind wir noch froh, dass wir ihn haben. Bleibt es dabei, dass wir … ich meine … ihr euch durch den Wald zu der Firma vorarbeiten wollt?«

Jörg und Jan nickten.

Felix sah Jörg an. »Dann sind fast alle Fragen geklärt.«

»Was ist denn noch offen?«, gab Jörg zurück.

»Nun ja, ob du es endlich schaffst, die Vergangenheit wirklich abzuschütteln, und endlich begreifst, dass du niemandem mehr etwas beweisen musst und …«

»Übertreib es nicht! Ich bin doch kein kleines Kind mehr!«, fuhr Jörg den älteren Mann an.

»Stimmt, aber so einen Sohn wie dich hätte ich gerne gehabt, daher darf ich auch mal deutlich werden. Das ist das Recht des Altersunterschieds von rund zwanzig Jahren.«

Jörgs Wangen hatten sich rot gefärbt, ob vor Verlegenheit oder Ärger, konnte Jan nicht beurteilen. Aber er verfolgte stumm die Auseinandersetzung, bis … Genervt stöhnte er auf. »Lass mich raten, Felix. Deine Ansprache gilt nicht nur Jörg, sondern auch mir, oder?«

Plötzlich interessierte sich Felix auffallend für den Boden vor seinem Haus. »Kann schon sein. Aber nun würde ich zu gerne wissen, was es mit den Gerüchten über Kampfhubschrauber und Soldaten auf Jos Grundstück auf sich hat.«

Dieses Mal stöhnte Jörg. »Das war ein Rettungshubschrauber und mehr sage ich dazu nicht. Ich hasse die Gerüchteküche! Lass uns lieber losfahren, ehe Jan und ich uns entschließen, dich doch hierzulassen. Die Versuchung ist verdammt groß!«

Jan merkte sich, dass Jörg nicht dem Einsatz von Soldaten widersprochen hatte. Sein Gefühl sagte ihm, dass es sich aus reiner Neugier lohnen könnte, der Sache nachzugehen.

Zu spät registrierte er, dass Jörg ihn forschend ansah und dann mit den Augen rollte. »Wir reden später darüber. *Dir* verrate ich, was da los war.«

Felix' wüster Fluch verriet, dass die Botschaft angekommen war.

Lächelnd verstaute Jan seine Motorradsachen im Haus und zog die Tür ins Schloss. »Lass uns lieber fahren, bevor es hier noch Mord und Totschlag gibt«, schlug er vor und keiner widersprach.

Felix warf ihm die Wagenschlüssel zu. »Fahr du, ich sitze mit Rambo hinten. Er mag keine Autofahrten und ist froh, wenn ich bei ihm bin.«

»Ich würde auch fahren«, bot Jörg an.

Schnell hielt Jan die Schlüssel außerhalb seiner Reichweite. »Träum weiter.«

Knapp eine halbe Stunde später hielt Jan am Rand eines schmalen Feldweges an. Er überprüfte mit dem Navigationsprogramm seines Handys ihre Position und deutete dann auf die Bäume neben der Straße. »Dahinter müsste der Zaun und natürlich das Firmengelände sein.«

Jörg betrachtete das dichte Unterholz. »Na, das wird ein Spaß. Aber es müsste möglich sein, sich da durchzuquetschen.«

Nach einigen Ermahnungen an Felix, ihnen auf keinen Fall zu folgen, machten Jan und Jörg sich auf den Weg. Da Jan deutlich mehr Erfahrung in unwegsamem Gelände hatte, ging er voran. Trotzdem musste er wiederholt Äste zur Seite biegen oder blieb mit seiner Jacke hängen. Hinter ihm war leise, aber deutlich Jörgs Fluchen zu hören, obwohl Jan für ihn etliche Mal den Weg freimachte. Am Ende hatten sie zwar einige Blätter und kleinere Äste in den Haaren, aber ihr Ziel relativ problemlos erreicht.

Als sie direkt vor dem Zaun standen, der das Firmengelände sicherte, sah Jörg nachdenklich Richtung Wald zurück. »Ohne Taschenlampe wird der Rückweg die Hölle. Wir prallen da maximal gegen den nächsten Baum.«

»Deshalb haben wir sie ja auch eingesteckt.«

Jörg holte tief Luft. »Irgendwie seid ihr alle gleich.«

Jan hatte seinen Rucksack abgenommen und nach der Drahtschere gesucht. Nun drehte er sich zu Jörg um. »Wen oder was meinst du?«

»Na ja, Kampfschwimmer, SEALs, KSK. Ihr habt alle den gleichen, absolut schrägen Humor.«

Jans Neugier wuchs weiter. »Du scheinst dich in den Kreisen ja gut auszukennen. Aber das sind alles nur Vermutungen von Jo, denn ich habe nie was über meinen alten Job gesagt.«

»Musst du auch nicht.«

Das klang zweideutig, aber Jan ging nicht weiter auf Jörgs Worte ein. Erst als er die Drahtschere ansetzte, wurde ihm bewusst, dass er dabei war, fremdes Eigentum massiv zu beschädigen. Bisher hatte er das Durchschneiden des Zauns einfach als Mittel zum Zweck angesehen – ähnlich wie bei seinen früheren Einsätzen im offiziellen Auftrag der Regierung. Nun war es zu spät, um sein Gewissen zu entdecken, außerdem war er nahezu sicher, auf der richtigen Spur zu sein.

Als er ausreichend Draht zertrennt hatte, um das Metallgeflecht beiseitezubiegen, drehte er sich zu Jörg um. Es war Zeit für eine kleine Retourkutsche. »Gehört Einbruch eigentlich zu deinem normalen Aufgabengebiet?«

»Das hier ist nur Hausfriedensbruch und Sachbeschädigung. Ansonsten: Ja, tut es. Wir sollten später mal genauer über unsere Jobs reden. Aber jetzt ist dafür nicht der richtige Zeitpunkt.« Jörg klang unerwartet besorgt.

»Was ist los?«, hakte Jan sofort nach.

»Wenn unser Verdacht stimmt, wird dieser Zaun nicht alles sein, was sie aufbieten, um ihr dreckiges Geschäft zu schützen. Wir müssen damit rechnen, jede Sekunde aufzufliegen: Ich denke da an patrouillierende Wachen, Bewegungsmelder, Hunde ... Ich ärgere mich gerade, dass wir nicht erst eine Aufklärungsrunde eingelegt haben. Bereite dich lieber darauf vor, verdammt schnell abhauen zu müssen.«

Jan erstarrte. Es wäre definitiv seine Aufgabe gewesen, an solche Dinge zu denken! Denn ihm war selbst schon aufgefallen, dass die Schranke und das Wachhäuschen am Tor keine wirklichen Sicherungsvorkehrungen waren. Aber er hatte diesen Punkt nicht weiterverfolgt. Eine solche Nachlässigkeit wäre ihm früher nie passiert. Diesmal hatte er lediglich überprüft, ob der Zaun unter Strom stand.

»Du hast recht.« Entschieden schob Jan seinen Ärger von sich. »Dann erklären wir die Aktion nun zu einer Hit-and-run-Mission. Wir sprinten direkt zu der Lagerhalle, suchen nach Hinweisen für die Betankung von Fahrzeugen mit irgendwelchen Flüssigkeiten und hauen wieder ab.«

Jörg tippte sich lässig an die Stirn und legte dann den Kopf in den Nacken. »Klingt gut.«

Ihre Augen hatten sich mittlerweile an die Dunkelheit gewöhnt und der Vollmond spendete dank des wolkenlosen Himmels genug Licht, sodass sie noch auf die Taschenlampe verzichten konnten. Auf dem Rückweg durch das kleine Waldstück würde das anders aussehen, aber deswegen machte Jan sich keine Sorgen. Da er die Richtung kannte, in der Felix auf sie wartete, würde er den Weg durch die Bäume auf jeden Fall finden. Seinen Orientierungssinn hatte er nachts sowohl in den Bergen Afghanistans als auch in den Wäldern des Kosovo bewiesen.

Verdammt! Er hatte schon seit ihrer Ankunft gespürt, dass die Bilder aus seinem letzten Gefecht ihn wieder einzuholen drohten. Doch dafür hatte er jetzt keine Zeit.

»Scheint alles ruhig zu sein«, sagte er und zwang seine Aufmerksamkeit wieder in die Gegenwart.

Sie sprinteten über die Rasenfläche zu der Lagerhalle und hielten nicht, bevor sie die ersten Rampen erreicht hatten. Hier war es dunkler als erwartet. Aber Jörg hatte seine Taschenlampe schon in der Hand und ließ den Lichtstrahl durch die unmittelbare Umgebung wandern. Er entdeckte schneller als Jan einen Anschluss, der ihn nach Luft schnappen ließ.

Zwei Tankvorrichtungen.

Ohne sich abzustimmen, sprinteten sie los.

»Das ist dann ja wohl eindeutig, oder?«, fragte Jörg.

Jan nickte nur und schoss mit seinem Handy einige Fotos. »Nach allem, was ich über die Firma gehört und gelesen habe, gibt es keinen Grund für die Existenz einer solchen Betankungsvorrichtung für Flüssigkeitstransporter auf diesem Gelände.« Er merkte selbst, wie formell er plötzlich klang, und zwang sich zu einem Grinsen. »Irgendwie ist es dann doch merkwürdig, wenn sich ein Verdacht bestätigt.«

»Ich weiß, was du meinst. Sonst alles klar bei dir? Wenn du nichts anderes mehr vorhast, würde ich gerne abhauen, ehe …«

»Halt! Wer ist da?«, wurde plötzlich aus einiger Entfernung gerufen.

Jörg schaltete blitzschnell die Taschenlampe aus und wich in den Schatten der Halle zurück. Jan fluchte innerlich. Der oder die Männer kamen genau aus der Richtung auf sie zu, in die sie laufen mussten, wenn sie zurück zu dem Loch im Zaun wollten. Er fasste Jörg am Arm und beschrieb mit der Hand einen großen Bogen, der sie erst einmal von den Männern wegführen würde.

Jan hob eine Hand und sie rannten los, zunächst im Schatten der Halle, dann bogen sie auf die Rasenfläche ab.

»Dahinten«, rief jemand mit einem deutlichen Akzent, den Jan nicht einordnen konnte.

Sekunden später wurden Schüsse abgefeuert, die sie knapp verfehlten. Sie warfen sich zu Boden.

»Das glaube ich jetzt nicht«, kommentierte Jörg den unerwarteten Angriff.

Jan hielt sich nicht mit einer Bestätigung auf. Ohne Nachtsichtgeräte hätten die Kerle sie auf dem weitläufigen Gelände nie entdeckt. Er hielt seine Waffe bereits in der Hand und feuerte zwei Warnschüsse ab, die ihren Gegnern zeigen sollten, dass sie sich besser von ihnen fernhielten.

Ein Mann brüllte etwas in einer fremden Sprache. Dann kehrte Ruhe ein. Doch noch bevor Jan aufatmen konnte, durchbohrten zwei Scheinwerfer die Dunkelheit und kamen schnell näher.

»Scheiße, das ist ein Laster«, stellte Jörg fest, wobei seine Stimme eher neugierig als besorgt oder gar ängstlich klang.

Exakt so hatte Michael auf unerwartete gefährliche Situationen reagiert. Die Erinnerung drohte Jan zu überwältigen, aber das durfte er nicht zulassen. Seinen Freund hatte er nicht retten können, aber er würde dafür sorgen, dass Jörg, den er bereits mochte, nichts zustieß.

»Ich wette, das ist einer der Tanker. Vermutlich werden die Typen den Mist nicht tagsüber durchziehen, sondern nachts.«

»Klingt logisch. Was machen wir jetzt?«

»Abhauen. So einen Tanker nehmen wir uns beim nächsten Mal vor. Für heute haben wir nur noch ein Ziel: weg hier, und zwar ohne dass wir uns eine Kugel einfangen.«

»Die dürften Nachtsichtgeräte haben und damit wissen, wo wir sind«, überlegte Jörg laut.

»Davon gehe ich auch aus. Aber die Scheinwerfer des Lasters dürften für sie ein Problem sein. Durch die Lichtquellen sind sie mit den Nachtsichtgeräten in diesem Bereich praktisch blind. Und es ist sowieso nicht leicht, damit nachts ein bewegliches Ziel zu treffen. Wir können es ihnen noch schwerer machen, wenn wir mit etwas Abstand zueinander laufen. Findest du das Loch im Zaun allein, ohne Taschenlampe?«

Statt sofort zu antworten, überlegte Jörg kurz. »Ich denke schon.«

»Gut, dann renn los, ich gebe dir Deckung.«

Es passte zu Jans Einschätzung des Polizisten, dass Jörg keine Diskussion anfing, sondern sich aufrappelte und lossprintete.

Jan gab erneut einen Schuss ab, dieses Mal allerdings gezielt auf einen der Scheinwerfer, die für seinen Geschmack schon viel zu nahe waren, und traf. Sofort feuerte er erneut und auch das zweite Licht erlosch. Wenn der Lichtstrahl ihn erfasst hätte, wäre es für die Wachposten leicht gewesen, ihm eine Kugel zu verpassen.

Er sprang auf und rannte ebenfalls los. Für ein Nachtsichtgerät hätte er nun ein Vermögen ausgegeben, so konnte er nur hoffen, dass er einen möglichen Gegner rechtzeitig bemerkte und vor allem die richtige Stelle im Zaun fand. Eine zeitintensive Suche würde man ihm kaum ermöglichen.

Plötzlich hörte er ein Geräusch, das ihm einen Schauer über den Rücken jagte: Hundegebell.

Verdammt, damit hatte sich ihr Problem gerade massiv vergrößert.

Vor sich sah er eine schemenhafte Gestalt und blieb stehen. Jörg. Er wollte sich gerade bemerkbar machen, als er einen weiteren Schatten bemerkte. Er kam nicht mehr dazu, dem Polizisten eine Warnung zuzurufen. Jörg ging zu Boden und nahezu gleichzeitig hallte ein Schuss durch die Nacht. Jan rannte los, warf sich nach vorn, riss den Schützen von den Beinen und knallte ihm seine Faust gegen das Kinn. Sein Gegner stieß ein dumpfes Ächzen aus und blieb bewusstlos liegen. Jan steckte die Pistole des Mannes ein und nahm ihm das Nachtsichtgerät ab. Erst dann wandte er sich Jörg zu.

Sein Herz raste. Eine solche Situation hatte er schon einmal erlebt.

Er wollte nach Jörgs Puls tasten, aber seine Hand wurde einfach beiseitegeschoben. »Alles klar, ich habe ihn rechtzeitig bemerkt.«

Jan brachte kein Wort hervor, nickte nur stumm und schaffte es nicht einmal, sich das Nachtsichtgerät aufzusetzen. Das Bellen der Hunde wurde lauter.

»Wir müssen hier weg«, befahl Jörg.

Jan wollte ihm zustimmen, aufstehen, sich endlich in Bewegung setzen, aber er war immer noch wie erstarrt.

Jörg packte ihn schmerzhaft am Arm. »Wogegen auch immer du gerade ankämpfst – jetzt ist dafür keine Zeit.«

Endlich gelang es Jan, sich aufzurappeln. Er zog sich die Nachtsichtbrille über den Kopf. »Bleib dicht hinter mir«, befahl er.

»Das hatte ich auch vor.«

Der Weg durch den Wald war mühsam, aber die Äste, die ihnen hin und wieder ins Gesicht peitschten, waren nichts gegen das Bellen der Hunde, das immer näher kam. Die Tiere kamen zwischen den Bäumen deutlich schneller voran. Es war eine Frage von Sekunden, bis sie sich direkt hinter ihnen befanden. Selbst eine gut gezielte Kugel hielt einen abgerichteten Kampfhund nicht davon ab, noch einmal brutal zuzubeißen. Für einen tödlichen Schuss waren die Bedingungen denkbar ungünstig, außerdem widerstrebte es Jan trotz der unmittelbaren Bedrohung, ein Tier zu erschießen.

Mittlerweile war schon das Hecheln der Hunde zu hören.

»Es hat keinen Sinn, die erwischen uns«, stieß Jörg keuchend hervor.

Jan war noch nicht bereit, aufzugeben. »Es sind nur noch ein paar Meter. Auf der Landstraße ist es leichter, die Biester abzuwehren.«

Der Graben, der den Wald von der Straße trennte, tauchte plötzlich vor ihm auf. Jan stolperte und stürzte zu Boden.

Sofort war Jörg bei ihm und riss ihn wieder hoch.

Direkt vor ihnen flammten Scheinwerfer auf. Felix!

Zum Aufatmen blieb ihnen keine Zeit, hinter ihnen stürmten zwei Hunde aus dem Wald. Jörg schoss auf den ersten, verfehlte ihn aber. Jan sah aus dem Augenwinkel, dass Rambo sich auf den Kampfhund stürzte. Dann hatte der zweite ihn selbst erreicht. Zum Glück war die Abwehr von solchen Tieren Teil seiner Ausbildung gewesen. Jan ließ sich umreißen und umfasste gleichzeitig den Hals der Bestie. Der übelriechende Atem strich über sein Gesicht, aber er hatte genug Kraft, um den Hund wegzudrücken und ihm dabei die Luft abzuschnüren. Der Angriff wurde schwächer, bis er ganz aufhörte. Jan schob den schweren Körper zur Seite und ließ sich bereitwillig von Jörg hochhelfen. Auch der zweite Hund lag reglos auf dem Boden, Rambo kläffte aufgeregt und Felix ... hielt mit schmerzverzerrter Miene seinen Arm umklammert. Blut durchtränkte seinen Jackenärmel.

»Wir müssen hier weg! Ich sehe mir das im Wagen an!«, befahl Jan.

Jörg nickte und half Felix, der stark humpelte, in den Wagen. Jan verfrachtete Rambo kurzerhand in den Kofferraum des Kombis. Er hatte die Tür noch nicht geschlossen, da gab Jörg auch schon Gas.

Jan wollte sich auf Felix konzentrieren, sah aber ein oder zwei Männer, die aus dem Wald gestürmt kamen. »Kopf runter, es kann noch mal krachen.«

Jörg lenkte den Wagen sofort in Schlangenlinien über den Weg und beschleunigte dabei weiter. Fahren konnte er! Schüsse wurden abgegeben, aber keiner traf. Dann waren sie außer Reichweite der Pistolen.

Es war Zeit, sich um Felix zu kümmern. »Was genau ist passiert?«

»Ich habe die Schüsse gehört und dachte ... Ich bin gestolpert und mein Knie macht nicht mehr richtig mit. Das am Arm war der Köter. Ich wollte Rambo helfen.«

Jan verdrehte die Augen. Sich bei zwei kämpfenden Hunden einzumischen, war keine gute Idee.

Jörg lenkte den Wagen auf die Bundesstraße. »In deine Praxis?«

»Ja, bitte. Ich muss mir die Verletzung ansehen. Hat Rambo deine Hilfe denn überhaupt gebraucht?«

Felix knurrte etwas vor sich hin, der Hund kläffte einmal leise.

Schmunzelnd half Jan Felix, die Jacke auszuziehen. »Ich hasse es, wenn Menschen Tiere so scharf abrichten.«

Felix nickte. »Ich auch. Du hattest wahnsinniges Glück, dass du dich nicht mit einer Bulldogge oder einem Mastiff angelegt hast, denen hättest du nie so leicht die Luft abgedreht.«

Leicht? »Was war das für eine Rasse? Ich konnte das nicht richtig erkennen.«

»Irgendein Mischling, Schäferhund und Dogge oder so was. Kommt der Hund wieder auf die Beine?«

»Ja, sicher. Dem ist nur kurz die Luft weggeblieben. Was ist mit dem Köter, der dich gebissen hat?«

»Dem hat Jörg einen Schlag auf den Kopf verpasst, während Rambo um das Mistviech herumgewuselt ist. Der wird das aber auch überleben.«

Jörg atmete scharf ein. »Mann, ihr habt vielleicht Probleme! Die Biester hätten uns doch auch ohne Skrupel zerfleischt. Was wolltest du eigentlich im Wald, Felix?«

Felix zog den Kopf etwas ein. »Die Schüsse waren nicht zu überhören.«

Jan musterte den zerfetzten Ärmel von Felix' Hemd. »Die Blutung hat schon aufgehört. Wenn ich den Stoff löse, fängt sie wieder an. Wir machen das gleich in der Praxis. Es ist übrigens ziemlich dämlich, nicht in Deckung zu gehen, wenn man Schüsse hört! Was glaubst du denn, wie du uns hättest helfen können? Indem du dir eine Kugel einfängst oder wir dich im Wald suchen müssen? Das hätte gerade noch gefehlt. Es war auch so schon höllisch knapp.«

Jörg nickte heftig. »Dem habe ich nichts hinzuzufügen. Aber wenigstens wissen wir jetzt, dass wir mit unserem Verdacht richtigliegen. Kein seriöses Unternehmen würde in dieser Art und Weise auf einen harmlosen Hausfriedensbruch reagieren.«

Jan seufzte. »Stimmt. Aber es steht leider auch fest, dass ich ein Idiot bin. Wir müssen relativ früh ins Visier von deren Überwachungskameras oder Bewegungsmeldern geraten sein. Das hätte nie passieren dürfen.«

Jörg sah in den Rückspiegel und ihre Blicke trafen sich. »Blödsinn. An alles kannst du schließlich auch nicht denken. Und ich habe ja auch erst darüber nachgedacht, als wir direkt vor dem Zaun standen.«

Kapitel 18

Die Bisswunde erwies sich als relativ harmlos und war schnell versorgt, das verdrehte Knie hingegen schien Felix deutlich mehr zu belasten. Denn trotz Jans Hilfe hatte er Mühe, sich auf die Untersuchungsliege zu setzen.

Nachdem Jan die Stelle vorsichtig abgetastet hatte, rieb er sich übers Kinn. »Ohne Röntgengerät kann ich keine exakte Diagnose stellen, aber es scheint nur gezerrt zu sein, was allerdings auch extrem schmerzhaft ist. Ich besorge dir eine Kühlmanschette und helfe dir die Treppe hoch. Ich kann dir zwar nicht mit einem so perfekten Frühstück dienen, wie du es mir serviert hast, aber immerhin mit einem Gästezimmer.«

»Ich muss mich morgen früh um die Tiere kümmern«, widersprach Felix und wollte von der Behandlungsliege rutschen.

Jörg packte ihn bei den Schultern und hielt ihn zurück. »Hol dieses Kühlzeug«, befahl er Jan. »Ich sorge dafür, dass er ausnahmsweise tut, was wir sagen. Die Tiere übernehmen wir morgen früh, unsere Fahrzeuge stehen doch noch bei dir.«

Rambo schlug so schnell mit dem Schwanz auf den Boden, dass es wie ein Morsecode klang.

Jörg grinste. »Siehst du, dein Hund will das auch.«

Kurze Zeit später war Rambo noch einmal durch den Garten geflitzt und lag nun zufrieden auf einer Decke vor Felix' Bett.

»Bis morgen.« Da Felix schon die Augen zugefallen waren, rechnete Jan mit keiner Antwort, sondern zog die Tür leise ins Schloss.

In der Küche saß Jörg und sah ihm entgegen. »Ist die Couch in deinem Wohnzimmer noch frei?«

»Klar. Bier oder Whisky?«

»Beides?«

Schmunzelnd nickte Jan. »Dass ich da nicht selbst drauf gekommen bin.«

Kaum standen die Gläser auf dem Tisch, wurde Jörgs Miene undurchdringlich. »Es gibt zwei Punkte, die mich beschäftigen. Der eine ist schlicht und einfach die Frage, wie wir weiter vorgehen. Irgendwann werden wir die Behörden einschalten müssen, ich weiß nur noch nicht, wann und wie wir das tun können. Wir haben zwar einige logische Indizien, aber keine Beweise und unseren nächtlichen Ausflug sollten wir auch nicht unbedingt erwähnen. Aber die Frage kann warten, bis wir weitere Informationen über die Firma haben.«

Jan prostete ihm mit seiner Bierflasche zu. »Einverstanden. Was ist der zweite Punkt?«

»Der wird dir nicht gefallen. Ich erzähle dir, wieso ich mich ein wenig mit Spezialeinheiten auskenne, wenn du mir verrätst, was es mit deinem Aussetzer auf sich hatte. Und versuche erst gar nicht, die Sache zu beschönigen. Denn du warst mindestens einmal völlig weggetreten und das können wir uns nicht erlauben, wenn wir an der Sache dranbleiben wollen.«

Jörgs ruhige Art traf Jan mehr, als wenn er ihn wütend angebrüllt hätte. Er trank einen Schluck Whisky, um ein bisschen Zeit zu gewinnen. »Ich … ich habe noch nie darüber gesprochen.«

»Dann wird es Zeit.«

Jan biss die Zähne so fest zusammen, dass es schmerzte. »Vermutlich. Aber bitte sei mit einigen Stichworten zufrieden. Wir sind in einen Hinterhalt geraten. Afghanistan. Eigentlich waren wir ihnen mit unseren Waffen überlegen. Wir sind in Deckung gegangen … Es hat direkt neben mir meinen besten Freund erwischt. Ich konnte absolut nichts tun und dann …« Jan brach ab und trank den Whisky in einem Zug aus. Er war froh, diese Worte über seine Lippen gebracht zu haben. Über den Rest konnte er nicht reden, mit niemandem. Außerdem hatte er genug damit zu tun, die Bilder aus seinem Kopf zu vertreiben, die plötzlich wieder so präsent waren, als ob alles erst vor wenigen Minuten geschehen war. Jörgs Anwesenheit hatte er vorübergehend komplett vergessen. Er nahm den Polizisten erst wieder wahr, als der sein Glas erneut füllte.

Ernst sah Jörg ihn an. »Eigentlich müsste ich mich für die Frage entschuldigen, denn deine Reaktion spricht für sich. Du hast dich heute rechtzeitig wieder in den Griff bekommen … Wird das auch in Zukunft so sein?«

Jan dachte kurz nach. »Ich glaube nicht, dass diese verdammten Erinnerungen zu einem Problem werden. Es ging vorhin nicht um die Gefahr oder die Gegner, sondern darum, dass ich gedacht habe, es hätte dich erwischt.«

»Gut, dann ist das Thema hiermit erledigt. Wenn du darüber reden willst, bin ich für dich da. Aber ich werde nicht noch mal fragen.«

»Danke.«

Einige Minuten hingen sie schweigend ihren eigenen Gedanken nach, dann grinste Jörg flüchtig. »Ich würde es auch gerne bei einer Kurzform belassen. Es ist nun schon etliche Monate her, aber die Gerüchteküche vergisst es einfach nicht. Terroristen waren hinter Angehörigen des LKA und ihren Familien her. Wir dachten, dass Jos Zuhause ein sicheres

Versteck wäre, aber eines der Kinder hat durch eine unbedachte Handynutzung den Aufenthaltsort verraten. Daraufhin gab es eine ziemlich hässliche Auseinandersetzung, in die auch zwei SEALs involviert waren. Später wurde ein Rettungshubschrauber benötigt. Das war's eigentlich. Deswegen und natürlich aufgrund von Jos Vergangenheit weiß ich ungefähr, wie ihr tickt. Und du musst nicht darüber reden, dass du beim KSK warst, das merke ich auch so. Und ich denke, deine Zeit dort ist eines deiner Probleme. Ihr seid so gut – und das meine ich nicht ironisch –, dass ihr es einfach nicht gewohnt seid, auch mal zu verlieren.«

Zumindest wusste Jan nun, woher Jörgs professionelles Verhalten auf dem Firmengelände stammte, denn normalerweise nutzten Polizisten ihre Waffen höchstens auf dem Schießstand. Über den Rest würde Jan später nachdenken. Jörg hatte mit seinen Worten einen empfindlichen Nerv getroffen. Obwohl jedem in ihrer Einheit bewusst gewesen war, wie gefährlich ihr Job war, hatte insbesondere Michael immer erschreckend sorglos gewirkt – trotz seiner Familie, die zu Hause auf ihn wartete. Nachdem sie monatelang einen Erfolg nach dem anderen hatten verbuchen können, rechneten sie an dem verhängnisvollen Tag mit einem relativ einfachen Routineeinsatz. Sie waren zwar keineswegs leichtsinnig gewesen, hätten aber niemals mit einem so tragischen Ausgang gerechnet. Unter Umständen nagte unterschwellig tatsächlich das Gefühl an ihm, versagt zu haben, denn es war sein Team und damit auch seine Verantwortung gewesen.

Jan nahm einen weiteren Schluck Whisky und genoss das rauchige Aroma. »Ich rede zwar meistens nicht offen darüber, aber ich will vor Leuten, die ich mag, auch kein Geheimnis daraus machen: Ich war bis letztes Jahr beim KSK, und zwar nicht als Arzt irgendwo im Hintergrund, sondern mit meinem Team ganz vorn dabei. Statt meine Zeit wie geplant zu verlängern, habe ich nach Michaels Tod Hals über

Kopf meinen Abschied eingereicht und bin in Brodersby gelandet.«

»Zum Glück. Ohne dich wären hier schon zwei Kinder tot. Es steckt also hinter jeder Tragödie immer auch irgendein Sinn«, meinte Jörg. »Danke für deine Offenheit. Und wie gesagt: Wenn du reden willst, bin ich für dich da. Manchmal hilft das wirklich. Ich wollte das früher auch nie glauben.«

»Danke«, sagte Jan schlicht.

Von den Verletzungen, die sich Felix zugezogen hatte, abgesehen, konnten sie mit dem Abend durchaus zufrieden sein. Außerdem hatte er das Gefühl, dass sich nicht nur zwischen Jörg und ihm, sondern auch zwischen Felix und ihm eine Freundschaft anbahnte.

Jörg lehnte sich zurück und atmete tief durch. »Nachdem das jetzt geklärt wäre, zu den wirklich wichtigen Themen: Was glaubst du denn, wer dieses Jahr aus der Bundesliga absteigt?«

Am nächsten Morgen ging es Felix' Knie deutlich besser, dennoch bestanden Jörg und Jan darauf, die Versorgung der Tiere zu übernehmen. Um jede langwierige Auseinandersetzung zu vermeiden, schnappten sie sich Rambo und Felix' Wagen und fuhren einfach los.

Nachdem sämtliche Ställe sauber waren und sie ausreichend Futter verteilt hatten, gähnte Jan und sah auf die Uhr. In einer knappen Stunde öffnete die Praxis, bis dahin musste er noch duschen und zumindest eine Kleinigkeit essen.

Auch Jörg rieb sich über die Augen, als er zu seinem Wagen ging. »Wenn du dein Okay gibst, fahre ich Felix wieder hierher. Falls er sich noch ausruhen soll, lassen wir ihn bei dir in der Wohnung – ohne Autoschlüssel.«

Jan schmunzelte bei der Vorstellung. »Nee, lass mal, es geht schon in Ordnung, dass du ihn herfährst.«

Statt wie erwartet einzusteigen, sah Jörg Jan fest an. »Ich will nicht, dass du gegen dein Arztgeheimnis verstößt, aber ich mag den mürrischen Sturkopp. Wie schlimm steht es um ihn?«

Jan breitete die Arme aus. »Keine Ahnung. Wirklich nicht. Er hält sich ganz ordentlich. Der Rest liegt nicht in unserer Hand.«

»Na gut.« Jörg gähnte erneut. »Ich muss langsam los. Mein Boss bringt mich um, wenn ich wieder mitten in einem Meeting einpenne.«

»Wieder?«, zog Jan ihn auf. »In welchem Dezernat bist du eigentlich?«

»Na in dem, das ich am besten kenne: Jugendkriminalität. Und meistens gebe ich mich nicht als Bulle zu erkennen.« Jörg grinste schief, stieg ein und fuhr mit durchdrehenden Reifen und aufheulendem Motor los.

Damit hatte Jan eine Erklärung für Jörgs unregelmäßige Arbeitszeiten. Dann sprang er auf sein Motorrad und startete ebenfalls, denn das war eindeutig eine Aufforderung zu einem Wettrennen gewesen, die er nicht ignorieren würde.

Jan stoppte die Ninja mit einem gehörigen Vorsprung vor seinem Haus. Kaum hatte er den Helm abgenommen, schnupperte er irritiert. Der Geruch nach gebratenen Zwiebeln und Speck war unverkennbar.

Als Jörg neben ihm anhielt, hatte Jan schon seine Motorradklamotten ausgezogen. »Ruf mal deinen Chef an und sag ihm, dass du später kommst. Es sei denn, du willst dir ein Frühstück von Felix entgehen lassen.«

»Niemals! Dann schiebe ich es eben auf einen Stau.«

Felix empfing sie mit einem Pfannenwender in der Hand. »Der Inhalt deines Kühlschranks ist erbärmlich, Jan. Zum Glück kam Lena gerade vorbei …«

Auf dem Balkon war bereits der Tisch gedeckt. Jan schluckte hart. Mit so einem Empfang hatte er nicht gerechnet. Erstmals fühlte sich seine Wohnung wie ein richtiges Zuhause an. Er winkte Lena, die sich mit einem Becher Kaffee gegen das Geländer lehnte und ihn unsicher ansah.

»Gut, dass du mich gerettet hast«, rief Jan ihr zu. »Ich springe schnell unter die Dusche.«

Jörg schlug ihm leicht auf die Schulter. »Aber wirklich kurz! Ich will die auch noch testen. Mir kommt es vor, als ob ich einen halben Wald in den Haaren mit mir herumschleppe.«

Beim Frühstück schielte Jan mehrmals auf die Uhr. Aber sie waren rechtzeitig fertig, um die Praxis pünktlich zu eröffnen. Nebenbei hatten sie Lena auf den neusten Stand gebracht, wobei sie jedoch wohlweislich ein paar Kleinigkeiten verschwiegen.

Als Jan in die Praxis gehen wollte, legte Lena ihm eine Hand auf den Arm. »Wenn eure kleine Mission gestern so harmlos war, wie ihr behauptet, hätte Felix doch kaum einen Verband am Arm und würde humpeln.«

»Felix ist umgeknickt, das war alles. Und was den Arm angeht, ist er Rambo in die Quere geraten.«

Lena musterte ihn prüfend. »Es fällt mir schwer, dir zu glauben.«

Jan hob abwehrend die Hände. Obwohl dies der Wahrheit entsprach, war es höchste Zeit für einen Themenwechsel. »Was muss ich eigentlich tun, damit mir jemand verrät, was mein Vorgänger auf dem Gewissen hatte?«

Lenas Miene wurde schlagartig unnahbar. »Ich werde keine Gerüchte nachplappern.«

»Es geht mir nicht um Klatsch. Aber ich bin sicher, dass ich wissen sollte, worum es hier geht.«

Ohne etwas zu sagen, wandte sich Lena ab und ging. Jan fühlte sich ausgeschlossen und wie ein Außenseiter. Das traf ihn mehr, als er erwartet hatte. Als er Lena folgen wollte, bemerkte er, dass Jörg und Felix das Gespräch mitbekommen hatten.

Jörgs Reaktion war eindeutig: Ratlosigkeit pur. Er zuckte mit der Schulter. »Keine Ahnung, worum es da geht, aber ich höre mich mal um.«

Felix wich Jans Blick aus. »Lasst das, Jungs. An manchen Dingen sollte man nicht rütteln. Das Thema ist mit Theos Tod erledigt.«

Jörg kniff die Augen etwas zusammen. »Wenn das so wäre, würdet ihr kein solches Geheimnis daraus machen.«

Felix zuckte mit der Schulter und ging wortlos an Jan vorbei.

Jörg legte Jan eine Hand auf den Rücken. »Nimm es nicht persönlich. Manchmal haben die Leute hier etwas verquere Moralvorstellungen. Aber dass Jo und ich nichts über die Sache wissen, verrät mir schon einiges.«

»Und was wäre das?«

Jörgs Miene war ernst. »Es muss etwas ziemlich Heftiges sein. Etwas, bei dem sie davon ausgehen, dass wir das nicht mitmachen würden. Ich gebe dir deswegen recht: Du solltest wissen, was dein Vorgänger gemacht hat. Also werden wir das auch noch auf unsere To-do-Liste nehmen. Ich melde mich, wenn ich was aus Hamburg gehört habe. Heute Abend muss ich in Kiel arbeiten, aber morgen Nachmittag bin ich wieder hier.«

»Okay, pass auf dich auf.«

»Du auch. Vor allem auf Mähdrescher …«

»Sehr witzig.«

Als er seine Praxis betreten wollte, wartete überraschenderweise Lena auf ihn. »Ich weiß, dass du sauer bist, aber kann ich mich trotzdem um deine Ninja kümmern?«

»Sauer trifft es nicht. Eher enttäuscht, dass ihr so wenig Vertrauen in mich oder wenn ich an Jörg denke, in uns habt.«

»Jörg ist Polizist!«, verteidigte Lena sich.

Jan hob die Hände und ließ sie wieder fallen. »Ja, aber einer, der ohne zu zögern das Gesetz übertritt, wenn es sein muss. So wie gestern, als wir uns unerlaubt auf dem Firmengelände umgesehen haben. Von daher verstehe ich nicht, wo das Problem ist. Was willst du mit der Ninja?«

»Nicht mit, sondern an. Ich habe mir feines Schleifpapier und etwas Spachtelmasse besorgt. Der Vater von Jonas bringt nachher den richtigen Lack vorbei. Damit müsste ich die Kratzer recht gut abdecken können.«

Jan öffnete den Mund und schloss ihn wieder. Er begriff ihr widersprüchliches Verhalten einfach nicht. Schließlich beschränkte er sich auf die naheliegende Frage. »Das klingt gut, aber woher wisst ihr überhaupt von den Kratzern?«

Sichtlich aufgebracht funkelte Lena ihn an. »Na, Jörg hatte doch mit dem Bauern darüber gesprochen, dem der Mähdrescher gehört.«

Offensichtlich hatte Jan wieder einmal den Dorfklatsch unterschätzt. Als er das nicht weiter kommentierte, fauchte Lena weiter: »Es wäre nett gewesen, wenn du mir erzählt hättest, was dir da passiert ist. Und du beschwerst dich, weil ich ein paar fiese Gerüchte nicht weitertratschen will! Darüber solltest du mal nachdenken, Jan. Außerdem bin ich doch nicht blöd. Das kann kein Zufall sein, dass Zeiskes Angeberkarre ausgerechnet vorgestern geklaut worden ist, als wir uns das Nummernschild ansehen wollten.«

»Stimmt, ich vermute auch, dass er am Steuer saß. Also gut, ich bekenne mich schuldig, aber ich wollte dich nicht beunruhigen und deswegen extra bei dir anrufen.«

»Eine WhatsApp hätte es auch getan«, schnappte sie sofort zurück.

»Also gut, ich hätte es tun können, wäre mir aber blöd vorgekommen.«

»Männer!«, sagte Lena und ging endgültig nach draußen.

Als ihm Gerda breit grinsend von ihrem Platz hinter dem Empfangstresen entgegensah und damit offenkundig war, dass sie jedes Wort mitbekommen hatte, blieb Jan nur noch die Flucht in sein Sprechzimmer. Er murmelte im Vorbeigehen etwas, was als Gruß ausreichen musste.

Kapitel 19

Anscheinend war am Wochenende eine Erkältungswelle über Brodersby hereingebrochen. Die Patienten gaben sich die Türklinke in die Hand und Gerda und Jan hatten alle Hände voll zu tun, damit die Termine trotz der unangekündigten Krankheitsfälle einigermaßen eingehalten wurden.

Erleichtert atmete Jan auf, als die Vorsorgeuntersuchung eines Säuglings beendet war und er die Mutter ausreichend beruhigt hatte, dass ihr Kind trotz einer leichten Abweichung von der empfohlenen Gewichtskurve kerngesund war. Innerlich verfluchte er die Standards, die es mittlerweile für fast sämtliche medizinischen Bereiche gab und die in vielen Fällen für Unruhe sorgten.

Als die Tür wieder geöffnet wurde, sah Jan nicht von der Tastatur hoch. »Ein kerngesundes, nur etwas zierliches Baby und wegen zweihundert Gramm Abweichung vom Mittelwert veranstaltet die Mutter ein shakespearereifes Drama. Häng doch bitte im Wartezimmer einen Zettel auf, dass Menschen keinen von Menschen ermittelten Normen gehorchen.«

»Jan ...«

Irritiert blickte Jan auf. Normalerweise war das eines von Gerdas Lieblingsthemen und sie hielt sich mit ihrer Meinung, die exakt seiner eigenen entsprach, nicht zurück.

»... du bekommst Besuch.«

»Von wem?«

Gerda schnaubte und sah aus dem Fenster. Jan folgte ihrem Blick und entdeckte den Streifenwagen, der in der Einfahrt stand.

»Vom Dorfsheriff und seinem Deputy«, erklärte sie überflüssigerweise. »Der Alte ist meiner Meinung nach ein absoluter … Na, du wirst es ja sehen. Ich lasse ihn jedenfalls nicht hier rein. Und damit hat sein Kollege dann auch Pech gehabt. Sieht ja nicht nach einem Notfall aus und wir haben Mittagspause«, verkündete Gerda und zog Richtung Pantry ab.

Verdutzt blickte Jan ihr nach und entschloss sich dann, die Polizisten draußen abzufangen. Er hatte zwar keine Ahnung, was sie wollten, aber auch keine Lust, sie großartig zu bewirten. Die Erfahrung mit Gerda in den letzten Wochen sagte ihm, dass er garantiert niemanden mögen würde, wenn sie schon im Vorfeld so extrem zickig reagierte.

Ob es um ihren nächtlichen Ausflug ging?

Jan lief nach draußen und zuckte etwas zusammen, als er die hellgraue Masse auf der Verkleidung seiner Ninja entdeckte. Hoffentlich verschlimmerte Lenas Aktion den Schaden nicht noch.

»Sind Sie Jan Storm?«, fragte der jüngere Polizist, dessen Namenschild ihn als ›Steiner‹ auswies.

Der Ältere mit einer Halbglatze und ordentlichem Übergewicht trug ein hellblaues Hemd zu einer Uniformhose, die er gerade noch zubekam.

Jan nickte knapp. »Eigentlich Doktor Storm«, korrigierte er, obwohl er sonst nie besonders viel Wert auf seinen Titel legte. »Kann ich Ihnen helfen?«, schob er noch nach, ehe er sich seinem Motorrad zuwandte.

»Es soll Samstag einen Zwischenfall gegeben haben«, begann der Jüngere.

Ohne es sich anmerken zu lassen, atmete Jan auf, da offensichtlich nicht ihr Besuch auf dem Firmengelände das Thema war.

Jan nickte und zeigte auf sein beschädigtes Motorrad. »Das stimmt. Da sehen Sie die Folgen. Es war reines Glück, dass nicht mehr passiert ist.«

Steiner strich sich eine blonde Haarsträhne zurück, die ihm ins Gesicht gefallen war. »Und wieso haben Sie uns nicht verständigt?«

»Warum hätte ich das tun sollen? Der Fahrer des Wagens ist gemeinsam mit dem Kerl aus dem Mähdrescher geflüchtet. Spuren gab es nicht, weil zumindest der Typ, den ich gesehen habe, Handschuhe trug.« Nach kurzem Zögern entschloss er sich, Jörg zu erwähnen, da die beiden bestimmt durch den Besitzer des Mähdreschers von der Anwesenheit des Kieler Polizisten erfahren hatten. »Ein Kollege von Ihnen kam zufällig vorbei und meinte auch, dass eine Fahndung keinen Sinn machen würde. Haben Sie doch etwas herausgefunden?«

Der Ältere schob sich an seinem Kollegen vorbei. »Uns liegen Berichte vor, dass Sie eine Schusswaffe eingesetzt haben. Ist das wahr?«

Jan stockte der Atem. Da Jörg ihn deswegen kaum bei der örtlichen Polizei angezeigt hatte, konnte der dicke Typ diese Information nur aus einer anderen Quelle haben und dafür kamen lediglich die beiden infrage, die es auf ihn abgesehen hatten.

»Wer sagt das?«, versuchte Jan, auf Zeit zu spielen.

»Darum geht es hier nicht«, fuhr der Ältere ihn an. »Also? Haben Sie eine Schusswaffe? Und wenn ja, haben Sie diese abgefeuert?«

Jan reichte es. »Ich kann Ihnen sogar Ihre nächste Frage beantworten: Ich bin berechtigt, eine Waffe verdeckt zu tragen, und selbstverständlich auch, diese zur Selbstverteidigung einzusetzen. Und ja, ich habe einen Warnschuss abgegeben. Ist das neuerdings ein Verbrechen? Nach meinem Verständnis ist es eher eine Straftat, einen Motorradfahrer mit einem Mähdrescher oder einem Wagen umzufahren.«

Der Ältere machte einen Schritt auf Jan zu und rechnete vermutlich damit, ihn so in die Defensive zu treiben, aber das konnte er vergessen. Während seiner Zeit bei der Bundeswehr hatte er einiges im Umgang mit renitenten Mitmenschen gelernt. Er blieb reglos stehen.

»Wer war der Kollege, der den Einsatz von Schusswaffen offenbar für nicht erwähnenswert hielt?«

»Wenn Sie schon so gut informiert sind und sich dann immer noch auf die falschen Aspekte dieses Zwischenfalls konzentrieren, bekommen Sie bestimmt auch ohne meine Hilfe heraus, wer sich außer mir noch vor Ort befand. Ihr Kollege kam allerdings erst deutlich nach dem Warnschuss an. Nun habe ich aber auch ein paar Fragen: Gibt es Hinweise auf den Fahrer des Mähdreschers? Ist der angeblich gestohlene Geländewagen gefunden wurden?«

»Angeblich gestohlen?«, wiederholte der Polizist und brüllte fast. »Ihren Waffenschein, aber ein bisschen schnell. Und dann überlege ich mir, ob ich Ihre Eignung zum Führen einer Waffe überprüfen lasse!«

»Heiner, übertreib es nicht«, versuchte der Jüngere, seinen Kollegen zurückzuhalten.

Jan legte den Kopf etwas schief. »Haben Sie eigentlich Probleme mit dem Blutdruck? Ihre rote Gesichtsfarbe gefällt mir gar nicht. Dazu noch die offensichtliche Vorliebe fürs Essen und die nicht zu übersehende Abneigung gegen Sport ... Sie sollten besser auf sich aufpassen.«

Steiner wandte sich schnell ab, aber Jan hatte sein Grinsen noch gesehen. Wenigstens einer schien sich nicht auf ihn eingeschossen zu haben.

Er sah den Dorfsheriff fest an. »Ansonsten steht es Ihnen natürlich frei, meine Qualifikation infrage zu stellen.« Jan lachte abfällig. »Viel Erfolg dabei. Von meiner Seite ist das Gespräch jedenfalls beendet, nachdem ich Ihnen meine Karte gezeigt habe. Einen Moment.«

Jan ließ die Polizisten einfach stehen und holte seine Brieftasche aus seinem Schreibtisch. Als er wieder nach draußen kam, erwarteten ihn nicht nur die Beamten, sondern auch Lena und Richie, der Vater von Jonas.

»Was ist denn hier los?«, fragte ihn Letzterer.

Jan zuckte mit der Schulter. »Tja, für den Herrn hier ist es offenbar ein Verbrechen, wenn man sich nicht wehrlos umfahren lässt.« Er hielt dem älteren Polizisten seinen Waffenschein hin.

Als der Kerl auf der Rückseite die Aufstellung der Waffen überflog, die Jan tragen durfte, blinzelte er mehrmals. »Wie geht so was?«, fragte er dann.

»Kein Kommentar«, erwiderte Jan. »Ich bin verpflichtet, Ihnen das Dokument vorzulegen, mehr nicht.«

Steiner schob sich zwischen Jan und seinem Kollegen. »Ich denke, dieser Punkt ist abgehakt. Von unerlaubtem Waffenbesitz kann gar keine Rede sein. Wir haben leider noch keinerlei Hinweise auf die Fahrer, Doktor Storm. Der Geländewagen wurde unbeschädigt am Ufer der Schlei gefunden. Es gibt aber keine Spuren, die Rückschlüsse auf die Täter zulassen. Da hat der Kollege vor Ort leider recht behalten. Lass uns fahren, Heiner.«

Der Ältere schüttelte den Kopf. »Wo waren Sie gestern Abend?«

Jan kam nicht dazu zu antworten. Richie und Lena redeten gleichzeitig auf die Polizisten ein, um ihn zu verteidigen. Damit hatte er etwas Zeit gewonnen, seine ins Schwanken geratene Beherrschung wiederzuerlangen. Also waren die Polizisten doch auch wegen ihres nächtlichen Ausflugs hier.

»Ich war mit zwei Freunden zusammen«, mischte er sich schließlich in den verbalen Schlagabtausch ein. »Warum wollen Sie das wissen?«

»Es gab einen Einbruch in einer Firma.«

»Und den soll ich verübt haben?«, fragte Jan und gab sich keine Mühe, seine Belustigung zu verbergen. »Ist das Ihr Ernst?«

Entschieden schüttelte Steiner den Kopf. »Nein, ist es nicht. Komm jetzt, Heiner. Das wird mir zu bunt hier. Danke für Ihr Entgegenkommen, Doktor Storm. Ich verstehe jetzt, warum meine Frau so begeistert von Ihnen ist.« Ohne auf eine Antwort oder seinen Kollegen zu warten, wandte er sich ab und ging zu seinem Streifenwagen.

Schnaubend stapfte ihm der Ältere hinterher.

Kaum waren sie losgefahren, ballte Lena die Hände zu Fäusten. »Der dicke Kerl ist der Vater von Zeiske«, platzte sie heraus.

Jan lehnte sich gegen sein Motorrad. »Nicht wirklich, oder?«

»Leider doch. Was war denn überhaupt los? Was wollten die beiden?«

Er zwang sich zu einem Lächeln. »Im Prinzip das Gleiche wie du heute Morgen. Sie wollten wissen, warum ich den Zwischenfall nicht gemeldet habe.« Lena funkelte ihn an, sodass Jan lieber schnell weitersprach. »Das war aber nur ein Nebenkriegsschauplatz. Sie wollten wissen, ob ich eine Waffe abgefeuert habe.«

Richie rieb sich übers Kinn. »Hast du?«

»Mir blieb nichts anderes übrig. Der Typ, der auf mich zukam, war mindestens zwanzig Kilo schwerer als ich und hatte ein Stemmeisen in der Hand. Ich habe aber nur in die Luft geschossen und auf die Reifen von dem Geländewagen, der mich aufs Korn nehmen wollte. Und bevor ihr auch noch fragt: Ja, ich darf eine Waffe tragen und weiß, wie man damit umgeht.«

»Woher wussten die Polizisten von dem Schuss?«, hakte Richie nach.

»Guter Punkt, das habe ich mich auch gefragt. Außer Jörg und mir wussten nur der Fahrer des Mähdreschers und des Geländewagens davon.«

Lena nickte so heftig, dass ihr locker gebundener Pferdeschwanz sich weiter löste. »Ist doch ganz einfach. Zeiske junior war der Fahrer des Geländewagens und der ist zu seinem Senior gerannt, der wiederum gedacht hat, er kann dir so an den Karren pi… ähm … fahren.«

Richie brummte zustimmend.

Jan verzog den Mund. »Mag sein, aber das ist nur eine Vermutung, die wir nicht beweisen können.«

Nachdem er sich mit beiden Händen durch die Haare gefahren war, schüttelte Richie den Kopf. »Was für ein Schlamassel. Hängt das alles mit dem Gift zusammen?«

»Vermutlich«, erwiderte Jan.

»Na gut, das klingt jedenfalls, als ob du auf der richtigen Spur bist. Wenn du Hilfe brauchst, sag was. Für den Anfang habe ich aber auch noch eine Sache. Der Bagger, der hinter dem Sportplatz das Erdreich abgetragen hat, gehört zu einer Baufirma aus Karby. Die ist vor vier Wochen in die Insolvenz gegangen. Der Eigentümer weiß angeblich nichts davon, dass der Bagger hier im Einsatz war, aber für einen Hunni weiß der Typ auch nicht mehr, wer seine Mutter ist. Leider packt er nicht aus, für wen er unterwegs war. Das bringt uns also nicht weiter … Was mich dann noch interessiert: Was meinte der Döskopp gerade eben mit Einbruch bei einer Firma?«

Jan winkte ab. »Das ist auch nur ein Verdacht. Bevor wir nichts Handfestes haben, würde ich dazu lieber nichts sagen.«

»Gut, dann reicht es mir, dass du der Sache nachgehst. Pass auf dich auf und wie gesagt: Wenn ich helfen kann, reicht ein Wort. Aber jetzt komm mal kurz mit zu mir. Ich will dir in der Zwischenzeit was zeigen.« Trotz seiner Ankündigung begutachtete Richie erst Lenas Spachtelarbeit und fuhr der Ninja dann beinahe zärtlich über den Tank. »Eine tolle Lady hast du dir da ausgesucht. Die wäre früher genau meine Kragenweite gewesen … Aber nun lass uns mal los, sonst ist deine Mittagspause komplett weg.«

Ratlos folgte Jan Richie zu seinem Kombi. Als sie vor seiner Werkstatt ankamen, die nur ein paar Hundert Meter entfernt war, entdeckte Jan auf dem Hof einen Wagen und pfiff unwillkürlich durch die Zähne. »Ist das deine Karre? Die ist aber auch nicht schlecht.«

Begeistert stieg Jan aus und ging zu dem Audi S6, dessen Lack fast im gleichen Schwarzton glänzte wie seine Ninja. Ganz neu war der Wagen nicht mehr, aber in einem Topzustand und man sah ihm seine Power an.

Richie grinste breit. »Dachte ich mir doch, dass der deine Kragenweite ist. Der hat keine fünftausend runter und ist gerade mal zwei Jahre alt. Ein alter Knacker hatte ihn in der Garage stehen und sich nicht getraut, ihn zu fahren. Ich habe den Motor ordentlich durchgepustet und nun rennt er wieder. Im Winter wirst du hier nichts mit der Ninja. Achttausend und er gehört dir.«

Jan sah erst den Audi, dann Richie an. »Spinnst du? Das ist ein S6, der ist das Zehnfache wert.«

»Nicht ganz. Ich habe ihn günstig geschossen und damit meine ich wirklich günstig. Ich will mit der Karre kein Geschäft machen, sondern sie dir geben. Fünftausend!«

»Vergiss es.« Jan überschlug seine Finanzen. »Vierzigtausend. Und das ist immer noch ein Schnäppchen für mich.«

Sie starrten sich an.

Richie rieb sich über die Stirn. »Du meinst das echt ernst?«

»Da kannst du einen drauf lassen. Der Wagen ist ein Traum. Aber falls du mir das Angebot machst, weil ich Jonas geholfen habe: Das war mein Job und ich bin selbst heilfroh, dass ich zufällig zur richtigen Zeit am richtigen Ort war.«

»Ich auch. Dreißigtausend und keinen Cent mehr!«, forderte Richie. »Dass ich das Geld dem Kinderheim geben werde, kann dir ja egal sein.«

»Mensch, weiß deine Bank, wie du Geschäfte machst?«

Richie legte den Kopf in den Nacken und lachte laut. »Also, Doc, nun halte mich doch nicht für bescheuert.« Er deutete auf das Gebäude vor ihnen. »Haus und Werkstatt gehören uns. Da redet mir keine Bank rein. Meine Frau hat von ihren Eltern den Campingplatz oben an der Schlei geerbt und unser Sohn von seinen Großeltern einen beachtlichen Treuhandfonds, der für den Bengel reicht, wenn er studieren will. Ich schraube gerne an Autos herum und bin froh, dass die Werkstatt genug abwirft, um einen Gesellen und einen Lehrling zu beschäftigen. Aber am meisten Spaß macht mir mein Job, wenn ich für einen Wagen den passenden Fahrer finde. Und ihr beide gehört einfach zusammen. Mensch, ich sehe doch, wie du ihn ansiehst. Bei dreißigtausend habe ich meine Kosten mehr als drin und das Kinderheim nicht nur ein Schaukelgerüst, sondern auch noch ein Whiteboard und einen PC. Willst du nun weiter Stress machen oder endlich einschlagen?« Richie hielt ihm die Hand hin.

»Mann, hast du eine Art zu verhandeln«, sagte Jan und schlug ein.

Richie lachte sichtlich zufrieden. »Na, endlich nimmst du Vernunft an! Ich dachte schon, ich müsste meine Frau einschalten, die uns die ganze Zeit zuhört.«

Lächelnd kam Jonas' Mutter aus der Werkstatt heraus. »Wenn du schon mal so viel am Stück sabbelst, kann ich mir das doch nicht entgehen lassen«, zog sie ihren Mann auf und reichte Jan die Hand. »Ich bin Heike, im Krankenhaus hatte ich total vergessen, mich vorzustellen.«

Jan schüttelte ihre Hand. »Was macht Jonas?«

»Frech wie immer. YouTube an erster Stelle, Hausaufgaben irgendwo unter ›ferner liefen‹. Der Bengel nutzt es aus, dass wir überglücklich sind, ihn nicht verloren zu haben.« Heikes Lachen zeigte deutlich, dass sie dem Jungen nicht böse war. Sie legte Jan kurz eine Hand auf die Schulter. »Das mit dem Wagen war eine richtig gute Idee von Richie.

Und glaub man nicht, dass das nur ist, weil du Jonas gerettet hast.«

Sie wartete so offensichtlich auf seine Nachfrage, dass Jan bereitwillig darauf einging. »Und womit habe ich mir die Karre dann verdient?«

Heikes Lachen verschwand. »Nicht jeder Arzt hätte die Kinder in Kiel besucht. Deine Sorge um sie war schon was Besonderes. Und auch dein Wunsch herauszufinden, was hinter der ganzen Sache steckt. Du bist ein guter Mensch.«

Wenn er die Hitze seiner Wangen richtig deutete, lief er gerade rot an. »Wir wollen doch alle wissen, wo das Gift herkommt, und dein Mann hat ja auch schon ein bisschen nachgeforscht. Ich finde das nicht so besonders.«

»Ist es aber! Und nun fahr mal zurück in deine Praxis, ehe dein Mittagessen ausfällt.«

»Zurückfahren?«, wiederholte Jan.

Lächelnd drückte Richie ihm die Schlüssel des Audis in die Hand. »Ich komm morgen Mittag noch mal rum wegen der Formalitäten. Nun probiere die Kleine schon aus. Für eine Runde über die Schwansenstraße reicht die Zeit noch locker.«

Es war total unvernünftig und trotzdem konnte Jan der Versuchung nicht widerstehen. Der Wagen roch im Inneren sogar noch neu, die Ledersitze sahen aus, als ob noch nie jemand auf ihnen gesessen hätte. Er drückte auf den Startknopf und der Sechszylinder erwachte beinahe schnurrend zum Leben.

Richie hatte eindeutig ein Talent dafür, Fahrer und Wagen zusammenzubringen. Der Audi war genau Jans Ding.

Kapitel 20

Am Ende hatte die Tour mit dem Wagen länger gedauert, als Jan es geplant hatte. Als er vor seiner Praxis stoppte, blieben ihm nur noch zwanzig Minuten, bis der erste Patient eintraf. Sein Mittagessen konnte er vergessen, aber das war es ihm wert gewesen.

Der Audi hatte ausreichend PS, um richtig Spaß zu machen, und etliche technische Spielereien, die er nach und nach ausprobieren würde. Der Klang des Bang-&-Olufsen-Sound-Systems hatte ihn schon überzeugt. Er würde es im Winter genießen, mit dem Wagen zu fahren, und vielleicht auch schon früher, wenn das Wetter keine Motorradtour zuließ oder er einen Kofferraum benötigte.

Lena sah ihm mit einem Lappen in der Hand entgegen. Er wollte gerade etwas sagen, als ihm auffiel, dass von den Kratzern in der Verkleidung des Motorrads nichts mehr zu sehen war. »Wie hast du das denn hinbekommen?«, fragte er begeistert. »Das ist ja genial! Dafür schulde ich dir etwas.«

Lena lächelte. »Ach was, so groß ist der Unterschied nicht, ob ich Farbe auf der Leinwand oder eben auf deiner Kleinen verteile.«

»Trotzdem … Auch wenn du mich für verrückt hältst: Der Anblick der lädierten Verkleidung hat richtig wehgetan. Was hältst du von einem Abendessen beim Griechen? Das ist leider immer noch das einzige Restaurant, das ich hier kenne.«

»Das ist wirklich nicht nötig und …«

»Doch, ist es. Und was?«

»Na ja, wenn wir dort zusammen essen, wird das die Gerüchteküche ordentlich befeuern. Wir sind schließlich beide Single.«

»Dann lass sie doch reden. Mich stört das nicht und wie ich dich einschätze, ist es dir eigentlich auch egal. Was sagst du zu dem Wagen?«

Lena bekam keine Gelegenheit zu einer Antwort, denn Elvira eilte auf sie zu. »Nicht gerade ein seriöses Fahrzeug für einen Arzt«, sagte sie, klang dabei aber nicht mehr so bitter wie sonst, sondern eher amüsiert.

Jan grinste nur. »Passt doch zu meinem Motorrad und war ein absolutes Schnäppchen.«

Elviras Miene verdüsterte sich.

Jan kniff die Augen zusammen. »Ich weiß nicht, was du gerade von mir denkst, aber ich habe zum ersten Mal in meinem Leben einen Autohändler gnadenlos hochgehandelt.«

Lena lachte laut los. »Natürlich, die Karre kannst du nur von Richie haben! Na, sei froh, dass er dir keinen Kleinwagen mit Blumen aufgeschwatzt hat.«

»Hat er dir so einen angedreht?«

»Ja, einen weißen Mini mit gelben Blumen und ich liebe ihn. War das wegen Jonas?«

»Wohl auch, aber ich habe das nicht gelten lassen, sondern wir haben uns auf einen Preis geeinigt, mit dem wir beide leben können.«

Lena schüttelte den Kopf. »Du bist wirklich schon fast zu gut für diese Welt. Ich freue mich auf heute Abend, sag mir Bescheid, wann es losgehen soll.« Sie fuhr mit der Hand über den Kotflügel des Audis. »Reicht die Zeit vorher noch für einen kurzen Trip an die Ostsee? Ich bin neugierig, wie deine neueste Errungenschaft fährt.«

Jan überhörte Elviras Räuspern und erwiderte Lenas Lächeln. Wann hatte er eigentlich das letzte Mal einen Abend mit einer Frau verbracht? Sofort korrigierte er sich: Dies war natürlich kein richtiges Date, sondern nur ein Dankeschön. Mehr nicht. Auch wenn ihm Lenas freche, quirlige Art durchaus gefiel.

Elvira räusperte sich erneut. »Habt ihr denn auch noch Zeit für ein anderes Thema?«

»Wenn es unbedingt sein muss«, erwiderte Jan und schielte auf seine Uhr. Mit etwas Glück beendete der erste Patient des Nachmittags die Tirade von Vorwürfen, die nun bestimmt folgen würde.

Stattdessen riss Gerda das Fenster der Praxis auf. »Lasst euch ruhig Zeit, der erste Termin wurde gerade abgesagt. Dem Mann geht es wieder besser.«

»Sehr schön«, meinte Elvira zufrieden, während Jan ein Seufzen gerade noch unterdrückte. »Eine Freundin von Gudrun hat etwas beobachtet, was euch vielleicht interessieren könnte.«

Nun hatte sie seine ungeteilte Aufmerksamkeit, denn damit hatte Jan nicht gerechnet. »Wer ist Gudrun?«

Die Frage war Elvira sichtlich unangenehm. »Das ist kompliziert, denn sie ist eine sehr gute und liebe Freundin, nur ihr Mann …«

Lena atmete tief ein und unterbrach sie dadurch wirkungsvoll. »Du meinst aber nicht Gudrun Zeiske?«

Stöhnend lehnte sich Jan gegen sein Motorrad. »Reden wir hier über die Frau von dem Typen, der mich vermutlich umfahren wollte? Der widerliche Polizist von vorhin ist dann wohl ihr … Schwiegervater?«, überlegte er laut.

»Ruhe, ihr beiden. Jetzt!«, befahl Elvira und funkelte sie aufgebracht an. »Die Sippenhaft wurde nach dem Dritten Reich abgeschafft! Gudrun ist eine ganz Liebe. Meine Meinung über ihren Mann ist auch nicht gerade die beste, aber das lässt sich ja nicht ändern.«

Jan hob beschwichtigend die Hände. »Also gut, kein Wort über deine Gudrun. Aber hattest du ihr gegenüber rein zufällig erwähnt, dass ich abends mit dem Motorrad zu Jo an die Schlei wollte?«

»Schon, aber …«

»Sekunde noch«, unterbrach Jan sie. »Hast du ihr auch gesagt, wann ich ungefähr da sein wollte?«

Mit gerunzelter Stirn überlegte Elvira und nickte dann. »Möglich, dass sich das ergeben hat. Warum?«

Jan fasste seine Begegnung mit dem Mähdrescher und dem schwarzen Geländewagen so knapp wie möglich zusammen.

Elvira wurde blass. »Und du glaubst, das war ihr Mann? Nun ja ... Wenn ich es mir recht überlege ... War der alte Zeiske deswegen vorhin hier?«

»Ja, allerdings hatte er es mehr auf mich als auf den unbekannten Fahrer abgesehen.«

»Und Klaus behauptet, der Wagen sei ihm gestohlen worden? Das ist schon deshalb eine Lüge, weil er diesen Angeberschlitten liebt und ihn niemals aus den Augen lassen würde. Also das ist ja ...« Elvira zupfte an einer Haarsträhne. »Dann sage ich wohl besser nichts mehr zu Gudrun. Das hättest du mir aber auch ruhig vorher erzählen können«, fauchte sie Jan an.

Lena nickte heftig. »Bei mir war er auch so verschwiegen. Unmöglich!«

Jan wollte instinktiv protestieren, überlegte es sich dann aber anders. Gegen zwei Frauen hatte er schlechte Karten. »Lasst uns den Punkt überspringen. Was wolltest du denn eigentlich erzählen, Elvira?«

»Ach ja. Also, Gudruns Freundin wohnt ganz in der Nähe des Einkaufszentrums, bei dem auch die Firma ist, die Jan neulich erwähnt hat. Und diese Freundin schläft seit einer Ewigkeit sehr schlecht, darum liest sie nachts noch oft bis in die Morgenstunden. Und dabei hat sie bemerkt, dass jeden Donnerstag und jeden Sonntag Tanklaster dort langbrettern. Donnerstags so um ein Uhr nachts rum und sonntags gegen zehn. Ergibt das einen Sinn?«

»Und was für einen!«, sagte Jan sofort. »Damit hat deine Freundin uns enorm weitergeholfen. Ich weiß zwar noch nicht genau, was wir jetzt machen, aber dafür, wo ich am Donnerstagabend bin. Nur bitte: kein Wort darüber zu deiner Gudrun. Es wäre ein Albtraum, wenn Zeiske vorgewarnt wird.«

»Das habe ich schon verstanden«, grummelte Elvira. »Und nun komm mal besser mit rein, damit du wenigstens noch eine Scheibe Brot zwischen die Kiemen bekommst, ehe du wieder arbeiten musst.«

Jan öffnete den Mund, um zu widersprechen, aber Lena gab ihm einen kleinen Schubs. »Elvira hat völlig recht. Iss noch etwas, wir sehen uns nachher.«

Da sein Magen ausgerechnet jetzt knurrte, verzichtete er auf eine Diskussion.

Gerda drückte der letzten Patientin des Tages das Rezept in die Hand, schob sie förmlich hinaus und schloss mit Nachdruck hinter ihr die Tür. Amüsiert verfolgte Jan die Aktion. Da die ältere Dame mehr unter Langeweile als unter ihrem niedrigen Blutdruck litt, redete sie ohne Pause. Heute fehlte Gerda offensichtlich die Geduld für die Geschichten, die sie schon etliche Male gehört hat.

»Hast du heute noch ein Date?«, zog er Gerda auf, als er die Post auf ihrem Schreibtisch ablegte, die morgen verschickt werden sollte.

»Ich nicht, aber du«, schnappte Gerda zurück. »Und du willst doch bestimmt noch schnell unter die Dusche und dir was anderes anziehen, bevor Lena vorbeikommt, oder?«

Das war eindeutig keine Frage, sondern eine Anweisung. »Und was spricht gegen das T-Shirt?«

»Dass du es seit heute Morgen anhast.«

»Irre ich mich oder interpretierst du mehr in das Treffen mit Lena, als angebracht ist? Ich bin einfach nur dankbar, dass sie die Ninja von den Kratzern befreit hat.«

Gerda zog beide Augenbrauen hoch, bis sie perfekte Halbkreise bildeten. »Habe ich etwas anderes gesagt? Und jetzt ab unter die Dusche.« Sie grinste verschmitzt. »Hast du eigentlich ein ordentliches Rasierwasser? Sonst weiß ich ja schon, was du zu Weihnachten bekommst.«

Er konnte ihr einfach nicht böse sein. »Übertreib es nicht«, gab er zurück, klang dabei aber nicht besonders überzeugend. Er hätte das Geplänkel mit ihr gerne noch fortgesetzt, aber sein Handy vibrierte und meldete den Eingang einer neuen Nachricht. Als er sah, dass sie von Jörg stammte, rief er sie auf.

Kannst du morgen um siebzehn Uhr bei Jo sein? Besuch aus Hamburg.

Eigentlich ging seine Sprechstunde bis um halb sechs. Aber Gerda nickte schon, ehe er sie fragen konnte.

»Der Randbereich ist morgen noch frei«, erklärte sie.

Jetzt zahlte sich Gerdas Taktik aus, die letzten Termine des Tages nach Möglichkeit erst ganz zum Schluss zu vergeben, um ihnen beiden eventuell einen früheren Feierabend zu sichern. Jan bestätigte Jörg die Uhrzeit und bekam einen lachenden Smiley als Antwort. Eine Erklärung, wer aus Hamburg kommen würde und vor allem warum, wäre ihm lieber gewesen.

Eigentlich sollte er sich freuen, dass sie morgen Abend vermutlich ein Stück weiter wären, stattdessen sah er dem Treffen mit sehr gemischten Gefühlen entgegen.

Nach ihrer ersten Begegnung am Strand hätte Jan nie damit gerechnet, dass Lena genauso viel Spaß an Geschwindigkeit hatte wie er. Sie strich über das Leder, schielte auf die Instrumente und lachte sogar einmal, als er zwei Wagen gleichzeitig überholte, die für seinen Geschmack viel zu langsam unterwegs waren.

»Eigentlich hätte ich gern noch kurz das Meer gesehen, aber die Fahrt hat so viel Spaß gemacht, dass ich darauf heute verzichten kann«, überlegte Lena laut.

Jan überschlug die Uhrzeit und musste ihr bedauernd zustimmen. Da der Grieche auch an Wochentagen sehr gut besucht war, hatte er einen Tisch bestellt. Sie würden das Restaurant zwar pünktlich erreichen, aber für einen Abstecher ans Meer reichte es nicht mehr.

»Das können wir nachholen«, bot Jan an und horchte in sich hinein. Das war keine Höflichkeitsgeste, sondern er würde sich tatsächlich freuen, wenn sie sich ein weiteres Mal treffen würden.

Etwas unsicher lächelte Lena. »Wenn es dich nicht zu viel Zeit kostet, wäre das schön.«

»Die Zeit nehme ich mir.«

Der fast vollständig belegte Parkplatz vor dem *Zeus* deutete schon daraufhin, dass es eine sehr gute Idee gewesen war, einen Tisch zu reservieren.

»Unglaublich, was hier in der Woche los ist«, meinte Jan und hielt Lena die Tür der Gaststätte auf.

»Es gibt kaum Alternativen außerhalb von Kappeln oder Eckernförde, jedenfalls keine, bei denen das Essen so gut schmeckt wie hier.«

Eigentlich hatte Jan den Gastraum als Erster betreten wollen, aber Lena interessierte sich nicht für diese altertümliche Etikette, sondern ging vor ihm hinein. Irgendwie passte das zu ihr. Als sie abrupt stoppte, wäre Jan fast mit ihr zusammengestoßen.

»Das glaube ich jetzt nicht«, zischte sie ihm zu. »Rechts, der Kerl …«

Weiter kam sie nicht. Dimitri, der Wirt, eilte auf sie zu, fasste sie an den Schultern und küsste sie einmal auf jede Wange. »Endlich sehe ich dich hier wieder mal! Und dann auch noch in so angenehmer Gesellschaft … Ich hoffe, heute speisen Sie hier und lassen sich das Essen nicht wieder einpacken?«

»Nein, das habe ich nicht vor, sondern sogar einen Tisch reserviert.«

Dimitri schlug sich mit der flachen Hand gegen die Stirn. »Wo habe ich nur meinen Kopf! Natürlich, Herr Doktor.«

Mittlerweile kannte er die Gepflogenheiten in dem Dorf. »Jan reicht völlig«, bot er an und erntete einen kräftigen Schlag auf den Rücken.

»Das gefällt mir. Meine Frau und ich kommen gleich mit einem Ouzo vorbei und wir besiegeln das. Folgt mir. Ich habe eine schöne Ecke für euch vorgesehen.« Kaum saßen sie an dem Tisch, der tatsächlich etwas abseits von den anderen Gästen stand und von Grünpflanzen in Kübeln eingerahmt wurde, deutete Dimitri auf das Bild an der Wand. »Sie wird es bestimmt nicht von sich aus erzählen, weil sie viel zu bescheiden ist. Dieses Meisterwerk ist von Lena. Ich liebe es, es hat Seele. Meine Sophia und ich sitzen oft hier und trinken ein Glas Wein.«

Jan musterte die Meereslandschaft. Eigentlich war es ein recht einfaches Motiv: Ein rotes Ruderboot, das seine beste Zeit schon hinter sich hatte, lag am Stand. Möwen kreisten über den Wellen. Der Sand schillerte in unterschiedlichen Gelb- und Brauntönen. Aber dennoch strahlte das Bild eine Stimmung aus, die ihn nicht kaltließ. Das Holzboot hatte etwas Erhabenes, erinnerte gleichzeitig aber auch an Vergänglichkeit. Dazu passte das Meer als Symbol von neuer Hoffnung und Unendlichkeit.

Erst als Dimitri ihm kräftig auf die Schulter schlug, wurde Jan klar, dass er seine Gedanken laut ausgesprochen hatte. Lena war knallrot angelaufen. »Entschuldige, ich bin kein Kunstkritiker, das sollte keine Beleidigung sein.«

Dimitri wollte etwas sagen, aber Lena war schneller, ihre Wangen waren zwar noch gerötet, aber ihre Augen strahlten. »Du hast mich doch nicht beleidigt, sondern genau das erkannt, was ich damit sagen wollte. Vor dir hat das nur Dimitri geschafft. Deshalb hat er das Bild bekommen. Ich gebe meine kleinen Kunstwerke niemandem, der sie nicht versteht.«

Dimitri nickte lächelnd. »Da das geklärt ist, gehe ich mal meine Frau holen – und ausreichend Ouzo.«

Als der Wirt verschwunden war, atmete Lena tief durch. »Ich finde es schön, dass du das Bild verstehst.«

»Ich verstehe es nicht nur, es gefällt mir auch sehr. Zeigst du mir deine anderen Werke ebenfalls? Du hast ja gesehen, wie meine Wände in der Wohnung aussehen.«

Lena zog die Schultern hoch, als ob sie frieren würde. »Weiß und leer. Aber deine Einsicht, dass du da was ändern musst, ist ein erster Schritt. Na gut, wenn du mich nachher rumfährst, dann lade ich dich noch zu einem Kaffee ein.«

Meinte sie das so, wie es klang?

Im nächsten Moment hielt Lena erschrocken eine Hand vor den Mund. »Ich meinte nur zum Bilderansehen, quasi als Nachtisch, nicht …«

Jan lachte los. »Ich mag Nachtisch!«

Lena kicherte nun auch. »Das war fies, ich hoffe, du weißt, wie es gemeint war und wie es nicht gemeint war.«

Er hätte sie zu gerne noch weiter aufgezogen, wollte das Thema aber auch nicht überstrapazieren und so vielleicht die vertraute Stimmung zwischen ihnen zerstören, die sich irgendwann eingestellt hatte.

»Für heute ist das geklärt«, versprach er.

Lena zögerte kurz, nickte dann aber lächelnd. »Das klingt fair. Du hast mich völlig durcheinandergebracht … Schau mal unauffällig nach rechts. Weißt du, wer der Typ ist, der sich da an sein Bierglas klammert und immer auffällig unauffällig zu uns rübersieht?«

Jan lehnte sich zurück und blickte dann in die Richtung, von der Lena gesprochen hatte. Ein älteres Ehepaar saß dort vor ihren fast leeren Tellern und der Mann schielte tatsächlich zu ihnen herüber.

»Zeiske?«, vermutete Jan.

Lena nickte.

»Na dann.« Jan drehte sich nun unverhohlen um, grinste breit und tippte sich grüßend an die Stirn.

Zeiske zuckte sichtlich zusammen und sah auf den Tisch.

Lena kicherte. »Das war auch fies. Ich wusste gar nicht, dass du so gemein sein kannst.«

»Ich bestehe aber darauf, dass das ein anderes ›fies‹ war als das, was du mir vorher vorgeworfen hast.«

»Du hast mich gerade abgehängt … Mach mir doch bitte eine Skizze von …«, sie brach mitten im Satz ab.

Dimitri und Sophia, die ein Tablett mit vier gefüllten Ouzogläsern trug, traten zu ihnen an den Tisch und beendeten das Thema. Während sie mit dem griechischen Ehepaar tranken und redeten, bezahlte Zeiske und verließ fluchtartig das Restaurant. Seine Frau folgte ihm und wirkte dabei reichlich überfahren. Diese Reaktion verriet Jan wieder einiges.

Jan hielt vor dem Haus und betrachtete es ungläubig. »Hier wohnst du?«

Lena nickte. »Komm, ich spendiere dir noch den Kaffee. Du wirst dich wundern, wie es drinnen aussieht.«

Jan folgte ihr. Von außen sah das Gebäude bis auf die großen Fenster wie eine Scheune aus und er war gespannt, wie Lena wohnte – ja wohl kaum in einer Box voller Stroh.

Direkt hinter der Haustür blieb er wie angewurzelt stehen. Ein gut durchdachter Garderobenbereich empfing ihn. Statt eines Stalls war dies eine großzügige, moderne Wohnung. Allerdings irritierte es Jan gewaltig, dass neben dem Spiegel ein Bild hing, bei dem es sich um ein Porträt von Jörg handelte.

Wie angewurzelt starrte Jan auf das Gemälde und versuchte, seine widersprüchlichen Gefühle zu sortieren. »Du und Jörg, ihr seid …?«

Lena hatte gerade eine Tür geöffnet und wirbelte nun zu ihm herum. »Ich und …?« Sie folgte seinem Blick und lachte laut los. »Ach du meine Güte, so kann man das natürlich auch interpretieren. Warte mal kurz.« Mit einer Taschenlampe in der Hand stellte sie sich neben ihn und leuchtete das Bild an. »Das kann man nicht so einfach abnehmen, sondern das ist eine Wandmalerei für Jörgs Schwester gewesen. Ihr gehörte die Wohnung vor mir. Sie hat vor einigen Monaten geheiratet und lebt mit ihrem Mann im Ausland. Ich habe ihr versprochen, einen Weg zu finden, das Bild zu reproduzieren und es vorher nicht anzufassen. Aber ich bin bisher schlichtweg nicht dazu gekommen, weil das nicht so einfach ist. Sieh mal genau hin, das ist nicht von mir, sondern stammt von einer verstorbenen Freundin von Silke.«

»Verstanden. Es ist ganz schön rücksichtsvoll von dir, dass du das Bild so lässt.«

»Tja, wieso sollte ich etwas dagegen haben, dass sich ein junger, gut aussehender Mann neben meiner Garderobe befindet?« Sie seufzte übertrieben. »Ich mag Jörg, er hat uns bei den Umzügen geholfen – also Silke raus und ich rein, aber er ist nicht mein Jahrgang.« Sie deutete auf eine geschlossene Tür. »Hierdurch geht es in mein Atelier, also wenn die Bilder dich wirklich interessieren.« Unsicher starrte sie auf den Boden.

»Sie interessieren mich«, bestätigte Jan schlicht und verkniff sich die Frage, welches denn ihr Jahrgang bei Männern war. Eigentlich konnte er nur geringfügig älter sein als sie.

Der Raum war riesig und tagsüber durch die bodentiefen Fenster ausreichend hell. Jetzt tauchten Neonröhren das Atelier in ein grelles Licht. Jans Blick fiel auf ein Bild, das auf einem Holzgestell stand. Wieder hatte Lena das Meer als Motiv gewählt, aber dieses Mal als eine dunkle, bedrohliche Urgewalt dargestellt. Die aufgehende Sonne und Wolken mit einem leicht goldenen Schimmer bildeten einen scharfen Kontrast dazu.

»Ende und Neuanfang«, sagte er leise.

Lena trat so dicht neben ihn, dass sich ihre Schultern berührten. »Als du beim Essen nach meinen Bildern gefragt hast, musste ich an dieses Motiv denken. Es passt zu dir.«

Das konnte kein Zufall sein. Hatte sie ihn tatsächlich so durchschaut? »Wie kommst du darauf?«

»Du hast schon vielen Leuten geholfen und dir den Respekt der Dorfbewohner verdient, die damit normalerweise sehr sparsam umgehen. Das ist der Neuanfang. Aber da ist auch etwas Dunkles in dir. Ich vermute, das hat etwas mit deiner Vergangenheit zu tun.« Als Jan etwas sagen wollte, hob sie eine Hand. »Es ist überhaupt nicht wichtig, dass du das kommentierst. So sehe ich dich eben. Wenn du irgendwann mal reden willst, höre ich dir zu. Und falls du das nicht möchtest, dann akzeptiere ich dich so, wie du bist. Du kannst das Bild für dein Schlafzimmer haben. Da passt es perfekt hin.« Damit war für sie offenbar alles gesagt, denn sie wandte sich von ihm ab. »Und nun sieh dir mal dieses hier an.«

Lena zog ein Bild aus einem Stapel, der an der Wand lehnte. Wieder hatte sie das Meer gemalt, aber nun in einem ganz anderen Stil. Es wirkte abstrakter, fröhlicher. Bunte Sonnenschirme standen am Strand, ein Wasserball trieb in den Wellen. Obwohl kein Mensch zu sehen war, wirkte der Strand belebt.

»Fürs Wartezimmer? Das wäre genial, denn das Waldbild, das da immer noch hängt, finde ich schon fast deprimierend. Ich habe es nur wegen Elvira noch nicht abgenommen.«

»Deine Rücksichtnahme gefällt mir. Und ja, ans Wartezimmer dachte ich.«

»Gut, dann sind wir uns einig.«

»Willst du nicht wissen, was die Bilder kosten?«

»Nein, zur Not nehme ich einen Kredit auf. Ich habe keine Ahnung, was ein angemessener Preis für solche Kunstwerke wäre, da vertraue ich dir.«

»Dann bekommst du jetzt auch noch den versprochenen Kaffee.«

»Gut. Aber was ist mit den anderen Bildern, die du hier hast? Zeigst du mir noch mehr?«

»Später mal, für heute ist es genug. Einige sind auch noch nicht fertig.«

Ihr Ausweichmanöver war offensichtlich, aber Jan bedrängte sie nicht weiter. Erst als sie sich in der kleinen, aber gemütlichen Küche gegenübersaßen, schnitt er ein Thema an, das ihm keine Ruhe ließ. »Du weißt hoffentlich, dass ich die nächste Frage nicht aus Neugier stelle. Warum weicht ihr mir aus, wenn ich wissen will, was ihr mir über meinen Vorgänger verschweigt? Das gilt für Felix und dich. Warum tut ihr das? Mein Gefühl sagt mir, dass ich es für meinen Job wissen sollte.«

Lena wurde schlagartig blass. »Bitte frag mich das nicht, Jan. Ich mag nicht drüber reden und weiß noch nicht einmal, ob wirklich stimmt, was man manchmal so munkelt.«

Jan trank seinen Kaffee in einem Zug aus, obwohl er dafür eigentlich noch zu heiß war, und stand auf. »Schade. Sehen wir uns dann morgen? Oder soll ich mich nach dem Treffen mit Jörg melden?«

Lena erhob sich ebenfalls und spielte an einer Haarsträhne herum. »Wenn du magst, komme ich morgen Mittag mit den Bildern vorbei, dann können wir sie gleich aufhängen.« Ihr Mundwinkel zitterte etwas. »Ich verstehe, dass du enttäuscht bist, aber die Angelegenheit ist höllisch kompliziert und betrifft hier einige Menschen. Ich weiß einfach nicht, was ich tun soll. Eigentlich ist mit Theos Tod die ganze Angelegenheit auch vorbei.«

Damit hatte sie ihm einen Anhaltspunkt gegeben, über den er später nachdenken würde. »Alles klar. Richie wollte morgen Mittag wegen der Formalitäten für den Audi vorbeikommen, aber wir haben Zeit genug. Wenn du Hilfe beim

Transport der Bilder brauchst, melde dich. Ich habe ja seit heute wieder einen Kofferraum.«

»Das klappt schon.«

Kapitel 21

Jan konnte sich nicht von dem Anblick des Bildes über seinem Bett losreißen, obwohl er eigentlich schon längst auf dem Weg zu Jo sein sollte. Das Aufhängen mit Lena hatte Spaß gemacht und die Diskussionen darüber, ob die beiden Gemälde gerade hingen oder nicht, hatten in Lachanfällen geendet. Dennoch spürte Jan eine gewisse Distanz, die während ihres Abendessens noch nicht da gewesen war. War es, weil sie sich besser kennenlernten und beide unsicher waren, wo das hinführte? Oder stand das Geheimnis um seinen Vorgänger zwischen ihnen? Wenigstens eins wusste er sicher: Diese Darstellung des Meeres war wie für ihn gemacht. Die Symbolik von drohender Naturgewalt als Vergangenheit und zaghaftem Sonnenaufgang als Neuanfang entsprach so sehr seiner eigenen Situation, dass es beinahe unheimlich war.

Entschieden wandte er sich ab. Auch wenn er aus irgendeinem Grund ein ungutes Gefühl bei dem bevorstehenden Treffen hatte, würde er hinfahren. Nicht nur, weil er auf neue Informationen über die Firma hoffte, sondern auch, weil er neugierig war, wie Jörgs Hamburger Freunde oder Kollegen waren. Er war sich nicht sicher, in welcher Beziehung die Männer zueinander standen, denn Jörgs wenige Worte über die Vergangenheit waren etwas kryptisch gewesen. Aber das würde er herausfinden – wenn er denn endlich losfuhr.

Auf dem Weg zu Jo sah Jan häufiger als sonst in den Rückspiegel, aber ihm fiel kein verdächtiges Fahrzeug auf.

Vor dem Resthof erwartete ihn jedoch eine Überraschung: Dort standen zwei Motorräder – eine klassische schwarze Suzuki und eine Kawasaki, die fast ein Zwilling seiner Ninja war und sich nur in der Lackierung leicht unterschied. Dem Stormarner Kennzeichen nach konnten die Maschinen Jörgs Kollegen aus Hamburg gehören, aber damit passte dann schon sein erster Eindruck nicht zu seiner Vorstellung von ihnen.

Langsam stieg Jan ab und ließ Helm und Handschuhe einfach auf der Sitzbank liegen. Jo winkte ihm bereits von dem neuen Pavillon aus zu, Jörg und ein weiterer Mann mit nackenlangen schwarzen Haaren saßen mit dem Rücken zu ihm, aber der vierte sah ihm entgegen. Etwas unsicher blieb Jan vor dem Tisch stehen und nickte den Männern grüßend zu.

Der Braunhaarige stand auf und reichte ihm die Hand. »Du musst Jan sein. Ich bin Dirk. Jörg hat mir schon einiges von dir und eurem Problem erzählt.« Er deutete mit dem Kopf auf den Mann mit den schwarzen Haaren, der sich nun ebenfalls erhob und Jan begrüßte. »Das ist Alexander.«

Damit war der Verzicht auf die formellen Ansprachen geklärt, aber dennoch war Jan irritiert, dass auf die Nennung der Nachnamen komplett verzichtet wurde.

Alexander nickte ihm zu und sah dann zu den Motorrädern. »Irre ich mich oder fahren wir das gleiche Modell?«

»Tun wir.«

Alexander grinste breit. »Endlich jemand, der nicht den alten Klassikern mit Chrom nachtrauert, sondern Geschmack hat.«

Dirk funkelte ihn an. »Technik und Plastik haben wenig mit Motorradfahren zu tun. Alleine die Verkleidung.« Er hob geringschätzig eine Schulter. »Aber wen der Fahrtwind stört und wer das braucht …« Schmunzelnd trank Dirk einen Schluck von der bernsteinfarbenen Flüssigkeit in dem

Glas vor ihm und legte nach: »Ist ja vielleicht auch eine Sache des Alters.«

Jo lachte laut und hob dann beschwichtigend eine Hand. »Das reicht. Setzt euch. Wenn wir das jetzt nicht stoppen, geht das den restlichen Abend so weiter. Jan, willst du auch Helgas Eistee probieren oder lieber Wasser? Bier brauche ich dir ja gar nicht erst anzubieten, oder?«

»Eistee klingt gut. Und klar können wir die Diskussion abbrechen. Es ist schließlich Fakt, dass nicht jeder die Kraft einer Ninja bändigen kann …«

»Nicht du auch noch«, stöhnte Jo. »Ich hole jetzt den Eistee und wenn ich zurück bin, möchte ich nichts mehr darüber hören, welches Motorrad besser ist.«

Jan wartete, bis Jo außer Hörweite war. »Logisch, die Frage ist ja schließlich auch geklärt«, sagte er dann leise, woraufhin Alexander ihm zuprostete.

»Das habe ich gehört«, rief der ehemalige Kampfschwimmer, ohne sich umzudrehen.

Jörg zwinkerte Jan zu. »Tja, das nennt sich dann wohl verschätzt. Pass mal besser auf, dass Jo dir jetzt den Nachtisch nicht streicht.«

»Nachtisch?«

Jörg zeigte auf den Grill. »Helga hat beschlossen, dass niemand halb verhungert zurückfahren soll. Da sie Angst hatte, dass die Steaks und der Salat nicht ausreichen, hat sie noch ihr weltberühmtes Tiramisu gemacht. Du bleibst doch, oder?«

Jan zögerte etwas. Bisher waren ihm die Männer mit ihren Frotzeleien über die Motorräder zwar recht umgänglich erschienen, aber ihm war nicht entgangen, dass beide unter ihren T-Shirts Waffen am Gürtel trugen. Dazu kam noch ihre Ausstrahlung, die er nicht ganz einordnen konnte, die ihn aber alarmierte. Es wäre deutlich einfacher, eventuelle Informationen auszutauschen und dann wieder zu fahren, doch er wollte Jörg und Jo nicht vor den Kopf stoßen. »Sicher«, stimmte er deshalb zu, als das Schweigen zu lang wurde.

Dirk sah ihn forschend an und lehnte sich zurück. »Wir können ja langsam zum Thema kommen, ehe der Abend zu gemütlich wird. Ich bin als Wirtschaftsprüfer beim LKA und Alexander ist dort Spezialist für außergewöhnliche Verbrecherorganisationen. Wir legen beide keinen Wert darauf, dass unsere Namen oder unsere Tätigkeiten bekannt werden, bewegen uns deshalb gerne unterhalb des Radars und tauchen offiziell nirgends auf.« Er trank einen Schluck Eistee und deutete dann mit dem Glas auf Jörg. »Da er und Jo ein gutes Wort für dich eingelegt haben, sind wir hier, hören uns die Geschichte an und sehen, ob wir euch helfen können. Aber das war's dann auch erst einmal an Informationen über uns.«

Kurz war Jan versucht, auf diese Erklärung beleidigt zu reagieren, bis ihm bewusst wurde, dass er selbst heute noch exakt so mit seiner Vergangenheit beim KSK umging. »Das ist in Ordnung. Habt ihr denn was Interessantes über die Firma rausgefunden?«

Dirk sah Richtung Haus. »Ja, lass uns noch kurz auf Jo warten, der kommt gerade zurück.«

Jan nippte vorsichtig an dem Eistee und musste sich dann beherrschen, das Glas nicht in einem Zug zu leeren. Wie auch immer Helga den zusammenmixte, das Ergebnis war köstlich.

Alexander schenkte ihm nach. »Ich muss mich auch bremsen, nicht den Krug zu nehmen. Aber Helga meinte, es wäre genug da und wir würden es garantiert nicht schaffen, alles zu trinken.«

»Das klingt gut. Danke.«

Dirk holte aus seinem Rucksack einen Schnellhefter und legte ihn mitten auf den Tisch. Auf der obersten Seite war ein Diagramm abgebildet, das aus mehreren kleinen Quadraten bestand, die mit Strichen verbunden waren. Darüber war ein größeres Rechteck, in dem ein Name stand, den Jan nicht entziffern konnte.

Dirk tippte auf den Ausdruck. »Das lässt sich persönlich einfacher erklären als per Mail oder am Telefon. Das rote Viereck hier in der Mitte ist eure Firma.«

»Stehen die Striche für Beteiligungen?«, fragte Jörg.

»Ganz genau. Aber keine, die man entdecken soll. Und genau da wird es interessant. Ich erspare euch die Einzelheiten. Die Zusammenfassung lautet, dass sich irgendjemand sehr viel Mühe gegeben hat zu verbergen, dass diese Firma in Wahrheit zu einem großen, sehr bekannten Unternehmen gehört, das sogar im DAX vertreten ist.«

Dirk deutete auf das auffallend große Rechteck und Jan schnappte nach Luft, als er den Namen erkannte. »Ernsthaft? Die sind doch auch dafür bekannt, dass sie gerne Einfluss auf Politiker nehmen und es dann abwechselnd Lobbyarbeit und Parteispenden nennen.«

Dirk lachte leise. »Gut auf den Punkt gebracht. Aber wie gesagt, ohne Weiteres kommt man nicht dahinter. Um die Eigentümerstruktur zu durchschauen, muss man Zugriff auf internationale Zahlungsströme und Datenbanken haben, die nicht jeder besitzt.«

»Du aber schon?«, entfuhr es Jan. Er hätte die Frage am liebsten sofort zurückgenommen, denn das Ergebnis lag schließlich vor ihm.

»Ja, aber das ist gleichzeitig auch das Problem. Solange kein offizielles Verfahren eingeleitet ist, könnt ihr diese Informationen nicht verwenden. Aber ihr solltet dennoch wissen, mit wem ihr euch da anlegt.« Er sah Jan fest an. »Ich ermittele manchmal in internationalen Fällen und greife auf die Hilfe von amerikanischen Institutionen zurück. Das habe ich bei euerm Fall auch gemacht, als ich gemerkt habe, in welche Richtung die Sache geht. Man könnte sagen, ich war neugierig und …«

»Er meint, ihn hat das Jagdfieber gepackt«, korrigierte Alexander lächelnd.

»Das auch«, gab Dirk zu. »Es ist aber nun mal leider so, dass deutsche Staatsanwaltschaften manchmal ziemlich antiquierte Vorstellungen zum Thema Datenschutz haben, solange es keine saubere Ermittlungsakte gibt. Wenn ihr so weit seid, gebt Bescheid, dann bereite ich euch das Ergebnis sauber auf. Nur im Moment könnt ihr damit noch nicht losrennen, um Ermittlungen zu starten. Bescheuert, aber nun mal Realität in diesem Land.«

Jörg stöhnte. »Also gut, Botschaft ist angekommen. Bei dir auch, Jan, oder brauchst du noch etwas Nachhilfe im deutschen Rechtssystem?«

»Nee, die Kernaussage ist klar, auf die einzelnen Paragrafen in der ZPO oder wo der Mist geregelt ist, kann ich verzichten. Aber ein paar Fragen sind trotzdem offen.«

»Wir sind ja auch noch nicht fertig … Welche wären das denn?«, fragte Dirk mit einem flüchtigen Grinsen. »Wobei mir einfällt, dass wir da auch noch ein oder zwei ungeklärte Punkte hätten, die uns interessieren.«

Jan breitete die Hände aus. »Wer fängt an?«

»Ich. Wieso trägt ein Arzt eine Waffe?«, fragte Dirk und blickte auf Jans Lederjacke, die neben dem Tisch im Gras lag.

Jan lehnte sich zurück. »Da hat anscheinend jemand ein sehr scharfes Auge. Ich dachte, sie wäre in der Innentasche recht unauffällig verstaut. Aber komischerweise hatte ich die gleiche Frage an dich. Dass ein Wirtschaftsprüfer fürs LKA arbeitet, verstehe ich ja noch. Aber wieso trägst auch du in der Freizeit deine Waffe am Gürtel?«

»Gewohnheit. Und bei dir?«

»Auch eine Angewohnheit, die ich wieder aufgenommen habe, als es hier heiß wurde. Falls du wissen willst, ob ich eine Erlaubnis habe, sie bei mir zu führen: Ja, habe ich. Das hat übrigens gestern schon ein Polizist überprüft, der offensichtlich mehr am Wohl dieser ominösen Firma als an der Gesundheit der hiesigen Dorfbewohner interessiert war.«

»Was? Davon hast du ja kein Wort gesagt!«, beschwerte sich Jörg.

»Wann denn? Ich wollte es dir heute erzählen.«

Jörg rollte demonstrativ mit den Augen, lächelte dann aber wieder. »Gut, klärt schnell euern ›Warum-trage-ich-eine-Waffe‹-Scheiß und lasst uns endlich wieder zum eigentlichen Thema kommen.«

Jan rechnete es Jörg hoch an, dass er seinen alten Job beim KSK mit keinem Wort erwähnte. Er entschloss sich zu einem gewissen Entgegenkommen. »Ich bin Arzt, war aber vorher lange bei der Bundeswehr. Und zwar in einem Bereich, in dem man seine Waffe auch in der Freizeit trägt.«

Dirks Augen weiteten sich etwas. Er schien plötzlich mit den Gedanken meilenweit weg zu sein.

Auch Alexander hatte die Stirn gerunzelt und wechselte dann einen stummen Blick mit Dirk. »Unsere Fälle sind manchmal sehr heikel und teilweise sind auch schon unsere Familien ins Visier von Verbrechern geraten«, erklärte er.

Damit wäre Jan eigentlich zufrieden gewesen, aber er hatte das Gefühl, dass die Temperatur plötzlich um etliche Grade kälter geworden war.

Dirk stand auf und hielt sein Smartphone in der Hand. »Ich muss mal eben etwas klären«, sagte er und ging so weit am Ufer der Schlei entlang, bis er außer Hörweite war.

Das Schweigen am Tisch hatte etwas Unheilvolles. Keiner wusste so richtig, was er sagen sollte und was gerade passiert war.

Jan beobachtete Dirk. Als der sein Telefonat beendet hatte, aber keinerlei Anstalten machte, zurückzukehren, reichte es ihm. Er sprang auf und eilte zu ihm. »Was hat das hier zu bedeuten?«

Dirk sah ihn unerwartet kalt an. »Wir haben uns vorhin auf die Vornamen beschränkt. Ist dein Name Jan Storm?«

Verblüfft nickte Jan.

Dirks Blick schien ihn förmlich zu durchbohren. »Ich mag Jörg und will nicht, dass ihm etwas zustößt. Kann er sich auf dich verlassen oder drehst du wieder durch wie in Kunduz?«

Jan wich einen Schritt zurück, dann stieg Wut in ihm auf. »Du hast ja wirklich interessante Quellen. Was genau glaubst du denn zu wissen?« Die letzten Worte hatte er fast gebrüllt, aber daran war jetzt nichts mehr zu ändern.

Dirk reagierte nicht, sondern sah ihn einfach an. »Okay, dann schildere mir deine Sicht der Dinge«, bot er ruhig an.

Schlagartig hatte Jan das Gefühl, dass Dirk noch mehr wusste, als er schon durchblicken ließ, und ihn provozieren wollte. Die Versuchung, sich aufs Motorrad zu setzen, loszufahren und nicht zurückzusehen, war übermächtig. Aber er wollte den Kontakt zu Jörg und Jo nicht verlieren und auch ihren Fall nicht einfach aufgeben. Egal, wie er es drehte, Dirk hatte die besseren Karten und offenbar keinerlei Hemmungen, sie auszuspielen.

Er ballte die Hände zu Fäusten und kämpfte um seine Beherrschung. Selbst Jörg gegenüber hatte er sich auf wenige Stichworte beschränkt. Er wusste einfach nicht, ob er die Sache zu Ende brachte. »Aus einem Routineeinsatz wurde ein Albtraum. Ein Hinterhalt, wir wurden von drei Seiten beschossen, unser Fahrzeug war nur noch Schrott. Neben mir hatte es meinen Freund und Stellvertreter erwischt. Ich konnte absolut nichts tun, um ihn zu stabilisieren.« Jan hatte wieder die damaligen Bilder vor Augen, seine Stimme klang fremd in seinen Ohren, aber er musste das jetzt durchziehen. Egal, wie. »Mit unseren Waffen waren wir ihnen haushoch überlegen, aber die Taliban hatten sich zu gut verschanzt. Es war ein Spiel auf Zeit, bei dem uns zuerst die Munition ausgehen würde. Rückzug hätte uns vor ihre Mündungen gebracht, darum … Es waren meine Männer und vor allem mein Fehler, der uns in diese Lage gebracht hatte. Auch wenn ich bis heute nicht weiß, was da eigentlich schiefgelaufen ist und was ich falsch gemacht haben könnte. Ich habe es dann übernommen, uns da wieder rauszubringen.«

Jan schnappte keuchend nach Luft, als ob er einen Marathonlauf absolviert hätte. Die Kälte war aus Dirks Blick verschwunden. Mitgefühl hätte Jan nicht ertragen, aber er fand jetzt nur noch Verständnis und sogar Wärme in der Miene seines Gegenübers.

»Es gibt Stimmen, die behaupten, du wärst danach durchgedreht und hättest etliche Zivilisten kaltblütig umgebracht«, stellte Dirk fest.

»Fuck, nein.« Jan fuhr sich durch die Haare, als die Bilder, die er bisher immer erfolgreich verdrängt hatte, nun mit unvermittelter Wucht über ihn hineinbrachen. Er zwang sich weiterzusprechen. »Es war höllisch riskant und ich habe nicht ernsthaft damit gerechnet, das zu überleben, aber ich wollte wenigstens meinen Männern eine Chance verschaffen.« Er stellte sich gerader hin. Zum ersten Mal war er bereit, sein Verhalten zu verteidigen. »Ich habe keine Rücksicht auf unsere Gegner genommen, mir war egal, wen ich treffe und wie. Das gebe ich alles zu. Aber keine Zivilisten. Wir waren mitten im Nirgendwo. Es war die Hölle. Die … die Männer, einige fast noch Kinder …« Er hob die Hände und ließ sie wieder fallen. »Ich hatte keine andere Wahl«, flüsterte Jan fast.

»Danke für deine Offenheit.« Dirk schwieg kurz, aber nun hatte die Stille ihren Schrecken verloren. »Andi Pohl ist ein guter Freund von uns. Wir hatten vor einer Ewigkeit mal über den Zwischenfall gesprochen, bei dem dein Freund getötet worden ist, und die Art, wie ihr entkommen seid.«

Dirk sah ihn fragend an und gab ihm damit die Chance, das Gespräch zu beenden, aber Jan signalisierte ihm fortzufahren. »Daran habe ich mich erinnert, als du erwähnt hast, dass du es gewohnt bist, eine Waffe auch außerhalb der Kaserne zu tragen. Denn das kenne ich nur vom KSK und so viele ausgebildete Ärzte gibt es dort ja nicht. Ich habe ihn gefragt, ob du derjenige bist, über den wir damals geredet haben, weil ich den Namen nicht mehr draufhatte. Andi vermutet, dass einige deiner Vorgesetzten über deinen Abschied nicht glücklich waren und deswegen nichts gegen den Mist unternommen haben, den einige Idioten verbreiteten. Er hat mir geraten, dich direkt darauf anzusprechen.« Dirk atmete tief durch. »Ich werde mich für meine Fragen nicht entschuldigen, denn ich musste wissen, mit wem Jörg sich auf diese Sache hier einlässt. Allerdings muss ich noch einen Punkt hinterherschieben. Ich habe den Eindruck, dass du mit der Vergangenheit noch nicht durch bist. Das wäre verständlich, deshalb mache ich dir keinen Vorwurf. Aber bist du fit genug, um gegen diese Firma vorzugehen? Wenn nicht, gib es ehrlich zu, keiner wird deshalb schlecht von dir denken. Wir überlegen uns dann etwas anderes.«

Jan hatte Probleme, die rasend schnelle Entwicklung der Dinge nachzuvollziehen, und fühlte sich überfahren. Sein schlechtes Gefühl vor diesem Treffen hatte ihn nicht getäuscht, obwohl er niemals damit gerechnet hätte, an diesem Abend mit seiner Vergangenheit konfrontiert zu werden. Dennoch war er auch ein wenig froh, zum ersten Mal überhaupt offen über den Teil des damaligen Zwischenfalls gesprochen zu haben, den er sogar in seinen Albträumen ausklammerte. Die Gerüchte, die über ihn im Umlauf waren, hatten ihn bisher nie interessiert, vielleicht, weil er genug damit zu tun hatte, sich selbst in den Griff zu bekommen.

Da Dirk ihn überraschend geduldig ansah, entschloss er sich zu einer ehrlichen Antwort. »Ich hatte einen kurzen

Flashback, als ich auf dem Firmengelände dachte, es hätte Jörg erwischt. Aber ansonsten habe ich noch nicht alles verlernt.«

Dirk lächelte und legte ihm eine Hand auf die Schulter. »Ich glaube, einer von Jos Single Malts geht in Ordnung, auch wenn wir noch fahren müssen. Außerdem gibt es da noch ein paar Dinge, die ihr wissen solltet und die euch bestimmt schwer im Magen liegen werden.«

Als sie zu den anderen zurückkehrten, standen bereits eine Flasche Whisky und passende Gläser auf dem Tisch. Die Männer sahen ihnen entgegen.

»Habt ihr alles geklärt?«, erkundigte sich Jörg und konnte seine Besorgnis dabei nicht verbergen.

Dirk und Jan nickten, dann grinste der Wirtschaftsprüfer flüchtig. »Die Mistkerle sollten sich besser warm anziehen, denn sie ahnen nicht, mit wem sie sich da angelegt haben.«

Alexander nickte und entspannte sich deutlich.

Jörg kniff die Augen etwas zusammen. »Ich hoffe, damit meinst du, dass die Verbrecher vor mir zittern sollten.«

Betont unschuldig nickte Dirk. »Selbstverständlich. Wer würde denn dabei an einen harmlosen Arzt denken …«

Jo nickte mit todernster Miene. »Stimmt, das wäre genauso abwegig, wie bei einem Wirtschaftsprüfer gewisse Nahkampffähigkeiten zu vermuten.«

Dirk hob sein Glas. »Auf die Vergangenheit, mit der man leben muss, weil man sie nicht ändern kann.«

Jan ließ seinen Blick in die Runde schweifen und erkannte, dass dieser Spruch nicht nur für Dirk und ihn, sondern auch für Jörg und Alexander eine besondere Bedeutung zu haben schien.

Einige Zeit hing jeder seinen eigenen Gedanken nach, bis Jan mit reichlich Verspätung eine Frage einfiel. »Mensch, wo steckt eigentlich Felix?«

Jo runzelte die Stirn. »Dem hatte ich Bescheid gesagt, aber er wollte sich lieber hinlegen. Er hat irgendwas von einem

Scheißlolli gesagt, der ihn müde machen würde. Ergibt das für dich einen Sinn?«

Jan nickte. »Ja, das ist ein Medikament, das ich ihm für Notfälle gegeben habe. Anscheinend ist heute einer. Mist.«

»Das kannst du nicht ändern, Jan«, sagte Jo und in seinen Worten schwang eine Mahnung mit.

Jan winkte ab. »Keine Angst, ich kenne und akzeptiere meine Grenzen, aber trotzdem muss mir das ja nicht gefallen. Wenn ich denjenigen mag, ist es eben doppelt schwer. Mindestens ... Lass uns zum eigentlichen Thema zurückkommen. Ich habe ja begriffen, dass wir es mit einem Gegner zu tun haben, der ziemlich groß ist. Aber wieso ist ausgerechnet so ein Konzern in einen solchen Dreck verwickelt? Und worüber reden wir genau? Klar, die Eckdaten kenne ich: Tanklaster, die giftiges Zeug entsorgen. Aber das war es dann auch. Woher stammt der Mist? Wieso tun sie das?«

Jetzt übernahm Alexander das Gespräch. »Auf die Antwort zu deiner letzten Frage kommst du bestimmt allein. Es geht um Geld. Um nichts anderes. Und das ist auch der Grund, warum ich heute mitgekommen bin – neben der Aussicht auf eine schöne Motorradtour. Meine Abteilung hatte es vor Kurzem nämlich mit einem ähnlichen Fall zu tun.«

In den nächsten Minuten bekam Jan einen Eindruck von den Geschäften der sogenannten Müllmafia. Er hatte nicht geahnt, dass die Entsorgung von gefährlichen Abfällen ein so lukratives Geschäft war.

Am Ende fasste Alexander die drei Möglichkeiten noch einmal zusammen: »Das Gift regulär zu entsorgen, ist teuer. Es in Entwicklungsländer zu verschiffen und dort einfach in die Umwelt zu kippen, ist den Drahtziehern mittlerweile auch zu kostspielig geworden. Also bleibt die dritte Möglichkeit: diesen Mist überall dorthin zu kippen, wo man meint, es fällt nicht auf.«

Jörg kam Jan mit seiner Schlussfolgerung zuvor. »Das passt perfekt auf unseren Fall. Die Sauerei wäre vermutlich nie aufgefallen, wenn Jan nicht misstrauisch geworden wäre.«

Jan verzog den Mund. »Oder anders formuliert: Wenn die Kerle sich nicht so sicher gefühlt hätten, dass sie leichtsinnig geworden wären. Mir ist nun eine ganze Menge klar geworden. Aber zwei Sachen sind noch offen. Felix gefielen die Zahlen in der Bilanz nicht, deshalb hat Jörg ja erst bei euch nachgefragt. Was hat es damit auf sich? Und dann die Firma selbst: Die soll angeblich nur Dinge weiterverkaufen, ohne jeden Produktionszweck. Wie passt es dazu, dass Giftmüll anfällt, der anschließend entsorgt werden muss?«

Alexander nickte ihm zu. »Sehr gute Punkte. Ich übernehme deine letzte Frage, denn das hat uns auch irritiert. Ich denke nicht, dass das Gift direkt hier entsteht, sondern habe einen anderen Verdacht.« Er zog das Diagramm, mit dem Dirk die Konzernstruktur erklärt hatte, zu sich heran und tippte auf einen Namen, den Jan flüchtig kannte. »Wir vermuten, dass das Zeug aus dieser Firma stammt. Jörg hat was von einem Geruch nach Chlor gesagt, das würde perfekt passen.«

Jan überlegte fieberhaft, wieso er diese Firma kannte. Dann fiel es ihm ein. »Stellen die nicht Schutzwesten für die Bundeswehr und die Polizei her?«

»Ganz genau, da bist du auch schon fast bei der vermutlichen Lösung. Ich erspare dir jetzt den Chemiegrundkurs, den meine Leute und ich absolviert haben. Eigentlich ist die Nutzung von Chlor bei der Produktion von Plastik, Kevlar oder sonstigem Zeug heute verpönt. Als ein Abfallprodukt bei der Verwendung von Chlor entsteht nämlich auch Dioxin, dessen Gefährlichkeit ja hinreichend bekannt sein dürfte. Die sogenannte chlorfreie Chemie hat aber einen gravierenden Nachteil.«

»Sie ist zu teuer«, schnappte Jörg und stand auf. »Ich helfe mal kurz Gerda, denn das Bild, das du da gerade zeichnest, gefällt mir gar nicht.« Seine Hände waren zu Fäusten geballt, als er davonstapfte.

Die anderen sahen ihm besorgt nach. Dann grinste Dirk etwas schief. »Vielleicht hätte ich mir in Sachen Beherrschung eher Jörg vorknöpfen sollen«, meinte er.

Jo winkte ab. »Bloß nicht, ich bin heilfroh, dass er endlich normal mit dir umgeht. Das könnte aber auch daran liegen, dass du dir offenbar ein neues Ziel ausgesucht hast.« Der ehemalige Kampfschwimmer sah bedeutungsvoll zu Jan hinüber.

Jan und Dirk grinsten nur. Falls Jo gehofft hatte, so mehr über ihr Gespräch zu erfahren, hatte er sich geirrt.

Dirk zeigte wieder auf seinen Ausdruck. »Zurück zu der Firma, die Alexander genannt hatte. Die stellen Schutzwesten her, haben aber ein paar große Aufträge an Konkurrenten verloren und sind dadurch in eine finanzielle Schieflage geraten, die seit diesem Jahr auf wundersame Weise geheilt worden ist. Und zwar rein über die Senkung von Aufwendungen. Wir tippen darauf, dass sie die Produktion auf die Verwendung von Chlor umgestellt haben, weil es einfach billiger ist, und zusätzlich den Dreck auch noch illegal entsorgen.« Dirk zog den Schnellhefter zu sich. »Und zwar auf Druck von denen hier oben.« Er tippte wieder auf die Konzernmutter, das DAX-Unternehmen. »Ich weiß zufällig, wie strikt dort die Konzernsteuerung ist. Da werden keine Tochtergesellschaften mit negativen Renditen geduldet und wir wissen von Kollegen aus dem Bundesland von einem anderen Fall, in dem die Verantwortlichen über Leichen gegangen sind. Das konnte man ihnen allerdings nicht nachweisen. Und genau das ist doch auch euer Problem, oder?«

Jörg kehrte mit einem vollbeladenen Tablett zurück. »Sorry wegen meines Auftritts. Ich kann mit dem Grundsatz ›Geld geht über alles‹ nicht so besonders gut umgehen.« Er sah

Dirk direkt an. »Aber bevor du mich nun auch ins Kreuzverhör nimmst: Einmal aufregen muss ja wohl drin sein.«

»Habe ich etwas anderes behauptet?«, fragte Dirk und nahm ihm den Brotkorb ab.

Jan verteilte die Teller auf dem Tisch und stellte die Salatschüssel in die Mitte. »So ein Scheiß lässt doch keinen von uns kalt. Ich habe aber schon eine ziemlich genaue Idee, wie wir sie kriegen. Also die Beweise, die wir brauchen, meine ich.«

Gerda kam mit einem Teller marinierter Steaks zu ihnen, ehe Jan die anderen über den Besuch der Polizisten und das informieren konnte, was er von Elvira erfahren hatte.

Jo stand seufzend auf. »Der Grill ruft. Rede einfach weiter. Ich höre zu.«

Gerda setzte sich auf den letzten freien Platz. »Ich auch. Und keine Angst, ich weiß dank des früheren Jobs meines Mannes, wann ich den Mund halten muss. Aber ich will sichergehen, dass meinen Jungs nichts passiert.«

Jungs? Die Bezeichnung war für die am Tisch versammelten Männer so abwegig, dass Jan sich auf die Lippen beißen musste, um nicht laut loszulachen. Alexanders Mundwinkel zuckten verräterisch, sodass Jan lieber auf den Tisch starrte, als sich Jörgs oder Dirks Reaktion anzusehen, die ihn vermutlich den letzten Rest Beherrschung gekostet hätte.

Erst als sämtliche Teller ausreichend mit Salat und Brot gefüllt waren und sie auf die Steaks warteten, kam Jan dazu weiterzuerzählen.

Helga zielte prompt mit ihrer Gabel auf ihn. »Du weißt aber schon, dass Elvira und Zeiskes Frau beste Freundinnen sind? Pass da bloß auf, was du zu Hause so sagst.«

»Danke für die Warnung, aber ich hatte nicht vor, Elvira in unsere Pläne einzuweihen. Ich vermute, dass Zeiske über diesen Weg wusste, wo und wann er mich abfangen kann.«

Alexander legte das Stück Brot wieder weg, von dem er gerade abbeißen wollte. »Eins würde mich interessieren. Ihr seid bis jetzt äußerst elegant darüber hinweggegangen, was ihr für Probleme hattet. Also los. Eine Zusammenfassung reicht.«

Jörg schielte warnend zu Helga, aber Jan fasste den Zusammenstoß mit dem Mähdrescher und ihren nächtlichen Besuch bei der Firma kurz und knapp zusammen, unterschlug dabei jedoch einige Dinge wie beispielsweise die Hunde und spielte die Gefahr insgesamt herunter. Alexanders hochgezogene Augenbraue, Dirks Kopfschütteln und Jos Schnauben, das vom Grill zu ihnen herüberklang, verrieten ihm jedoch, dass zumindest die Männer zwischen den Zeilen lesen konnten.

»Lass uns lieber überlegen, was wir nun machen«, mischte sich Jörg entschieden ein und verhinderte damit erfolgreich, dass Helga Jans Schilderung hinterfragen konnte.

Jan nickte zustimmend. Obwohl sie sich erst so kurz kannten, verhielten Jörg und er sich schon wie ein eingespieltes Team. »Ein GPS-Sender wäre ideal, aber so etwas haben wir nicht. Als Alternative können wir mein altes Handy nehmen. Bei dem ist nur das Display kaputt, der Rest funktioniert. Das kann ich mit zwei Tastendrucken reaktivieren und Donnerstagnacht dem Tanklaster irgendwie unterjubeln. Vielleicht indem ich es mit Panzertape irgendwo befestige. Dann verfolgen wir die Fahrt aus sicherer Entfernung mit einem Ortungsprogramm und nehmen ein paar Bodenproben von den Stellen, an denen er das Gift ablässt. Danach warten wir brav, bis Jörgs Kumpel aus Kiel zurückkehrt, und übergeben ihm den ganzen Mist.«

»Ein Staatsanwalt würde sofort sagen, dass eine Probe aus einem der Tanklaster noch besser wäre«, kommentierte Dirk Jans Vorschlag.

Jan nickte und formte stumm das Wort ›Sonntag‹. Sie konnten in einer Nacht nicht beides erledigen. Den zweiten Termin wollte er vor Helga allerdings nicht offen ansprechen.

Dirk verstand die stumme Botschaft und zwinkerte ihm unauffällig zu. »Aber eigentlich habt ihr auch so schon genug in der Hand.«

Helga seufzte. »Na, ein Glück. Noch ein Besuch in der Firma wäre ja viel zu riskant.«

Erstaunlicherweise nickte auch ihr Mann. »Stimmt, ohne ausreichend qualifizierte Rückendeckung wäre das Wahnsinn.«

Im Gegensatz zu Jos Frau verstand Jan sofort, was gemeint war: Sie würden am Sonntag mit Jo losziehen. Nachdem ihr letzter Besuch dort fast schiefgegangen wäre, hatte er nicht das Geringste dagegen einzuwenden, dass ein ehemaliger Kampfschwimmer ihnen den Rücken freihalten würde.

Dirk hatte Jos Worte anscheinend auch richtig interpretiert, denn er schmunzelte. »Wenn ihr dennoch merkt, dass es zu heiß wird, meldet euch. Wir können mit ein paar Freunden in gut neunzig Minuten hier sein.«

Jan konnte sein Erstaunen über dieses Angebot nicht verbergen. Alexander grinste breit. »Neben Dirk gibt es noch ein paar andere, die meinen, dass sie Jörg etwas schulden. Außerdem haben wir alle etwas gegen solche dreckigen Geschäfte.«

Jörg war knallrot angelaufen und wich Dirks Blick aus. »Du schuldest mir überhaupt nichts, sondern …«

»Nicht schon wieder«, mischte sich Jo erneut ein. »Wenn du weiter dauernd die Vergangenheit aufwärmst, könnte man meinen, du wärst hier der alte Sack, Jörg.«

Dirk prostete ihm zu. »In dem Punkt ist er ein wenig begriffsstutzig, aber sonst … Na gut, lassen wir das. Falls ihr uns nicht braucht, plant mal nächsten Montag eine Telefonkonferenz ein. Vielleicht können wir Markus noch ein bisschen Munition für den Staatsanwalt verschaffen.«

Nun hatte Dirk ihn abgehängt. Die Fragen zu Jörgs Vergangenheit verschob er auf später, aber eine Sache wollte er direkt ansprechen. »Markus?«

Jörg winkte ihm zu. »Mein Kumpel aus dem Wirtschaftsdezernat, der, der gerade auf Klubtour ist.«

Jan schüttelte amüsiert den Kopf. »Irgendwie muss ich mein Bild über Polizisten korrigieren. Markus ist also auch Wirtschaftsprüfer und zieht gleichzeitig als Musiker durch die Gegend?«

Dirk grinste breit. »Fast. Er ist Steuerberater, aber richtig fit in seinem Thema. Und außerdem ist er der Cousin von Mike König, Andi Pohls Stellvertreter.«

Manchmal war die Welt wirklich ein Dorf. Da traf er in dieser idyllischen Landschaft nicht nur auf einen Exkampfschwimmer, sondern auch auf Hamburger Polizisten, die einige ehemalige Kameraden vom KSK kannten …

Kapitel 22

Jan genoss es, in der Dunkelheit die Bundesstraße zur Abwechslung in Begleitung von zwei anderen Motorrädern entlangzujagen. Als er Richtung Brodersby abbiegen musste, wurden Dirk und Alexander auch langsamer und hoben die linke Hand zu dem unter Motorradfahrern typischen Gruß. Jan erwiderte die Geste und fuhr dann weiter.

Eigentlich konnte er mit dem Abend zufrieden sein, sie wusste nun, womit sie es zu tun hatten und wie sie weiter vorgehen würden.

Kaum hatte Jan das Ortsschild passiert, schlug seine Stimmung ohne Vorwarnung um. Bilder aus Afghanistan überfielen ihn. Zum ersten Mal hatte er nicht nur Michaels Tod vor Augen, sondern auch die Minuten danach. Übelkeit stieg in ihm auf.

Er hatte gedacht, das Gespräch mit Dirk abgehakt zu haben. Ein klarer Irrtum. Was sollte er tun? Sein Haus war nur noch wenige Meter entfernt. Statt anzuhalten und zu warten, bis er wieder klar denken konnte, gab er Gas und fuhr fast doppelt so schnell wie erlaubt durch die kleine Ortschaft.

Er jagte die Ninja Richtung Ostsee, hielt dort aber nicht an, sondern raste weiter über die Bundesstraße zur Autobahn. Um kurz vor elf Uhr nachts waren kaum noch andere Fahrzeuge unterwegs. Und wenn er doch welche vor sich hatte, überholte er sie in teils abenteuerlichen Manövern.

Erst als er das Schild mit der Auffahrt zur A 7 sah, bremste er und hielt am Straßenrand. Seine Hände zitterten. Immerhin begriff er, dass es Wahnsinn wäre, weiter so durch die Nacht zu rasen.

Die Augen fest zusammengepresst, ignorierte er das Hupen eines vorbeifahrenden Lkw. Sein Parkplatz war auch nicht besonders intelligent ausgesucht. Er öffnete das Visier und atmete tief durch. Wieder näherte sich ein Brummi, fuhr an ihm vorbei und hupte ebenfalls warnend. Dieses Mal handelte es sich um einen Tanklaster mit dem Logo einer bekannten Marke.

Jan sah ihm nach. Es wäre vielleicht eine gute Idee, sich so einen Wagen an der freien Tankstelle in Brodersby einmal genauer anzusehen. Bisher hatte er nur eine vage Idee, wo und wie sie das Handy befestigen konnten, um die Route der Gifttransporte zu verfolgen.

Wesentlich ruhiger als zuvor fuhr er wieder an und wendete bei der nächsten Gelegenheit. Früher war er stundenlang über die Autobahn gejagt, heute nur einige Kilometer über die Bundesstraße. War das nun ein Fortschritt? Wenn er an seine riskante Fahrweise dachte, wohl eher nicht.

Als er Brodersby wieder erreicht hatte, fuhr er nicht zu seinem Haus, sondern bog in die Straße ab, in der Lena wohnte. Erst als er sein Motorrad vor der umgebauten Scheune stoppte, wurde ihm bewusst, was er tat. Er verstand sich selbst nicht mehr. Wieder einmal.

Ehe er wenden und wegfahren konnte, wurde die Haustür geöffnet und Lena kam heraus. Verdammt. Wenn er jetzt wortlos verschwand, konnte er sich bei ihr nie wieder blicken lassen.

Er öffnete das Visier. »Entschuldige, ich wollte dich nicht wecken.«

»Hast du nicht. Komm rein.«

Er sollte das Angebot ablehnen, schaltete jedoch stattdessen den Motor aus und stieg ab.

Kaum hatte er den Flur betreten, runzelte Lena die Stirn. »Was ist passiert? Du siehst völlig fertig aus.«

»Bist du sicher, dass ich dich nicht störe? Es ist mitten in der Nacht«, erwiderte er.

»Es ist kurz nach Mitternacht und lange vor der Zeit, wo die Müdigkeit so groß wird, dass ich endlich einschlafe und vergesse, was ich verloren habe. Tagsüber geht es einigermaßen, aber abends und vor allem nachts ist es schwer.«

Ihre ehrliche Erklärung fuhr ihm mitten ins Herz. »Dich hat es so viel schlimmer als mich getroffen. Ich will dich wirklich nicht ...«

»Hör auf, zieh deine Jacke und deine Stiefel aus. Ich will dir etwas zeigen. Aber erst kommst du mit in die Küche.«

Trotz ihres Befehlstons bemerkte Jan Lenas Unsicherheit. Obwohl er nicht wusste, was sie vorhatte, tat er, was sie verlangte. In der Küche lief bereits der Wasserkocher.

Lenas Mundwinkel zitterten etwas, als sie die heiße Flüssigkeit in eine Glaskanne goss, in der ein Teesieb hing. »Du hast Glück, dass ich mehr Wasser als sonst aufgesetzt habe. Vielleicht habe ich ja geahnt, dass du noch vorbeikommst.«

»Dann wusstest du mehr als ich.«

Lena gab etwas Kandis und Rum in zwei Becher. Schweigend warteten sie, bis der Tee durchgezogen war. Als sie zufrieden war, goss sie den Tee in die beiden Tassen.

»Das riecht gut, was ist das für einer?«

»Ein Schwarzer, ein ganz spezieller Darjeeling, den ich immer in Kiel kaufe. Der ist zwar ziemlich teuer, aber ich mag ihn. Nimm deinen Becher mit.«

Jan hatte gedacht, dass sie in der Küche reden würden, aber da hatte er sich geirrt. Er folgte Lena zu einer Tür, die sich neben dem Durchgang zu ihrem Atelier befand. Mit der Hand an der Klinke drehte sie sich zu ihm um. Ihre Augen glänzten und die Art, wie sie die Unterlippe zwischen die Zähne zog, verriet ihm ihre Nervosität.

»Ich habe noch nie ... Ich meine, du bist der Erste, den ich in diesen Raum einlade. Ich weiß selbst nicht, warum ich das tue, aber ich möchte wenigstens, dass du das weißt.«

Damit war er kein bisschen schlauer. Zeigte sie ihm jetzt etwa ihr Schlafzimmer, um ...

Als sie die Tür energisch aufstieß, vergaß er diesen Gedanken. Von einigen geschickt platzierten Kerzen erhellt, lag ein Wintergarten vor ihm. Grünpflanzen standen um ein Möbelstück herum, das er bisher nur im Fernsehen gesehen hatte: eine Art Doppelliege mit kleinen Holzhockern als Ablagemöglichkeit auf beiden Seiten. Die Rücklehne war so gebogen, dass man dort sowohl sitzen als auch liegen konnte.

»Probiere es. Das ist der einzige Ort, an dem ich noch schlafen kann. Vielleicht haben da deine Dämonen auch keine Chance.«

In diesem Moment begriff Jan, dass Lena ihren eigenen, ganz persönlichen Rückzugsort mit ihm teilte. Er setzte sich. Über ihm funkelten die Sterne. Nur die Wedel einer Palme schränkten die Sicht auf den Nachthimmel etwas ein. »Ich weiß, was du meinst. Danke, dass du mir das alles zeigst.«

Lena ließ sich neben ihm nieder und lehnte sich zurück. Ihre Anspannung war verschwunden. »Ich bin froh, dass du es verstehst. Trink deinen Tee und genieße die Nacht. Oder erzähl mir, was dich bedrückt. Manchmal hilft das, manchmal auch nicht. Es ist deine Entscheidung.«

Dass sie ihn nicht drängte, gefiel ihm, ebenso wie der ganze Raum. Er deutete auf die großen Fenster. »Wie ist die Aussicht tagsüber?«

»Ein bisschen Garten, dahinter Felder und einzelne Bäume bis zum Horizont. Wenn Petersen nicht gerade mit seinem Trecker Gülle fährt, ist es wie im Paradies. Rehe kommen gerne mal vorbei, Kaninchen, ein Fischreiher. Es ist immer was los.«

»Das klingt gut.« Sie so dicht neben sich zu spüren, gefiel ihm – mehr, als er zeigen oder sich eingestehen wollte. Um sich von ihrer Gegenwart etwas abzulenken, trank er einen Schluck Tee und hustete prompt. Der Anteil an Rum war nicht zu verachten. »Und du hast dich neulich über Gerdas Mischung beschwert? Die übertriffst du aber locker! Ich lass die Ninja besser stehen und gehe zu Fuß nach Hause.«

Lena zupfte an einer Haarsträhne und drehte sie dann zwischen den Fingern. »Warum solltest du das tun? Um dort allein wach zu liegen und weiterzugrübeln? Über Dinge, die außerhalb unseres Einflussbereiches liegen? Bleib doch bei mir und versuche, ob du hier zur Ruhe kommst.«

Das Angebot überraschte Jan. Er trank einen weiteren Schluck Tee und spürte, wie die Wärme und der Alkohol langsam ihre Wirkung entfalteten. Er drehte sich zu Lena um. Als sie das Gleiche tat, waren ihre Gesichter nur noch Zentimeter voneinander entfernt. Sanft legte er ihr eine Hand an die Wange. »Danke.«

Sie öffnete leicht die Lippen, lächelte und kuschelte sich ohne ein weiteres Wort an ihn.

Jan legte seinen Arm um sie und endlich fiel auch seine Anspannung ab. Ob es die traumhafte Umgebung, Lenas Nähe oder der Alkohol waren, interessierte ihn nicht. Hauptsache, die Bilder aus der Vergangenheit verschwanden – und mit ihnen die Frage, ob an den Gerüchten über ihn nicht doch etwas dran war. Hatte er damals wirklich noch gewusst, was er tat, oder hatte Michaels Tod den Wunsch nach Rache in ihm geweckt? Dirk gegenüber hatte er das überzeugt abgestritten, aber später war er doch etwas unsicher geworden. So klar und detailreich die Bilder auch waren, die ihn regelmäßig heimsuchten, so verschwommen war seine Erinnerung an diesen Kampf.

Als Jan aufwachte, sah er direkt in den Himmel, der sich langsam rosa färbte. Lena hatte den Kopf an seine Schulter gelegt und schlief tief und fest. Er mochte den Geruch ihres Shampoos und auch ihre Nähe. Es war nun hell genug, dass er Einzelheiten des Raumes erkennen konnte, in dem sie sich befanden. Der Wintergarten war fast so groß wie sein Wohnzimmer, enthielt außer dieser Liege aber nur noch einen Korbsessel und natürlich etliche Grünpflanzen. Lena hatte sich hier ein kleines Paradies geschaffen, das ihm gefiel. Und ihm zumindest für eine Nacht Frieden geschenkt hatte.

Normalerweise nutzte er sein Smartphone als Wecker, aber das steckte noch in seiner Lederjacke. Daher schielte er vorsichtig auf seine Armbanduhr, um Lena nicht zu wecken. Erst fünf Uhr, damit blieb ihm noch Zeit, ehe er in der Praxis gebraucht wurde. Schlaf konnte er vergessen. Er rechnete damit, dass sich jeden Moment wieder die Erinnerung an Afghanistan in den Vordergrund drängen würde, aber nichts geschah. Er hatte sogar ausreichend Abstand, dass er freiwillig an die Momente nach Michaels Tod denken konnte. Der Blutgeruch war widerlich gewesen. Aber Jan hatte die Trauer zur Seite schieben müssen. Ebenso wie das Entsetzen und die Überraschung über den Angriff. Seine Männer waren gut und besaßen jede Menge Erfahrung, noch nie hatte er sie verzweifelt erlebt. Aber in dieser Situation war es so weit.

»Wir nehmen so viele von ihnen mit, wie es geht«, hatte Basti, der grauhaarige Feldwebel, leise gesagt, ohne ihre gut verschanzten Gegner aus den Augen zu lassen.

Jan hatte den Kopf geschüttelt. »Vergiss es. Du wirst demnächst im Allgäu wieder deine bescheuerten Kühe von der Weide ins Winterquartier holen! Bereitet euch darauf vor, nach hinten abzuhauen. Ich lenke die Aufmerksamkeit auf mich und verschaffe euch Zeit.«

Er hatte es erst als Befehl formulieren müssen, ehe sie bereit dazu gewesen waren. Aber damals hatte er keine Spur von blinder Wut empfunden, nur bittere Entschlossenheit, nicht noch einen Mann zu verlieren.

Dann Schüsse, ausweichen, nachladen, Granaten werfen … Schreie. Blut. Explosionen.

Jan bekam das Durcheinander nicht sortiert. Kein Wunder, schließlich ließ er erst zum zweiten Mal diese Gedanken zu. Bei dem Gespräch mit Dirk hatte er instinktiv reagiert, nun dachte er genauer nach und seine Unsicherheit verschwand.

Er war kein durchgeknallter Killer.

Es stand nur fest, dass Menschen durch seinen Angriff gestorben waren. Er wusste nicht einmal, ob es nur zwei, vier oder mehr gewesen waren. Zu plötzlich hatten die Terroristen die Flucht ergriffen. Aber er hatte keine Wahl gehabt, wenn er seine Männer retten wollte. Davon war Jan mittlerweile überzeugt. Er war verzweifelt gewesen, hatte aber nicht blind vor Wut gehandelt und schon gar nicht aus Rache.

Er schloss die Augen und lauschte dem Pfeifen der Vögel, die draußen den Morgen auf ihre Art und Weise begrüßten.

Gegen halb sieben regte sich Lena. Verwirrt sah sie sich um, dann röteten sich ihre Wangen. »Verflixt, ich wollte dich doch nicht als Kopfkissen benutzen.«

»Mir gefällt der Job.«

»Ich …«

Sanft legte er ihr einen Finger auf die Lippen. »Es war wunderschön, dieser Platz ist es und du auch. Lass uns am Kiosk bei Erna ein paar frische Brötchen holen und zusammen frühstücken. Auf meinem Balkon müsste es jetzt schon warm genug sein.«

Sie zögerte und Jan wartete gespannt auf ihre Entscheidung. »Das klingt gut.«

Als sie vor seinem Motorrad standen, blickte Jan nachdenklich auf die Jeansjacke und den weiten Rock, den Lena trug, dann lachte er. »Ach was, das wird schon gehen. Nimm du den Helm.«

Sie schüttelte den Kopf. »Das ist nicht dein Ernst.«

»Doch. Willst du nebenherlaufen?«

»Ahnst du auch nur ansatzweise, wie wir die Gerüchteküche anheizen, wenn wir so zusammen zu dir fahren?«

Jan zwinkerte ihr zu. »Ich könnte schwören, dass eben bei deiner Nachbarin schon die Gardine in Bewegung war. Stört dich das? Mich nicht.«

»Ich weiß. Sonst hättest du nicht so locker auf einen Kittel und einen passenden Wagen für einen ehrwürdigen Arzt verzichtet. Du ziehst echt dein Ding durch, oder?«

»Klar. Das ist übrigens mein Lieblingslied von Udo.«

»Von wem?«

»Mensch, von Udo Lindenberg. Ich spiele es dir bei mir vor. Aber nun habe ich Hunger, das Steak von Jo liegt schon Jahrzehnte zurück und ich will dir noch einiges über die verdächtige Firma erzählen, bevor ich in die Praxis muss.« Ehe sie protestieren konnte, stülpte er ihr den Helm über.

Lena lachte und kletterte hinter ihm auf die Sitzbank. Auf der Fahrt durch das Dorf wehte ihre offene Jeansjacke im Wind, sodass sie sich eng an ihn schmiegte. Das schien sie nicht zu stören, denn er hörte ihr durch den Helm gedämpftes Lachen. »Du bist verrückt, das ist verboten!«

»Na und? Bringt doch Spaß, oder? Ich liebe es, ohne Helm zu fahren.«

Er hielt vor dem Kiosk, kam aber gar nicht dazu abzusteigen. Erna kam herausgelaufen, strahlte übers ganze Gesicht und drückte Lena eine große Tüte in die Hand. »Euch so zusammen zu sehen, wärmt mein altes Herz. Lasst es euch schmecken! Die gehen aufs Haus.«

Als sie weiterfuhren, bedauerte Jan es etwas, dass nun die Brötchen zwischen ihnen waren, aber ihm fiel auch kein anderer Weg ein, die Sachen zu transportieren.

Als ob sie nie etwas anderes getan hatte, sprang Lena vor seinem Haus vom Motorrad. »Ich brauche einen Helm! Das war zwar schön, aber viel zu langsam. Die Kleine hat doch noch mehr drauf, oder?«

Schmunzelnd stieg Jan ab. Da hatte eindeutig jemand Blut geleckt, genau wie er es sich gewünscht hatte. »Ich habe mir gedacht, dass es dir gefällt. Wir kümmern uns zusätzlich zu dem Helm auch um ein vernünftiges Outfit für dich, denn eine Motorradjacke, Hose und Handschuhe müssen ebenfalls sein. Das heute war eine Ausnahme, die nur für kurze Strecken geht.«

»Mist, das wird einiges kosten. Ich weiß nicht, ob …«

Freundschaftlich legte er ihr einen Arm um die Schultern. »Nun warte es mal ab.«

»Na, das ging ja schnell!«, erklang Elviras Stimme hinter ihm.

Jan wirbelte herum und setzte zu einer scharfen Antwort an, als er bemerkte, dass der Arztwitwe Tränen in den Augen standen. Dennoch wollte er ihr Verhalten nicht unkommentiert lassen. Ruhig erwiderte er den anklagenden Blick. »Guten Morgen, Elvira. Tja, so ist es manchmal, wenn es einfach passt.« Er drehte sich wieder um, zog Lena an sich und gab ihr einen flüchtigen Kuss auf den Mund.

Lenas Augen weiteten sich etwas, dann lächelte sie, umfasste seinen Kopf und zog ihn erneut an sich. Dieses Mal trafen sich ihre Lippen länger und der Kuss wurde intensiver. Jan hörte noch ein aufgebrachtes Schnauben, danach gab es nur noch Lena und ihn.

Unsicher sah Lena ihn schließlich an. »Ich wollte eigentlich nicht …«

»Ich schon«, unterbrach Jan sie grinsend. »Wollen wir langsam reingehen? Ich habe Hunger.«

Lachend nahm sie die Brötchentüte von der Sitzbank und hielt sie ihm hin. »Da.«

Daran hatte er nun nicht gedacht. Jan stöhnte übertrieben. »Frauen. Nie versteht ihr uns armen Männer.«

Während Lena das Frühstück zubereitete, duschte Jan – etwas kälter als sonst. Zwischen ihnen schien sich eindeutig etwas anzubahnen und das gefiel ihm. Erst hatte er sie einfach nur dafür bewundert, wie sie sich trotz des schweren Schicksalsschlages und der immer wieder durchschimmernden Trauer ihren Humor und ihr Lachen bewahrt hatte, aber mittlerweile war da mehr. Gestern war er noch unsicher gewesen, ob es sinnvoll war, Zeit mit Lena zu verbringen, jetzt war er nur noch gespannt, wo es mit ihnen hinführen würde.

Mit nassen Haaren betrat er den Balkon und staunte. »Wie hast du es in der kurzen Zeit geschafft, Rührei und Speck zu braten?«

Lena lächelte. »Alles eine Frage des Timings. Ich war vorhin so sauer auf Elvira, dass ich etwas überreagiert habe. Ich hoffe, du denkst jetzt nicht, dass ich mich gleich auf dich stürze.«

»Ich hätte nichts dagegen, aber wir können auch einfach abwarten, wie sich die Sache weiterentwickelt.«

Lena setzte sich auf einen der Stühle. »Bringst du den Kaffee mit?«

Eigentlich hätte er lieber etwas anderes gehört. Doch als er sich abwandte, um in die Küche zu gehen, redete Lena weiter. »Ich finde, das ist eine gute Idee. Wir schleppen beide so viel mit uns rum, dass wir nichts übereilen sollten.«

Als sie das Ei und die Brötchen bis auf den letzten Krümel aufgegessen hatten, lehnte sich Jan etwas zurück und umklammerte seinen Kaffeebecher. Irgendwie schien ihm jetzt der passende Moment zu sein, um über seine Vergangenheit zu sprechen. »Ich weiß nicht, wie weit ich komme«, begann er. »Aber ich probiere es. Einfach, weil es unfair ist, dass ich über deinen Verlust Bescheid weiß und du so wenig über mich.«

Er schaffte es, einigermaßen neutral zu schildern, wie Michael an einem Streifschuss in der Halsgegend verblutet war, ohne dass er irgendetwas dagegen tun konnte, weil die Schlagader zu stark zerfetzt gewesen war. Als es darum ging, wie er seinen Männern den Rückzug ermöglicht hatte, holten ihn neue Bilder ein, die er bisher erfolgreich verdrängt hatte. Seine Granaten hatten einen verheerenden Schaden angerichtet und die Übermacht im wahrsten Sinne des Wortes dezimiert. Jan beschränkte sich auf wenige Sätze.

Lena war blass geworden und fasste nach seiner Hand. »Du hast nichts falsch gemacht.«

Jan brachte kein Wort heraus und Lena funkelte ihn an.

»Du hast als Arzt schon so vielen Menschen das Leben gerettet! Und das hast du damals auch getan. Da eben als Soldat. Wäre es dir wirklich lieber, wenn deine Männer gestorben wären?«

Dieselbe Frage hatte er sich seit gestern immer wieder gestellt, aber nicht sicher beantworten können. Natürlich hatte er keinen weiteren Mann aus seinem Team verlieren wollen, aber hatte das den Tod so vieler anderer Menschen gerechtfertigt? Bisher hatte er an die Angreifer nie als Feinde gedacht, sondern als Menschen, die durch ihn umgekommen waren. Auch wenn ihm klar gewesen war, dass ihre Gegner keine Sekunde gezögert hätten, ihn und seine Männer umzubringen, hatte er sich schuldig gefühlt.

Lena legte den Kopf etwas schief. »Ich vermute, dass man in einer solchen Situation instinktiv handelt und das anwendet, was einem als Soldat beigebracht wurde. Ich habe mal gelesen, dass sich jeder ändert, wenn er getötet hat, aber bei dir ist das noch fieser, denn dein Job ist es normalerweise, Leben zu retten. Da ist es kein Wunder, dass dieser Konflikt dich verfolgt. Du musst aber beide Seiten von dir akzeptieren. Schließlich hättest du ja kaum dein Medizinstudium geschafft, wenn du zu dämlich gewesen wärst, um zu wissen, dass man als Soldat eventuell auch töten muss.«

Das hatte er sich selbst auch schon gesagt, aber erstmals erreichten ihn diese Worte richtig. Er nickte knapp. »Ich arbeite dran. Pass auf, ich bringe schnell das Geschirr rein und muss dann runter. Du genießt noch ein wenig die Sonne.« Jan stand auf und fing an, die Teller und Tassen zusammenzuräumen, ehe Lena protestieren konnte.

Als Jan wieder auf den Balkon kam, um den Rest zu holen, spielte sie den Song *Mein Ding* von Udo Lindenberg auf ihrem Smartphone und lächelte ihm zu. »Ich weiß jetzt, warum du das Lied magst. Es passt perfekt zu dir. Du hast dich für zwei Seiten einer Medaille entschlossen und beide Jobs richtig gut erfüllt. Sag dir das, wenn die Schatten der Vergangenheit wieder auftauchen. Im Übrigen steht dir mein Raum jederzeit offen.«

Jan atmete tief durch. »Heute Abend? Dann erzähle ich dir das, was ich eigentlich wollte. Wir wissen nun einiges über die Firma.«

»Klar. Ich koche uns was. Und …« Lena verzog den Mund. »Ich weiß eigentlich gar nichts Genaues. Aber ich habe mal bei Dimitri gehört, wie jemand Theo den ›Gott von Brodersby‹ nannte. Dabei wurde auch erwähnt, wie praktisch es wäre, dass der Hausarzt für die Totenschau zuständig sei.«

Lenas unerwartete Offenheit berührte Jan, gleichzeitig trafen ihn ihre Worte wie ein Hammerschlag. Darüber musste er in Ruhe nachdenken. Aber damit stand fest, dass sich eine weitere Baustelle aufgetan hatte, denn auch diesem Punkt würde er nachgehen.

Er legte Lena eine Hand auf die Wange. »Danke.«

Kapitel 23

Zum ersten Mal seit seiner Praxisübernahme hatte Jan Mühe, sich auf seine Patienten zu konzentrieren. Immer wieder schweiften seine Gedanken ab: zu seinem Vorgänger, zur Entsorgung der Giftabfälle und natürlich zu Lena. Wenigstens hatte er nur Routinefälle zu versorgen, bei denen er auch abgelenkt alles Notwendige erledigen konnte. Sicherheitshalber checkte er jede Medikation doppelt, aber er entdeckte keinen Fehler. Ungeduldig wartete er auf die Mittagszeit – und das Ende der Sprechstunde.

Endlich klopfte Gerda und riss dabei schon die Tür auf. »Feierabend! Fährst du zu deiner hübschen Freundin?«

Morgens hatte sie sich auf ein gemurmeltes »Wusste ich doch, dass ihr perfekt zusammenpasst« beschränkt, das er gekonnt überhört hatte.

»Hausbesuch«, erwiderte er und ignorierte ihre Frage.

»Bei wem denn? In meinem Kalender ist nichts vermerkt.«

»Felix. Er hat gestern Abend ein Treffen bei Jo sausen lassen und sich bisher auch nicht per Mail oder WhatsApp gemeldet. Ich fahre gleich bei ihm vorbei.«

»Mist. Ich würde dir ja gern einreden, dass du deine Zeit lieber anders verbringen sollst, aber das klingt tatsächlich nicht gut. Sieh mal besser nach, dass Felix keinen Blödsinn macht. Er hört leider überhaupt nicht auf mich, wenn ich ihm sage, dass er sich schonen soll.«

Felix hörte nicht auf Gerda? So besorgt war sie bisher noch bei keinem Patienten gewesen. Jan unterdrückte ein

Grinsen. »Möchtest du vielleicht mitkommen? Dann müsstest du dir keinen Grund ausdenken, um bei ihm vorbeizusehen.«

Zum ersten Mal, seit sie sich kannten, röteten sich Gerdas Wangen leicht und sie studierte den Kalender an der Wand, als ob sie die Tage nachzählen würde. »Schick mir einfach hinterher mal eine kurze Nachricht, wie's ihm geht. Und hör auf, so dämlich zu grinsen, Chef.«

Jan ignorierte ihre Forderung und lachte. Schnaubend wandte sie sich ab.

Wie machte Felix das nur? Erst die Freundin von Jos Frau und nun auch noch Gerda. Trotz seiner ruppigen Art flogen ihm die Frauenherzen offenbar zu.

Als er vor seinem Motorrad stand, vibrierte sein Handy und zeigte ihm die Telefonnummer seiner Tante Liz an. Widerwillig und mit schlechtem Gewissen lehnte er den Anruf ab und schickte eine kurze Nachricht hinterher, dass er sich später melden würde. Sosehr er Liz auch schätzte, sie konnte sich am Telefon einfach nicht kurzfassen. Im Moment machte er sich Sorgen um Felix, wollte zu ihm und nicht bei über zwanzig Grad in Lederklamotten in der Sonne braten.

Als er vor Felix' Haus hielt, stiegen seine Befürchtungen sofort in neue Höhen. Einer der Schüler, die ihm bei seinem ersten Besuch begegnet waren, sah ihm sichtlich erleichtert entgegen.

»Felix geht es heute gar nicht gut. Ich glaube, es ist besser, wenn Sie mal nach ihm sehen. Sonst kommt er mir immer bis zur Küche entgegen, aber heute ist er noch im Schlafzimmer. Ich glaube, er ist überhaupt nicht aufgestanden.«

»Dann mache ich das mal. Kommst du mit den Tieren allein zurecht?«

»Geht so. Lukas muss heute länger in der Schule bleiben. Ich weiß nicht, ob ich alles schaffe, denn wenn ich zu spät zum Training komme, fällt für mich Sonntag das Spiel aus.« Er verzog den Mund. »Aber das ist dann auch egal, die Tiere sind wichtiger.«

»Was spielst du denn? Fußball?«

»Klar!« Der Ton signalisierte deutlich, wie dämlich der Junge die Frage fand.

»Wie heißt du denn?«

»Finn.«

»Okay, Finn. Ich bin Jan. Ich sehe mal nach Felix und helfe dir dann. Es wäre ja blöd, wenn das Spiel für dich ausfällt, denn Jonas ist doch auch noch nicht wieder fit, oder?«

»Nee, der hat noch zwei Wochen Sportverbot.« Dann riss Finn plötzlich die Augen weit auf. »Mensch, du bist doch der Doc! Dein Motorrad ist echt total cool. Das passt ja perfekt, dass du hier bist. Jonas wollte dir nämlich noch was erzählen.«

»Und was?«

»Er hat in unseren WhatsApp-Gruppen von der Klasse und der Mannschaft gepostet, dass wir ihm sagen sollen, wenn uns irgendwo der Geruch nach Schwimmbad auffällt. Und einige wussten da was. Ich habe das Zeug auch mal gerochen, und zwar auf dem Spielplatz, als ich mit dem Hund draußen war. Jonas hat das alles aufgeschrieben und wollte dir das nachher vorbeibringen.«

Die Überraschung war den Kindern gelungen. »Das habt ihr toll gemacht. Vielen Dank!«

»Ach, dafür nich. Weißt du, das haben Jonas und sein Vater zusammen ausgeheckt. Der Unfall war gar nicht so schlecht, die beiden reden jetzt wieder miteinander und machen was gemeinsam. Sein Vater weiß nun sogar, wer Julien Bam ist, und findet den cool. Vorher war bei denen nur Stress angesagt.«

Jan hatte zwar keine Ahnung, wer Julien Bam war, aber er freute sich für Richie und Jonas. »Das klingt gut. Na, dann hau mal rein. Ich beeile mich und helfe dir danach. Warte am besten mit schweren Sachen, bis ich da bin. Okay?«

»Klar, Mann.«

Jan wandte sich ab, aber Finn rief ihn zurück. »Kennst du denn den richtigen Blumentopf?«

Irritiert drehte sich Jan wieder um. »Den was?«

»Mann, wie willst du denn sonst ins Haus kommen? Ich zeige ihn dir.«

Finn holte hinter einem Kübel, in dem Lavendel wuchs, einen Schlüssel hervor und öffnete anschließend die Haustür. »Bitte schön.«

»Danke.«

Jan machte einen kurzen Abstecher in die Küche, die so sauber und aufgeräumt war, als ob sie seit Tagen niemand mehr benutzt hatte. Erst dann ging er zu Felix' Schlafzimmer, klopfte, trat aber ohne Aufforderung ein.

Felix lag erschreckend blass im Bett und blinzelte irritiert, als er Jan erkannte. »Wie kommst du denn hier rein?«

»Sozusagen durch den Lavendel. Wie geht es dir? Sind die Schmerzen zu heftig?«

»Nein, ganz im Gegenteil. Da ist alles im grünen Bereich. Ich bin nur ein bisschen müde, du kannst wieder fahren.«

Ehe Jan antworten konnte, quiekte Hannibal laut. Er und sein Kumpel standen auf den Hinterpfoten am Gitter des Käfigs.

Jan überprüfte den Fressnapf und fluchte innerlich. »Okay, Jungs, es gibt erst mal etwas Trockenfutter und ums Grünfutter kümmere ich mich, wenn ich mit euerm Boss fertig bin.«

Ohne sich von Felix' wütender Miene abhalten zu lassen, setzte sich Jan aufs Bett. »Willst du mir ernsthaft erzählen, du bist nicht zu Jo gefahren, weil du ›ein bisschen müde‹ bist? Und deshalb hast du auch die Meerschweinchen nicht gefüttert oder Finn begrüßt? Erzähl mir keinen Scheiß!« Es gefiel ihm, dass Felix etwas zurückzuckte. Anders kam er bei dem Sturkopf offenbar nicht weiter. »Seit wann geht das so?«

»Ich war einfach nur müde. Heute Morgen fiel mir dann das Aufstehen schwer und mir wurde so schwindelig, dass ich mich wieder hingelegt habe.«

Jan sah sich rasch in dem Zimmer um und bemerkte die leere Wasserflasche neben dem Bett. Allmählich ahnte er, was geschehen war. Hoffentlich lag er damit richtig!

»Lass mich raten, nach dem Lolli gegen die Schmerzen hast du nichts mehr gegessen oder getrunken? Und jetzt: Kopfschmerzen und leichte Übelkeit?«

Felix nickte langsam und Jan hatte für einen kurzen Moment Hoffnung in seinem Blick entdeckt.

Er seufzte übertrieben laut. »Zuhören ist wirklich nicht dein Ding. Ich habe dir doch gesagt, dass du auch bei Einnahme der Schmerzmittel das Essen und Trinken nicht vergessen sollst. Dein Kreislauf ist hinüber! Der Blutdruck zu niedrig und vermutlich bist du auch noch unterzuckert. Ich versorge jetzt Hannibal und seinen Kumpel und dann bist du dran, mein Freund.« Jan stand auf und ging zur Tür. Erst dort drehte er sich um. »Das bekommen wir schnell wieder hin, aber das nächste Mal rufst du mich gefälligst an, bevor du komplett kollabierst und im Krankenhaus landest.«

Jan überhörte das gemurmelte »Feldwebel« ebenso konsequent wie die Ankündigung »Nur über meine Leiche«. Im Augenblick hoffte er einfach nur, dass seine Diagnose richtig war.

Nachdem er den Meerschweinchen Salat und Tomaten gegeben hatte, sichtete er Felix' Vorräte. Aussichtslos. Damit kam er nicht weiter. Es war Zeit für Plan B. Er rief Jos Frau Helga an und schilderte ihr sein Problem.

»Wie wäre es mit einer Gulaschsuppe?«

»Wenn sie nicht zu scharf oder fett ist und dadurch den Magen zu sehr belastet, passt das.«

»Ich muss sie nur auftauen, in einer Viertelstunde bin ich da.« Sie legte auf, ehe er sich bedanken konnte.

Jan setzte Tee auf und orientierte sich an Lenas Rezept vom Vorabend, beschränkte sich aber auf viel Zucker und wenig Rum. Als das heiße Getränk fertig war, stellte er den Becher auf die Terrasse. Mit sanftem Nachdruck und ordentlicher Unterstützung sorgte er dafür, dass Felix es sich draußen in einem Stuhl bequem machte.

Nachdem er trotz der leisen, aber deftigen Flüche Felix' Blutdruck kontrolliert hatte und sich in seiner Einschätzung bestätigt sah, atmete er unauffällig auf. Anscheinend hatte Felix durch das starke Schmerzmittel tatsächlich nur Essen und Trinken vergessen, sodass sein Kreislauf extrem durcheinandergekommen war.

»Liegen ist ab sofort verboten, Sitzen ist erlaubt. Du trinkst als Erstes den Tee aus, danach ordentlich Wasser. Helga bringt gleich noch etwas Suppe vorbei, dazu mache ich dir noch zwei Scheiben Toast. Das wird komplett gegessen. Ich wette, danach geht es dir deutlich besser. Trotzdem steht dann noch eine Dusche auf dem Programm, abwechselnd heiß und kalt.«

Felix funkelte ihn dermaßen aufgebracht an, dass Jan fast losgelacht hätte.

Stattdessen hob er demonstrativ eine Augenbraue. »Und im Übrigen war ich Major und kein Feldwebel … Und jetzt helfe ich Finn.«

Erst nach einer Stunde waren sämtliche Boxen gereinigt und mit ausreichend Futter und Wasser ausgestattet. Jan verabschiedete den Jungen, der freudestrahlend verkündete, dass er nun noch genug Zeit hatte, um vor dem Training mit seinen Kumpels eine Runde am Handy zu zocken.

Als Jan den Stall verließ, blieb er abrupt stehen und rieb sich ungläubig über die Augen. Während er mit den Tieren beschäftigt gewesen war, hatte sich ein Besucher hierher verirrt. Den knallroten Wagen, der neben seinem Motorrad parkte, kannte er verdammt gut, hätte ihn hier jedoch nicht erwartet.

Er hätte den Anruf seiner Tante besser angenommen, denn der BMW Z3 mit dem Hannoveraner Kennzeichen gehörte eindeutig ihr. Als er sich der Terrasse näherte, hörte er bereits ihre Stimme. Anscheinend unterhielt sie sich prächtig mit Felix.

Kopfschüttelnd blieb er neben ihrem Stuhl stehen und beugte sich zu ihr herab, um ihr einen Kuss auf die Wange zu geben. Obwohl es sommerlich warm auf der Terrasse war, trug sie ein helles Kostüm mit einer bunten Kette. »Na, das ist ja mal eine Überraschung. Wie hast du mich hier gefunden?«

»Ich bin natürlich zu deiner Praxis gefahren, ich wusste ja nicht, dass du einen Nebenjob als Stallbursche hast! Eine sehr nette Dame hat mir verraten, dass du vermutlich hier bist. An dein Handy bist du ja nicht gegangen.«

»Sorry, ich war beschäftigt. Hätte ich gewusst, dass du in der Nähe bist, wäre ich natürlich rangegangen.«

»Hätte, hätte, Fahrradkette«, zog sie ihn so auf, wie sie es früher getan hatte, als er ein Kind gewesen war. »Ich habe heute Abend einen Termin in Schleswig, da lasse ich es mir doch nicht entgehen, dich zu besuchen.« Sie musterte ihn von Kopf bis Fuß. »Du siehst gut aus und hast hier anscheinend sehr nette Freunde gefunden. Machst du uns einen Kaffee?«

Nach dem Stalldienst nun auch noch Kellner? Jan verzog den Mund. »Kaffee für uns geht in Ordnung. Für dich noch einen Tee oder bleibst du bei Wasser, Felix?«

Erstaunlich friedlich nickte sein Freund. »Einen Tee bitte.«

Der alte Brummkopf kannte das Wort ›Bitte‹ und verzichtete freiwillig auf Kaffee. Liz' Anwesenheit weckte erstaunliche Seiten in ihm.

»Kommt sofort«, versprach Jan, nahm zufrieden den leeren Teller, der vor Felix stand, und registrierte dessen mittlerweile normale Gesichtsfarbe.

Als sie schließlich zu dritt gemütlich auf der Terrasse saßen und über unverfängliche Themen sprachen, fixierte Liz Jan plötzlich auf eine Art und Weise, die er schon als Kind gehasst hatte. »Felix hat mir alles von eurem kleinen Detektivspiel erzählt.«

»Alles?«, wiederholte Jan und hoffte, dass Felix dies abstritt.

Stattdessen nickte er. »Liz hat eine unglaubliche Begabung, einem jedes Detail zu entlocken. Mit ihr als Partnerin an meiner Seite hätte ich Bill Gates Konkurrenz machen können.«

Jan wusste zwar nicht, was der Entwickler von Microsoft mit Felix' früherem Job gemeinsam hatte, aber er wollte das lieber nicht näher hinterfragen. Ein Gedanke kam ihm, wie er die Wirkung seiner Tante auf Felix ausnutzen konnte. Das war zwar fies, würde ihn unter Umständen aber auch weiterbringen. Deswegen lächelte er Liz mit Unschuldsmiene an. »Mach dir keine Sorgen. Du weißt, dass ich auf mich aufpassen kann. Das mit dem Gift macht mir keine schlaflosen Nächte, aber …«

Wie erhofft, schnappte Liz nach dem Köder. »Was? Es gibt noch weitere Probleme?«

Jan hielt schnell seinen Kaffeebecher vor den Mund, um sein zufriedenes Lächeln zu verbergen. »Na ja, du kannst dir bestimmt vorstellen, dass die Leute hier etwas irritiert auf einen Arzt reagieren, der keinen Kittel trägt und Motorrad fährt. Aber damit werde ich schon fertig. Andere Dinge sind jedoch nicht so leicht zu knacken.«

Liz neigte dazu, sich in eine Löwenmutter zu verwandeln, wenn sie das Gefühl hatte, Jan würde ein Unrecht geschehen. Nur mit allergrößter Mühe hatte er sie nach seinem Abschied von der Bundeswehr davon abhalten können, sich seine vorgesetzten Offiziere vorzunehmen.

»Was ist das Problem?«, fauchte sie.

Er stieß einen Seufzer aus, der halbwegs gelang. »Das Problem fängt damit an, dass ich es nicht genau kenne. Ich weiß nur, dass mein Vorgänger den Ruf hatte, ›Gott‹ zu spielen. Was auch immer damit gemeint sein mag, es hat Auswirkungen auf das Vertrauen meiner Patienten.«

Liz setzte sich aufrecht hin. »Was soll denn das heißen? Hat er vielleicht Sterbehilfe geleistet? Das wäre doch in bestimmten Fällen sogar moralisch vertretbar.«

Jan nickte und schielte unauffällig zu Felix, der noch nicht ahnte, dass in den nächsten Sekunden ein Unwetter über ihn hereinbrechen würde – sofern Jans Plan aufging. »Tja, das kann eigentlich nicht alles sein, denn so etwas ist in einigen Nachbarstaaten sogar legal. Aber ich komme da leider nicht weiter, jeder macht sofort dicht, wenn ich versuche, der Sache auf den Grund zu gehen. Selbst Menschen, die ich sonst als Freunde betrachte …«

Jetzt hatte Felix ihn durchschaut! Aber die Lawine war ins Rollen gebracht. Noch nie hatte jemand Liz aufhalten können, wenn sie Blut geleckt hatte.

Sie richtete ihren perfekt manikürten Zeigefinger auf Felix. »Jemandem wie dir entgeht doch nichts! Also raus damit. Ich will wissen, was hier an Gerüchten über Jans Vorgänger herumschwirrt.«

Abwehrend hob Felix die Hände. »Nun mal langsam, wie du schon sagst: Es sind Gerüchte. Nichts, worüber es sich zu reden lohnt, weil Theo ja nun mal tot ist.«

»Blödsinn. Hitler ist auch tot und immer noch Thema. Los, Hosen runter! Was hat Theo getan? Und erzähle mir gar nicht erst was von wegen, du wüsstest nichts.«

So schnell würde Felix bestimmt nicht nachgeben, aber Liz hatte ja auch gerade erst angefangen. Jan lehnte sich entspannt zurück, bereit für das nun folgende Schauspiel.

Aber er hatte sich geirrt.

Plötzlich krachte Felix' flache Hand auf den Tisch. »Du würdest ja sowieso nicht aufhören, bis ich nachgebe. So gut kann ich dich schon einschätzen.« Er bedachte Jan mit einem bitterbösen Blick, ehe er fortfuhr. »Na, meinetwegen. Theo hatte es nicht so mit Gesetz und Ordnung. Das kann man ihm ja auch kaum übel nehmen, wenn man an diesen alten Zeiske denkt, der als Polizist abends selbst angeschickert durchs Dorf fährt. Theo soll zunächst tatsächlich mal ein wenig nachgeholfen haben, wenn jemand nicht mehr leben wollte oder so. Aber das hat er bestimmt nicht leichtfertig, sondern wohlüberlegt getan.«

»Was heißt ›zunächst‹ und was ›oder so‹?«, schnappte Liz.

»Das war doch nur so eine Floskel«, wich Felix aus.

»Felix!«

»Schon gut. Es gab da wohl auch noch einen oder zwei andere Fälle, aber das sind wirklich nur Gerüchte. Da waren die Geißlers. Ein Ehepaar in den Sechzigern.« Er hob die Hände. »Ich weiß aber wirklich nicht, ob Theo ihr geholfen hat, den Alten zu entsorgen ... Außerdem redete man auch mal über einen Bengel, der seine Eltern schikanierte. Wenn du mehr wissen willst, sieh dir die Akten von den Patienten an, die plötzlich gestorben sind und bei denen Theo die Leichenschau gemacht hat.«

Jan räusperte sich, da er seiner Stimme nicht traute. Mit einer solchen Enthüllung hatte er nicht gerechnet. »Es gibt Gerüchte, dass er ein Kind umgebracht hat?«, wiederholte er entsetzt.

Felix runzelte die Stirn. »Natürlich nicht. Der Junge war schon über dreißig und ein echter Quälgeist. Und im Übrigen ist das eine ganz schön fiese Nummer, dass du mir deine Tante auf den Hals hetzt!«

Seine Beherrschung geriet ins Wanken. Dass Theo unter Umständen jemanden umgebracht hatte, schien Felix nicht zu interessieren, Jans Tante hingegen schon. Das waren

Maßstäbe, die Jan nicht nachvollziehen konnte. »Wenn der Junge schon volljährig war, ist das natürlich was anderes«, kommentierte er ironisch. »Außerdem wusste ich doch nichts von Liz' Termin in Schleswig!«, fügte er noch hinzu.

»Das meinte ich auch nicht und das weißt du ganz genau! Du hast ihre Verhörtechnik eiskalt ausgenutzt!«

Liz grinste schelmisch. »Nun reg dich nicht auf. Eigentlich geht es dir doch viel besser, seitdem du die Geschichte ausgespuckt hast. Denn gefallen hat es dir garantiert überhaupt nicht, Geheimnisse vor Jan zu haben.«

Felix öffnete den Mund und schloss ihn wieder, ohne etwas gesagt zu haben.

Jan zog es vor, ebenfalls zu schweigen, und überlegte, wie er die Patientendaten entsprechend sortiert bekam.

Felix legte den Kopf etwas schief. »Wann fährst du morgen eigentlich zurück, Liz?«

»Nach dem Frühstück. Warum?«

»Wie wäre es, wenn du hier noch einmal anhältst und wir mittags zusammen essen? Wir haben einen hervorragenden Griechen um die Ecke und vorher könnte ich dir ein bisschen die Gegend zeigen. Du hättest dann auch noch die Chance, Jan als Arzt zu erleben.«

Liz strahlte und beugte sich vor, um ihre Hand auf Felix' zu legen. »Das mache ich natürlich sehr gerne! Für heute muss ich nämlich langsam los. Aber morgen sehen wir uns wieder.«

Jan nahm sich vor, Lena zu fragen, wieso Felix eine solche Ausstrahlung auf Frauen hatte. Denn anscheinend war nun auch Liz seinem Charme verfallen. Das würde interessant werden …

Nun war er froh, dass er keine Gelegenheit gehabt hatte, Felix über ihre Pläne für die nächsten Tage zu informieren. Seine Tante würde ihm die Hölle heißmachen, wenn sie erfuhr, dass er sich ihrer Meinung nach in Gefahr begab.

Nach einiger Zeit verabschiedete Jan sich, was keiner der beiden großartig zu bedauern schien.

Auf der Fahrt zu Lena sah er noch öfters in den Rückspiegel, aber ihm fiel kein verdächtiges Fahrzeug auf. Das beunruhigte ihn beinahe, denn dass Zeiske und seine Kumpels es aufgegeben hatten, ihn von den Nachforschungen abzuhalten, glaubte er nicht.

Erst als er das Motorrad vor ihrem Haus stoppte, bemerkte er, dass er viel zu früh bei ihr auftauchte. Während er noch überlegte, was er tun sollte, flog die Haustür auf und Lena stürmte auf ihn zu.

Mit blitzenden Augen legte sie ihm eine Hand auf den Arm. »Reicht die Zeit noch für eine Tour zum Strand?«

Das waren etwas über zwei Kilometer, eigentlich war es fahrlässig, ohne entsprechende Schutzkleidung zu fahren. Jan nahm den Helm ab und reichte ihn ihr. »Na sicher, aber den nimmst du.«

Als sie hinter ihm auf das Motorrad kletterte und sich an ihn kuschelte, wusste Jan, dass für einige Stunden weder die Taten seines Vorgängers noch die illegale Giftmüllentsorgung eine Rolle spielen würden.

Kapitel 24

Jan sah auf die Uhr seines Smartphones und wünschte sich, er könnte die Zeit vordrehen. Keine vierundzwanzig Stunden war es her, dass er die Nacht mit Lena verbracht hatte – und jetzt saß er mit Jörg in dessen Zimmer in Jos Haus und wartete darauf, dass sie endlich loslegen konnten.

Das Zeittotschlagen nervte ihn.

Wenn die Information von Elvira richtig war, würde der Tanklaster erst gegen ein Uhr das Firmengelände verlassen, das war in zwei Stunden. Eine Stunde vorher wollten sie vor

Ort sein, damit blieben also noch sechzig Minuten, die sie rumkriegen mussten.

»Bist du immer so schlecht gelaunt, bevor es losgeht?«, erkundigte sich Jörg.

»Ich bin nicht schlecht gelaunt«, erwiderte Jan, merkte aber selbst, dass sein Ton viel zu scharf war. »Ich bin nur vom Warten genervt.«

»Du hast zu wenige Observationen durchgeführt …«

»Von wegen! Wir haben in Afghanistan auch Polizeiaufgaben übernommen und manchmal stundenlang irgendwelche Häuser oder Hütten im Gebirge beobachtet.« Er schob den Sessel zurück und legte die Füße auf den Couchtisch. »Im Vergleich dazu haben wir es gerade echt bequem.«

»Stimmt. Wo genau ist dann eigentlich dein Problem?«

»Unter anderem, dass es mir zu ruhig ist.«

»Du meinst, es stört dich, dass niemand mehr versucht hat, dich umzufahren?«

»Ja, so in etwa.«

Jörg schwieg kurz und grinste dann breit. »Genieße doch einfach die Ruhe. Sag mal, was ist da eigentlich mit dir und Lena?« Er seufzte leise. »Was für ein Jammer, dass sie etwas zu alt für mich ist.«

Jan imitierte mit den Fingern eine Pistole und zielte auf Jörg. »Darüber solltest du froh sein.«

Lachend hob Jörg die Hände. »Alles klar, die Botschaft ist angekommen.«

»War ja auch nicht so schwer.« Jan pustete über den imaginären Lauf und suchte nach einem Thema, das Jörg von seiner Frage nach Lena ablenkte. Trotz der letzten Nacht wusste er nämlich selbst nicht so recht, wo sie eigentlich standen.

Er sah sich in dem Raum um, der größer als sein Wohnzimmer und mit überdimensionalem Fernseher, Playstation, zwei Sesseln und der Schlafnische überraschend gut ausgestattet war. »Hast du in Kiel eigentlich auch noch eine Wohnung?«

»Ja, sicher. Hier bin ich nur, wenn ich ...« Jörg zuckte mit der Schulter. »Na, eben hier bin. Jo und Helga würde es nie zugeben, aber es ist ganz schön ruhig geworden, seitdem erst ihre Kinder und dann auch noch Silke und ich ausgezogen sind. Für zwei Personen ist das Haus ziemlich groß. Deshalb bin ich, sooft es geht, bei ihnen. Das ist auch praktischer, als wenn ich in Kiel herumhänge. Denn da gibt es einige Orte, an denen ich mich in meiner Freizeit besser nicht sehen lassen sollte.«

»Sekunde, Undercoveragenten werden doch nie dort eingesetzt, wo sie wohnen. Willst du mir ernsthaft erzählen, dass das anders geworden ist?«

Jörg lehnte sich so weit zurück, bis er an die Decke starrte. »Muss ja jeder selbst wissen, welches Risiko er eingeht. Ich pass schon auf mich auf.« Dann sah er Jan wieder an. »Wo ist denn nun eigentlich dein Problem mit den Patientendaten gewesen?«

Der Themenwechsel war nicht geeignet, um Jans Laune zu verbessern. »Wenn ich die Antwort kennen würde, hätte ich keins. Eigentlich sind etliche Abfragen über den gesamten Datenbestand an Patienten möglich, aber das dämliche Programm streikt, sobald ich mir die Todesfälle ansehen möchte. Das kann entweder ein merkwürdiger Zufall sein oder Theo hat daran gedreht, wobei ich ihm das nicht wirklich zutraue. Der schien ziemlich oldschoolmäßig unterwegs gewesen sein, also eher in der Akte aus Papier. Daher tippe ich auf Pech.«

Jörg folgte Jans Beispiel und legte seine Füße ebenfalls auf den Tisch. »Ich tippe auf eine gezielte Vertuschung. Der Sohn von Hannes ist als Jugendlicher wegen Computerkriminalität verurteilt worden. Und Hannes ist, soweit ich weiß, ein richtig guter Kumpel von Theo gewesen.«

»Jo, ist er. Das habe ich mitbekommen. Tja, dann weiß ich ja, wen ich fragen kann …«

Jörg blinzelte irritiert. »Du willst denjenigen fragen, der das Ganze vermutlich eingefädelt hat?«

»Bin ich bescheuert? Ich meinte diese Servicehotline für die Software. Darauf setze ich morgen Gerda an. Die sollen einen Techniker vorbeischicken, vermutlich muss nur die Datenbank gesichert und die Originalsoftware wieder eingespielt werden.«

»Und wieso kommst du erst jetzt darauf? Das wäre doch mein erster Gedanke gewesen.«

Jan verdrehte die Augen. »Es war schon nach achtzehn Uhr, als ich begriffen habe, dass es nicht an mir, sondern an dem Programm liegt.« Er sah auf die Uhr. Wieder waren ein paar Minuten vergangen. »Erzähl mir was aus Kiel. Wo wohnst du da? In welchem Bereich der Jugendkriminalität ermittelst du genau? Rechtsradikale? Drogen?«

Jörg lachte. »Meinetwegen, wenn dich das vor dem Durchdrehen bewahrt …«

Überaus spannend erzählte Jörg nicht nur von seinem Job, sondern auch von den Problemen der Jugendlichen in Kiel. Die restliche Zeit verflog förmlich und endlich war es so weit, dass sie aufbrechen konnten. Etwas wehmütig betrachtete Jan sein Motorrad, das er zurücklassen musste. Die Maschine wäre ihm keine Hilfe, sondern würde sie im Zweifel sogar behindern.

»Wann kommen Jo und Helga aus Damp zurück?«

Jörg sah auf die Uhr. »Jeden Moment, bloß weg hier!«

Der ehemalige Kampfschwimmer hatte bereits angekündigt, sie zu begleiten, wenn er rechtzeitig zurück sein sollte. Jörg hatte Helga zwar gebeten, ihr Treffen mit Freunden möglichst lange hinauszuzögern, war aber nicht sicher gewesen, ob sie Erfolg haben würde. Am Sonntag, wenn sie sich die Tankanlage auf dem Firmengelände vornehmen wollten, war Jos Rückendeckung sinnvoll, aber heute wäre jeder Mann mehr ein Risiko.

Um sich die Diskussion mit Felix zu ersparen, hatten sie ihm ihren Plan von vornherein verschwiegen.

Im Dunkeln wirkte die Straße, die zu der Firma führte, noch schmaler. Als rechts und links von ihnen die ersten Bäume auftauchten, bat Jan Jörg, im Schritttempo zu fahren.

»Stopp«, rief er, als er die ideale Stelle für ihren Hinterhalt gefunden hatte.

Jan stieg aus und schätzte im Licht der Scheinwerfer die Entfernungen ab. Die nächste Kurve war weit genug entfernt. Der Fahrer des Tanklasters würde also nicht vorgewarnt werden, dass ein Hindernis die Straße versperrte. Der Platz reichte jedoch locker, um das schwere Fahrzeug rechtzeitig zum Stehen zu bringen. Gleichzeitig waren die Büsche hinter dem flachen Graben ein perfekter Sichtschutz, um sich von dort aus unbemerkt dem hinteren Teil des Lkw zu nähern.

Auch Jörg war ausgestiegen. »Perfekt!« Er sah in die Richtung, aus der sie gekommen waren. »Sogar noch besser. Wenn ich nach einer kurzen Diskussion mit dem Fahrer ein paar Meter zurücksetze, kommt er an meinem Wagen vorbei und ich kann dich danach wieder einsammeln.«

»Das wäre gut, zu Fuß ist es höllisch weit.«

»Dann sei lieber nett zu mir«, schlug Jörg grinsend vor.

»Vielleicht sollten wir die Rollen tauschen? Dann kannst du dir das Gebüsch mit irgendwelchen Krabbelviechern teilen.«

Jörg riss die Augen auf. »Dafür verfügst du eindeutig über die passendere Ausbildung, darum würde ich dir diesen Part niemals streitig machen.«

Jan wollte gerade zu einer entsprechenden Erwiderung ansetzen, als er ein tiefes Brummen hörte. »Scheiße, der ist heute früher dran als sonst.«

Er sprintete zur Beifahrerseite und holte aus seinem Rucksack das Klebeband und das in eine Plastiktüte eingewickelte Handy. Für eine weitere Abstimmung war keine Zeit, er musste sich darauf verlassen, dass Jörg wusste, was er zu tun hatte.

Ohne zu zögern warf er sich ins Gebüsch. Gerade noch rechtzeitig, ehe die Scheinwerfer des Lasters die Straße in ein helles Licht tauchten. Jan überprüfte, ob das Handy eingeschaltet und die GPS-Funktion aktiviert war. Mit kreischenden Bremsen kam der Laster zum Stehen. Das Fahrzeugheck lag nun im Dunkeln direkt vor ihm.

Normalerweise konnte der Fahrer ihn nicht bemerken, dennoch robbte Jan durch den Graben dichter an den Wagen heran und richtete sich erst auf, als der hintere Reifen nur noch Zentimeter entfernt war. Er klebte das Handy mit den vorbereiteten Streifen auf der Rückseite der Stoßstange fest und vergewisserte sich, dass es sich nicht lösen konnte. Das Band stammte noch aus seiner Bundeswehrzeit, hieß nicht umsonst ›Panzertape‹ und würde auch einen Regenschauer überstehen.

Der Wortwechsel zwischen Jörg und dem Fahrer nahm an Lautstärke zu. Jeder beharrte darauf, dass der andere zurücksetzen sollte. Schmunzelnd ging Jan wieder in Deckung und arbeitete sich dann langsam Richtung Führerhaus vor.

»Meinetwegen, wenn Sie Ihre Karre nicht im Griff haben, setze ich eben zurück. Aber nur ein paar Meter!«, brüllte Jörg den Fahrer schließlich an.

Kaum hatte Jörg die Feldzufahrt erreicht, passierte ihn der Tanker auch schon laut hupend. Der Polizist stieg daraufhin aus und sah in jene Richtung, aus der sich Jan an den Lastwagen herangepirscht hatte.

Den kleinen Spaß würde Jan sich nicht entgehen lassen. Schließlich hatte er aus seiner Bundeswehrzeit noch nicht alles verlernt. Kein Geräusch verriet ihn, als er vorsichtig die

Zweige des letzten Busches zur Seite schob, über den Graben sprang und mit zwei Sätzen direkt hinter Jörg stand.

Erschrocken fuhr Jörg herum und hatte die Hände bereits kampfbereit erhoben. »Du verdammter Idiot! Das nächste Mal verpasse ich dir aus Versehen eine.«

»Du kannst es ja mal versuchen«, bot Jan grinsend an. »Was kann ich dafür, wenn du nicht aufpasst, was hinter dir geschieht?«

Jörg murmelte etwas wenig Schmeichelhaftes über das KSK vor sich hin, während er sein Handy aus der Jackentasche zog und das Ortungsprogramm aufrief. »Funktioniert einwandfrei. Sieh mal, der fährt hier lang, und zwar genau …«

»… Richtung Brodersby«, ergänzte Jan. »Wenn er das Gift da verteilt, garantiere ich für nichts.«

Aber nicht das Dorf war das Ziel des Fahrers, sondern ein anderer Ort, den Jan gut kannte. Der Tanklaster hielt für ungefähr eine Viertelstunde auf dem Strandparkplatz, in dessen Nähe er Lena zum ersten Mal getroffen hatte.

Jörg stoppte in ausreichendem Abstand auf dem Seitenstreifen der Bundesstraße. Jan knirschte vor Wut mit den Zähnen, als er überschlug, wie viele Liter der giftigen Flüssigkeit in der Zeit wohl abgelassen werden konnten, kam aber zu keinem sicheren Ergebnis.

Jörg fuhr auch dann nicht an, als der Tanklaster schon über einen Kilometer vom Parkplatz entfernt war. Stattdessen sah er Jan an. »Kann ich riskieren, die Sache mit dir durchzuziehen?«

Jan atmete scharf ein. »Sicher. Wo ist das Problem?«

»Das Gefühl, dass ich neben einer tickenden Zeitbombe sitze.«

Das saß. Jan fühlte sich unangenehm durchschaut und begriff nicht, wieso Jörg ihm die Wut anmerkte, die er glaubte, gut verborgen zu haben. »Und was genau sollte ich deiner

Meinung nach auf dem Parkplatz tun, außer wie besprochen eine Bodenprobe einzusammeln? Gegen einen Mülleimer treten?«

»Stimmt auch wieder. Weißt du, mich macht der Mist auch wütend, aber ich würde den Kerl maximal aus dem Führerhaus zerren und ihm vielleicht noch einen Kinnhaken verpassen, ehe ich ihm Handschellen anlege. Wie sieht's bei dir aus?«

»Streich ›vielleicht‹ und wir sind uns einig.« Jan fuhr sich durch die Haare. »Woher kommt dein plötzliches Misstrauen? Steckt Dirk dahinter?«

»Nein, meine überragende Menschenkenntnis. Die, die laut werden, wenn sie wütend sind, sind nicht das Problem, sondern die, die ruhig vor sich hin kochen. Wenn ich dann noch an deine Ausbildung denke, dann will ich genau wissen, woran ich mit dir bin. Was hätte mir Dirk denn erzählen sollen?«

»Nichts Wichtiges, sondern …« Eine solche Abfuhr hatte Jörg nicht verdient, Jan beschloss eine Kehrtwende um hundertachtzig Grad. »Er hat mich mit ein paar unschönen Gerüchten konfrontiert. Hör zu, egal, was du mir unterstellst: Ich will heute Abend noch irgendwann ins Bett. Könntest du jetzt bitte losfahren? Ich werde auf dem Parkplatz auch keinem Stein oder Grashalm auch nur ein Härchen krümmen.«

»Klar, jetzt weiß ich ja, was ich wissen wollte.«

Jan sah ihn fragend an. »Und was genau ist das?«

»Wenn du wirklich so unbeherrscht wärst, wie du gewirkt hast, dann wärst du auf mich losgegangen, als ich dich darauf angesprochen habe. Und ehe du nun sauer wirst, denke bitte daran, dass ich neulich deinen Aussetzer auf dem Firmengelände mitbekommen habe. Ich finde, da darf ich dann schon auch mal ein paar Fragen stellen.«

Manchmal war die Wahrheit verdammt bitter. Jan blickte aus dem Fenster, bis sie den Parkplatz erreicht hatten.

Im Licht der Scheinwerfer sahen sie die weitläufige Pfütze sofort. »Verdammte Schweinerei«, kommentierte Jan den Anblick. »Bleib sitzen, ich kümmere mich darum.«

Jan stieg aus und atmete tief durch. Fehler! Sofort spürte er einen widerlichen Geschmack im Mund. Er beugte sich wieder ins Wageninnere. »Fahre mal ein paar Meter zurück, damit du nichts abbekommst, denn das stinkt hier wirklich bestialisch.«

Erst nachdem Jan sich Plastikhandschuhe übergezogen hatte, stopfte er ausreichend Matsch in einen Beutel, den er sorgfältig verschloss. Die Handschuhe verstaute er in einen speziell gesicherten Behälter, den er sonst für medizinische Abfälle nutzte. Nachdem er alles im Kofferraum untergebracht hatte, ließ er sich wieder auf den Beifahrersitz fallen. »Wohin jetzt?«

Jörg schlug erst aufs Lenkrad und reichte ihm dann das Smartphone. Der Tanklaster befand sich inzwischen gut fünf Kilometer entfernt von ihnen in der Nähe der Schlei.

»Was ist an dem Platz so schlimm, dass du aufs Lenkrad einprügelst?« Als Jörg nicht reagierte, legte Jan nach: »Noch dazu, wo ich das Handschuhfach vor mir nicht angerührt habe!«

Tief durchatmend sah Jörg ihn wieder an. »Du kannst es nicht wissen, aber keine hundert Meter von dem Ort entfernt, an dem der Laster jetzt steht, hat der Seeadler gebrütet. Eigentlich sollte niemand den Standort des Horsts kennen, aber Jo hat den ab und an im Auge behalten, wenn es bei Hannes zeitlich nicht passte.«

»Dann wäre das die Verbindung zwischen dem Gift, dem toten Vogel und indirekt auch zu Theos Tod und dem Husten von Hannes«, überlegte Jan laut.

»Ganz genau. Der Mistkerl ahnt nicht einmal, was er da anrichtet, oder es ist ihm egal … Das macht mich wütend. Wie geht es Hannes eigentlich?«

»Sehr gut. Da wir nun wissen, dass es eine allergische Reaktion ist, die bei bestimmten Gelegenheiten wieder auftritt, habe ich ihm ein Spray verschrieben, das ihm sofort hilft.«

Jörg fuhr mit durchdrehenden Reifen los. »Was meinst du mit bestimmten Gelegenheiten?«

»Chlor. Seine Frau benutzt ab und zu ein Reinigungsmittel fürs Bad, in dem das drin ist. Und bei unserem ersten Treffen hatte Erna eine Stelle in ihrem Kiosk gegen Schimmel behandelt.«

»Ah, verstanden. So was habe ich in Kiel auch mal benutzt, klar, da ist auch meistens Chlor drin.«

»Ganz genau.« Als Jörg seinen Wagen in einer Art und Weise zurück auf die Straße brachte, die jeden Rallyefahrer vor Neid hätte blass werden lassen, hob Jan eine Augenbraue. »Und du hast mir was über Beherrschung erzählen wollen?«

»Die Scheißkerle haben einen Seeadler auf dem Gewissen!«

Das erklärte natürlich alles.

Sie verfolgten den Tanklaster weiter, bis er nach dem dritten Stopp in einem Wohngebiet hielt und nicht weiterfuhr.

»Schätze, da wohnt der Drecksack.«

Gähnend nickte Jörg. »Dann sind wir für heute fertig, ist ja auch spät genug.«

»Du meinst früh …«

»Klugscheißer. Du kannst auch gern zu Fuß zurückgehen. So ein Zwanzigkilometermarsch dürfte für dich ja kein Problem sein.«

Jan stellte die Rückenlehne zurück und schloss die Augen. »Weck mich, wenn wir da sind.«

»Du mich auch.«

Grinsend entspannte sich Jan. Eigentlich konnten sie mit dem Ergebnis ihrer nächtlichen Aktion zufrieden sein und mit Jörg kam sogar bei einem solchen Mist der Humor nicht zu kurz. Auch wenn sie sich erst seit einigen Tagen kannten, betrachtete Jan den Polizisten nun endgültig als Freund und das war etwas, wofür er sonst wesentlich länger brauchte.

Kapitel 25

Jan zog sich seine Motorradhandschuhe über und überprüfte, ob die Kiste mit den Bodenproben ausreichend gesichert war. Es wäre ein Albtraum, wenn einer der Beutel beschädigt würde und sich der Inhalt in Jörgs Wagen ergoss.

»Eigentlich wäre es mir lieber, wenn du den Mist sofort loswerden könntest.«

»Tja, das Labor öffnet aber erst in ein paar Stunden. Mein Kumpel dort wird mir sowieso was erzählen, wenn ich ihm beichte, dass der Fall noch nicht offiziell erfasst ist und wir unterhalb des Radars fliegen.«

»Na gut, dann fahre wenigstens nicht wie ein Irrer. Das ist zwar alles eingepackt, aber …« Jan brach mitten im Satz ab, als er bemerkte, dass Jörg ihm nicht länger zuhörte, sondern angestrengt schnüffelte.

Verdammt, er hatte doch extra alles zweimal überprüft.

»Riechst du schon Chlor?«, erkundigte sich Jan.

»Nein, aber Rauch.«

Nun atmete auch Jan tief ein. Es roch tatsächlich leicht nach verbranntem Holz.

Ein Gedanke durchzuckte ihn.

Felix!

Er hielt sich nicht damit auf, den Helm aus Jörgs Wagen zu nehmen, sondern schwang sich auf seine Ninja und raste davon. Seine Augen tränten vom Fahrtwind, aber für die kurze Strecke musste es auch so gehen. Trotz der Straßenschäden drosselte Jan seine Geschwindigkeit auf den letzten Metern zu Felix' Haus nicht.

Fluchend brachte er die Maschine neben einem Kombi, den er nicht kannte, zum Stehen. Flammen schlugen aus der Scheune. Zwei Männer hatten die Szene beobachtet und wirbelten nun zu ihm herum. Das Prasseln des Feuers und die Schreie der Tiere hatten wohl den Motorenlärm der Ninja überdeckt. Ihm blieb keine Zeit, das Motorrad vernünftig abzustellen, Jan sprang einfach ab und fluchte innerlich, als die Verkleidung auf die Straße krachte.

Einer der Männer hielt ein Messer in der Hand. »Das ist dieser Arzt!«, schrie er seinem Kumpel zu und griff dann an.

Es war beinahe lächerlich einfach, den Kerl abzuwehren und mit einem Tritt gegen das Kinn zu Boden zu schicken. Jan schnellte vor und trat erneut zu, um sicherzustellen, dass der Typ ihm die nächsten Minuten nicht mehr gefährlich werden würde.

Jan war zwar schnell gewesen, aber dennoch nicht schnell genug. Der zweite Mann hatte den Schrecken bereits überwunden und richtete eine Pistole auf Jan, ehe der ihn ausschalten konnte. »Keine Bewegung«, befahl er und wich etwas zurück.

Jan machte ungeachtet der Bedrohung einen Schritt auf ihn zu. »Wo ist der Besitzer des Hofs?«, fuhr er ihn an.

»Da, wo du jetzt auch hingehen wirst … Rein in die Scheune! Oder lieber eine Kugel?«

Deshalb hatte der Kerl nicht sofort abgedrückt. Es sollte wie ein Unfall aussehen.

Jan verdrängte die Angst um Felix und wartete auf seine Chance. Wenn er sich nicht sehr täuschte, müsste Jörg jeden Moment eintreffen und würde hoffentlich für die Ablenkung sorgen, die Jan brauchte.

Er lachte verächtlich. »Willst du mich echt vor den Augen der Polizei abknallen? Das wäre dann an Dämlichkeit wirklich nicht zu übertreffen.«

»Was redest du da für ’nen Scheiß?«

Als Antwort neigte Jan lediglich den Kopf etwas nach rechts. Der Mann reagierte wie geplant, er sah erst nur flüchtig zur Seite und dann noch einmal etwas länger.

Jan hechtete vor, trat ihm die Waffe aus der Hand und setzte mit einem Kinnhaken nach. Bewusstlos fiel der Kerl zu Boden.

Jörg hielt neben ihm.

»Ruf die Feuerwehr an und kümmere dich um die beiden«, befahl Jan und betrachtete wieder die Scheune. Von vorn würde er das Gebäude nicht mehr betreten können, aber da jedes Tier die Möglichkeit hatte, die Unterkunft selbstständig zu verlassen, gab es noch andere Wege, um ins Innere zu gelangen.

Jan flankte über den Zaun, der die Weide umgab, und trat die Tür auf, die zu den Boxen der Ponys führte. Die Tiere drängten sich in der hintersten Ecke zusammen, wieherten schrill, schlugen immer wieder aus und stiegen. Jan wich einem Hufschlag aus, griff dem ersten Pony fest in die Mähne und zerrte es zum Ausgang. Nach einem Schlag auf die Kruppe galoppierte es davon, die anderen Tiere folgten ihm.

Hustend lief Jan zurück in die Scheune. Wo war Felix? Er hatte darauf getippt, ihn bei den Pferden zu finden. Jan hielt den Kopf möglichst gesenkt und öffnete die Boxentür. Die Flammen waren beängstigend nah, spendeten aber wenigstens etwas Licht. Doch der Qualm war zu dicht, um weit sehen zu können. Ein Hase lag leblos im Gehege, der andere drückte sich zitternd in die Ecke. Jan hob ihn hoch und stopfte ihn sich in die Lederjacke. Er tastete sich hustend weiter vor und erreichte die Schafe. Immer noch keine Spur von Felix. Jan schlüpfte durch die Boxentür und öffnete den Durchgang ins Freie. Den Hasen setzte er auf den Boden und hoffte, dass er selbst auf die Idee kam, ein paar Meter weiterzuhoppeln. Dann zerrte er eines der Schafe ins Freie, die anderen folgten wieder.

Jan zog sich den Kragen seines T-Shirts über die Nase und stürmte zurück in das Gebäude. Die Hitze hatte weiter zugenommen, das Feuer hatte sich bedrohlich ausgebreitet. Über ihm qualmten die Dachbalken, es krachte und knackte.

Jan erreichte das hintere Ende der Scheune. Angst breitete sich in ihm aus, dass er Felix im Qualm übersehen haben könnte.

Dann stieß er mit dem Fuß gegen etwas Weiches.

Felix!

Jan warf ihn sich über die Schulter und schaute sich um. Der Rückweg durch die Box der Schafe käme einem Selbstmord gleich.

In diesem Moment übertönte ein schrilles Meckern den Lärm des Feuers. Der Ziegenbock, Herr Schmielau.

Das war die Lösung. Die Box lag direkt vor ihm und auch dort gab es einen Weg ins Freie. Jan eilte zu dem Ausgang. Das Holz hatte sich durch die Hitze bereits verzogen. Doch nach zwei Tritten gab die Außentür nach.

Jan packte das Tier mit einer Hand am Horn und wollte es mit sich zerren, geriet aber ins Stolpern und stürzte zu Boden. Hustend und würgend versuchte er, sich von Felix' Gewicht zu befreien und wieder aufzustehen. Er schaffte es nicht. Der Sauerstoffmangel forderte seinen Tribut. Jan wurde schwarz vor Augen.

Plötzlich verschwand das Gewicht auf ihm. Dann wurde er selbst hochgezerrt, Sekunden später lag er hustend im Gras der Weide.

»Wir müssen weiter! Fort von hier, wir sind noch zu dicht dran. Geht es bei dir? Felix braucht Hilfe«, brüllte Jörg ihm zu.

Jan schaffte es irgendwie, zu nicken und sich dann aufzurichten. Stolpernd folgte er Jörg. Bloß weg von dem Qualm und der Hitze. Mit einem lauten Krachen brach hinter ihm das Dach ein.

Das war höllisch knapp gewesen.

Jörg war bereits dabei, Felix zu beatmen. Jan tastete nach dem Puls. Nichts. Hustend und würgend begann er mit der Herzmassage. Nach einer gefühlten Ewigkeit fühlte er ein schwaches Pochen an der Halsschlagader, gleichzeitig hustete Felix schwach. Von irgendwo rannten plötzlich Sanitäter auf sie zu.

Trotz seines Protestes wurde auch Jan eine Sauerstoffmaske übergestülpt, aber er musste zugeben, dass diese Maßnahme half. Endlich konnte er wieder halbwegs normal atmen. Nach wenigen Sekunden riss er sich das Ding wieder herunter.

»Felix ist Krebspatient, austherapiert. Er nimmt starke Schmerzmittel auf morphiner Basis«, rief er dem Notarzt zu.

»Was für ein Krebs?«, fragte der Arzt, ohne sich von seiner Untersuchung ablenken zu lassen.

»Leberkarzinom.«

»Danke, Lunge wäre schlimmer. Geht es bei Ihnen?«

»Ja, maximal leichte Rauchvergiftung. Was ist mit ihm?«

»Starke Rauchvergiftung, leichte Verbrennungen an einer Hand. Die Rauchvergiftung könnte zum Problem werden. Wir bringen ihn nach Eckernförde und sehen dann weiter.«

Jan konnte nichts anderes tun, als der Versorgung zuzusehen. Wut machte sich in ihm breit, die er kaum noch in den Griff bekam. Vielleicht waren Dirks und Jörgs Sorgen doch berechtigt und er selbst war die eigentliche Gefahr in schwierigen Situationen. Allerdings richtete sich sein Zorn nur gegen einen: gegen sich selbst. Er hätte als Erstes nach Felix suchen müssen, statt die Tiere zu befreien. Wie hatte er die Prioritäten nur so falsch setzen können?

Jörg hatte bisher schweigend dem Arzt und den Sanitätern zugesehen. »Was meinst du?«

Irritiert sah Jan ihn an. »Womit?«

»Du hast eben irgendwas über Prioritäten gesagt.«

Anscheinend hatte er seine Gedanken ausgesprochen. Jan biss die Zähne fest zusammen. »Mein Fehler. Ich hätte nach Felix suchen müssen und mich niemals mit den Tieren aufhalten dürfen. Ohne deine Hilfe wären wir beide umgekommen.«

Jörg starrte ihn an. Obwohl die Feuerwehr schon am Löschen war, flackerten die Flammen noch hoch genug, dass Jan die Miene seines Freundes erkennen konnte: pure Fassungslosigkeit. »Soll das jetzt so etwas wie ein Abschlussbriefing werden, wie es nach euren Einsätzen üblich war? Hätte nicht jeder so reagiert wie du? Und wie hätte Felix wohl seine Prioritäten gesetzt? Du hast doch gar nicht gewusst, wo er lag, und ihn nicht absichtlich warten lassen!«

»Nein, das nicht. Ich hatte bei jeder Box die Hoffnung, ihn dort zu finden, aber ich hätte …«

»… die paar Sekunden nicht investieren sollen, die Ausgänge zu öffnen? Du spinnst ja. Das, was du gerade geleistet hast, war Wahnsinn. Und du stehst hier und machst dich fertig? Ich konnte euch doch nur helfen, weil ich dank dir wusste, wo ich euch finde.«

Der Ziegenbock tauchte plötzlich meckernd neben ihnen auf und rieb seinen Kopf an Jans Jeans.

»Siehst du, er stimmt mir gerade zu.«

Die Sanitäter legten Felix nun auf die Trage und bereiteten den Abtransport vor. Der Arzt sah Jan an. »Möchten Sie mit?«

Jan wollte gerade zustimmen, als ihm ein Gedanke kam. Felix würde die nächsten Stunden noch bewusstlos sein, aber vielleicht brauchte jemand anders seine Hilfe. »Ich komme möglichst schnell nach«, versprach er.

»Wie Sie meinen.«

Jan wirbelte zu Jörg herum. »Deshalb haben sie mich in Ruhe gelassen! Sie waren hinter denen her, die mir geholfen haben. Vielleicht steht auch Lena noch auf ihrer Liste.«

»Okay, wir fahren sofort hin. Die Betonung liegt allerdings auf ›wir‹. Bist du fit genug, um die Ninja zu nehmen? Damit bist du schneller. Aber warte bitte wirklich mit allem, bis ich da bin.«

Hustend nickte Jan.

»Sehr überzeugend«, kommentierte Jörg seine Reaktion. »Hol dir dieses Mal bitte noch deinen Helm aus meinem Wagen. Ich rufe von unterwegs aus Jo an, damit er sich um die Tiere kümmert.«

»Nicht nötig, mein Junge. Wir sind schon da«, ertönte Jos Stimme hinter ihnen. »Helga ist in Felix' Küche und kocht für die Einsatzkräfte Kaffee und Tee. Die Scheune ist nicht mehr zu retten, aber die Jungs von der Feuerwehr sorgen dafür, dass das Haus nicht auch noch abbrennt. Hat es mit den Kerlen in Handschellen das auf sich, was ich vermute?«

Jan und Jörg nickten.

»Was habe ich da eben mit halbem Ohr mitbekommen? Wo wollt ihr hin?«

»Zu Lena. Und pass du bitte auf dich und Helga auf. Es könnte sein, dass die Mistkerle es auf die abgesehen haben, die mir helfen«, erklärte Jan eilig.

Bei ihren Fahrzeugen angekommen, fluchte Jörg laut. Sein Wagen war von den Einsatzkräften zugeparkt worden. Dann kam auch noch ein uniformierter Polizist auf ihn zu und stellte Fragen zu den Kerlen, die sie festgesetzt hatten.

Jan entschloss sich, allein vorauszufahren. Mit seinem Motorrad würde er an den kreuz und quer geparkten Wagen mühelos verbeikommen. Er ignorierte Jörgs Versuch, ihn zurückzuhalten. Sein Freund konnte ihm später immer noch die Meinung über diesen Alleingang sagen. Er musste sich einfach überzeugen, dass es Lena gut ging.

Kaum lag die Straße frei vor ihm, gab er Gas. Erst kurz vor Brodersby bremste er und überlegte sich die nächsten Schritte. Lenas Haus lag zur Hauptstraße hin, dort herrschte zwar um diese Zeit wenig Verkehr, aber dennoch wäre ein Einbruch von dort aus relativ riskant. Wenn es jemand auf sie abgesehen haben sollte, würde derjenige vermutlich über das Feld hinter dem Haus in den Garten kommen und dann eine der beiden Terrassentüren aufhebeln.

Er hätte zu gerne das Licht ausgeschaltet, um sich unentdeckt dem Haus zu nähern, aber das ließen die idiotischen Sicherheitsvorschriften in Deutschland nicht mehr zu. Mit Drehen des Zündschlüssels schalteten sich die Scheinwerfer ein, ob man wollte oder nicht.

Sollte er vorbeifahren und unauffällig zurückkehren oder gleich in einiger Entfernung halten und sich an sein Ziel heranschleichen? Beides hätte Vorteile, konnte aber auch schiefgehen.

Schließlich hielt er auf dem kleinen Parkplatz vor Ernas Kiosk, ließ den Helm auf dem Motorrad liegen und lief zu Lenas Haus, das keine hundert Meter entfernt lag. Vorn sah alles friedlich aus. Jan zwängte sich lautlos durch die Büsche, die den Garten umgaben, und lauschte angestrengt. Alles war ruhig, kein Eindringling zu sehen. Dennoch hatte er ein schlechtes Gefühl. Reglos blieb er im Schatten des Busches stehen.

Plötzlich hörte er in einiger Entfernung ein Geräusch, das er sofort identifizierte und das hier definitiv nicht sein sollte: das Vibrieren eines Handys. Unmittelbar danach flüsterte jemand. Amateur! Profis wussten, dass nachts jedes Flüstern auffälliger war als ein leises Sprechen.

Dicht bei den Büschen näherte er sich dem oder den Eindringlingen.

»Und?«, fragte jemand.

»Keine Antwort von der Schlei, aber riesiges Aufgebot an Polizei und Feuerwehr.«

»Ist das gut oder schlecht?«

»Weiß nicht.«

»Was sollen wir tun?«

»Der Tussi einen Schreck einjagen und verschwinden.«

»Dahinten liegen Steine rum. Zwei davon in die Fensterscheiben und sie weiß Bescheid.«

Schweigen.

»Die Terrassentür haben wir in zehn Sekunden auf. Hast du nicht gesehen, wie die Kleine aussieht? Ich hätte da eine andere Idee, die mehr Spaß macht.«

Ein tiefer Atemzug. »Nee, lass man. Das ist nicht mein Ding.«

»Dann verpiss dich doch, du Weichei.«

»Is' klar. Du mich auch.«

Jemand zwängte sich durch die Büsche und stapfte davon. Wenig später wurde ein Motor gestartet und ein Wagen fuhr weg. Damit blieb nur noch einer übrig und es wäre Jan ein Vergnügen, dem miesen Kerl zu beweisen, dass sein Kumpel die bessere Entscheidung getroffen hatte.

Bis auf ein schwaches Licht im Wintergarten war es im Haus dunkel. Jan vermutete, dass Lena an ihrem Lieblingsort schlief. Das war noch ein Grund mehr, dafür zu sorgen, dass sie nicht gestört wurde.

Jan wartete, bis der Mann die Terrassentür erreicht hatte, dann sprintete er los, packte den Kerl an der Schulter und warf ihn mit einem Hüftschwung auf den Boden.

Keuchend schnappte sein Gegner nach Luft. »Was …?«

Licht flammte auf, das Jan einen Moment blendete. Der Typ vor ihm nutzte die Chance und trat nach ihm. Mühelos wich Jan aus und revanchierte sich mit einem Tritt in die Rippen. »Das war deine zweite dämliche Idee. Du hättest deinem Kumpel folgen sollen. Liegen bleiben, sonst tut es weh!«

Die Terrassentür wurde geöffnet. »Jan? Was ist denn los?«

»Erkläre ich dir gleich.« Jörg hatte ihm für den Notfall Plastikhandschellen überlassen. Die benutzte er nun, um dem

Typen trotz dessen lautstarken und unflätigen Protestes die Hände auf dem Rücken zu fesseln. Als der Kerl wieder nach ihm trat, nutzte Jan das zweite Paar, um ihn mit den Füßen an dem Sonnenschirmhalter aus Granit zu fixieren. Anschließend nahm er ihm ein Klappmesser, seine Brieftasche und vor allem das Handy ab. Jan tippte aufs Display. Kein Sperrcode. Perfekt.

»Was ist hier los?«, wiederholte Lena mit sich überschlagender Stimme und fasste ihn am Arm, um im nächsten Moment entsetzt zurückzuweichen. »Du stinkst ja wie die Pest!«, beschwerte sie sich.

Das klang so empört, dass Jan fast gelacht hätte. Stattdessen hustete er.

»Warte, ich hole dir was zu trinken. Bist du etwa mit dem Gift in Berührung gekommen?« Sie eilte davon, bevor er antworten konnte.

Als sie mit einem Glas Wasser zurückkehrte, stürzte er die Flüssigkeit herunter. »Danke, das war eine gute Idee.«

»Deine Stimme ist total heiser. Für mich klingt das nach einer Rauchvergiftung, mit der man nicht durch die Gegend fahren und Männer verprügeln sollte! Als Arzt solltest du das eigentlich wissen.« Die Hände in die Taille gestemmt, blitzte sie ihn aufgebracht an.

Nun musste Jan doch lachen, zog sie kurz an sich und küsste sie.

Viel zu kurz erwiderte sie die Umarmung, dann löste sie sich aus seinem lockeren Griff und schnappte nach Luft. »So gerne ich auch weitermachen würde … Da gibt es noch einiges zu klären und zu erledigen. Auf meiner Terrasse liegt ein gefesselter Kerl, den du offenbar nicht magst und der da definitiv nichts zu suchen hat, und du brauchst eine Dusche.« Sie legte den Kopf schräg. »Und Schlaf.«

»Das wird nichts. Ich meine Dusche und Schlaf. Ich muss ins Krankenhaus, Felix hat es ziemlich übel erwischt. Man hat seine Scheune in Brand gesteckt. Jörg und ich haben ihn da rausgeholt und zwei Kerle festgesetzt, die offenbar was damit zu tun haben. Ich hatte Angst, dass du auch ins Visier dieser Mistkerle geraten bist, und bin deshalb hier vorbeigefahren.«

»Das war ja auch gut so«, sagte Lena, war mit ihren Gedanken aber anscheinend ganz woanders. »Wie geht es Felix?«

»Nicht so gut. Deswegen muss ich los. Ich will da sein, wenn er aufwacht.«

Energisch schüttelte Lena den Kopf. »Vergiss es. Du duschst, legst sich wenigstens kurz aufs Ohr und fährst danach ins Krankenhaus. So lasse ich dich nicht weg.«

»Entschuldige mal, du wirst mich nicht …«

»Sie vielleicht nicht, ich schon.« Durch die offene Terrassentür betrat Jörg den Wintergarten. »Es sagt ja wohl alles, dass du nicht mal bemerkt hast, dass ich auch endlich da bin. Hat der Kerl da draußen versucht, hier einzubrechen?«

»Ja. Er hat einen Anruf bekommen. Danach ist sein Kumpel abgehauen und er wollte es allein versuchen.«

»Alles klar, ich habe schon einen Streifenwagen aus Eckernförde angefordert. Die Kollegen werden den Typen einkassieren. Sein Handy hast du?«

»Ja.« Jan warf es ihm zu.

»Gut, ich sehe es mir an, während du duschst. Danach noch was trinken und ein bis zwei Stunden pennen. Dann nimmst du meinen Wagen. Auf dem Motorrad bist du heute Nacht genug durch die Gegend gejagt.«

Jan hob provozierend eine Augenbraue. »Ach ja? Und wie willst du die Bodenproben ins Labor bringen, wenn ich damit unterwegs bin?«

Jörg verschränkte die Arme vor der Brust. »Indem wir die Fahrzeuge wieder tauschen, sobald wir am Krankenhaus angekommen sind. Such es dir aus: Soll ich mit deiner Ninja oder deinem Audi dorthin fahren?«

»Das nennt sich die Wahl zwischen Pest oder Cholera! Ehe ich dich ans Steuer lasse, werde ich …«

»Du wirst jetzt nur eins tun: sofort duschen und dann pennen«, fuhr Lena ihn an. »Ihr seid ja schlimmer als Kleinkinder!«

Jan verkniff sich den Hinweis, dass das aber zwei Dinge wären.

Jörg stieß Jan sanft den Ellbogen in die Rippen. »Also, ich würde tun, was sie sagt. Wenn sie diesen Blick drauf hat, dann …«

Kapitel 26

Als Jan aufwachte, hatte sich Lena wieder so eng an ihn gekuschelt wie in der ersten Nacht, die er hier verbracht hatte. Er tastete nach dem Smartphone, das er auf dem Tisch abgelegt hatte, und sah aufs Display. Halb fünf. Damit hatte er dann fast zwei Stunden geschlafen. Das musste reichen.

Vorsichtig löste er sich aus Lenas Umarmung und ging in die Küche. Neben einer Thermoskanne mit heißem Kaffee lag ein Zettel. *Dein Audi steht vor dem Haus. Wenn du es schaffst, komm mittags mit dem Auto bei Jo vorbei. Wir müssen was wegen der Tiere organisieren. Es sind auch noch einige formelle Aussagen fällig. Sorry, kann dir den Scheiß nicht ganz ersparen.*

Erst jetzt bemerkte er, dass sein eigener Wagenschlüssel auf dem Tisch lag.

Jan goss sich einen Becher Kaffee ein und war weit davon entfernt, wegen Jörgs eigenmächtiger Aktionen sauer zu sein, sondern er war einfach nur dankbar, dass der sich um alles gekümmert hatte.

Mit dem Becher in der Hand stellte Jan sich in den Türrahmen des Wintergartens und betrachtete Lena. Trotz der kurzen Zeit kannten sie sich schon erstaunlich gut und er war nicht sicher, wie er das finden sollte. Keiner von ihnen hatte eine feste Beziehung erwähnt. Die Umstände waren einfach zu verwirrend, ihre Vergangenheit zu kompliziert. Dennoch fühlte er mehr für sie, als er geplant hatte. Mit Schaudern erinnerte er sich an die Angst um sie, als er nachts über die Straße gejagt war. Er sollte möglichst schnell klären, was genau das zwischen ihnen war, hatte vor der Antwort aber auch ein wenig Angst. Eine solche Unsicherheit war ihm fremd, so etwas hatte er das letzte Mal während der Schulzeit gespürt, als er darauf gewartet hatte, ob das blonde Mädchen, dessen Namen er längst vergessen hatte, mit ihm ›gehen‹ wollte – wie sie es damals genannt hatten.

Rasch wandte er sich ab. Für solche Überlegungen hatte er später Zeit, jetzt gab es andere Dinge zu erledigen.

Als Jan an Ernas Kiosk vorbeikam, stutzte er und hielt an. Er hatte völlig vergessen, dass er seine Ninja dort geparkt hatte. Von dem Helm auf der Sitzbank war nichts mehr zu sehen, aber hinter dem kleinen Schaufenster brannte schon ein schwaches Licht. Kaum war er ausgestiegen, eilte Erna auf ihn zu. In der Hand hielt sie seinen Helm.

Außer Atem lehnte sie sich gegen den Audi. »Mann, Mann, ich habe schon gehört, was bei Felix und Lena los war. Ich habe dann mal deinen Helm mit reingenommen.«

»Danke. Kann ich die Maschine noch hier stehen lassen?«

»Natürlich. Bist du auf dem Weg zu Felix?«

»Ja.«

»Dann will ich dich auch nicht aufhalten, nur eins: Wie sieht's mit seinen Tieren aus?«

Jan zuckte mit der Schulter. »Lieb, dass du fragst, aber ich weiß im Moment nur, dass die Scheune komplett runtergebrannt ist. Vermutlich können die Pferde, Ponys und Schafe erst mal auf der Weide bleiben. Ich fahre nachher zu Jo und wir überlegen uns was.«

Ernas Blick schweifte in die Ferne. »Ich mache mir da ehrlich gesagt mehr Sorgen um Felix als um die Viecher. Mal sehen, was man da machen kann ... Hast du noch genug Zeit für einen Kaffee?«

»Nee, ich muss weiter«, lehnte er bedauernd ab, dabei hätte er zu gerne erfahren, worüber Erna nachdachte, um Felix zu helfen. Dass da was im Busch war, sah er ihr an und er hatte ihr großes Herz mittlerweile schon oft genug erlebt.

»Dann halt mal auf dem Rückweg kurz bei mir an und sag, wie's Felix geht.«

»Mach ich.«

Zum Glück lag das Krankenhaus in direkter Nähe zur Bundesstraße, sodass Jan nicht lange suchen oder durch die Stadt fahren musste. Um diese Uhrzeit hatte er keine Probleme, auf dem Parkplatz der Klinik in Eckernförde eine freie Lücke zu finden. Er erntete einige neugierige Blicke, als er, ohne zu fragen, direkt zur Intensivstation eilte. Hoffentlich stieß er wieder auf einen so verständnisvollen Kollegen wie in der Kieler Uniklinik, der seinen Besuch nicht als Einmischung betrachten würde.

Wie üblich war der Zutritt zur Intensivstation nur nach Anmeldung möglich, aber Jan ignorierte die Aufforderung zu klingeln und öffnete einfach die Tür. Eine grauhaarige, etwas untersetzte Schwester sah ihn sichtlich müde an.

»Guten Morgen, ich wollte niemanden wecken. Ich bin Jan Storm. Felix Mommsen müsste bei Ihnen liegen. Das ist mein ...«

»... Patient«, unterbrach die Schwester ihn und hielt ihm die Hand hin. »Ich bin Eva. Ich habe schon von dir gehört. Gut, dass es an der Schlei wieder einen vernünftigen Arzt gibt. Was kann ich für dich tun?«

»Ich wollte mich nach Felix erkundigen. Er ist nicht nur ein Patient, sondern auch ein Freund.«

»Dann bist du der, den wir brauchen. Medizinisch gesehen hätte er nämlich schon längst aufwachen müssen, aber er reagiert nicht. Der Arzt denkt an einen komaähnlichen Zustand wegen seiner Krankengeschichte, aber wenn du mich fragst, ist das Blödsinn. Dein Freund ist total apathisch. Er liegt gleich hier vorn. Rede mal mit ihm, ich wette, er hört dich und hat bisher einfach alles ausgeblendet.«

Schon immer hatte er Respekt vor Schwestern gehabt, die genug Mut hatten, die Aussage eines Arztes anzuzweifeln. Doch Jan verstand, dass sie ihn dabei etwas unsicher ansah. Nicht jeder Kollege hatte Verständnis für diese Art von Widerspruch und der Standesdünkel und Zusammenhalt der sogenannten Götter in Weiß stand der Vernunft viel zu oft im Wege.

Jan lächelte ihr zu. »Als ich im praktischen Jahr war, hat die Oberschwester etwas bemerkt, was ich sonst übersehen hätte. Ich werde also ganz genau das tun, was du sagst. Lässt du mich vorher noch einen Blick auf das Patientenblatt werfen?«

»Klar«, erwiderte sie und hielt es ihm bereits hin.

Jan überflog die Angaben und fluchte. Der Blutdruck war wieder im Keller und auch sonst hätten die Werte deutlich besser sein müssen. Aber wenigstens waren die Verbrennungen nicht so gravierend. Lediglich Felix' rechte Hand und die linke Schulter hatten etwas abbekommen. »Ich rede mit ihm.«

»Nimm einen Kaffee mit. Du siehst aus, als wenn du ihn gebrauchen könntest.«

»Danke. Ist das die Mischung, die nachts üblich ist?«

»Natürlich, beim Verhältnis Pulver zu Wasser gewinnt das Pulver.« Sie reichte ihm einen gefüllten Becher, auf dem eine riesige Sonnenblume abgebildet war.

Nachdem er die Anzeigen der verschiedenen Apparate neben Felix' Bett überprüft hatte, stimmte er der Einschätzung der Schwester zu. Aus medizinischer Sicht sah es aus, als ob Felix nur schlafen würde. Vielleicht befürchtete er, die Tiere verloren zu haben. Aber Jan würde nicht zulassen, dass sein Freund nun den Lebensmut verlor.

Er setzte sich auf den Stuhl neben dem Bett und beobachtete Felix. Die Lider flatterten leicht und gaben ihm endgültige Sicherheit. »Moin. Ich bin es, Jan. Das würdest du aber auch selbst rausfinden, wenn du mal geruhen würdest, die Augen zu öffnen. Wir müssen uns unterhalten.«

»Verschwinde. Das war's für mich.«

Die heisere, kaum hörbare Stimme durchfuhr Jan wie ein Stich in die Magengegend. »Glaubst du, ich habe dich aus dem Feuer rausgeholt, damit du jetzt aufgibst? Du kannst selbstständig atmen und deine Verbrennungen sind auch nicht besonders schlimm. Also mach was draus.«

Endlich öffnete Felix die Augen und in seiner Miene zeigte sich ein winziger Anflug von Wut. »Was soll ich denn deiner Meinung noch machen können? Glaubst du ernsthaft, ich komme hier jemals wieder raus?«

Jan kniff die Augen zusammen. »Dein erstes Ziel sollte es sein, dass du von der Intensiv runterkommst und niemandem das Bett wegnimmst, der es dringender braucht.« Ihm kam eine Idee, die etwas verrückt war, aber in dieser Situation war alles erlaubt. »Wenn du das bis heute Nachmittag schaffst, bringe ich dir einen ganz speziellen Besucher mit.«

»Und für wen sollte ich mich so anstrengen?«

»Das verrate ich dir nicht, denn dann wäre es ja keine Überraschung mehr. Außerdem musst du nicht viel machen, sondern einfach nur wieder reagieren, wenn man dich anspricht, auch wenn es sich um einen anderen Arzt handelt als mich. Sieh es doch mal so: Je schneller du hier raus bist, umso eher kann ich dich wieder übernehmen. Aber deine Gehirnzellen scheinen ernsthaft gelitten zu haben.«

Jan trank einen Schluck Kaffee. Als Felix mit forderndem Blick auf die Trinkflasche schielte, schüttelte er den Kopf. »Da kommst du selbst ran. Mach schon. Und dann brauche ich deine Hilfe.«

Felix stemmte sich mühsam hoch, funkelte ihn wütend an, griff aber selbstständig nach der Flasche und trank. Nur mit Mühe verkniff sich Jan ein breites Grinsen. Es war noch ein langer Weg, bis Felix psychisch endgültig über den Berg war, aber der Anfang war gemacht.

»Und wobei sollte ich dir helfen können?« Bittere Ironie, aber auch ein klein wenig Hoffnung schwangen in seinen Worten mit.

Jan holte sein Smartphone hervor. »Ich notiere mir am besten deine Antworten, denn besonders viel Schlaf habe ich nicht bekommen.« Dass Felix ihn irritiert, aber sichtlich neugierig ansah, gefiel ihm. »Es geht darum, dass wir keine Ahnung haben, was welches Tier braucht und ob es was Besonderes zu beachten gibt. Fangen wir an mit Rambo. Der ist im Moment bei Jo und Helga. Was von dem ganzen Zeug in deiner Vorratskammer ist für ihn? Und was gehört diesem riesigen Bären, den du als Hund bezeichnest? Für uns sah das alles gleich aus.«

Felix blinzelte ungläubig. »Rambo geht es gut?«

Jan nickte. »Natürlich. Hat dir denn niemand gesagt, welche Opfer es gab?«

Felix' Unterlippe zitterte. »Nein, sie wollten mich nicht aufregen. Sag du es mir.«

Also hatte sein Freund tatsächlich das Schlimmste befürchtet. Jan fluchte und klärte ihn dann auf, dass bis auf einen Hasen sämtliche Tiere gerettet worden waren. »Der kleine Kerl ist definitiv durch den Schock und nicht durch das Feuer gestorben. Allerdings ist sein Kumpel noch auf der Flucht, ebenso wie dieser schwarze Hund. Über den weiß aber jeder Bescheid und alle halten Ausschau nach ihm.

Wenn du mich fragst, ist der sowieso viel zu faul, um weit wegzulaufen. Allen anderen geht es gut. Können wir nun die Liste fertig machen? Keiner von uns hat Ahnung, was Schafe außer Gras noch fressen oder brauchen. Wir sind ja gerne bereit, dir zu helfen, aber nur, wenn du im Hintergrund die Regie übernimmst. Machst du das?«

»Ich denke darüber nach. Ich will erst eine ehrliche Antwort von dir haben: Habe ich eine Chance, hier wieder rauszukommen?«

Jan wich dem bohrenden Blick nicht aus. »Wir hatten uns versprochen, ehrlich zu sein, also zieh dich warm an, denn ich werde deinetwegen nichts beschönigen. Körperlich ist die Sache für mich so gut wie abgehakt. Aber ich mache mir darüber Sorgen, was in deinem Kopf vor sich geht. Die mentale Einstellung muss nicht, kann aber bei Krebs entscheidend sein. Immer klappt das nicht, aber dein bisheriger Krankheitsverlauf sieht da ganz gut aus und macht mir Hoffnung, dass du mir noch einige Zeit auf die Nerven gehen wirst. Ich weiß allerdings nicht, was geschieht, wenn deine Entschlossenheit kippt. Deswegen darf das nicht passieren.«

Felix wirkte plötzlich nachdenklich.

»Nicht nur die Tiere brauchen dich, es gibt da draußen auch einige Menschen, denen was an dir liegt ... Also reiß dich zusammen!«

»Warst du beim Bund eigentlich auch so ein Klugscheißer, Herr Major?«

»Natürlich, das lernt man da perfekt. Können wir jetzt die verdammte Liste für deine Viecher gemeinsam erstellen? Ich muss irgendwann auch noch in die Praxis.«

Einiges von dem, was Felix ihm dann erklärte, hatte Jan sich zwar schon gedacht. Aber er bremste ihn nicht, sondern notierte einfach stillschweigend sämtliche Tipps. Immer wieder schweifte Felix zu kleinen Anekdoten über die Tiere ab und Jan ließ ihn reden.

Erst als Felix einige Male laut gähnte und seine Stimme leiser wurde, beendete Jan das Gespräch. »Sehr gut, damit können wir was anfangen. Ich komme heute Nachmittag wieder. Du schläfst eine Runde und sorgst dafür, dass du nachher auf der normalen Station liegst. Denk an den Besucher, den ich dir versprochen habe!«

Als Jan wieder vor seinem Wagen stand, atmete er tief durch. Es war ihm zwar gelungen, Felix für den Moment aus seiner Lethargie zu reißen, aber das würde nicht andauern. Solange er körperlich noch geschwächt war, würden ihn die Gedanken an seine Krebserkrankung und den Verlust der Scheune immer wieder herunterziehen und das konnte er sich nicht erlauben.

Jan erinnerte sich noch gut daran, wie er sich in der ersten Zeit nach seinem Abschied aus der Bundeswehr verhalten hatte. Ohne die Hilfe oder besser gesagt die Ansage seiner Tante Liz hätte er wesentlich länger gebraucht, um sein Leben wieder in den Griff zu bekommen.

Seine Tante!

Er riss das Smartphone aus der Jeans und drückte die Kurzwahl.

»Jan? Was ist passiert?«, begrüßte Liz ihn.

In diesem Moment wurde Jan klar, dass es erst kurz nach sieben war. »Habe ich dich geweckt?«

»Natürlich nicht, ich bin in einem Alter, wo Schlaf nebensächlich ist. Was ist los? Du rufst ja wohl kaum zum Spaß so früh an.«

Jan erzählte ihr von dem Brand und Felix' Zustand.

»Ich werde so gegen siebzehn Uhr bei euch sein. Reicht das? Ich muss hier noch ein paar Dinge klären, dann fahre ich los. Falls ich nicht bei Felix unterkomme, solltest du dein Gästebett beziehen. Ich melde mich, sobald ich unterwegs bin. Und du gibst mir Bescheid, falls ich noch was mitbringen soll. Wenn ich dich wieder auf Kurs gebracht habe, wird es bei Felix ein Kinderspiel!«

Diesen Kommentar hätte sie sich sparen können, aber nur das Ergebnis zählte. »Danke, Liz. Du bist und bleibst die beste Tante.«

Sie schnaubte. »Da du nur eine hast … Pass auf dich auf, mein Junge. Und frühstücke erst einmal vernünftig. Bis nachher dann.«

Gähnend hielt Jan vor seinem Haus an. Der Vormittag würde hart werden und auch der Rest des Tages war so vollgepackt, dass er sich fragte, wie er das alles schaffen sollte. Aber er hatte bei seinen Einsätzen gelernt, dass es einen nicht weiterbrachte, zu warten und auf bessere Zeiten zu hoffen. Stattdessen würde er einfach einen Schritt nach dem anderen erledigen. Und das hieß, als Erstes den Vormittag zu überleben und seine Patienten so zu versorgen, wie sie es verdient hatten.

Auch wenn es schon reichlich spät war, wollte er noch schnell seine verqualmte Jeans und das von Lena geliehene T-Shirt gegen saubere Klamotten tauschen. Danach blieb hoffentlich noch genug Zeit für einen weiteren starken Kaffee.

Er kam nur bis zum Flur. Gerda stürzte aus der Praxis heraus, Lena sah von der Treppe auf ihn herab.

Seine Arzthelferin schüttelte den Kopf. »Die Praxis bleibt heute geschlossen. Für Notfälle bin ich hier. Und nachher kommt der Systemtechniker vorbei, checkt die Software und spielt sie neu auf. Die Patientendaten habe ich schon gesichert. Ab nach oben. Schlaf nachholen und die leichte Rauchvergiftung auskurieren.«

Ausgerechnet jetzt musste er husten. »Das ist immer noch meine …«

Lena stürmte die Stufen herunter. »Du kannst mir noch kurz erzählen, wie es Felix geht, und dann tust du, was Gerda sagt! Typisch Arzt, an alle denkst du, aber nicht an dich selbst. Und da du die Mittagspause schon komplett verplant hast, bleibt eben nur dieser Weg. Willst du noch weiter da unten herumstehen und diskutieren? Das bringt nichts, denn Gerda hat längst alle Termine abgesagt. Also komm hoch, in der Praxis gibt's nichts für dich zu tun.«

Jan hatte nicht vor, sich von zwei Frauen herumkommandieren zu lassen. Allerdings war es sinnlos, sich in seine Praxis zurückzuziehen, wenn Gerda eigenmächtig sämtliche Termine verlegt hatte. »Darüber reden wir noch«, knurrte er seine Helferin an.

Unbeeindruckt nickte sie. »Aber sicher, Boss. Du kannst dich später gern bei mir bedanken.«

Bei Lena beschränkte er sich auf einen vernichtenden Blick, der seine Wirkung komplett verfehlte. Erst als er seine verrauchten Klamotten los war und sich aufs Bett warf, verflog sein Ärger etwas.

Lena grinste ihn frech an. »Na, bist du wieder ansprechbar?«

Jan knurrte drohend, griff nach ihrer Hand und zog sie mit einem Ruck neben sich. »Noch nicht ganz, aber so langsam. Ich mag es nicht, wenn ihr so etwas über meinen Kopf hinweg entscheidet! Ich bin doch kein kleines Kind.«

»Das weiß ich«, sagte sie und legte ihren Kopf an seine Schulter. »Und nun schlaf eine Runde.«

Irgendetwas an seiner Beschwerde hatte sie nicht verstanden, aber da ihm schon die Augen zufielen, verschob er die Diskussion auf später.

Langsam drang der Geruch nach gebratenem Speck in seine wirren Träume von herumirrenden Tieren und zusammenstürzenden brennenden Gebäuden. Jan fuhr hoch und rieb sich über die verschwitzte Stirn. Dann kam die Erinnerung zurück und er sah auf die Uhr. Halb zwölf. Es wurde langsam Zeit, zu Jo zu fahren. Jörg wartete auf ihn, die Tiere mussten versorgt werden und das waren nur die Punkte, die ihm sofort einfielen.

Rasch stand er auf und traf in der Küche auf Lena und ein fast fertiges Bauernfrühstück in der Pfanne vor ihr. »Isst du freiwillig?«

Sein knurrender Magen ersparte ihm die Antwort.

Sie reichte ihm sein Smartphone und zwinkerte ihm frech zu. »Das hast du im Bad liegen lassen. Da es blinkt, gibt es wohl Neuigkeiten. Die darfst du dir ansehen, wenn du dabei das Essen nicht vergisst.«

»Das Smartphone ist keine Gefahr fürs Essen, aber ein gewisser Frechdachs könnte mich alles vergessen lassen.«

Ihr strahlendes Lächeln fuhr ihm direkt ins Herz. Es gab Sachen, an die er sich definitiv gewöhnen konnte.

Während er aß, überflog er seine Mails und fasste sie für Lena zusammen. Ein ums andere Mal runzelte sie missbilligend die Stirn.

Am Ende seufzte sie und stibitzte ihm sein letztes Stück Speck vom Teller. »Manchmal mag ich das deutsche Rechtssystem nicht. Wenn Jörg nicht diese Kumpel in Hamburg hätte, würde sogar er als Polizist keine Chance haben, offizielle Ermittlungen gegen diese Giftmüllmafia anzuleiern. Was für ein Wahnsinn. Das ist doch krank!«

Geistesabwesend nickte Jan, da er die Nachricht überflog, die gerade eingetroffen war. Dann fluchte er. »Das Zeug ist noch gefährlicher, als ich dachte. Kein Wunder, dass das Labor einen Zahn zugelegt hat, nachdem die ersten Tests so einschlugen. Okay, ich muss los. Kommst du mit? Wir nehmen auch den Wagen, weil ich nachher zwei Pensionsgäste mitnehmen will.«

Lena lächelte wieder, offensichtlich hatte sie mit der Einladung nicht gerechnet.

Kapitel 27

Vor Felix' Resthof traute Jan seinen Augen kaum: Der gesamte Bereich vor dem Haus war mit Fahrzeugen zugeparkt. Er hatte keine Idee, wo er seinen Audi abstellen sollte. Schließlich blockierte er einen Golf, der aussah, als ob er nur noch vom Lack zusammengehalten wurde. Der Fahrer konnte sich ja melden, wenn er wegfahren wollte.

Den grauen Transporter ordnete er der Polizei zu, denn der zweite Innenspiegel war kaum zu übersehen. Allerdings hatte dieses Fahrzeug im Gegensatz zu dem direkt danebenstehenden Streifenwagen ein Kieler Kennzeichen.

Den meisten Platz nahm jedoch ein Trecker mit Anhänger ein, der einen Stapel Holzbretter geladen hatte.

Lena blickte sich um und zuckte dann mit der Schulter. »Ich frage im Haus nach, ob ich dort helfen kann. Und wenn's nur Kaffee kochen ist. Was machst du?«

Unschlüssig sah Jan zwischen dem Haus und den verkohlten Resten der Scheune hin und her. »Ich gehe mal da rüber«, antwortete er dann und deutete auf die Brandruine.

»Gut, aber leg dich nicht mit dem Dorfsheriff an, der guckt schon so komisch.«

Jan folgte ihrem Blick und stöhnte. Der alte Zeiske beobachtete sie, und wenn Jan von der Miene des Polizisten auf dessen Stimmung schloss, dann stand ihm ein ordentlicher Gegenwind bevor. »Ich bringe das Gespräch mit ihm lieber schnell hinter mich. Vielleicht hat Jörg ja auch schon alles Wichtige geklärt.«

»Na, dann viel Glück. Ich gehe lieber, ehe ich ihm eine knalle. Aber sag was, wenn du Hilfe oder ein Alibi brauchst. Kennst du eigentlich den Typen mit der ausgeblichenen Jeans, der dahinten am Gatter lehnt?«

Der Mann war Jan auch schon aufgefallen und er konnte ihn nicht einordnen. Mit den kurzen weißblonden Haaren, dem dunkleren Kinnbart und einem auffälligen Ohrstecker war er bestimmt kein Polizist. Aber zu wem gehörte er dann? Und was machte der Trecker mit der Ladung Holz hier?

»Also gut, ich übernehme das hier draußen und du siehst drinnen nach dem Rechten. Mir gefällt es nicht, dass die Haustür sperrangelweit offen steht. Außerdem möchte ich wissen, wo Rambo ist.«

Jan hatte kaum ausgesprochen, da kam der Hund auf ihn zugeschossen und sprang an ihm hoch. Rambo beruhigte sich erst, nachdem Jan ihm geduldig den Rücken gekrault hatte. »Hey, ganz ruhig, du Draufgänger. Wo ist denn dein Kumpel?«

Wesentlich gemächlicher als Rambo kam der schwarze Hund, der Jan immer an einen Bären erinnerte, nun angetrottet.

Lena stieß einen Freudenschrei aus und kniete sich vor dem riesigen Hund hin. »Wie schön, dass du wieder da bist, Tarzan!«

Jan schüttelte den Kopf. »Der heißt nicht wirklich Tarzan, oder?«

»Ignoriere den einfach, mein Süßer. Der hat dich eben noch nicht richtig kennengelernt. Na, komm mit. Wir suchen dir was Leckeres zu fressen.« Lena sah Jan kurz an. »Tarzan und Rambo vertragen sich nicht so gut. Ich nehme den Großen mit rein und du kannst den kleinen Kläffer davon abhalten wegzulaufen.«

Seufzend griff Jan nach der Leine, die Rambo hinter sich hergezogen hatte, und ging zur Scheune.

»Ich habe noch ein paar Fragen an Sie«, begrüßte Zeiske ihn.

»Ihnen auch einen guten Tag. Haben die Brandstifter schon gesagt, wer sie bezahlt hat?«

»Was für Brandstifter? Das Feuer kann alle möglichen Ursachen haben. Das herauszufinden, überlassen Sie mal schön uns.«

Jan bemerkte, dass der Typ mit den weißblonden Haaren näher gekommen war und ihnen offensichtlich zuhörte. Vermutlich handelte es sich um einen Reporter. »Und wie kann ich Ihnen dann weiterhelfen?«, fragte er Zeiske.

»Ich will wissen, was genau hier passiert ist.«

Zeiskes Interesse schien ehrlich zu sein, aber dank Jörgs Mails wusste Jan, dass der Polizist kaum für den Fall zuständig sein würde. Und wenn, wäre eine offizielle Zeugenaussage von Jan fällig gewesen und kein Gespräch zwischen Tür und Angel.

»Zwei Männer haben die Scheune in Brand gesteckt und hatten was dagegen, dass ich was dagegen hatte, was sie gerade getan hatten.«

Zeiske blinzelte irritiert und hatte sichtlich Mühe, Jans Worte zu sortieren.

Zufrieden fuhr er fort: »Ich habe dann dafür gesorgt, dass sie mich nicht daran hinderten, zusammen mit Jörg Hansen die Tiere und natürlich Felix Mommsen aus der brennenden Scheune herauszuholen.«

»Na, besonders doll kann das Feuer ja nicht gewesen sein, wenn Sie alle gerettet haben. Und solange Sie nicht dabei waren, wie die beiden Männer die Scheune in Brand steckten, ist hier gar nichts bewiesen. Der Brand kann Dutzende Ursachen haben.«

Jan musterte Zeiske. »Glauben Sie das ernsthaft oder versuchen Sie, sich das einzureden?«

Der blonde Typ hustete leise und wandte sich rasch ab, aber Jan hatte sein breites Grinsen noch gesehen.

»Nochmals: Die Brandursache ist nicht geklärt! Wer sagt mir denn, dass der Besitzer oder sogar Sie nicht fahrlässig mit brennbarem Material umgegangen sind?«, fuhr Zeiske ihn an.

Rambo knurrte leise und Jan hielt die Leine fester, obwohl er dem Hund recht gab.

Ehe er bissig antworten konnte, stapfte eine Frau, die einige Meter entfernt in den Trümmern der abgebrannten Scheune gewühlt hatte, zielstrebig auf sie zu. Bei ihrem langen blonden Pferdeschwanz und dem perfekt geschminkten Gesicht musste Jan sofort an eine Barbiepuppe denken – allerdings passten die klobigen Arbeitsstiefel nicht wirklich zu diesem Eindruck. Ein Mann folgte ihr, der keinerlei Ähnlichkeit mit Ken hatte, aber dafür durch seine Brille und die zerzausten Haare an Harry Potter erinnerte.

»Wenn Sie schon hier rumbrüllen, dann bleiben Sie doch bitte bei den Fakten«, wies die Frau Zeiske zurecht und steckte sich eine lose Strähne hinters Ohr. »Der Bericht steht zwar noch aus, aber die Brandursache steht fest.« Sie zog einen Arbeitshandschuh aus und hielt Jan die Hand hin. »Barbara Reichelt, LKA Kiel. Mein Kollege Julian Bäcker.«

Barbara? Barbie? Jan konnte ein Grinsen nur mühsam unterdrücken. »Jan Storm.«

»Dann sind Sie der Mann, mit dem wir reden wollten.«

»Sag ich doch!«, mischte sich Zeiske ungebeten ein und erntete dafür einen genervten Blick von der Polizistin.

Rambo sprang kläffend an ihr hoch.

»Entschuldigen Sie«, sagte Jan und zog den Hund rasch zurück.

»Lassen Sie ihn doch ... Das sind Arbeitsklamotten und der Kleine hat schließlich genug durchgemacht. Könnten Sie uns kurz schildern, wie sich das Feuer ausgebreitet hat?«

»Es war hier vorn am stärksten und hat sich dann an der rechten Seite weiter ausgebreitet. Der linke Bereich ist erst später übers Dach entflammt worden. Zum Glück. Sonst hätte niemand das Inferno überlebt.« Jan deutete auf die Weide. »Die Scheune hatte für jeden Boxenbereich einen separaten Eingang. Durch den konnten die Tiere entkommen.«

Bäcker rieb sich übers Kinn. »Mit Ihrer Hilfe.«

Jan nickte.

Seine Kollegin übernahm wieder das Gespräch. »Vielen Dank, das reicht uns. Die Täter haben Brandbeschleuniger, vermutlich Benzin, vielleicht auch Grillanzünder oder so etwas ausgeschüttet. Allerdings überwiegend im vorderen Bereich und an der Seitenwand. Da war offensichtlich jemand zu faul, um ein ordentliches Feuer zu entfachen, aber ich denke, deswegen werden wir uns nicht beschweren. Die Kollegen sind bereits unterwegs, um die Kleidung der Tatverdächtigen einzusammeln, die sie gestern getragen haben. Eine solche Aktion hinterlässt in der Regel ein paar Spuren an dem Stoff, die wir mit dem Brandbeschleuniger abgleichen können.«

Zeiske stellte sich aufrechter hin und stopfte sein Hemd zurück in die Hose. »Ich schätze Ihre Hilfe natürlich, aber die weiteren Ermittlungen liegen dann doch wohl eher bei uns.«

Die beiden Brandermittler würdigten Zeiske keines Blickes, sondern sahen zu dem blonden Typen hinüber.

»Danke, dass ihr so schnell eingesprungen seid«, übernahm der nun das Gespräch. »Können wir den Tatort freigeben?«

»Klar, deshalb haben wir ja so auf die Tube gedrückt. Die Jungs da drinnen wollen ja endlich loslegen«, erwiderte Bäcker und sah schmunzelnd zu dem Trecker. »So ein Dorf hat schon was, ich wusste gar nicht, dass es so was heute noch gibt.«

Jan hatte keine Ahnung, wovon der Mann sprach. »Was genau meinen Sie?«

Der Blonde deutete auf Felix' Haus. »Ein paar Leute warten darauf, dass wir den Bereich freigeben, damit sie die Scheune wieder aufbauen können«, erklärte er Jan, bevor er sich wieder an die Polizisten wandte. »Gebt ihnen Bescheid, dass sie starten können, und kommt gut nach Kiel zurück.«

»Machen wir. Den Bericht bekommst du heute noch.«

Jan hatte den Blonden völlig falsch eingeschätzt.

Das galt für Zeiske anscheinend auch, denn der starrte den Mann mit offenem Mund an. »Wer sind Sie eigentlich?«, fragte er ihn für seine Verhältnisse erstaunlich zurückhaltend.

Der Mann hielt ihm einen Ausweis hin. »Markus König. Ich leite die Ermittlungen.«

Zeiske prüfte den Ausweis genau und musterte König ungläubig, ehe er das scheckkartengroße Dokument zurückgab. »Mit welcher Begründung?«

König kniff die Augen zusammen. »Wollen Sie wirklich einen Streit um die Zuständigkeiten riskieren?«

»Mir ist jedenfalls nicht klar, was das Kieler LKA für ein Interesse an einem Scheunenbrand haben könnte.«

»Scheunenbrand? Es geht hier um einiges mehr, als Sie zugeben oder sehen wollen.«

So leicht gab Zeiske nicht auf. »Das ist ein Brand in unserem Verantwortungsgebiet. Punkt.«

»Und wie erklären Sie sich den Anschlag auf eine weitere Bewohnerin hier in der Nähe? Oder den vorhergegangenen Mordversuch an dem Herrn, der neben Ihnen steht? Und falls Ihnen das immer noch nicht reicht, habe ich noch einige Krankheitsfälle, deren Ursache sich gerade langsam klärt. Schönen Tag, Herr Kollege. Wenn ich Ihre Hilfe brauche, melde ich mich.«

Zeiskes Kiefer mahlten, dann drehte er sich wortlos um und ging zu seinem Streifenwagen.

König wartete, bis Zeiske eingestiegen war, und hielt Jan anschließend die Hand hin. »Ich bin Markus, dass du Jan bist, habe ich mitbekommen. Was für eine Scheiße, das Ganze. Lass uns mal reingehen und darüber reden, was wir jetzt machen. Die Zuständigkeit ist zwar dank unserer Kumpels in Hamburg geklärt, aber wir haben leider so gut wie nichts in der Hand.«

Das war also Jörgs Freund aus dem Wirtschaftsdezernat. Jan musste seine Vorstellung von Polizisten definitiv gründlich korrigieren.

Felix' Küche war mit sieben Männern, Jos Frau und Lena völlig überfüllt. Jan kannte nur Hannes Waldner und Richie. Doch das hielt die anderen nicht davon ab, ihm ebenfalls kräftig auf die Schulter zu schlagen und zu der erfolgreichen Rettungsaktion zu gratulieren.

Jan hob eine Hand. »Sekunde mal, Jörg hatte genauso viel, wenn nicht sogar mehr damit zu tun.«

Richie schüttelte den Kopf. »Das klang bei ihm anders und er wird ja wissen, was er sagt.«

Jan gab es auf. »Ihr wollt jetzt also die Scheune wieder aufbauen?«, wechselte er das Thema.

Richie schnallte sich einen Werkzeuggürtel um. »Klar, Erna hat einen Rundruf gestartet. Wer Zeit hat, macht mit. Und wer keine Zeit hat, nimmt sie sich. Jo und Felix wohnen zwar ein bisschen weitab von uns, gehören aber trotzdem zum Dorf dazu. Und das, was Felix hier aufgezogen hat, verdient es, erhalten zu werden.«

Hannes drängte Richie zur Seite. »Und außerdem haben wir gehört, dass dieser Scheiß passiert ist, weil ihr der Sache mit dem Husten nachgeht. Stimmt das?«

Jan nickte zögernd. »Das könnte sein.«

Hannes schlug Jan nochmals auf die Schulter. »Na, dann müssen wir erst recht dafür sorgen, dass die Scheune bald wieder steht. So, genug gesabbelt, wir müssen jetzt echt mal loslegen.«

Kaum waren auch die Frauen nach draußen gegangen, um die Schafe und Ponys zu versorgen, traf mit dem perfekten Gespür fürs richtige Timing Jörg ein. Der Polizist sah so müde aus, wie Jan sich plötzlich wieder fühlte.

Jörg gähnte zur Begrüßung und grinste Markus an. »Gut, dass du da bist. Hast du Zeiske schon vom Hof gejagt?«

»Logisch, das war meine erste Amtshandlung. Sag mal, was machst du eigentlich für ’nen Scheiß, wenn ich einmal mit den Jungs unterwegs bin?«

Jörg neigte den Kopf in Jans Richtung. »Er war’s.«

»Is’ klar.« Markus hob eine Thermoskanne und verzog den Mund. »Leer. Ohne ausreichend Koffein durchschaue ich das Chaos nicht.«

Seufzend ging Jörg zur Kaffeemaschine. »Ehe du dich aufs Dienstalter oder den Rang berufst, sorge ich für Nachschub. Aber tu mir einen Gefallen, verrate Jan, wer dein Cousin ist, bevor hier noch mehr durcheinandergeht. Danach ist dann auch deine Frage beantwortet, die du mir per Mail geschickt hast.«

Markus runzelte die Stirn. »Das muss ich jetzt nicht verstehen, oder? Du weißt doch, wie mein Cousin …«

»Tu es einfach oder du kannst deinen Kaffee vergessen«, schnappte Jörg und kämpfte mit dem Papierfilter, der einfach nicht in die Maschine passte.

Kopfschüttelnd hielt Jan ihm eine Packung hin. »Nimm die, das ist die richtige Größe.«

»Wieso liegen dann die anderen hier rum?«

»Frag Felix. Und jetzt klär mich mal bitte auf, was ich mit Markus’ Cousin zu tun habe. Ich verstehe echt nur Bahnhof.«

Markus seufzte. »Ich wollte von Jörg wissen, wieso er so bescheuert ist, sich ausgerechnet mit einem Arzt auf eine so heiße Sache einzulassen. Denn mir kommt das alles ziemlich gefährlich vor: der Brand, der Mähdrescher, eure nächtliche Verfolgungsjagd … Seine Antwort war, dass ich dich das selbst fragen soll. Aber ich ahne langsam, dass du auf dich selbst aufpassen kannst. Und was meinen Cousin angeht: Der heißt Mike und redet nicht gerne über seinen Job.«

Mike? Mike König! Der Stellvertreter von Andi Pohl beim KSK hatte den gleichen Nachnamen wie Markus.

Jan nickte langsam. »Ich kenne Mike und weiß über seinen Job Bescheid.«

Markus grinste flüchtig. »Alles sortiert?«

»So ziemlich. Dann kennst du also auch die Hamburger Polizisten, mit denen Jörg befreundet ist.«

»Ganz genau. Und darüber solltest du froh sein. Dirks Partner ist auf die geniale Idee gekommen, dass Hamburg den Startschuss für die Ermittlungen geben kann. Dirk hatte ein Unternehmen in Hamburg identifiziert, das in dem Konzern eine Rolle spielt. Die Hamburger haben eine Anfrage an uns gestellt, ob wir was über die Firma wissen, die euch interessiert. Darauf konnte ich dann heute Morgen aufsetzen, indem ich eine Verbindung zu dem Brand und dem versuchten Einbruch gezogen habe. Und voilà: Wir haben eine Akte. Das Ganze habe ich noch mit dem Ergebnis eurer Bodenproben untermauert. So weit, so gut, aber das war's dann. Damit gewinnen wir bei der Staatsanwaltschaft keinen Blumentopf, weil jeder gute Gegenanwalt unsere Indizien in der Luft zerreißt.«

Jörg brummte missmutig vor sich hin. »Wieso reichen die Bodenproben nicht?«

»Weil uns noch die Verbindung zu *Brodersen und Söhne* fehlt. Der Fahrer kann rein theoretisch das Gift schon vorher geladen und dort nur eine Zigarettenpause eingelegt haben. Offiziell wird dort schließlich nichts produziert, was die Firma mit Chlor in Verbindung bringt.«

Jörgs Brummen ging in Flüche über, die Jan noch nicht kannte, sich aber merkte. Der Polizist sah erneut stirnrunzelnd auf die Kaffeemaschine.

»Du musst den Schalter umlegen, sonst wird das nichts«, belehrte Jan ihn.

»Sorry, ich war gerade in Gedanken. Also bleibt es bei unserem Ausflug am Sonntag«, überlegte Jörg laut. »Wenn wir dicht genug an die Anlage rankommen, mit der die

Tanklaster befüllt werden, können wir dort eine weitere Probe nehmen, die dann jeden Richter überzeugt.«

Glücklich schien Markus nicht. »Das geht in die richtige Richtung, aber das Problem wird sein, dass ihr euch illegal Zugang zu dem Gelände verschafft. Ich weiß nicht, wie wir das dem Staatsanwalt verkaufen wollen. Damit können wir die Beweismittel im Zweifel nicht verwerten. Außerdem wird das Zeug doch in Fässern angeliefert, oder?«

»Das vermuten wir«, bestätigte Jan. »Aber es ist natürlich einfacher, den Giftmüll aus einem Tanker in die Umwelt abzulassen, daher gehen wir davon aus, dass er bei *Brodersen* umgefüllt wird. Wie wäre es mit Fotos aus dem Inneren der Firma? Da muss es doch eine entsprechende Anlage geben, mit der man den Dreck aus den Fässern in die Laster bekommt. Das wäre doch der ultimative Beweis.«

»Zu riskant«, widersprach Markus. »Ich halte maximal eine Probe von der Anlage an der Außenseite für die Laster vertretbar. Übrigens wäre ich gerne dabei, aber wir haben Sonntag einen Auftritt. Ich kann versuchen, den abzusagen. Alternativ könnten wir das Ganze um eine Woche verschieben.«

Jörg legte ihm eine Hand auf die Schulter. »Das ist schon in Ordnung. Wir haben Jo als Back-up dabei, das reicht. Wir gehen kein Risiko ein.«

Da in diesem Moment Lena in die Küche kam, bekam Markus keine Gelegenheit, die Diskussion fortzusetzen. Jans Mundwinkel zuckten bei ihrem Anblick nach oben. »Was ist denn mit dir passiert?« Ihre komplette rechte Seite war voller Staub und Erde, selbst in ihren Haaren entdeckte er kleine Brocken.

»Geh raus und erschieß ihn! Heute Abend gibt es Ziegenbraten!«

»Herr Schmielau?«, erkundigte sich Jörg, wobei seine Stimme merkwürdig gepresst klang. »Der mag keine Frauen und schmeißt sie gerne mal um. Ist dir das passiert?«

Lena richtete ihren Zeigefinger auf ihn. »Jetzt klugzuscheißen ist ja sehr witzig! Hättest du mir das nicht früher sagen können?«

»Ich habe einfach nicht daran gedacht.«

Sie wirbelte zu Jan herum. Abwehrend hob er die Hände. »Ich wusste von nichts. Soll ich ihn füttern?«

»Hast du was mit den Ohren? Ich sagte: erschießen!«

Da sie schon wieder lächelte, nahm er die Aufforderung nicht allzu ernst und wandte sich wieder Jörg und Markus zu. »Also gut, dann ist alles geklärt, oder? Ich muss noch ein paar Sachen zusammensuchen und will dann wieder bei Felix vorbeisehen.«

Jörg sah Markus an, der jedoch sofort nickte. »Da Jörg mir schon alles in einer Form gemailt hat, die ich praktisch so in die Akte übernehmen kann, habe ich keine Fragen mehr. Aber vielleicht siehst du mal nach, ob er was vergessen hat. Du hast Jörgs Mail ja in Kopie bekommen.«

»Ich habe sie schon gelesen und ein Punkt ist mir tatsächlich aufgefallen: Der Vogel fehlt.«

Ratlos blinzelte Markus. »Der bitte was?«

»Mist, an den habe ich nicht mehr gedacht«, ärgerte sich Jörg. »Dabei ist das der ideale Job für Markus! Vielleicht bekommt er heraus, wohin der tote Vogel geflogen ist.«

»Sag mal, habt ihr zu viel Chlor eingeatmet?«

Dieser Steilvorlage konnte Jan nicht widerstehen. »Wir nicht, aber der Seeadler ...«

Er überließ es Jörg, seinem Freund von dem verschwundenen Vogel zu erzählen, und ging stattdessen in Felix' Schlafzimmer, um sich den Meerschweinchenkäfig genauer anzusehen. Allein in dem Raum würden die Tiere sich fürchterlich langweilen. Außer regelmäßigem Fressen brauchten sie auch etwas Unterhaltung und Jan mochte keine Schätzung abgeben, wie lange Felix im Krankenhaus bleiben musste.

Lena war ihm gefolgt. »Du willst sie mit zu dir nehmen?«

»Ja, hier ist es einfach zu öde für sie. Ich bekomme den Käfig in den Audi rein, wenn ich die Rückbank umlege.«

»Gut, aber dann tu sie bitte in eine geschlossene Transportbox.«

»Kann ich machen, aber wieso? Eine Klappbox ginge auch.«

»Ich weiß nicht, wie Tarzan zu den beiden steht, denn den möchte ich mitnehmen. Da er Rambo aus dem Weg geht, kann er schlecht mit zu Helga und Jo.«

»Okay, dann wird der Audi eben zum Tiertransporter.«

Sie küsste ihn auf die Wange. »Ich wusste, du würdest nichts dagegen haben.«

»Natürlich nicht.« Er hielt sie locker umfasst und sprach spontan aus, was ihm durch den Kopf ging. »Das alles geht verdammt schnell.«

Sie kuschelte sich an seine Schulter. »Ja, aber es fühlt sich gut an.«

Jan vergrub sein Gesicht in ihren Haaren. »Stimmt.«

Trotzdem fragte er sich, wo es mit ihnen beiden hinführen würde, aber das würden sie einfach auf sich zukommen lassen müssen. Außerdem war er zu realistisch, um großartige Liebesschwüre zu erwarten. Und dennoch … »Danke«, sagte er schlicht.

»Wofür?«

»Dass du da bist.«

Ihr Lächeln blitzte auf. »Ich glaube, du hast mehr für mich getan als andersherum. Das Leben geht tatsächlich weiter. Irgendwie. Und in der Regel nicht so, wie man gedacht hat.«

Das konnte er so unterschreiben, aber dies war der falsche Ort für tiefschürfende Gespräche. »Kommt denn dein Bär bei mir die Treppen rauf?«, lenkte er das Gespräch wieder in andere Bahnen. »Ich möchte eigentlich nicht, dass du …«

Ihre Augen verengten sich drohend.

Anscheinend musste er seinen Vorschlag anders formulieren. »Wir, also die Meerschweinchen und ich, würden uns freuen, wenn du die nächsten Tage bei uns übernachtest. Und zwar gerne mit dem Bettvorleger.«

»Das sagst du doch nur, weil du noch einen Einbruch bei mir befürchtest.«

»Richtig, aber nicht nur. Ich würde mich tatsächlich freuen, wenn du nachts bei mir bist. Und auch tagsüber. Aber ich will dir nicht deine ganze Zeit stehlen.«

»Na gut, damit kann ich leben. Du wirst dich über Tarzan noch wundern, der ist total knuffig und längst nicht so lahm, wie er vielleicht wirkt.«

»Is' klar.«

Sie knuffte ihn in die Rippen.

»Hey, das Kätzchen hat ja Krallen!«

Hannibal hatte sie bisher neugierig beobachtet, nun quiekte er plötzlich laut.

»Schon gut, Hannibal, du hast heute noch eine wichtige Aufgabe und wirst genug Abwechslung haben«, versprach Jan dem Tier und überhörte Lenas tiefen Seufzer.

»Ich glaube, ich möchte nicht wissen, was du jetzt schon wieder vorhast ...«

Jans Handy vibrierte und ersparte ihm eine Antwort. »Perfekt. Felix ist auf die normale Station verlegt worden und meine Tante auf dem Weg hierher.«

»Deine Tante?«

Siedend heiß fiel ihm ein, dass er Lena besser von ihrem kurzen Besuch erzählt hätte. »Du wirst sie lieben, den Rest erkläre ich dir im Wagen.«

Kapitel 28

Am Nachmittag war es deutlich schwieriger, einen vernünftigen Parkplatz vor der Klinik zu finden, aber Jan hatte Glück, dass gerade ein Passat wegfuhr.

Er zog den Reißverschluss seiner Lederjacke herunter und sah seinen Beifahrer streng an. »Du solltest dich nun wirklich benehmen. Verstanden?« Er rechnete mit keiner Antwort und bekam auch keine. »Also dann … Mehr als rausschmeißen können sie uns ja nicht.«

Da Felix ihm sowohl die Station als auch die Zimmernummer per SMS zugeschickt hatte, musste Jan nicht erst an der Information nachfragen, sondern ging direkt zu dem richtigen Raum.

Felix lag mit zwei anderen Männern in einem Vierbettzimmer. Ein junger Mann hatte Kopfhörer auf und blickte nicht hoch, als Jan eintrat. Der andere Patient reagierte ebenfalls nicht und hätte nach Jans Meinung eher in ein Hospiz gehört. Nach den ersten Sekunden stieg bereits Wut in Jan auf, zumal ihm Felix' graue Gesichtsfarbe ebenso wenig gefiel wie der matte Blick und die leise Stimme. Es wurde wirklich Zeit, dass seine Tante das Kommando übernahm. Zur Not musste er Felix auf eigene Verantwortung hier rausholen und ihn selbst versorgen. Lange würde sein Freund es im Krankenhaus nicht aushalten – und Jan konnte ihn verstehen. Die Klinik war eben darauf eingestellt, den Körper zu heilen, für die Psyche war der Patient selbst zuständig. Jan zog einen Stuhl ans Bett. »Hey, wie geht's dir?«

»Der Typ im Nachbarbett spricht kein Wort Deutsch und bei dem da drüben wartet jeder darauf, dass er endlich stirbt und das Bett frei wird. Wie soll es einem da schon gehen?«

»Stimmt. Ich rede mit dem Arzt.«

Felix starrte auf das, was Jan in Papier eingepackt hatte, damit es wie ein Blumenstrauß aussah. »Jetzt sag nicht, dass du dein Geld für so ein Grünzeug rausgeschmissen hast.«

»Nö, aber Grünzeug trifft es ganz gut. Hier.« Jan wickelte sein Mitbringsel aus und legte Felix einige große Löwenzahnblätter auf die Bettdecke.

»Sag mal, spinnst du … Deine Jacke wackelt!«

»Stimmt, da wird jemand ungeduldig, weil er deine Stimme gehört hat.« Jan hob Hannibal vorsichtig aus seiner Lederjacke und setzte das Meerschweinchen auf Felix' Brust. Leise quiekend streckte es sich lang aus und begann, an den Blättern zu knabbern.

Felix strahlte übers ganze Gesicht. Genau darauf hatte Jan gehofft. Sein Freund streichelte Hannibal sanft, der sofort anfing, zufrieden zu brummen.

»Das nenne ich mal einen Besucher!«, sagte Felix.

Jan hob eine Augenbraue. »Dann betrachte mich eben als Fahrer.«

»Mach ich. Was ist mit Rambo und Tarzan?«

»Meinst du damit, wo sie sich aufhalten oder dass ich sie dir auch hier reinschmuggeln soll?«

Felix grinste flüchtig.

»Tarzan hat es sich bei Lena gemütlich gemacht und Rambo ist bei Jo und Helga.«

Dass Felix wieder Interesse an den Tieren zeigte, wertete Jan als gutes Ergebnis. Die Bilder vom Wiederaufbau der Scheune hob er sich für einen späteren Zeitpunkt auf.

Einige Minuten sahen sie Hannibal beim Fressen zu, dann blickte Felix ihn wieder an. »Nun erzähl mal, was da draußen los ist. Wie geht's denn weiter mit den Mistkerlen? Die werden doch nicht ungestraft davonkommen?«

»Nein, das auf keinen Fall.« Jan berichtete ihm von dem Gespräch mit Jörgs Kumpel Markus und kam dann auf den Punkt, der ihn interessierte. »Was wir als Nächstes vorhaben, maile ich dir nachher. Das ist mir hier zu riskant.« Er deutete mit dem Kopf aufs Nachbarbett. »Nun verrate uns aber mal, was dir da draußen eigentlich zugestoßen ist. Jörg packt deine Aussage dann in die richtige Form und du musst nur noch unterschreiben.«

Felix konzentrierte sich auf wenige Fakten, aber die hatten es in sich. Der Ziegenbock hatte so laut gemeckert, dass er nachsehen wollte, was in der Scheune los war. Dabei war er auf die Brandstifter gestoßen, die ihn niedergeschlagen und dort liegen gelassen hatten.

»Sekunde! Von einem Schlag gegen den Kopf war in dem Patientenblatt keine Rede. Wo wurdest du getroffen? Hast du noch Schmerzen? Übelkeit? Sehstörungen?«

»Reg dich ab. Das geht schon.«

»Ich habe noch nicht mal angefangen, mich aufzuregen! Was hast du denn noch alles verschwiegen? Ich will genau wissen, wie du dich fühlst. Und das frage ich dich als dein Arzt und nicht als dein Freund.«

Selbst Hannibal hob bei dieser Ansage kurz den Kopf, sah Jan an und fraß dann weiter.

Einen Moment wirkte es, als ob Felix bockig schweigen würde, aber dann antwortete er doch. »Die Schmerzen in den Händen sind erträglich. Am Hinterkopf pocht es nur etwas. Die Gelenke ärgern mich und mir ist schwindelig, der Kreislauf zickt rum.« Er verzog den Mund. »Die Ärzte geben sich hier schon Mühe, aber … Na ja, ich bin ein Patient ohne Krankenkasse, aber dafür mit einer medizinischen Vorgeschichte, die dicker als ein Buch von Tolstoi ist. Wegen der Gelenkschmerzen wollten sie mich ernsthaft auf die Orthopädie verlegen.«

»Die Schwindelgefühle könnten von dem Schlag kommen. Das muss gecheckt werden. Du hast zwar einen beachtlichen Dickschädel, aber auch der kann empfindlich angekratzt werden.«

»Ein CT wird niemand für einen alten, halb toten Sack wie mich bezahlen.«

»Du bist weder alt noch halb tot, also rede nicht so einen Scheiß.«

Hannibal quiekte laut. Vermutlich, weil er das letzte Blatt gefressen hatte und auf Nachschub hoffte, aber Jan interpretierte das Geräusch anders. »Siehst du, er stimmt mir zu.«

Zum ersten Mal musste Felix lachen. »Du rufst nun ernsthaft ein Meerschweinchen als Zeugen für dich auf?«

»Na logisch. Du wirst dich wundern, was ich noch alles auffahre, damit du auf die Beine kommst.«

Misstrauisch kniff Felix die Augen zusammen. »Was hast du gemacht?«

Jan würde ihn ganz bestimmt nicht vorwarnen, dass seine Tante bereits auf dem Weg hierher war. »Nichts, was ich dir verraten würde. Zurück zum Thema. Erkennst du die Typen wieder, die dich niedergeschlagen haben?«

»Natürlich.«

»Gut, dann besorge ich Fotos von den Dreckskerlen. Sag mal, du kennst doch diesen Dorfsheriff, den alten Zeiske. Meinst du, der steckt da richtig tief mit drin?«

»Das habe ich mich auch schon gefragt. Er ist ein Arschloch, aber eigentlich ein harmloses. Dass er vielleicht seinen Sohn deckt, wenn der einen Unfall baut, könnte ich mir vorstellen. Ich weiß, dass er auch mal beide Augen zudrückt, wenn einer seiner Kumpels besoffen mit dem Auto unterwegs war. Und er selbst ist auch nicht immer nüchtern vom *Zeus* nach Hause gefahren. Dass er was mit dem Gift zu tun hat, glaube ich allerdings eher nicht. Ich bin mir aber nicht sicher.«

»Na gut, dann lassen wir uns überraschen. Ist dir sonst noch was aufgefallen?«

»Da war noch was …« Felix streichelte Hannibal und starrte dabei an die Wand, als ob er dort die Lösung finden würde. »Eben, als du nach Zeiske gefragt hast … Mensch, natürlich! Ein Stück von der Scheune entfernt stand noch ein schwarzer Geländewagen, direkt daneben war ein Mann, der telefoniert hat. Das kann Zeiske junior gewesen sein. Er war aber zu weit weg, als dass ich ihn sicher erkennen konnte.«

»Gut zu wissen. Wir können später sein Handy und sein Navi auswerten lassen, um ihm das nachzuweisen. Damit hast du uns wieder weitergeholfen und wir können den Druck auf die Typen weiter verstärken.«

Das war zwar nur eine Vermutung, aber Jan wollte Felix das Gefühl geben, etwas Sinnvolles zu ihren Ermittlungen beizutragen.

Einige Zeit lang redeten sie über andere Dinge. Dann kam eine Schwester ins Zimmer und blieb wie angewurzelt stehen. Bis zu ihrem Auftauchen hatte Hannibal friedlich geschlafen, nun streckte er sich und fing an, sich zu putzen.

Die Schwester mit dem Namensschild ›Karin‹ stürzte auf Jan zu. »Das hier ist doch kein Zoo!«

Jan stand auf. »Jan Storm. Doktor Storm, um genau zu sein, und nicht nur ein Freund, sondern auch der behandelnde Arzt von Herrn Mommsen. Da wir uns hier nicht in einem sterilen Bereich befinden, dürfte Hannibal eigentlich kein Problem sein. Und immerhin hat er es geschafft, den Patienten aus seiner lethargischen Stimmung zu reißen. In dieser Umgebung ist es sonst doch kaum möglich, gesund zu werden.«

Schwester Karin stellte mit Nachdruck einen kleinen Becher, in dem sich zwei Tabletten befanden, auf Felix' Nachttisch ab. »Unsere Zimmer sind bis zur Oberkante belegt.«

»Das war kein Vorwurf an Sie. Aber letztendlich wollen wir doch beide das Beste für die Patienten, oder?«

Das nannte sich sauber ausmanövriert. Widerwillig nickte die Krankenschwester. »Und wo genau soll das hinführen? Der Nächste bringt seinen Elefanten mit?«

Jan musste grinsen. »Einige Kliniken erlauben Hunde und Kleintiere bereits, weil nachgewiesen wurde, dass ihre Anwesenheit den Patienten guttut.«

Ihre Mundwinkel zuckten verdächtig. »Das mag sein, aber wir haben andere Regeln!«, beharrte sie.

Jan deutete auf Hannibal. »Würden Sie es wirklich fertigbringen, dieses niedliche Tier rauszuwerfen?«

Wie auf Kommando sah Hannibal sie treuherzig an. Endlich lachte die Schwester. »Ich gebe zu, dass Herr Mommsen einen munteren Eindruck macht. Ich könnte ja nichts bemerkt haben. Aber was machen Sie mit dem Arzt, der ...« Sie sah auf die Uhr an der Wand. » ... in ungefähr fünfzehn Minuten vorbeischauen wird?«

»Nun, dann verschaffe ich Herrn Mommsen noch etwas Zeit mit Hannibal, indem ich mit dem Kollegen kurz rede. Herr Mommsen hat nämlich verschwiegen, dass er einen Schlag auf den Hinterkopf bekommen hat. Ich möchte gerne abklären lassen, ob seine Schwindelgefühle von dort oder nur vom Kreislauf ausgehen.«

Schwester Karin atmete tief durch. »Das darf doch nicht wahr sein! Aber ich hatte schon von Anfang an den Eindruck, dass Herr Mommsen zu den Patienten gehört, die besser im Kindergarten aufgehoben wären als auf meiner Station.«

Empört schnaubte Felix, aber Jan nickte zustimmend. Solche offenen Worte vor einem Patienten waren zwar ungewöhnlich, schadeten aber auch nicht wirklich, außerdem konnte Jan sich ungefähr vorstellen, wie renitent Felix sich verhielt.

Die Schwester sah einige Sekunden lang Hannibal zu und lächelte dann. »Kommen Sie mal lieber mit, Herr Doktor. Der Stationsarzt reagiert ab und zu ein wenig zickig, wenn er meint, dass jemand was besser weiß. Wenn ich Sie vorstelle, haben Sie es vielleicht leichter mit ihm.«

Das Angebot nahm Jan gerne an. »Das klingt gut, vielen Dank. Aber bitte nenne mich Jan. Wir ziehen doch alle am selben Strang, da sind Formalitäten überflüssig.«

Die Schwester lächelte. »Klingt gut. Ich bin Karin, wie man ja kaum überlesen kann.«

Eine halbe Stunde später hatte Jan einige Höflichkeiten mit seinem Kollegen ausgetauscht und erreicht, dass bei Felix ein CT gemacht wurde, um einen Schädelbruch oder ein Blutgerinnsel auszuschließen. Je nach Ergebnis hielt der Arzt es für möglich, Felix bereits am nächsten Tag auf eigene Verantwortung entlassen zu können, sofern Jan dessen Pflege und Überwachung sicherstellen würde. Im Gegenzug versprach Jan, sich mit der Verwaltung der Klinik in Verbindung zu setzen, um die Kostenübernahme durch die Krankenkasse sicherzustellen.

»Na, dann lassen Sie uns mal zu dem Patienten gehen.«

Schwester Karin, die Tabletten portioniert hatte, schoss hoch. »Ich gehe rasch vor und bereite Herrn Mommsen vor.« Sie eilte davon, ehe ihr Chef nachfragen konnte, was das sollte.

Als Jan und der Arzt das Zimmer betraten, saß Felix in seinem Bett und Schwester Karin stand mit einem zusammengeknüllten Handtuch, das sich etwas bewegte, neben ihm.

Der Arzt stellte Felix noch einige Fragen und versprach ihm dann, dass er in wenigen Minuten zum CT abgeholt werden würde.

Kaum hatte er den Raum verlassen, drückte Karin Jan das Bündel in die Hand. »Und nun nimm das Viech und hau ab. Wenn der Arzt uns erwischt, habe ich monatelang nur noch Nachtdienst!«

Als sie gegangen war, sah Felix ihn ernst an. »Danke, dass du dir die Zeit genommen hast«, sagte er ungewohnt formell.

»Kein Ding. Ach so, wenn das CT keine Auffälligkeiten zeigt und du dich benimmst, bekomme ich dich vielleicht schneller hier raus, als du dir vorstellen kannst. Allerdings nur unter Einhaltung einiger Nebenbedingungen, die ich dir erst dann verrate. Genieß die Untersuchung – irgendwas sagt mir, dass es danach aus mit der Ruhe ist.«

»Was zum Teufel sollen diese ganzen Anspielungen?«

»Keine Ahnung, was du meinst.« Jan legte ihm zum Abschied die Hand auf die Schulter. »Wir sehen uns.«

Zu Hause erwartete Gerda ihn bereits. »Sekunde, ich will nur schnell das Meerschweinchen hochbringen«, erklärte Jan.

Als er zurückkehrte, zeigte sie ihm voller Stolz, dass das Computerprogramm wieder einwandfrei lief. Der Techniker hatte etwas von ›Merkwürdigkeiten‹ gemurmelt, aber keine weiteren Fragen gestellt, sondern einfach den Urzustand wiederhergestellt.

Gerda rief ihm eine Liste mit den Patienten auf, deren Akten zum letzten Jahresultimo archiviert worden waren – sei es wegen Tod, Umzug oder einfach, weil sie sich seit mehr als fünf Jahren nicht gemeldet hatten. »Siehst du, diese Funktion war auch gestört. Das hätte ich frühestens im nächsten Januar gemerkt. Ich habe dir schon mal die letzten fünf Jahre ausgewertet und gespeichert. Und voilà! Hier haben wir alle in dem Zeitraum verstorbenen Patienten auf einen Knopfdruck. Auch diese Liste wartet schon auf dich. Aber nicht mehr heute. So, wie du den ganzen Tag wieder durch die Gegend getobt bist, solltest du dir einen netten Abend …«

»Was geht hier vor?«, wurde sie schroff von Elvira unterbrochen.

Die beiden wirbelten herum. Verdammt, wie viel von ihrem Gespräch hatte die Arztwitwe mitbekommen? Sie war auffallend blass und stützte sich Halt suchend am Türrahmen ab.

Jans schlechtes Gewissen meldete sich. Er hätte sie längst über die aktuellen Entwicklungen in Sachen Giftmüll informieren müssen. »Elvira, ich …«

Sie ließ ihn nicht ausreden. »Theo hat die Praxis nie so einfach geschlossen! Außerdem siehst du nicht besonders krank aus«, fauchte sie los.

Das ging nun wirklich zu weit. Aber wieder kam er nicht zu Wort.

»Und wieso weiß Erna über alles Bescheid, was letzte Nacht los war, und ich erfahre nichts? Stattdessen stolpere ich draußen im Garten plötzlich über eine riesige Bestie!«

Damit war dann wohl Tarzan gemeint.

»Und wenn Lena quasi bei dir wohnt, will ich das auch wissen!«, setzte sie noch hinzu.

Jan atmete tief durch, um nicht unbeherrscht loszubrüllen. »Das hier ist meine Praxis und es geht dich überhaupt nichts an, was ich wie mache. Genau dasselbe gilt auch für meine Wohnung und den Garten. Ich finde deine Vorwürfe und vor allem deinen Ton völlig unangebracht. Das Einzige, wofür ich mich entschuldigen möchte, ist, dass ich tatsächlich vergessen habe, dich über den neuesten Stand der Dinge zu informieren. Das ist mir in dem Trubel durchgerutscht und tut mir leid. Aber das gibt dir dennoch nicht das Recht, dich hier so aufzuführen.«

»Ich denke eher, dass du Angst hattest, ich könnte meinen Freundinnen etwas erzählen!«

Damit hatte sie nicht ganz unrecht, er hätte ihr nicht alles erzählt, aber dennoch einiges. »Nein, ich habe es einfach vergessen.«

»Wie geht es Felix?«, fragte sie etwas ruhiger.

»Erzähle ich dir bei einem Kaffee. Kommst du mit in die Pantry?«

»Ja.« Sie schwieg. »Danke«, sagte sie dann und ging schon einmal voraus.

Gerda sah ihr kopfschüttelnd nach. »Viel Spaß mit der Furie.«

»Ich halte es kurz. Ihr Auftritt war zwar daneben, aber es war auch unfair, sie nicht mehr zu informieren.«

Elvira hatte sich tatsächlich abreagiert und sogar bereits zwei Becher mit Kaffee gefüllt. Trotzdem war irgendetwas anders als sonst, Jan bekam jedoch nicht richtig zu fassen, was. Er erzählte ihr alles, was sich in den letzten Tagen ereignet hatte, und ließ dabei nur ihre weiteren Pläne außen vor.

Als er fertig war, schwieg sie. Das war eine ungewohnte Reaktion von ihr, die Jan wieder nicht einordnen konnte.

»Ihr hattet auch noch Probleme mit der Software?«, fragte sie dann zusammenhanglos.

Also hatte sie Gerdas Erklärungen mitbekommen. Damit blieb jedoch die Frage offen, ob sie ahnte, dass er Nachforschungen über einige Patienten ihres Mannes anstellen wollte. Jan konnte nicht einschätzen, ob sie von den Gerüchten über seinen Vorgänger wusste oder ob sie sogar an seinen Machenschaften beteiligt gewesen war.

»Ja, aber nichts Wichtiges, das ist nur durch einen Zufall aufgefallen und nun repariert.«

»Gut. Ich habe dann auch noch ein paar Neuigkeiten: Ich habe mich gestern mit Gudrun zum Kaffee getroffen.«

»Hilf mir auf die Sprünge. Wer war das noch mal?«

Genervt rollte Elvira mit den Augen. »Die Frau von Zeiske.«

»Ach so, klar. Und? Hast du noch was herausgefunden?«

»Ich nicht, aber sie. Gudrun ist vielleicht zu nachsichtig mit ihrem Mann, aber nicht blöd. Sie hat sich in seinem Zimmer umgesehen und ist auf ein Konto und ein Aktiendepot gestoßen, von denen sie nichts wusste. Das waren insgesamt über siebenhunderttausend Euro. Danach sind wir bei einem Glas Wein die letzten Monate durchgegangen. Vor einem Jahr stand es finanziell gar nicht gut um die Firma. Gudrun und ihr Mann hatten damals ziemliche Angst vor einer Pleite gehabt, weil Zeiske in dem Alter ja nicht unbedingt einen neuen Job findet, schon gar nicht hier in dieser Gegend. Dann muss irgendetwas passiert sein, denn plötzlich war von Schwierigkeiten keine Rede mehr. Zeiske hat in dieser Zeit nicht nur viel Geld angehäuft, sondern sich wohl auch verändert. Sie ist darauf aber nicht näher eingegangen. Wenn du mich fragst, ist aus einem kleinen Arschloch ein großes geworden. Aber Gudrun ist zu rücksichtsvoll, um so über ihn zu reden.«

»Es muss auch schwer sein, den eigenen Mann in die Pfanne zu hauen, selbst wenn man nicht mit seinen Taten einverstanden ist.«

Elvira schluckte und wich seinem Blick aus. »Ich denke eher, Gudrun geht davon aus, dass ihr Mann nichts wirklich Falsches gemacht hat und sich alles noch irgendwie aufklärt. Ich glaube das zwar nicht, aber ich habe ihre Illusionen auch nicht zerstört, weil sie mir leidtat.«

»Die Polizei wird das schon regeln.«

»Und ihr haltet euch da nun raus? Ich meine, du und dein Polizistenfreund?«

»Sagen wir mal so: weitestgehend. Wenn wir helfen können, tun wir das natürlich.«

Elvira lächelte unsicher. »Dann genieß deinen Feierabend und nimm nicht alles ernst, was eine alte Frau sagt.«

Jan verbuchte das als Entschuldigung und sah sie fest an. »Du bist nicht alt, Elvira. Du hast noch eine schöne Zeit vor dir, wenn du es zulässt. Die Vergangenheit wird immer Bestandteil deines Lebens sein, aber lass dich von ihr nicht bestimmen. Das hätte dein Mann nicht gewollt. Da bin ich sicher, auch wenn ich ihn nicht kennenlernen durfte.«

»Danke, Jan.« Sie berührte ihn flüchtig am Arm und ging.

Kapitel 29

Jan rieb sich über die Augen, gähnte und sah einem Vogel zu, der über dem angrenzenden Feld kreiste. Die Aussicht von Lenas Terrasse gefiel ihm, aber im Moment war er zu ungeduldig, um sie genießen zu können. Noch gut eine Stunde, bis die Sonne unterging und sie der Firma den geplanten Besuch abstatten konnten.

Die letzten Tage waren wie ein Rausch an Jan vorbeigeflogen. Er war kaum zum Durchatmen gekommen und musste dringend einige Dinge für sich sortieren, fand jedoch keine Ruhe dafür. Nur eins war sicher: Seit dem Brand hatten ihn die Bilder aus Afghanistan nicht mehr verfolgt. Er dachte zwar hin und wieder an die damaligen Ereignisse, aber sie überrollten ihn nicht länger – weder tagsüber noch nachts. Hoffentlich war der Zustand von Dauer.

Seine Tante hatte wie erhofft die Zügel in die Hand genommen und Jan sogar aus seinem eigenen Schlafzimmer rausgeworfen. Das besetzten nun Felix, seine Meerschweinchen und eventuell auch Liz. So genau wollte Jan das gar nicht wissen.

Er selbst war mit einigen Sachen bei Lena untergekommen. Sie hatten beide mit einer Mischung aus Hoffnung und Angst auf das plötzliche Zusammenleben reagiert, aber bisher hatte es funktioniert. Dennoch mieden sie das Thema Zukunft.

Mindestens viermal am Tag hatte er Felix besucht und durchgecheckt, aber er schien sich gut zu erholen. Das wäre auf seinem Resthof niemals möglich gewesen, denn der Baulärm dort hatte sowohl Jan als auch Jörg in die Flucht geschlagen. Doch das Ergebnis konnte sich sehen lassen. Zunächst hatten die Männer einen offenen Unterstand für die Tiere errichtet und sich danach die Scheune vorgenommen. Nach ihrer Fertigstellung würde sie sogar einen Wasser- und Stromanschluss haben. Das war eine deutliche Verbesserung im Vergleich zu dem abgebrannten Gebäude. Neben den Männern aus dem Dorf hatte sich auch eine ganze Schulklasse dort eingefunden und half fleißig mit.

Bisher hatten weder Liz noch Jan ihrem Patienten erzählt, was auf seinem Hof geschah. In stillem Einverständnis sparten sie sich das für den Zeitpunkt auf, an dem Felix wieder in Depressionen zu versinken drohte. Liz lenkte ihn zwar erfolgreich ab, konnte jedoch nichts daran ändern, dass er noch etliche Tage brauchen würde, bis er das Bett endgültig verlassen konnte.

Lena trat zu Jan und umarmte ihn von hinten. »Du kannst es nicht erwarten, was?«

»Hm«, brummte Jan. »Pass bloß auf, bei unserem letzten Ausflug haben Jörg und ich uns fast gestritten, weil ich ein klein wenig ungeduldig war.«

»Ein klein wenig? Ich wollte dich gerade eben schon vom Rasen jagen, weil ich Angst hatte, du rennst da Spurrillen rein.«

»Ich habe mir nur deine Blumen angesehen!«

»Na sicher. Zieh dich an und zisch ab.«

Verwirrt sah Jan sie an. »Ich verstehe ja, dass du mich loswerden willst, aber warum jetzt schon? Die anderen kommen doch auch erst später.«

»Jo hat angerufen und gesagt, dass sie jetzt schon starten und ich dir das sagen soll.«

Nun verstand Jan überhaupt nichts mehr. Er hatte sich morgens noch mit Jörg darüber unterhalten, dass sich Jo ein wenig merkwürdig benahm. Aber dass der ehemalige Kampfschwimmer ihn nicht einmal persönlich anrief, war eine neue Dimension.

Sein Handy vibrierte. Eine SMS von Jörg, die nur aus einem Fragezeichen bestand.

Verstehe auch nichts mehr, fahre gleich los, antwortete er. Seine Sachen hatte er schon vor Stunden gepackt und gecheckt, sodass er nur noch die Pistole im Gürtelhalfter verstauen musste. Die Einbruchsutensilien befanden sich bereits in seinem Rucksack – inklusive zwei Dosen Abwehrspray für die Hunde.

Als er auf seiner Ninja saß und den Motor starten wollte, hielt Lena ihn zurück. »Pass bitte auf, dass du die Kleine nicht wieder auf die Seite legst, sonst lackierst du sie!«

Da sie inzwischen zum zweiten Mal einige Stellen in der Verkleidung ausgebessert hatte, nickte er brav. »Ich würde das aber nicht so perfekt hinbekommen.«

»Dann mache ich es noch mal und überdecke die kaputten Stellen mit pinkfarbenen Blümchen.«

»Nur über meine Leiche.« Er verfluchte sich für seine Wortwahl, als ihre Miene sich verfinsterte.

»Ich habe mich irgendwie an dich gewöhnt, pass bitte auf dich auf.« Sie legte den Kopf etwas schief. »Nein, das war falsch. Ich will dich nicht verlieren. Ich glaube, da könnte viel mehr zwischen uns sein, als wir uns trauen zuzugeben.«

Er wusste nicht, was er sagen sollte, und mit dem Helm konnte er sie nicht einmal küssen. Sanft legte er ihr daher seine Hand auf die Wange. »Ich könnte mir das auch gut vorstellen«, antwortete er. Das klang zwar etwas lahm, war aber ehrlich gemeint und schien ihr zu reichen. Er startete den Motor, tippte sich zum Abschied grüßend an den Helm und gab dann Gas.

Nachdem er die Bundesstraße verlassen hatte, begegnete ihm kein weiteres Fahrzeug mehr. Erst an der Stelle, wo sie schon das letzte Mal geparkt hatten, standen Jörgs Wagen und ein schwarzer Audi.

Jan stoppte und griff sofort nach seiner Waffe. Solange er nicht wusste, wem das zweite Auto gehörte, würde er kein Risiko eingehen.

Angestrengt lauschte er. Nichts. Wo steckten Jörg und Jo? Sein Puls beschleunigte sich und er zwang sich zur Ruhe. Noch war es ausreichend hell, aber zwischen den Bäumen wurde es bereits schwierig, Details zu erkennen.

Mit der Pistole in der Hand ging Jan auf das schmale Waldstück zu, welches das Firmengelände an dieser Stelle umgab. Als rechts neben ihm ein leiser Pfiff erklang, blieb er stehen.

Jörg kam zwischen den Büschen hervor und signalisierte ihm, dass alles in Ordnung war.

»Wem gehört der zweite Wagen und wieso dieser frühe Aufbruch?«

»Das erfährst du gleich. Wir haben schon mal sämtliche Bewegungsmelder und die beiden Kameras am Zaun ausgeschaltet.«

Nun tauchte auch Jo auf und zupfte sich Blattreste aus seinem Vollbart. Er sah Jan sichtlich unbehaglich an. »Wenn wir wieder zu Hause sind, darfst du mir gerne deine Meinung sagen, mein Junge. Aber vergiss nicht, dass ich einige Jahre mehr Erfahrung habe als du. Die Sache hier geht in Ordnung, wenn die Mannschaft groß genug ist, und dafür habe ich gesorgt. Zugegeben, das war etwas eigenmächtig, aber ich wollte keine Zeit mit einer Diskussion verschwenden, die ich am Ende sowieso gewonnen hätte.«

Das Knacken einiger Äste verriet Jan, dass ihre Verstärkung eingetroffen war.

»Ich habe doch gesagt, dass der Weg zu eng ist«, beschwerte sich jemand, den er hier heute nicht erwartet hätte.

Dirk.

Jan drehte sich um und wollte ihn begrüßen, als er den zweiten Mann bemerkte. Sein Atem stockte, plötzlich fühlte er wieder die glühend heiße Sonne Afghanistans, hörte das Brummen der schweren, gepanzerten Bundeswehrfahrzeuge, die Einsatzbesprechungen in den überhitzten Containern. Dieses Mal waren es andere Bilder als sonst, normale.

Er ging grußlos an Dirk vorbei auf den Mann zu, der sich unsicher durch die braunen Haare fuhr und offenbar abwarten wollte, wie Jan auf seine Anwesenheit reagierte.

»Es tut verdammt gut, dich zu sehen, Andi«, begrüßte er seinen ehemaligen Kameraden.

Darauf hatte Andi Pohl, der Teamchef des KSK, offensichtlich nur gewartet. Er umarmte Jan fest. »Geht mir auch so, Jan. Nachdem Dirk zum ersten Mal deinen Namen erwähnt hatte, habe ich mir diesen Moment herbeigewünscht.«

Dirk trat zu ihnen. »Und ich war froh, dass Andi Zeit hatte. Alexander und Sven, das ist mein Partner beim LKA, haben morgen früh um sechs Uhr einen Einsatz. Na, ich eigentlich auch, aber die beiden bekommen das schon allein hin. Wir haben dir auch was mitgebracht.« Ohne weitere Erklärung holte er ein Laptop aus dem Audi, stellte es auf den Kofferraum und klappte es auf. »Die Gegend hier ist leider nicht so interessant, dass es Echtzeitaufnahmen gibt, aber wir haben zwei Wettersatelliten angezapft.«

Er rief eine Bildfolge auf, die heute im Abstand von jeweils einer Stunde aufgenommen worden war. Fünf Fahrzeuge standen zwischen den Gebäuden von *Brodersen und Söhne* und waren dadurch von der Straße oder dem Firmenparkplatz aus nicht zu sehen.

Jan fluchte leise und verkniff sich die Frage, wieso Dirk und Andi Zugriff auf solche Aufnahmen hatten. Es gab Dinge, die mussten nicht angesprochen werden. Er hatte in seiner aktiven Zeit auch nicht gezögert, sämtliche zur Verfügung stehenden Möglichkeiten auszunutzen, und ging davon aus, dass Andi seine Befugnisse etwas weit ausgelegt hatte. »Die Insassen der Wagen werden dann wohl auf uns warten. Damit sind wir selbst zu viert nicht genug.«

Andi nickte. »Wir hatten die Bilder schon gesehen, ehe wir losgefahren sind. Darum haben wir meinen Nachbarn mitgenommen. Der nähert sich aber gleich von der anderen Seite.«

Jörg stutzte. »Dein Nachbar?«

Andis blaue Augen funkelten vor Vergnügen und es war offensichtlich, dass er es genoss, sie etwas auf die Folter zu spannen. »Den Namen müsstest du kennen. Martin Harms.«

»Der Name sagt mir was. Das ist der Leiter des Kieler MEK. Na, du hast ja interessante Polizeikontakte nach Hamburg und Kiel.«

Andi hob grinsend eine Augenbraue. »Ist das eine Beschwerde? Ich habe mir meine Nachbarschaft nicht ausgesucht, Martin wohnte schon da, als ich meine Frau kennengelernt habe. Übrigens: Wenn hier was schiefgeht, gehöre ich offiziell zu seiner Truppe. So ein bisschen hänge ich ja noch an meinem Job.«

»Und was kann das MEK ohne Durchsuchungsbeschluss unternehmen?«

»Leider weniger, als ich mir wünschen würde. Sie wollen sich aber etwas ausdenken, was, wusste Martin noch nicht genau. Vermutlich jagen sie ein paar Übungsgranaten hoch und ziehen vor dem Haupteingang eine ordentliche Show ab, inklusive eines zu Hilfe eilenden Streifenwagens, damit die Herrschaften gar nicht erst auf dumme Ideen kommen. Das sollte uns eigentlich genügend Deckung und vor allem Zeit verschaffen. Der Tanklaster steht dort übrigens schon. Da wir keine Echtzeitsatellitenaufklärung haben, mussten wir eben selbst nachgesehen. Ich würde vorschlagen, dass ihr euch die Giftproben holt und Dirk und ich euch absichern.«

Exakt so wäre Jan auch vorgegangen, fand es aber nett, dass Andi das Vorgehen als Vorschlag formulierte. »Ich übernehme die Zapfanlage, Jörg versucht gleichzeitig, durch die Tür in der Nähe des Tankers ins Innere des Gebäudes zu gelangen, um ein, zwei Fotos zu machen. Sollte das zu lange dauern, lassen wir es. Aber einen Versuch ist es wert.«

Dirk sah Jörg fest an. »Klingt gut, aber bitte kein unnötiges Risiko.«

»Habe ich nicht vor. Du aber auch nicht«, erwiderte Jörg.

In seiner Stimme schwang etwas mit, das Jan nicht einordnen konnte. Die Männer wechselten einen Blick, den er ebenfalls nicht verstand. Aber irgendwann würde er schon noch erfahren, was die beiden miteinander erlebt hatten.

Jan räusperte sich und sah Dirk ebenfalls an. »Sorry, wenn ich dir mit meiner nächsten Frage auf den Schlips trete … Aber bei Andi weiß ich, was er draufhat. Jo als Rückendeckung kann ich auch einschätzen und Jörg habe ich schon live erlebt, als es knapp wurde. Kannst du denn mit einem Gewehr umgehen oder im Zweifel …«

Jörg und Andi lachten beide gleichzeitig los, während Jo nur amüsiert den Kopf schüttelte und Jan kräftig auf die Schulter schlug. »Dirk hat schon so einige überhebliche SEALs oder KSKler beim Training in die Schranken gewiesen. Pass lieber auf, wenn du nicht der nächste sein willst. Ich habe den Überblick verloren, welchen Gürtel er in welcher Kampfsportdisziplin hat, aber es waren mindestens zwei schwarze. Ach ja, schießen kann er auch.«

Statt beleidigt zu reagieren, zwinkerte Dirk Jan zu. »Und? Überzeugt? Darf ich mitspielen?«

Egal, was er nun draufhatte – sein Humor war unbezahlbar.

Andi sah auf seine Uhr. »Es wird Zeit, dass ihr euch noch mit ein paar Sachen von uns eindeckt.«

Dirk hatte bereits den Kofferraum des Audis geöffnet und deutete einladend auf den Inhalt.

Jan fühlte sich bei dem Anblick an alte Zeiten erinnert. Schutzwesten mit ausreichend Taschen, Oberschenkelhalfter für die Pistolen, Kampfmesser, Blendgranaten, Headsets, mit denen sie sich untereinander verständigen konnten, ausreichend Munition und sogar eine verkürzte Ausgabe des Sturmgewehrs G36 lagen dort.

Dirk nahm sich das Gewehr. »Andi hat sein eigenes, das hier ist meins. Es würde euch nur behindern.«

Jan stimmte ihm zu, zog die Lederjacke aus und dafür die Schutzweste über sein T-Shirt. Warm genug war es und wie bei der Wahl der Waffe ging es bei Jörg und ihm um Beweglichkeit und Schnelligkeit. Während er das Oberschenkelhalfter anlegte, schossen ihm Bilder aus Afghanistan durch den Kopf. Es gab deutliche Parallelen bei der Ausrüstung und ihrer Aufgabe, selbst die lockeren Sprüche der Beteiligten waren identisch. Aber da waren auch gravierende Unterschiede. Nicht Michael und sein Team, sondern neue Freunde waren an seiner Seite. Und das Ganze spielte sich nicht in einer Krisenregion ab, sondern in Deutschland, direkt vor seiner Haustür. So viel zum Thema ›Neuanfang‹, weitab von seinem alten Aufgabengebiet …

Seine Hand zitterte leicht, als er Ersatzmagazine und Blendgranaten in den Außentaschen seiner Weste verstaute. Für diese widersprüchlichen Gefühle hatte er jetzt keine Zeit. Er musste es wie früher anpacken: sichergehen, dass man an möglichst alles gedacht hatte, sich mental auf das vorbereiten, was dennoch schieflaufen würde, und dann die Sache durchziehen.

Da in diesem Moment Andi zu ihm herüberkam, versuchte Jan, unauffällig durchzuatmen und seine verspannten Armmuskeln zu lockern.

»Ist alles klar bei dir?«

»Sicher«, antwortete Jan. Zu seiner Erleichterung fragte Andi nicht weiter nach.

»Gut, dann sollten wir mal langsam loslegen. Martin würde es mir wochenlang unter die Nase reiben, wenn seine Jungs durchstarten und wir noch nicht in Position sind.«

»Das wollen wir natürlich nicht … Trotzdem wundert es mich, dass die Polizei bei so einer grenzwertigen Aktion mitmacht.«

»Tut sie normalerweise ja auch nicht. Aber Martin weiß, dass Dirk und sein Partner in Hamburg häufig mit unkonventionellen Mitteln Erfolg haben. Klar darf das nicht in Willkür ausarten. Wenn es jedoch wie hier nur an der Beweislage hapert, sind eben auch solche Kniffe drin – sofern man die Beteiligten kennt. Für irgendeinen x-Beliebigen hätten wir das nicht durchgezogen, aber für Jörg und dich sofort.«

»Verrätst du mir auch, wie es danach weitergeht?«

Die Erklärung übernahm Jörg. »Wenn wir die Bilder und die Probe besorgt haben, deklarieren wir das Ganze als ›anonym von einem aufmerksamen Mitarbeiter zugespielt‹

und können Montag den Laden ganz offiziell auseinandernehmen. Eigentlich stehen Staatsanwälte und Richter nicht auf anonyme Hinweise, aber da wir schon genug für einen soliden Anfangsverdacht in der Hand haben, wird das durchgehen.«

Überzeugt war Jan nicht und die Fallstricke der deutschen Justiz nervten ihn. »Sicher?«

»Ganz sicher«, bekräftigte nun auch Dirk.

»Okay, dann hoffe ich, ihr habt recht. Denn ich würde es hassen, den Laden selbst in die Luft jagen zu müssen, um das Gift endgültig auszuschalten«, erklärte er ruhig.

Damit hatte er die Aufmerksamkeit erfolgreich auf sich gelenkt. Jörg grinste nur, aber Dirk runzelte missbilligend die Stirn. Es gab also doch Grenzen für unkonventionelles Vorgehen.

»Das ist ein Scherz, oder?«, fragte der Hamburger.

»Ist doch nicht wichtig, da ihr ja sicher seid, dass die Justiz den Stecker ziehen wird«, erwiderte Jan und bemühte sich um eine ernste Miene.

»Du bist echt …«, begann Jörg, winkte dann aber ab. »Lass uns loslegen«, befahl er stattdessen und schloss den Kofferraum.

Es war offensichtlich, dass es Jo überhaupt nicht gefiel, bei den Fahrzeugen zurückbleiben zu müssen. »Ich rücke bis zum Zaun vor, wenn ihr unterwegs seid«, kündigte er an und keiner widersprach.

Kapitel 30

Problemlos erreichten sie den Zaun. Das Loch, durch das sie beim letzten Mal das Gelände betreten hatten, war lediglich notdürftig mit dünnem Draht geflickt, sodass man nicht einmal Werkzeug brauchen würde, um ihn zu entfernen.

Dirk zuckte mit den Schultern. »Habt ihr mal einen IQ-Test bei den Kerlen gemacht? Was soll denn der Mist? Da reicht ja einmal pusten. Ich frage mich …« Er ging am Zaun entlang und musterte das Drahtgeflecht mit prüfendem Blick.

Jörg hatte offensichtlich nicht auf Dirks Worte geachtet und wollte dort eine Zange ansetzen. Andi packte ihn blitzschnell am Arm und war damit einen Sekundenbruchteil schneller als Jan.

Er hob warnend eine Hand. »Warte, so dumm sind die Kerle nicht«, meinte er und deutete auf den Zaunpfosten, an dem Dirk stand und auf den Boden sah. »Elektrizität«, überlegte Jan dann laut.

Andi nickte. »Genau so würde ich das an ihrer Stelle machen: diesen Bereich unter Starkstrom setzen und darauf hoffen, dass wir so dämlich sind, wieder hier einzudringen. Kommt mit.«

Bei Dirk angekommen, bemerkte Jan ein dünnes Kabel und fluchte leise. »Wir liegen also richtig, da vorn kommt das Teil aus dem Erdreich und wird vermutlich von einer starken Batterie oder so etwas gespeist.«

Jörg hob wieder die Zange. »Erst das Kabel und dann den Zaun?«, fragte er in die Runde.

Alle nickten. Sekunden später konnten sie ein Stück des Drahtgeflechts zur Seite drücken und hatten einen bequemen Durchgang auf das Gelände.

Mittlerweile war es ausreichend dunkel, sodass die Wachmänner sie hoffentlich erst spät bemerken würden. Trotz des Ablenkungsmanövers, das Andi organisiert hatte, war die ganze Aktion immer noch höllisch riskant. Aber ihre Chancen standen auch nicht allzu schlecht, die Verbreitung des Gifts zu stoppen.

Andi tippte auf sein Smartphone und zeigte mit der Hand einen Countdown an. Als er den dritten Finger hob, erklang das dumpfe Geräusch einer Explosion, dem sofort ein lauter Knall folgte. Jan und Jörg sprinteten ohne jede Deckung über die Rasenfläche direkt auf ihr Ziel zu, während aus Richtung des Firmenparkplatzes noch weitere Explosionen erklangen. Da hatte offenbar jemand Spaß an seinem Job …

Die Außenbeleuchtung des Gebäudes spendete genug Licht, um zu erkennen, was sie an ihrem Ziel erwartete. Die gute Nachricht war, dass der Tanklaster immer noch neben der Halle stand und befüllt wurde; die schlechte, dass sich dort mindestens vier Männer herumtrieben. Mit dem Lkw-Fahrer und den Wachposten wären sie fertig geworden, nun würde es um einiges komplizierter werden und Jan war froh, dass sie unerwartete Hilfe bekommen hatten.

Andi und Dirk folgten ihnen. »Konzentriert euch auf euren Job, wir halten euch die Kerle vom Leib«, befahl Andi in dem Moment, als die vier Männer sie bemerkten.

Er und Dirk sprinteten los.

Ohne wesentlich langsamer zu werden, sprang Dirk plötzlich hoch in die Luft und traf den ersten Mann mit beiden Füßen an der Brust. Der Wirtschaftsprüfer rollte sich ab und stand schon wieder aufrecht, um sich den nächsten vorzunehmen.

Okay, er wusste definitiv, was er tat.

Jan rannte zu dem Füllstutzen an der Seite des Tanklasters und zog sich den Mundschutz übers Gesicht, den er bisher locker um den Hals getragen hatte. Er löste die Verbindung und legte den Schlauch auf den Boden. Sofort bildete sich eine stinkende Pfütze. Das war nicht zu ändern. Jan nutzte eine großvolumige Spritze, die Lena sonst zum Düngen ihrer Pflanzen genutzt hatte, um eine Flasche zu füllen. Ein halber Liter musste für die notwendigen Analysen reichen. Jan überprüfte den Verschluss sorgfältig und verstaute das Gefäß in seiner Weste. Den Schlauch ließ er liegen. Sollten sich anderen um den Dreck und die verseuchte Erde kümmern. Stattdessen nutzte er sein Kampfmesser, um zwei Reifen des Lasters und den Schlauch der Anlage zu zerstören. So schnell würde der Tankwagen das Gelände nicht verlassen und niemand konnte den Dreck mehr umfüllen.

Erst jetzt nahm er sich die Zeit, die Gegend zu checken. Die vier Männer lagen bewusstlos und gefesselt am Boden. Andi sicherte sie von der Ecke des Gebäudes aus nach hinten ab, Dirk hielt sich eng neben dem Türrahmen und beobachtete das Innere des Gebäudes. Von Jörg war nichts zu sehen. Jan wollte ihn gerade übers Headset ansprechen, da erklangen aus der Halle Schüsse.

»Jörg steckt in der Klemme«, sagte Dirk und machte Anstalten loszustürmen.

»Übernimm die Deckung, ich gehe rein«, hielt Jan ihn zurück und sprintete in die Halle. Erst als er sich hinter einigen Fässern zu Boden warf, wurde ihm klar, dass die Idee nicht besonders gut gewesen war. Im Gegensatz zu ihm hatte Dirk schon sehen können, was ihn erwartete.

Vorsichtig spähte Jan hinter seiner Deckung hervor und erkannte einen großen Tank, von dem aus der Laster draußen befüllt wurde. Fässer waren an verschiedenen Stellen gruppiert; dazwischen Gänge, die groß genug für Gabelstapler waren.

»Beeilt euch. Die Aufmerksamkeit wendet sich von hier vorn ab«, erklang Andis Stimme übers Headset. »Eine Zeit lang kann ich sie noch aufhalten, aber nicht lange.«

Jan fluchte leise. Im Gegensatz zu ihren Gegnern konnten sie nicht einfach blind drauflosfeuern, sondern nur in absoluter Notwehr schießen. Damit würde sich Andi auf Warnschüsse und die Blendgranaten beschränken müssen.

»Jörg? Wo steckst du?«

»Irgendwo zwischen den Fässern. Zwei Männer von zwei Seiten. Wir spielen gerade Versteck.«

»Ich komme rein«, kündigte Dirk an. Wenige Augenblicke später warf er sich neben Jan zu Boden. »Ich habe gesehen, wo Jörg in Deckung gegangen ist. Wenn du es schaffst, dass die Typen sich zurückhalten, hole ich ihn da raus.«

Obwohl seine Stimme ruhig klang, verriet seine Miene, unter welcher Anspannung Dirk stand.

»Und wie willst du das machen, ohne dir ein paar Kugeln einzufangen?«

Dirk grinste flüchtig. »Och, jetzt hilft mir einer meiner Nebenjobs während des Studiums ... Jörg, halte dich fürs Taxi bereit.«

Die Art und Weise, wie Dirk den Gabelstapler anvisierte, der ihnen am nächsten stand, verriet Jan alles, was er wissen musste. »Wenn du Jörg an Bord hast, jagt direkt durch die Tür nach draußen.«

»Und was ist mit dir?«

»Ich folge euch. Kümmere dich um deinen Part.« Automatisch war Jan in den Offizierston gefallen und rechnete mit Widerspruch, aber Dirk tippte sich lediglich an die Stirn und sprintete los.

Die ersten Meter bemerkte ihn niemand, dann kam jemand hinter zwei Fässern hervor und zielte auf ihn. Jan zwang den Schützen mit zwei Schüssen zurück in Deckung. Als der Typ einen neuen Versuch unternahm, erwischte er ihn an der Schulter. Die Pistole fiel dem Kerl aus der Hand und er rannte davon.

Einer hatte kapiert, dass es gesünder war, ihnen nicht in die Quere zu kommen. Aber wie viele trieben sich hier noch herum? Lange konnten sie ihre Stellung nicht halten.

Dirk hatte den Gabelstapler erreicht und raste mit ihm durch die Halle. Dass er dabei einige Fässer umwarf, störte ihn nicht. Hinter einer Säule kam Jörg hervorgehechtet und klammerte sich von außen ans Führerhaus.

Jan gab seine Deckung auf und feuerte stehend eine Reihe von Schüssen ab, die zwei Männer zwang, sich zu Boden zu werfen. Dirk jagte an ihm vorbei.

Jan schoss sein Magazin leer, wechselte es und lief ihnen hinterher. »Rückzug!«, rief er ins Mikrofon.

»Wird auch Zeit«, antwortete Andi.

Außer Atem erreichten sie das Loch im Zaun. Jo wartete dort mit einer Schrotflinte in der Hand. Hundebellen wurde lauter und kam rasch näher.

Jan riss die Dose mit dem Hundeabwehrspray aus seiner Weste. »Zu den Wagen! Schnell. Wir treffen uns bei Jo.«

Er versprühte am Zaun die Pfeffermischung aus der ersten Dose und rannte dann auch los.

Bei den Wagen angekommen, telefonierte Andi bereits. »Die Kieler Polizisten haben sich zurückgezogen. Allerdings wissen die in der Firma nun, dass wir da waren. Das ist euch schon klar?«

»Dass sich das nicht vermeiden ließ, habe ich mir fast gedacht. Alles andere war nicht mehr als ein frommer Wunsch«, erwiderte Jan.

Sie grinsten sich an, ehe Jan Jörg streng ansah. »Überleg dir auf der Fahrt eine gute Ausrede, warum du so weit in die Halle reingegangen bist.«

Jörg rollte mit den Augen und zog ein Notebook unter seiner Weste hervor. »Reicht das?« Er lauschte. »Ich würde es ja niemals wagen, dir einen Befehl zu erteilen, aber sollten wir nicht langsam losfahren? Oder willst du warten, bis die Hunde oder die Typen uns erreicht haben?« Er horchte wieder, zuckte dann aber mit der Schulter.

Jo hatte bisher noch kein Wort gesagt und hielt seine Schrotflinte immer noch im Anschlag.

Jan verzichtete auf einen Kommentar, ging zu Jörgs Wagen und nahm sich seinen Helm aus dem Kofferraum. Ein Schatten raste auf ihn zu. Und noch ehe Jan reagieren konnte, kassierte er einen harten Schlag gegen die Schläfe. Benommen taumelte er zur Seite und stützte sich Halt suchend am Kofferraum ab.

»Ganz ruhig, keine Bewegung. Es wäre mir ein echtes Vergnügen, dir eine Kugel in den Schädel zu jagen«, zischte ihm jemand zu. Die Mündung einer Waffe an Jans Hinterkopf verstärkte die Drohung eindrucksvoll.

Statt Angst breitete sich Wut in Jan aus. Sie hätten sofort verschwinden müssen! Stattdessen hatten sie sich wie die Amateure übertölpeln lassen. Besonders professionell waren ihre Gegner allerdings auch nicht. Der Kerl hinter ihm hielt nicht genügend Abstand. Mit dem wurde er fertig. Blieb die Frage, was mit den anderen war.

Ein Mann mit deutlichem Übergewicht zielte mit einer Waffe auf Jörg und Dirk, hinter Andi stand ein Dritter und presste ihm die Mündung in den Rücken. Wo steckte Jo?

»Wisst ihr eigentlich, mit wem ihr euch hier anlegt?«, erkundigte sich Andi so beiläufig, als ob er nach der Uhrzeit fragen würde.

»Interessiert nicht, da ihr gleich tot sein werdet«, übernahm der Kerl hinter Jan die Antwort.

Dirk bewegte sich etwas zur Seite und machte es dem stämmigen Mann damit schwerer, sowohl ihn als auch Jörg gleichzeitig anzuvisieren. »Dieses Desinteresse finde ich nicht besonders freundlich«, sagte er trocken.

Jans Gedanken überschlugen sich. Er und Andi hatten gute Chancen, ihre Gegner auszuschalten, aber Dirk und Jörg standen zu weit von dem Dicken entfernt. Beide waren erfahren genug, das zu wissen.

Dirk signalisierte dem Kieler Polizisten, sich zurückzuhalten. Jörg ballte die Hände zu Fäusten und schien von der Anweisung nicht besonders begeistert zu sein. Doch nach dem zu urteilen, was Jan gesehen hatte, war der Hamburger in Sachen Nahkampf um einige Klassen besser als Jörg.

Immer noch wusste Jan nicht, wo Jo war. Erst als er den Kopf etwas drehte und Dirks Blick folgte, entdeckte er den ehemaligen Kampfschwimmer im Schatten der Büsche.

Jo nickte ihm zu, hob dann seine Schrotflinte höher und drückte ab.

Sofort legten sie los. Jan drehte sich weg und schlug seinem Widersacher gleichzeitig die Waffe aus der Hand. Der Kerl war so überrascht, dass er es nur noch schaffte, die Arme zur Abwehr hochzureißen. Es bereitete Jan ein grimmiges Vergnügen, ihn mit einem Schlag gegen die Schläfe bewusstlos zu Boden zu schicken.

Im selben Moment peitschte hinter ihm ein Schuss durch die Nacht. Etwas klirrte. Danach herrschte wieder Ruhe.

Jan wirbelte herum. »Bericht!«, befahl er automatisch. Erst als Andi leise lachte, bemerkte er, dass er in alte Gewohnheiten zurückgefallen war.

»Alle unverletzt, es hat nur einen Außenspiegel erwischt«, erklärte Andi.

»Ja, meinen«, beschwerte sich Jörg.

Jan ignorierte ihn und wandte sich stattdessen Jo zu. »Wenigstens hat einer von uns rechtzeitig diese Mistkerle bemerkt.«

»Tja«, brummte der alte Seebär und rieb sich über den Bart. »Ich stelle mir aber lieber nicht vor, was passiert wäre, wenn das nicht so gewesen wäre.«

»Und ich möchte wissen, wann die Typen hier aufgetaucht sind. Die wären uns doch vorhin niemals entgangen«, erwiderte Jan.

Dirk nickte. »Genau das interessiert mich auch.« Er beugte sich über einen der am Boden liegenden Männer und zerrte ihn am Kragen seiner Jacke in eine sitzende Position. »Wie war das eben? Wir sind gleich tot? Sieht aus, als wenn sich das Blatt gewendet hat. Wieso und wann seid ihr hier aufgetaucht? Rede lieber, ehe ich sauer werde.« Scheinbar zufällig zielte er mit seiner Pistole auf das Knie des Mannes, der prompt etwas zurückwich. »Ich höre nichts.« Die Mündung zielte jetzt auf eine Stelle zwischen den Beinen.

Krampfhaft schluckte der Mann. »Wir wussten, dass ihr kommt, hatten aber nicht so früh mit euch gerechnet. Wir sollten verhindern, dass ihr auf das Firmengelände gelangt.«

Andi pfiff durch die Zähne. »Dazu noch diese Strombastelei am Zaun und die Verstärkung bei der Halle. Ihr seid da wohl jemandem ganz ordentlich auf die Füße getreten. Ich wüsste zu gerne, woher die von euren Plänen wussten.«

Jan knirschte vor Ärger mit den Zähnen. »Ich auch«, stieß er hervor. »Lass uns fahren«, fügte er hinzu, als er wieder das Hundegebell hörte und ihm klar wurde, wie viel Glück sie gehabt hatten. Ein Angriff aus zwei Richtungen hätte sie in ernsthafte Schwierigkeiten gebracht.

Auf der Fahrt zu Jo ließ Jan das Visier offen. Der kühle Fahrtwind half ihm, seine Gedanken zu sortieren. Die Frage, wie die Kerle von ihrem Plan erfahren hatten, beschäftigte ihn ebenso wie das massive Aufgebot, das die Firmenbesitzer aufgefahren hatten, um sie an ihrem Vorhaben zu hindern. Er musste sich regelrecht zwingen, Dirks Wagen zu folgen, als der auf die Zufahrtsstraße zu Jos Haus abbog. Am liebsten wäre er so lange durch die Nacht gerast, bis er sich beruhigt hatte.

Als er neben Dirks Wagen anhielt, musterte Andi ihn prüfend und grinste dann. »Ich wette, du hast es vermisst. Wundert mich nicht, ehrlich gesagt. Dirk hat es mal als eine Sucht bezeichnet«, sagte er scheinbar zusammenhanglos und ging ohne weitere Erklärung.

Aber Jan hatte ihn auch so verstanden.

Kaum saßen sie in der Küche und die Kaffeemaschine lief, stellte Jan die erste Frage. »War es richtig, diese Mistkerle einfach dort zurückzulassen?«

Dirk zuckte mit der Schulter. »Kann ich dir nicht sicher sagen. Für mich waren das zweitklassige Verbrecher, die jeden Auftrag übernehmen, solange die Bezahlung stimmt.

Wenn wir offiziell gegen sie vorgegangen wären, hätten wir einige Fragen beantworten müssen, was uns schwergefallen wäre.«

Jörg hatte sich gegen die Arbeitsplatte gelehnt. »Du meinst so was wie Hausfriedensbruch, Kfz-Diebstahl und Beschädigung von fremdem Eigentum?«

Ratlos hob Jan eine Schulter. »Wer hat denn ein Fahrzeug gestohlen?«

Jörg deutete auf Dirk. »Er den Gabelstapler.«

»Hey, den habe ich auf dem Gelände stehen lassen. Das zählt nicht. Frag mal lieber andersherum: Was haben wir erreicht?«

Dieses Mal antwortete Jo: »Wir leben noch.«

Jan und Jörg zogen gleichzeitig den Kopf ein. Der Vorwurf war unüberhörbar.

Jörg räusperte sich. »Ich habe um halb sieben ein Treffen mit einem Labortechniker, der rechnet mit höchstens einer Stunde Analysezeit, weil er weiß, wonach er suchen muss. Markus hat um neun einen Termin beim Staatsanwalt, der ja schon aus Hamburg eine Menge Informationen erhalten hat. Es dürfte bei der Vorarbeit nicht lange dauern, bis wir einen Durchsuchungsbeschluss bekommen. Ich denke, wir müssten ungefähr zu Jans Mittagspause mit einem Trupp Polizisten die Firma besuchen können. Dieses Mal ganz offiziell durch den Vordereingang.«

Dirk lehnte sich zurück. »Das meinte ich nicht. Dass der Plan so lautet, ist mir klar. Aber wird das noch funktionieren? Mir lässt es keine Ruhe, dass die Kerle uns erwartet haben. Es war reines Glück, dass wir früher als geplant losgelegt haben. Wenn die dort schon bei unserer Ankunft auf der Lauer gelegen hätten, wären wir jetzt tot. Ich wette, die hatten es auf ein paar gezielte Schüsse aus dem Hinterhalt abgesehen. Ich will wissen, wo das Leck ist. Nur dann können wir sicher sein, dass morgen alles glattläuft. Denn eins muss euch doch auch klar sein: Die Typen werden die restliche Nacht alles dransetzen, die Beweise verschwinden zu lassen. Die Jungs vom MEK beobachten den Laden zwar weiter, aber viel unternehmen können sie im Zweifel nicht. Verdunklungsgefahr zieht noch nicht als Haftgrund, dafür brauchen wir erst die Analyse der Probe.«

Jan grinste flüchtig. »Es wird sie verdammt viel Zeit kosten, die Beweise aus der Welt zu schaffen. Ich glaube nicht, dass sie das bis morgen Mittag schaffen. Hatte ich schon erwähnt, dass ich zwei Reifen des Tankers zerstochen habe? Und es gibt da noch jede Menge Erde abzutragen, weil eine große Menge der Flüssigkeit im Boden versickert ist. Aber ich gebe dir recht. Leicht wird es morgen nicht und ich möchte auch wissen, woher sie von unserem Plan wussten. Ich habe nur mit Jo, Jörg und Lena über die Aktion gesprochen.«

Jörg musste nicht lange überlegen. »Ich nur mit Markus.«

Alle Blicken richteten sich auf Jo, der laut seufzte. »Ich habe nicht einmal Helga erzählt, warum ich noch einmal ...« Er brach mitten im Satz ab und schlug sich so heftig gegen die Stirn, dass Jan zusammenzuckte. »Das Telefonat mit Dirk ... das habe ich draußen geführt. Helga hatte zu der Zeit Besuch, ich meine von Elvira. Es ist nicht ganz ausgeschlossen, dass sie was gehört hat.«

Dirk rieb sich übers Kinn. »Das würde passen, denn wir haben erst später abgestimmt, dass wir früher loslegen. Wer ist Elvira?«

Tief durchatmend kämpfte Jan um seine Beherrschung. »Die Witwe meines Vorgängers. Sie ist Freitag wie eine Furie auf mich losgegangen, weil ich ihr den Stand der Ermittlungen verschwiegen habe. Vermutlich ist ihr Mann indirekt an den Folgen der illegalen Giftentsorgung gestorben. Ich kann mir also nicht vorstellen, dass sie mit der Firma unter einer Decke steckt. Dummerweise ist aber ihre beste Freundin die Frau des Hauptverdächtigen, nämlich von diesem Zeiske.

Möglich, dass sie ihr etwas erzählt hat.« Er überlegte kurz. »Das hätte dann keine Auswirkungen auf die nächsten Schritte, Zeiske weiß sowieso, dass ich hinter ihm her bin.«

Jörg füllte erst einige Kaffeebecher und schüttelte dann den Kopf. »Irrtum. Die heutige Aktion zeigt ihm, dass wir nicht allein sind. Das ist neu für ihn.«

Andi übernahm es, die Becher zu verteilen. »Da gebe ich dir recht. Und ein verwundetes Tier ist am gefährlichsten. Das wird jeden beißen, der sich ihm nähert.«

Sie tranken den Kaffee, diskutierten mögliche Alternativen, nur um am Ende festzustellen, dass sie es einfach darauf ankommen lassen mussten.

Mit reichlicher Verspätung fiel Jan etwas ein. »Was ist mit dem Notebook?«

Jörg stellte es auf den Küchentisch, als ob er nur auf die Aufforderung gewartet hatte. Dabei hätte Jan seine Ninja darauf verwettet, dass Jörg es auch vorübergehend vergessen hatte. »Mir war ein Schreibtisch mit einigen Zetteln und ebendiesem Ding aufgefallen. Nachdem ich die Fotos von der Anlage gemacht habe, bin ich da noch kurz hin.«

Jan verkniff sich mühsam jeden Kommentar über den Leichtsinn und auch Dirk sah aus, als ob er in eine Zitrone gebissen hätte.

Jörg startete das Gerät. Es wurde zwar kein Passwort verlangt, aber auf dem Bildschirm wurden etliche Dateien angezeigt, deren Bezeichnung nur aus Buchstaben und Zahlen bestand. »Mist. Was ist das?«

Dirk zog den Computer zu sich heran. »Die Ziffern könnten jeweils einem bestimmten Datum entsprechen. Öffne mal eine.«

Sekunden später erschienen lange Zahlenreihen. Dirk sah auf die Uhr. »Tja, es wird etwas dauern, sich das alles genau anzusehen. Das könnten Zahlungen oder Lieferungen sein.« Er scrollte weiter durch die Tabellen.

Andi gähnte. »Na gut, dann sieh dir den Mist an und ich penne eine Runde.«

»Großartige Aufgabenteilung.« Dirk verzog den Mund. »Aber immerhin bin ich mir jetzt schon sicher, was das ist: ein Ausriss aus ihrer Kostenrechnung. Möglicherweise bekomme ich da Dinge raus, die euch morgen helfen. Dann zahlt sich Jörgs Wahnsinn vielleicht doch noch aus.«

Jörg überhörte den Vorwurf geflissentlich. »Ich lege mich dann auch hin. Jan?«

»Ebenso. Ich fahre nach Hause. Morgen …« Er sah auf die Uhr. »Ich meine, heute wird es noch mal heftig.«

Hatte er Lenas Wohnung gerade wirklich als ›Zuhause‹ bezeichnet? Das musste an der Müdigkeit liegen. Er sah in die Runde. »Sehen wir uns nachher?«

Dirk tippte auf das Notebook. »Auch wenn es anders geplant war, werde ich noch hier sein.«

»Gut, dann bis später. Und: Danke.«

Statt den direkten Weg zu Lena zu nehmen, bog Jan Richtung Ostsee ab und fuhr dorthin, wo sie sich das erste Mal getroffen hatten. Der Mond und der sternenklare Himmel spendeten am Strand genug Licht, um das aufgewühlte Wasser zu erkennen. Kleine Wellen schlugen ans Ufer. Weiße Schaumkronen bildeten einen scharfen Kontrast zu dem fast schwarz wirkenden Meer.

Gedanklich ging er die Ereignisse der letzten Stunden noch einmal Schritt für Schritt durch. Immer noch hatte er das Gefühl, Adrenalin würde durch seine Adern jagen. Niemals hätte er gedacht, dass er diesen Teil seines früheren Jobs vermisst hatte, aber genauso war es. So lebendig wie in den letzten Tagen hatte er sich in den Monaten davor nicht gefühlt. Das unerwartete Treffen mit Andi hatte zwar wieder Bilder aus der Vergangenheit mitgebracht, aber keine aus seinen Albträumen.

Als er auf die Wellen hinaussah, dachte er erstmals bewusst an die letzten Minuten mit Michael und die blutige Auseinandersetzung danach. Jan zitterte am ganzen Körper und durchlebte die Hölle in gewisser Weise noch einmal, aber dieses Mal in dem vollen Wissen, wo er heute stand. Es war wie ein zweiter Abschied von seinem Freund oder vielleicht auch der erste überhaupt, den er tatsächlich zuließ. Es gab Dinge, die ein Mensch nicht beeinflussen konnte, egal, wie schwierig dies zu akzeptieren und wie schmerzhaft es war, mit der Vergangenheit weiterzuleben.

Jan nahm seine Pistole aus dem Halfter, löste das Magazin und ließ es wieder einrasten. Es gab eine Zeit, da hatte er den Anblick einer Waffe nicht ertragen können. Doch das war vorbei. Nicht nur seine Vergangenheit beim KSK gehörte zu ihm, vielleicht auch die Gefahr. Und das Gefühl, etwas Richtiges zu tun. Deshalb war er Arzt geworden und zur Bundeswehr gegangen.

Es war so, wie Andi es gesagt hatte: Die Gefahr konnte zu seiner Sucht werden. Sie hatte ihm gefehlt. Jetzt fühlte er sich wieder vollständig.

Nach einem letzten Blick auf die Ostsee und die am Himmel glitzernden Sterne wandte Jan sich ab und fuhr zu Lena.

Kapitel 31

Unruhig wälzte sich Zeiske von einer Seite auf die andere. Obwohl er müde war, konnte er nicht schlafen. Seine Gedanken kreisten nur um eine Frage: Hatten sie es geschafft, die Bedrohung durch diesen nervigen Arzt zu beseitigen? Die beiden Geschäftsführer und er waren sich einig gewesen, dass es sinnvoll war, wenn niemand von ihnen persönlich vor Ort war. Das hieß dann aber auch, dass sie nicht wussten, ob ihr Plan Erfolg gehabt hatte. Außer ihnen und den Arbeitern, die unmittelbar mit der Entsorgung des Giftmülls beschäftigt waren, ahnte niemand von der Belegschaft, wie die Firma ihr eigentliches Geld verdiente.

Sie hatten lange diskutiert, ob sie nicht einfach alle Spuren der illegalen Giftmüllentsorgung vernichten sollten, aber Zeiske hatte ihnen vorgerechnet, wo die Firma ohne diese Zusatzeinnahmen stehen würde: am Rande des Bankrotts.

Etwas Positives hatte die penetrante Einmischung des Arztes jedoch gehabt: Vorher war Zeiske eher der Handlanger der beiden Chefs gewesen, nun begegneten sie sich auf Augenhöhe. Das war neu und gefiel ihm und er würde dafür sorgen, dass das so blieb. Jedenfalls für die paar Monate, die es noch dauerte, bis er endlich den Betrag zusammenhatte, den er für sein Leben im Süden brauchen würde. Gut, dass er noch etwas Zeit hatte, denn er wusste immer noch nicht, ob er mit oder ohne seine Frau dorthin wollte. Er verdankte ihr einiges. Ohne ihre Neigung zum Plappern hätte er nie von den Plänen dieses nervigen Doktors erfahren. Allerdings hatte sie ihn einige Male äußerst misstrauisch angesehen und das passte ihm nicht. Bisher war es ihm gelungen, seinen seriösen Schein vor ihr aufrechtzuerhalten, aber wie lange ging das noch gut? Sie würde niemals verstehen, warum er so hatte handeln müssen. Dafür war sie viel zu sehr in ihrer rosaroten Welt gefangen. Wenn sie hinter seine Geschäfte käme, hätte er ein ernsthaftes Problem. Skrupel, einen unfähigen Fahrer oder neugierigen Arzt auszuschalten, hatte er nicht, aber bei Gudrun sah es anders aus. Irgendwie hing er an ihr, trotz einiger störender Eigenschaften. Es war einfach bequem, wie sie ihm in vielen Bereichen den Rücken freihielt.

Sein Handy summte leise. Erschrocken fuhr er hoch und stieß es vom Nachttisch. Ein Anruf um diese Zeit konnte nur bedeuten, dass etwas fürchterlich schiefgelaufen war.

Zeiske stand auf und bückte sich, um das Mobiltelefon aufzuheben. Sein Rücken protestierte schmerzhaft gegen die schnelle Bewegung. Er sollte wirklich mal wieder etwas Sport machen – oder sich eine entspannende Massage gönnen.

Gudrun schlief weiter. Er verließ das Schlafzimmer und stellte erst dann die Verbindung her.

Die Nachricht war kurz und bündig, die Folgen hatten es jedoch in sich.

Schweißtropfen bildeten sich auf seiner Stirn, die er fahrig wegwischte, ehe er eine Kurzwahlnummer drückte. Seine penible Vorbereitung würde sich jetzt bezahlt machen, aber die Störung des Geschäftsbetriebs war ärgerlich und dafür würde jemand bezahlen. Allerdings hatte er in seinem Leben noch nie zu voreiligen Schnellschüssen geneigt und würde diesen Fehler auch jetzt nicht begehen.

Zunächst musste er klären, mit wem dieser Arzt zusammenarbeitete. Die Männer, die er angeheuert hatte, waren nicht so leicht zu beeindrucken, geschweige denn zu überwältigen, aber genau das war geschehen. Militärisches Vorgehen? Ein Streifenwagen als Ablenkung? Vermutlich hatte der Kerl nur einen oder zwei Kumpel um Hilfe gebeten. Die Lektion, die sie dem neugierigen Tierliebhaber verpasst hatten, war wohl nicht angekommen. Da brauchte anscheinend jemand Nachhilfe, um zu begreifen, dass es Dinge gab, die man besser nicht anrührte.

Unschlüssig stand Zeiske auf dem Flur und entschied sich schließlich, in die Firma zu fahren. Es war besser, er überzeugte sich selbst davon, dass alles wie geplant verlief. Für diese Anstrengung hatte er sich dann einen entsprechenden Sonderbonus verdient.

Jan schielte auf die Uhr: halb zwölf am Vormittag. Er verabschiedete die siebzigjährige Dame herzlich. Ihre Zuckerwerte waren wieder im grünen Bereich und sie hatte tatsächlich

Freude an den täglichen Spaziergängen gefunden. Das waren die Momente, in denen er seinen Job liebte, dennoch war er froh, dass die Mittagspause fast erreicht war. Er hatte noch gut dreißig Minuten, ehe er zu *Brodersen* fahren musste. Dort konnte er dank Jörg und Markus an der Durchsuchung teilnehmen und diese Chance wollte er sich nicht entgehen lassen.

Die Zeit bis dahin würde er nutzen. Normalerweise wäre er in seine Wohnung gegangen, aber dort hielten sich Liz und Felix auf. Auch wenn es unfair war, mussten die beiden noch eine Weile auf einen sorgfältig zensierten Bericht über die letzte Nacht warten. Selbst Lena gegenüber hatte er sich nur auf das Notwendigste beschränkt.

Plötzlich hatte er wieder ihren merkwürdigen Gesichtsausdruck beim Abschied am Morgen vor Augen. Als ob sie auf etwas gewartet hatte.

Aber auch das musste er später klären. Ebenso wie die Frage, ob es aus der Praxiszeit seines Vorgängers nun auffällige Sterbefälle gab oder nicht. Jan hatte sich in einer kurzen Pause zwischen den Terminen drei Namen herausgesucht, darunter Hartmut Geißler, den Felix erwähnt hatte. Auf den ersten Blick hatte er in den Akten nichts Besonderes feststellen können. Später würde er sich jedoch jedes Detail der Daten vornehmen und dann hoffentlich wissen, was sein Vorgänger getan hatte.

Langweilig würden die nächsten Stunden nicht werden …

Jan nahm die Mineralwasserflasche aus dem Schreibtischfach, verzichtete auf ein Glas und trank durstig. Danach lehnte er sich zurück und schloss die Augen. Er war so müde, dass er einige Male nur mühsam ein Gähnen vor seinen Patienten unterdrückt hatte. Beim KSK hatte er gelernt, rund zwanzig Minuten zu schlafen und damit seine Akkus aufzuladen. Das würde ihm reichen, um die nächsten Stunden zu überstehen.

Ein leises Geräusch weckte Jan. Sämtliche Instinkte warnten ihn schon, ehe er richtig wach war. Irgendetwas war nicht so, wie es sein sollte.

Dann hörte er schleichende Schritte in seinem Sprechzimmer.

Vorsichtig öffnete er die Lider einen Spalt und rechnete damit, einen der Verbrecher aus der vorigen Nacht abwehren zu müssen. Doch stattdessen stand Elvira vor seinem Schreibtisch und hantierte an der Wasserflasche herum.

»Was machst du da?«

Elvira zuckte zusammen, der Verschluss fiel ihr aus der Hand. Sie zitterte am ganzen Körper.

Jan fuhr hoch.

Elvira war kreidebleich und starrte die drei Patientenakten auf seinem Schreibtisch an. Plötzlich drehte sie sich um und lief davon.

Kopfschüttelnd sah Jan ihr nach.

Gerda stürmte mit einer Packung Tabletten in der Hand in sein Sprechzimmer. »Was ist passiert? Habt ihr euch wieder gestritten?«

»Nein, ich hatte kurz die Augen geschlossen und plötzlich war sie hier.« Er stand auf, ging um den Schreibtisch herum und hob den Verschluss der Flasche auf.

»Ich war im Labor und habe die Sendungen fertig gemacht.« Gerda hielt ihm das Medikament hin. »Das hier hat Elvira verloren. Für mich sah das gerade nicht normal aus. Eher wie eine Flucht.«

Gähnend nahm Jan ihr die Tabletten aus der Hand und stutzte. Das waren sehr starke, verschreibungspflichtige Schlaftabletten. Er nahm die Wasserflasche in die Hand. Als er genauer hinsah, erkannte er, dass in der eigentlich klaren Flüssigkeit etwas schwamm, was dort nicht hingehörte.

Gerda schnappte nach Luft. »Hat sie versucht, dir das Zeug in deine Flasche zu schütten?«

»Sieht fast so aus. Aber ich begreife nicht, was das soll. Um mich umzubringen, hätte sie so viele davon auflösen müssen, dass ich es geschmeckt hätte.«

Seine Arzthelferin riss ihm die Packung aus der Hand und studierte die Inhaltsangaben. »Vier Stück könnten reichen. So, wie du das Wasser immer herunterstürzt ...«

»Das ist doch Wahnsinn. Außerdem kann sie doch kaum wissen, dass ich hier eine Flasche aufbewahre.«

Gerda wich seinem Blick aus. »Doch, das wusste sie. Leider. Ich habe mich vor einiger Zeit mal dazu hinreißen lassen, ihr das unter die Nase zu reiben, als sie wieder am Sticheln war. Bei ihrem Mann stand dort nämlich was Hochprozentiges.« Gerda schüttelte den Kopf. »Hilft ja nichts, Jan. Du solltest die Polizei anrufen. Denn das geht nicht, die ist doch total irre.«

Polizei! Es wurde Zeit für seine Verabredung mit Jörg.

Jan schüttelte den Kopf. »Wir klären das später. Ich muss los. Die Polizei ist gerade mit einem anderen Thema beschäftigt.«

»Was klärt ihr später?«

Jan fluchte, als er Lena entdeckte, die in der offenen Tür stand und zumindest seine letzten Worte mitbekommen hatte. »Wir ... Sekunde. Gerda, verschließ bitte die drei Akten hier im Schrank und pass auf, dass niemand die Praxis betritt, bis ich wieder hier bin. Lena, ich muss los. Wir reden später.«

Lena verstellte ihm den Weg, als er an ihr vorbei wollte. In ihren Augen blitzte eine Wut, die er noch nie an ihr bemerkt hatte. »Vergiss es, Jan. Ich habe wesentlich mehr Rechte als du, bei der Durchsuchung dieser verdammten Firma dabei zu sein und den Verbrechern in die Augen zu sehen.«

Jan schüttelte den Kopf. »Das kann gefährlich werden, du bleibst hier.«

»Hörst du nicht zu? Ich werde da jetzt hinfahren. Mit dir oder ohne dich.«

Unnachgiebig starrten sie sich an. Jan hatte das Gefühl, einer Fremden gegenüberzustehen. Erst als Gerda sich leise räusperte, wandte er den Blick ab.

»Ich würde mich ja nie einmischen«, begann sie, »aber ich finde schon, dass Lena recht hat. Du bist doch dabei und kannst auf sie aufpassen …«

Wenn er nicht nachgab, würde er morgen noch hier stehen und mit den beiden diskutieren. Außerdem ließ ihn Lenas blasses Gesicht nicht kalt. Er sah ihr an, wie sehr sie mit der Vorstellung kämpfte, denjenigen gegenüberzustehen, die für den Tod ihres Babys verantwortlich waren.

»Dann komm. Es wird Zeit«, sagte er schlicht.

Sie berührte ihn nur flüchtig am Arm, aber als sich ihre Blicke erneut trafen, wusste er, dass er richtig gehandelt hatte. Etwas hatte sich in diesem Moment zwischen ihnen geändert – zum Guten hin. Trotz aller Bedenken, die sie beide mit sich herumtrugen, war ein weiterer Grundstein für eine ernsthafte Beziehung gelegt worden und der Gedanke gefiel ihm. Sogar außerordentlich gut.

Auf dem Firmenparkplatz erkannte Jan sofort die Fahrzeuge, die nicht den Angestellten gehörten. Er parkte neben einem silberfarbenen VW-Bus.

Kaum war er ausgestiegen, kam Markus schon auf ihn zu, der heute, mit schwarzer Jeans und weißem Oberhemd bekleidet, deutlich seriöser wirkte. Nur seine weißblonden Haare und der Ohrstecker in Form eines Totenkopfes milderten diesen Eindruck wieder.

Markus hob zur Begrüßung abwehrend die Hand. »Kein Wort über mein Outfit. Ich musste mir von den Kollegen schon genug anhören.«

»So was würde mir nie einfallen, Markus. Aber jetzt, wo du es erwähnst …« Jan deutete auf Lena. »Das ist Lena Paulsen, sie hat mir sehr geholfen und muss heute dabei sein. Lena, das hier ist Markus König, der Wirtschaftsexperte vom Kieler LKA.«

Markus hob eine Augenbraue. »Das heißt dann wohl, dass ich zwei Zivilisten den Zugang zu unserer Aktion ermöglichen soll. Dafür hätte ich gerne eine ausreichende Begründung.«

»Ihr Kind ist an den Folgen des Giftmülls gestorben.«

Betreten sah Markus zur Seite, dann gab er sich einen Ruck. »Das tut mir aufrichtig leid. Wenn Sie mir versprechen, sich zurückzuhalten, und keinerlei Absichten haben, einen der Verantwortlichen anzugreifen, lasse ich Sie mit aufs Gelände.«

»Natürlich«, bestätigte Lena, griff allerdings nach Jans Hand und drückte sie fest.

Markus stutzte und Jan entschloss sich zu einer Erklärung. »Lasst doch die Formalitäten. Lena ist meine Freundin.«

»Sag das doch gleich! Du hast doch sowieso was bei uns gut für den ganzen Mist hier, aber versau jetzt nichts. Ich habe nach dem Auftritt mit der Band die Nacht durchgemacht, weil Dirk auf ein paar hochinteressante Daten gestoßen ist. Ich würde die Sache nun gerne sauber abschließen.«

Ein Streifenwagen sowie Jörg und Dirk in ihren Fahrzeugen stoppten neben ihnen, sodass Jan nichts mehr erwidern konnte.

»Der ist echt beim LKA? Hast du den Totenkopf gesehen?«, fragte Lena ihn leise.

Jan nickte und biss ihr dann spielerisch sanft ins Ohrläppchen. »Willst du auch einen?«

Sie lachte hell auf. »Nee, so was ist nichts für mich, aber vielleicht was für einen reichlich unkonventionellen Arzt, den ich kenne.«

»Keine Ahnung, wen du meinst.«

Sie grinsten sich an.

Dann wurde Lena wieder ernst. »Du hast mich zum ersten Mal als Freundin bezeichnet.«

»Stimmt, mir fiel so schnell nichts Passenderes ein. Lebensgefährtin würde auch passen, klingt aber so komisch. ›Freche Dame mit dem Rad, die sich in mein Herz geschlichen hat‹ trifft es am besten, aber das ist irgendwie zu lang. Die Kids würden heute einfach sagen HDGDL. Aber aus dem Alter sind wir ja auch raus.«

»Habe dich ganz doll lieb«, übersetzte Lena die Chatabkürzung mit undefinierbarer Miene. Dann ließ sie Jans Hand los und machte eine Bewegung in Richtung der Männer, die gerade aus ihren Fahrzeugen ausstiegen. »Sag mal, meinst du, dass das hier der richtige Ort und Zeitpunkt für so eine Art Liebeserklärung ist?«

»Vermutlich nicht, aber man hat mir gerade an den Kopf geworfen, dass ich reichlich unkonventionell bin. Kannst du damit leben?«

»Muss ich wohl«, erwiderte sie und fasste wieder nach seiner Hand. »Ich wäre nachher bereit, dir dauerhaft einen Platz in meinem Schrank einzuräumen, aber jetzt will ich die Kerle in Handschellen sehen, die unsere Umwelt vergiften.«

»Das kannst du haben«, versprach Jan und hoffte dabei, dies auch halten zu können.

Da Jörg und Dirk schon ungeduldig winkten, gingen sie zu ihnen hinüber.

Irritiert schüttelte Jan den Kopf, als ein weiterer Streifenwagen vorfuhr. Sekunden später stieg ausgerechnet Zeiske aus und rückte sich als Erstes sein Hemd zurecht, das wieder einmal aus der Hose hing.

»Hältst du das für eine gute Idee?«, frage er Markus leise.

»Er hat sich freiwillig gemeldet und dagegen kann ich nichts tun. Glaub man nicht, dass mir das passt«, gab Markus ebenso leise zurück.

Statt sie wie bisher anzufeinden, kam Zeiske direkt auf Jan und Markus zu und blickte sie überraschend zurückhaltend an. »Es kursieren zahlreiche Gerüchte über das, was hier jetzt stattfinden soll. Vielleicht habe ich bisher ja falschgelegen. Können Sie mich kurz ins Bild setzen?«

Markus zögerte kurz. »Ich melde uns bei der Geschäftsleitung an. Übernimm du das hier, Jan. Danach sichern Sie dann bitte mit Ihrem Kollegen den Haupteingang ab. Niemand verlässt ohne unser Einverständnis das Gelände. Verstanden?«

Zeiske nickte und Jan seufzte. Aber Markus, Jörg und Dirk gingen bereits auf das Tor zu und ließen ihn und Lena bei dem übergewichtigen Polizisten zurück.

Lena fasste ihn am Arm. »Ich übernehme das, Jan.« Sie wandte sich an Zeiske und zeigte mit dem ausgestreckten Arm auf das Firmengelände. »Dort werden nicht nur Handelswaren umgeschlagen, sondern man lädt nachweislich auch Giftmüll um, der dann später illegal entsorgt wird und die Gegend vergiftet.«

Ein Idiot war Zeiske nicht. »Die Hustenanfälle?«, fragte er sofort.

Jan nickte. »Ganz genau. Es gibt Menschen mit Vorerkrankungen oder Allergien, die empfindlich auf das Zeug reagieren und daran sterben können.«

Zeiske sah ihn direkt an. »Und über diese Krankheitsfälle sind Sie dann in diese Sache involviert worden, Herr Doktor?«

Zeiskes schnelle Kombination überraschte Jan ebenso wie die korrekte Anrede. »Richtig. Die Kinder haben mir einen ersten Hinweis geliefert, wo ich suchen muss.«

»Und Herr Mommsen hat Ihnen dabei geholfen«, mutmaßte Zeiske. »Dann halten Sie seine Mithilfe also für die Ursache des Feuers? Die Kieler Kollegen haben ja mittlerweile nachgewiesen, dass es sich um Brandstiftung handelt.«

»Stimmt. Wir haben uns die Firma ein wenig genauer angesehen und dabei dürften die Kerle Felix' Wagen erkannt haben. Es ist ja auch kein Geheimnis, dass wir mittlerweile befreundet sind.«

»Ich verstehe. Danke für Ihre Offenheit, Doktor Storm.«

Jan wollte sich abwenden, aber Lena holte tief Luft. »Jan hat sich auf die Fakten beschränkt und das ist ja auch richtig so. Aber um das mal ganz deutlich zu sagen: Diese Menschen da drinnen haben zugelassen, dass das Gift bei den Kindern auf dem Fußballfeld und auf dem Spielplatz gelandet ist. Meine Tochter ist vermutlich dort damit in Kontakt gekommen und daran gestorben. Und das alles nur, um das Geld für die legale Entsorgung zu sparen!«

Zeiske war hochrot im Gesicht, wich ihrem anklagenden Blick aber nicht aus. »Das habe ich verstanden und Ihr Verlust tut mir sehr leid. Ich habe davon nichts gewusst und würde so etwas auch niemals dulden.«

Erstaunlicherweise nahm Jan ihm das sogar ab. »Wir müssen dann …«, sagte er und zog Lena einfach mit sich.

»Ich glaube ihm«, sagte sie leise.

»Ich auch, aber mögen muss ich ihn deshalb noch lange nicht. Ich frage mich nur, was es für ihn heißt, wenn sein Sohn überführt wird.«

Ungeduldig wartete Jan darauf, dass die Formalitäten erledigt waren. Zeiske junior stellte sich als kaufmännischer Leiter vor, die beiden anderen Herren im dreiteiligen Anzug als Geschäftsführer. Jan verkniff sich einen bissigen Kommentar darüber, wie genau denn die Aufgabenverteilung bei ihnen aussah. Denn sogar ihm als Laien war klar, dass die Leitung der Firma mit drei Personen reichlich überfrachtet war.

Er eilte zusammen mit den anderen in die Lagerhalle, in der es nachts zu der Schießerei gekommen war.

Kaum hatte Markus die schwere Stahltür geöffnet, fluchte Dirk leise. Jan stürmte in das Gebäude und blieb abrupt stehen.

Der gesamte Bereich war so gut wie leer. Lediglich ein paar Kartons standen herum, dazu mehrere leere Paletten und die beiden Gabelstapler. Kein einziges Fass weit und breit und auch die Pumpanlage war abgebaut worden.

Dirk und Jan gingen dorthin, wo in der Nacht noch die Schläuche gelegen hatten. Der Hamburger hockte sich hin. »Die Spuren sind noch erkennbar, die Geräte jedoch weg.« Seine normalerweise braunen Augen hatten plötzlich einen grünen Schimmer. Seine Wut war ihm anzumerken.

Jan öffnete die Tür, die nach draußen führte, und fluchte laut. Dort, wo die Flüssigkeit im Boden versickert war, befand sich ein großes Loch, direkt daneben ein Bagger. Von der ausgehobenen Erde war nichts zu sehen.

»Nicht schlecht«, knurrte Dirk leise und lächelte dann flüchtig.

Markus stand inmitten der Halle und drehte sich langsam einmal um die eigene Achse.

Jörg trat ins Freie, betrachtete das Loch im Boden und wesentlich länger die Außenwand des Gebäudes. Er wandte sich zu Dirk um. »Ich weiß, was du denkst. Belassen wir es für den Moment dabei oder hast du andere Vorstellungen?«

Dirk schüttelte den Kopf.

Jan blickte sich um und überlegte fieberhaft, was ihm wohl entgangen war. Denn innerhalb weniger Sekunden war bei den beiden die Anspannung verschwunden.

Nachdem Jörg leise mit Markus geredet hatte, atmete auch der auf. Dirk signalisierte Jan unauffällig, dass alles in Ordnung war und er abwarten sollte.

Im Hintergrund standen drei Männer in grauen Overalls und beobachteten jeden ihrer Schritte. »Hier ist nichts«, verkündete Dirk laut. »Wir sehen uns mal die Buchhaltung an.«

Lena klammerte sich an Jans Hand. »Das darf doch nicht wahr sein. Ich …«

Er brachte seinen Mund dicht an ihr Ohr. »Ganz ruhig. Die beiden wissen, was sie tun.«

Jedenfalls hoffte er das.

In den Räumen der Buchhaltung trafen sie wieder auf Zeiske, dem keinerlei Unruhe anzumerken war. Erst als Dirk gezielt nach Abrechnungen von Lieferanten fragte, geriet die kühle Fassade des Mannes ins Wanken. »Wie kommen Sie denn darauf?«, fragte er ungehalten.

»Das muss ich Ihnen nicht erklären. Soll ich Ihnen stattdessen noch einmal den Inhalt des Durchsuchungsbeschlusses vorlesen? Die Unterlagen. Jetzt.«

Zeiske wies eine junge Mitarbeiterin an, Dirk die Ordner zu holen. Der Hamburger Wirtschaftsprüfer brauchte nur einige Minuten, ehe er sie wieder weglegte. Zeiske hatte ihn die ganze Zeit nicht aus den Augen gelassen.

»Wissen Sie«, begann Dirk, »illegale Gewinne zu erwirtschaften ist häufig nicht schwierig, aber das Geld sauber durch die Bücher zu leiten schon problematischer. Welche Strafen auf Steuerhinterziehung stehen, wissen Sie ja bestimmt.« Er tippte auf die Unterlagen und sah Markus an. »Lass das hier einpacken. Da steckt genug Zündstoff drin, um den Laden dichtzumachen.«

Zeiske machte einen Schritt auf Dirk zu. »Was reden Sie denn da? Wir sind mit Abstand der größte Arbeitgeber und Steuerzahler der Region. Unsere Bücher sind absolut sauber!«

Dirk grinste bösartig. »Genau deswegen werden wir auch alles daransetzen, dass der legale Betrieb möglichst schnell wieder aufgenommen werden kann. Soweit ich die Zahlen kenne, wird das Unternehmen schlagartig saniert sein, wenn die überhöhten Ausgaben für die Geschäftsführung wegfallen.«

Die junge Mitarbeiterin versuchte vergeblich, ein Husten zu unterdrücken, Zeiske schnaubte. »Was erlauben Sie sich eigentlich? Wie war noch Ihr Name?«

Markus übernahm die Antwort. »Herr Richter ist als Wirtschaftsprüfer ein international angesehener Experte für solche Fälle und arbeitet normalerweise fürs Hamburger LKA. In diesem Fall unterstützt er uns.«

»Sie können nichts beweisen«, ereiferte sich Zeiske. »In den Büchern steht nichts Belastendes drin.«

Dirk stapelte unbeeindruckt die Ordner in einen Karton, erst dann sah er Zeiske wieder an. »Das Geld, das bei Ihnen und Ihren Kumpels aus der Geschäftsführung gelandet ist, mag ja ganz ordentlich verschleiert worden sein, wobei wir es garantiert noch finden werden. Aber da Sie ja glaubten, auch die Bilanz Ihrer Firma aufhübschen zu müssen, haben Sie sehr offensichtliche Spuren hinterlassen. Das ist der Nachteil, wenn man versucht, zweimal zu kassieren: einmal direkt für die illegale Abfallentsorgung und einmal über die Tantiemen und Vergütungen als Angestellter. Diese Zahlen in Verbindung mit Ihrer Kostenrechnung ergeben ein sehr interessantes Bild, woher das Geld kommt und wohin es geleitet wurde. Aber das alles wissen Sie ja besser als ich.«

»Kostenrechnung?«, wiederholte Zeiske und schnappte nach Luft.

Dirk hob eine Augenbraue. »Erwähnte ich das nicht? Einer ihrer Mitarbeiter hat der Kieler Staatsanwaltschaft ein Firmennotebook zugespielt. Der Inhalt war sehr interessant. Allerdings fehlte uns noch ein Puzzleteil aus dem Bereich der Buchhaltung, das wir nun aber haben.«

»Das sind ja Nazimethoden!«, ereiferte sich Zeiske, um dann abfällig mit der Schulter zu zucken. »Und selbst wenn es in der Buchhaltung irgendwo gehakt hat, ist das noch lange kein Grund, hier so aufzutreten. Mehr haben Sie nicht?«

Nun mischte sich erstmals Jörg ein, dessen Aufmerksamkeit vorher seinem Smartphone gegolten hatte. »Draußen ist jetzt alles gesichert. Wollen wir …?«

Zeiske sah irritiert zwischen ihnen hin und her, bekam aber keine Erklärung.

Dirk signalisierte Jan, dass er Lena abschirmen sollte. Alarmiert folgte er den Männern zurück in die Lagerhalle.

Zeiske schwitzte mittlerweile stark.

Dirk sah ihn fest an. »Sie sollten anfangen, bei uns Pluspunkte zu sammeln, die sich positiv auf das Strafmaß auswirken könnten. Pfeifen Sie Ihre Gorillas in den grauen Overalls zurück. Uns ist klar, dass Sie heute Nacht keine Zeit hatten, alle Fässer und die komplette Anlage wegzuschaffen. Der ganze Dreck befindet sich noch hier.« Er zeigte auf den hinteren Bereich. »Sie haben mit fertigen Elementen einfach eine zusätzliche Wand eingezogen.«

Jan sah zu den Männern hinüber, die in diesem Moment auf sie zukamen. Sofort schob er Lena hinter sich. »Tu, was ich dir sage«, flüsterte er ihr zu.

»Macht sie fertig!«, brüllte Zeiske plötzlich los.

Aber Jörg und Dirk hatten mit so etwas gerechnet. Als die Männer Anstalten machten, ihre Waffen zu ziehen, hielten die beiden ihre Dienstpistolen bereits in der Hand.

Nur einen Sekundenbruchteil später folgte Jan ihrem Beispiel. »Ganz ruhig. Lasst bloß die Hände von den Waffen. Runter auf den Boden, Hände hinter den Kopf«, befahl er und erntete von Dirk einen ironischen Blick, den er lächelnd abtat. Von einigen Gepflogenheiten trennte man sich eben nur schwer und er war es einfach gewohnt, das Kommando zu haben.

Die Männer in den Overalls befolgten brav seine Anweisung und Jörg übernahm es, den Typen Plastikhandschellen anzulegen.

Jan ließ Zeiske nicht aus den Augen. Seine fahrigen Handbewegungen verrieten seine Nervosität. Markus hielt sich für seinen Geschmack viel zu nahe bei dem Mistkerl auf.

Jan wollte den Polizisten gerade warnen, da schnellte Zeiske vor und legte Markus von hinten einen Arm um die

Kehle. »Keiner rührt sich, sonst ist er tot! Schmeißt eure Waffen weg!«, schrie Zeiske unbeherrscht los.

Markus schnappte keuchend nach Luft. »Hört nicht auf ihn!«

Dirk nickte. »Habe ich auch nicht vor ... Beruhigen Sie sich, Zeiske. Das bringt nichts, lassen Sie ihn los.«

Zeiskes Blick irrte durch die Halle. »Ich will einen Wagen! Und die Frau da begleitet mich, damit mir keiner folgt.«

»Das können Sie vergessen«, antwortete Jan und zielte mit seiner Pistole auf Zeiskes Kopf. »Also ich hätte freies Schussfeld«, sagte er dann bewusst emotionslos.

Jörg nickte. »Ich auch. Geben Sie auf, Zeiske.«

Besorgt beobachtete Jan, dass sich die Gesichtsfarbe von Markus innerhalb von Sekunden veränderte. »Wenn Sie ihn erwürgen, sind Sie auch noch wegen Mord dran. Tot nützt Ihnen eine Geisel nichts. Lassen Sie ihn los!«, rief er.

Statt zu gehorchen, schnürte Zeiske Markus noch stärker die Luft ab. Der Polizist war kaum noch bei Bewusstsein.

Jan zog den Abzug weiter durch. Er musste das Risiko eines Schusses eingehen. Eine andere Wahl blieb ihm nicht.

»Lass ihn sofort los, Klaus!«, donnerte plötzlich eine Stimme durch die Halle.

Zeiske senior stapfte mit gezogener Waffe auf seinen Sohn zu. »Ich sagte: Lass ihn los«, wiederholte er drohend.

»Vater? Du würdest doch nicht auf mich schießen?« Zeiske schien ein Großteil seiner Entschlossenheit abhandengekommen zu sein.

»Ich bin Polizist und du offensichtlich ein Krimineller. Glaubst du, ich sehe zu, wie du einen Kollegen umbringst? Letzte Warnung, Sohn.«

»Ich habe Geld. Viel Geld. Wir könnten zusammen ...«

Zeiske senior drückte ab und sackte dann selbst zu Boden.

Jan rannte los. Zeiske junior hatte sich eine Kugel in der Schulter eingefangen, Markus schnappte keuchend nach

Luft. Doch bei beiden bestand keine Lebensgefahr. Der Zustand des alten Zeiske war ernster. Das sah nach einem Schlaganfall aus. Angestrengt versuchte der schwergewichtige Polizist, etwas zu sagen, brachte aber nur ein Lallen hervor.

»Ganz ruhig. Ihr Junge wird es überleben und ich lasse nicht zu, dass Sie uns hier wegsterben.«

Eine halbe Stunde später hatte Jan den Polizisten mithilfe des Notarztes stabilisiert. Vater und Sohn wurden von Rettungssanitätern weggebracht, der Jüngere mit Handschellen an die Trage gefesselt.

Jörg und Dirk hatten bereits erste Elemente der in der Nacht eingezogenen Wand eingerissen, hinter der Jan eine beachtliche Anzahl Fässer erkennen konnte.

»Wie bist du auf die Idee gekommen, dass die Fässer da sind?«, fragte er Dirk.

»Mir kam die Halle kleiner vor als gestern und nicht nur das: Sie hätten etliche Male fahren müssen, um das alles zu entsorgen. Und wohin hätten sie das Zeug bringen sollen? Oben am Supermarkt standen seit heute Nacht zwei Jungs vom MEK, um die Zufahrt im Auge zu behalten. Die hätten sofort Alarm geschlagen, wenn hier plötzlich eine Armada Lkws aufgetaucht wäre. Die Kollegen haben jedoch nur gemeldet, dass der Tanklaster einmal weggefahren ist. Und zwar leer, wie eine zufällige Verkehrskontrolle ergeben hatte. Das muss daran liegen, dass du die Schläuche gestern zerfetzt hast.«

Sie grinsten sich an.

»Das Zeug musste also noch hier sein und viele Möglichkeiten gab es nicht.«

Lena atmete tief durch. »Das war es also.«

Jan nickte. »Was diesen Fall betrifft, ja.«

»Ich dachte, ich würde mehr fühlen, aber da ist nicht viel. Einfach nur das Gefühl, etwas Unangenehmes zu einem

Abschluss gebracht zu haben.« Sie hob den Kopf. »Eine Sache beendet, eine andere beginnt nun so richtig.«

Das war eindeutig keine Frage, sondern eine Feststellung. Jan beugte sich vor und küsste sie.

Kapitel 32

Auf dem Weg zurück nach Brodersby fiel Jan endlich ein, wie er sich Gewissheit über die Machenschaften seines Vorgängers verschaffen konnte, denn aus den Patientenakten würde er nur einen Teil erfahren.

Als er Lena von seinem Plan erzählte, nickte sie. »Tu mir nur einen Gefallen und halte vorher kurz bei mir. Ich mag den Kleinen nicht so lange alleine lassen.«

Jan würde sich nie daran gewöhnen, dass Lena den riesigen Hund so nannte. »Klar, wir können doch zu Fuß von zu Hause zum Kiosk gehen.«

Hatte er ihre Wohnung tatsächlich schon wieder als ›Zuhause‹ bezeichnet? Lena schien nichts bemerkt zu haben oder sie ging einfach so darüber hinweg.

Tarzan legte auf dem kurzen Stück zwischen Kiosk und Lenas Haus ein beachtliches Tempo vor. Lena bemerkte Jans Überraschung und lachte laut auf. »Erna gibt ihm immer eine Frikadelle.«

»Das erklärt einiges. Dafür würde ich auch ein paar Meter joggen. Bist du eigentlich sicher, dass du dich von Tarzan trennen kannst, wenn Felix wieder fit ist?«

Lena studierte plötzlich intensiv die Werbetafel vor Ernas Kiosk. »Würde es dich denn stören, wenn er bliebe? Ich meine, Felix hat doch Rambo und die beiden Hunde haben sich nie so richtig gut verstanden.«

»Ich finde es lieb, dass du fragst. Nein, es würde mich nicht stören.«

Sie hatten Glück, dass Erna gerade keine anderen Kunden hatte. Nachdem die Kioskbesitzerin Tarzan seine Frikadelle gereicht hatte, zog sie etwas gequält einen Mundwinkel hoch. »Das sieht mir ja mal nicht nach einem Freundschaftsbesuch aus.«

Jan bemühte sich um ein verbindliches Lächeln. »Ich brauche eine Auskunft von jemandem, der hier alle kennt und alles weiß.«

»Dann bist du bei mir richtig. Ich habe aber das Gefühl, dass mir deine Fragen nicht gefallen werden.« Sie begann, den blitzsauberen Tresen abzuwischen.

Jan nahm ihr sanft den Lappen aus der Hand. »Erst einmal muss ich einfach nur wissen, was geschehen ist. Ich habe zwei Namen für dich.« Er nannte ihr die Fälle, auf die er dank Felix gestoßen war: den Ehemann und den jungen Mann, die plötzlich gestorben waren und die niemand vermisst hatte.

Zum ersten Mal, seit sie sich kannten, wich Erna seinem Blick aus. »Du solltest die Vergangenheit ruhen lassen, Jan.«

»Das kann ich nicht, wenn sie im Nachbarhaus wohnt. Ich will erst einmal nur wissen, womit ich es zu tun habe, wobei mir das eigentlich schon klar ist. Mich interessiert das Warum. Wieso hat Theo Dunker das getan?«

Wenigstens stritt Erna nichts ab. »Weiß Elvira, dass du es weißt?«

Jan zögerte kurz, dann entschloss er sich, ihr die Wahrheit zu sagen. »Ja, und ihre Antwort darauf bestand darin, mir eine Überdosis Schlaftabletten ins Wasser zu mixen.«

Ernas Faust landete krachend auf dem Tresen. »Ja, spinnt sie denn jetzt total? Sie müsste doch mittlerweile wissen, dass man mit dir reden kann und du erst einmal zuhörst! Also gut ... Ich weiß ja nun auch nicht alles, was da gelaufen ist. Und alles, was du glaubst zu wissen, ist nur eine These. Aber ich kann dir sagen, worum es ging.«

Während sie Lena und Jan mit Kaffee versorgte, redete Erna ohne Punkt und Komma. Es war ungefähr so, wie Jan es sich gedacht hatte. Der plötzlich verstorbene Mann hatte seine Frau regelmäßig geschlagen. Sowohl Theo als auch ihre Freundinnen hatten vergeblich versucht, sie zu einer Trennung zu überreden. Die Verletzungen wurden immer schlimmer, und als sie nach einer gerade verheilten Schlüsselbeinfraktur erneut mit einem Armbruch zu Theo ging, starb ihr Mann wenige Tage später plötzlich und unerwartet.

»Glaub mal nicht, dass dem jemand eine Träne nachgeweint hat!«, schloss Erna den ersten Teil ihres Berichts.

Jan grinste schief und ohne jeden Anflug von Humor. »Lass mich raten: Dieser junge Mann, um den es hier ebenfalls geht, hat seinen Eltern das Leben zur Hölle gemacht.«

Erna nickte. »›Jung‹ passt sowieso nicht. Der Typ war Ende dreißig und hat nie gearbeitet. Seine Mutter ist mit dreiundsiebzig noch putzen gegangen, um seine Zigaretten zu finanzieren. Und als Dank ist auch sie mit einem Armbruch bei Theo gelandet. Dieser Mistkerl von Sohn wollte nämlich die neue Playstation haben und das war bei der Rente seines Vaters einfach nicht drin.«

»Himmel! Ich habe zwar Gerüchte gehört, aber das hier … das sind ja Abgründe. Ich weiß nicht, was ich denken soll«, sagte Lena und hörte sich so verzweifelt an, wie Jan sich fühlte.

Erna nickte, stellte drei Schnapsgläser auf den Tresen und füllte sie mit einem echten französischen Cognac. »Ihr seht aus, als ob ihr den gebrauchen könnt. Und da ich liebe Kunden nie allein trinken lasse …«

Jan hatte nie etwas davon gehalten, Alkohol als Problemlöser zu betrachten, aber nun prostete er Erna dankbar zu. »Was für ein Mist«, sagte er und trank sein Glas in einem Zug leer.

Lena folgte seinem Beispiel und hustete dann.

»Stoße ich auf noch mehr solche Fälle, wenn ich die Akten wälze?«, fragte er und wollte die Antwort eigentlich gar nicht wissen.

»Also ich weiß noch von zwei weiteren Patienten. Die hatten bereits das Ende ihres Lebensweges erreicht, doch die Körper hätten wohl noch eine Zeit lang mitgemacht. Aber mehr dann wirklich nicht. Ich habe den Theo zwar geschätzt, aber wir waren nicht so richtig warm miteinander. Wenn du alles wissen willst, musst du den Hannes oder Elvira fragen.«

Jan drehte nachdenklich sein leeres Glas in der Hand. Wem half er, wenn er die Wahrheit über die Todesfälle ans Licht brachte? Ihm fiel niemand ein. »Was ist denn aus der Frau von diesem Typen geworden, der sie geschlagen hat?«, fragte er.

»Sie ist weggezogen, nach Lübeck, und hat dort einen ordentlichen, sympathischen Herrn kennengelernt. Einmal im Jahr machen die beiden hier Urlaub und sie wirkt heute jünger und glücklicher als jemals zuvor.«

Tarzan streckte sich lang aus und gähnte.

Jan sah auf die Uhr. »Na gut. Dann ist es, wie es ist. Es wird Zeit, die Praxis wieder aufzumachen.«

Lena nickte. »Was würde sich durch die Wahrheit schon ändern?«, fragte sie und sah dabei auf die Schnapsflasche. Sie beantwortete sich die Frage selbst. »Nichts.«

Erna schob ihnen den Cognac zu. »Nehmt den mal mit. Der ist viel zu teuer für mich und die richtigen Gläser habe ich auch nicht.«

»Das kann ich nicht annehmen«, protestierte Jan.

»Doch, kannst du. Dafür bekomme ich dann morgen einen Exklusivbericht, was bei *Brodersen* los war.«

»Den kannst du auch jetzt sofort von mir haben«, bot Lena an.

Erna hob eine Augenbraue zu einem perfekten Halbkreis. »Kind, ich meinte doch nicht den Kram gerade eben, sondern die Sache von heute Nacht. Oder warst du da etwa auch dabei?«

Grinsend verabschiedete sich Jan von den beiden.

Gekonnt ignorierte Jan Gerdas strafenden Blick, als er fünf Minuten nach Praxiseröffnung an ihr vorbei in sein Sprechzimmer eilte.

Sie folgte ihm wie von der Tarantel gestochen und hielt ihm vorwurfsvoll eine Rolle Pfefferminzbonbons hin. »Du hast eine Fahne.«

»Das war ein Cognac, den kannst du unmöglich von deinem Platz aus gerochen haben.«

Gerda gab keine Antwort, sondern stolzierte davon, als ob sie die englische Königin wäre.

Der Nachmittag verging wie im Fluge. Jan hatte zwischen zwei Terminen gerade Zeit genug, in seine Wohnung zu sprinten, sich zu überzeugen, dass es Felix gut ging, und ihn und Liz auf den Abend zu vertrösten.

Liz gab ihm einen Kuss auf die Wange. »Ich bereite für uns vier was Schönes zum Abendessen vor.«

»Vier?«, fragte Jan nach.

»Na, dein Mädel gehört doch nun auch dazu. Oder dachtest du, ich mach das Essen für dich, Felix und die beiden Meerschweinchen?«

Die Vorstellung hatte was. »Die zwei nehmen einen Salat ohne Dressing«, erwiderte er augenzwinkernd.

Als er die Treppe hinunterrennen wollte, hielt Liz ihn zurück. »Für jemanden, den man umbringen wollte, wirkst du ja ausgesprochen fröhlich und zufrieden.«

»Wieso umbringen? Der Typ hatte sich doch Markus ...« Er brach mitten im Satz ab. »Oh, das meintest du vermutlich nicht.«

Sie blitzte ihn an. »Nein, aber glaub bloß nicht, dass ich das bis heute Abend vergesse. Ich meinte diese durchgeknallte Irre aus dem Nachbarhaus. Trägst du deine Pistole?«

»Liegt im Schreibtisch. Aber mit Elvira werde ich auch so fertig. Das klärt sich schon noch.«

Er ging, ehe Liz weiter nachfragen konnte, denn er hatte selbst keine Idee, wie er dieses Problem lösen wollte. Aber eins nach dem anderen. Erst einmal die Praxis, dann Felix und Liz und spätestens morgen warteten auch Jörg, Markus und Dirk auf Aussagen, Protokolle oder sonstigen formellen Kram.

Kaum hatte er den letzten Patienten des Tages verabschiedet, kam Gerda ins Sprechzimmer gestürmt. »Besuch für dich, aber ich ahne nix Gutes.«

»Wer ist es denn?«

»Hannes.«

Der konnte nur wegen Elvira hier sein. »Mist. Schick ihn rein.«

»Danke, dass du mich empfängst«, begann Hannes ungewohnt formell.

»Ich kann mir denken, warum du hier bist. Also sag, was du zu sagen hast.«

Hannes pulte an seinem Fingernagel herum. »Du weißt über Theos Sonderfälle Bescheid?«

»›Sonderfälle‹ ist ein netter Ausdruck dafür, dass ein Arzt Gott spielt.«

Hannes atmete tief durch und nickte. »Ich weiß. So manche Nacht habe ich mich gefragt, ob mein Husten die Strafe dafür ist. Weißt du, der Theo hat sich das nicht leicht gemacht und auch eins ums andere Mal gezweifelt. Was wirst du jetzt tun?«

Jan öffnete das Schreibtischfach, in dem er den Cognac von Erna verstaut hatte, und stellte zwei Wassergläser auf den Schreibtisch. Nachdem er in beide etwas von dem edlen Getränk gefüllt hatte, prostete er Hannes zu. »Darauf, dass ich niemals vor so einer Entscheidung stehe. Die Vergangenheit liegt hinter uns und lässt sich nicht mehr ändern.«

Hannes hob sein Glas. »Damit habe ich nicht gerechnet.«

Sie tranken und das folgende Schweigen hatte nichts Befremdliches mehr.

Schließlich rang sich Jan zu einer Erklärung durch. »Erna hat mir ein bisschen was über diese Fälle erzählt. Vielleicht hätte ich vor ein paar Monaten noch anders gehandelt, aber mittlerweile habe ich doch einiges über die Vergangenheit gelernt.«

»Ich glaube, Theo sitzt irgendwo da oben und freut sich, dass er einen Nachfolger wie dich gefunden hat. Aber … Da ist noch ein Punkt.«

Jan trank einen weiteren Schluck. »Elvira«, sagte er dann und konnte nicht verhindern, dass seine Stimme reichlich genervt klang.

»Ja. Sie ist völlig fertig und weiß nicht mehr, wie sie dir in die Augen sehen soll. Für einen idiotischen Augenblick wollte sie ihren verstorbenen Mann vor dir schützen. Nun hat sie sich damit abgefunden, dass sein Lebenswerk zerstört wird und sie ins Kittchen muss.«

Jan schüttelte den Kopf. »Das ist doch Unsinn. Du kannst ihr erzählen, was ich dir gesagt habe, aber ich möchte sie im Moment nicht sehen.«

»Das dachte ich mir. Sie wollte selbst mit dir reden, aber ich habe ihr davon abgeraten. Sie könnte erst einmal eine Woche zu ihrer Schwester fahren«, schlug Hannes vor.

»Das klingt nach einem Plan. Wenn sie wiederkommt, sehen wir, wie es läuft.«

Hannes stand auf und hielt Jan die Hand hin. »Du bist wirklich in Ordnung. Und das Zeug da schmeckt besser als das Feuerwasser von Theo.«

Jan schlug ein. »Ich behalte den Cognac hier unten. Komm vorbei, wenn du einen Schluck haben willst. An den Gläsern arbeite ich.«

Nachdem Hannes gegangen war und auch Gerda sich verabschiedet hatte, genoss Jan für einen Augenblick die Ruhe. Dann stand er auf und schloss die Praxis ab. Morgen war ein neuer Tag, aber heute Abend wollte er einfach nur noch die Gesellschaft von Lena, Felix und Liz genießen. Und natürlich von Tarzan, dachte Jan lächelnd, als ein lautes Kläffen ertönte.

Er wartete auf Lena und ging mit ihr zusammen in seine Wohnung. Dort angekommen, zog er sie kurzerhand mit ins Schlafzimmer und winkte Liz und Felix nur kurz zu. Dabei ignorierte er Felix' anzügliche Bemerkung ebenso wie Lenas Protest.

Tarzan ließ er noch hinein, dann schloss er die Tür mit Nachdruck. Stumm deutete er auf ihr Gemälde an der Wand. »Es ist wahr geworden. Der Neuanfang ist tatsächlich da.«

»Du hattest in den letzten Tagen keine Albträume mehr, oder?«

»Nein, die Bilder sind noch da, haben aber ihren Schrecken verloren. Und du?«

»Ich bin so weit, dass wir am Wochenende das Zimmer ausräumen können.« Tränen standen in ihren Augen, als sie sich gegen ihn lehnte. »Das wird nun immer unser Bild sein. Eine Vergangenheit, mit der wir leben müssen, und ein Neuanfang, aus dem wir so vieles machen können.«

Hinweis und Dank

Ein Besuch in der traumhaften Gegend zwischen Ostsee und Schlei lohnt sich auf jeden Fall. Sämtliche Ereignisse in diesem Buch sind jedoch fiktiv und frei erfunden. Ähnlichkeiten mit lebenden oder verstorbenen Personen und Unternehmen sind rein zufällig und keinesfalls beabsichtigt.

Das Dorf Brodersby gibt es dort wirklich. Ich habe jedoch einige Dinge angepasst (anpassen müssen), damit niemand plötzlich bei Jan, Richie – oder den Zeiskes – vor der Tür steht. Dies gilt auch für den *Zeus*, Ernas Kiosk oder die Tankstelle – irgendwo zwischen Rieseby, Holzdorf und Kappeln gibt es sie tatsächlich …

Für Hannibal gibt es ein reales Vorbild: Hector, unseren Peruaner, der in jeder Hinsicht ein ganz besonderes Meerschweinchen ist. Nur die Farbe seines Fells ist eine Erinnerung an Buffy, der immer in unserem Herzen wohnen wird. Heute sorgen Hector und sein Freund Merlin dafür, dass der Stress niemals zu groß wird. Danke, ihr Fellnasen!

Mein Dank gilt dann wieder einmal meiner Familie, die auch dieses Projekt – gerade zum Ende hin – mit viel Unterstützung und Verständnis ermöglicht hat!

Und natürlich möchte ich mich bei allen Lesern bedanken, die dieses Buch neu für sich entdeckt haben – oder aber meine Wege mitgehen! Eure Nachfragen während des Schreibens auf Facebook oder per Mail waren großartig! Ich hoffe, euch hat dieser Ausflug an die Schlei gefallen. Jan, Jörg und Felix warten schon wieder ungeduldig auf ihren nächsten Fall.

Für dieses Buch brauchte ich Informationen, um den Betrieb einer Praxis realistisch darstellen zu können. Dafür möchte ich mich sehr herzlich bei Frau Dr. Birgit Beyermann bedanken, die mir unter anderem geduldig geholfen hat, den Abrechnungswahnsinn zu verstehen.

Und *last*, aber ganz bestimmt nicht *least*, geht ein ganz herzlicher Dank an das tolle Team von Grafit, das dieses Buch realisiert hat!

Und so geht es weiter mit Jan Storm

Stefanie Ross

Jagdsaison in Brodersby

Ein Landarzt-Krimi

ISBN 978-3-89425-584-8
Auch als E-Book erhältlich

Landarzt Jan Storm steht ein explosiver Spätsommer bevor ...

Jan Storms Leben als Landarzt läuft in ruhigen Bahnen. Doch als der Sommer sich dem Ende neigt, häufen sich merkwürdige Vorkommnisse: Ein Mann wird unter ominösen Umständen auf der Jagd erschossen und Patienten entscheiden sich statt Arztbesuch für Wunderkristalle und Kräutertees – die sich allerdings als giftig entpuppen.

Als die junge Witwe seines in Afghanistan ums Leben gekommenen Freundes ihren Besuch ankündigt, stürzt Jans Welt endgültig ins Chaos. Denn Andrea hat offensichtlich ein Geheimnis.

Bald stellt Jan fest, dass es in Brodersby um weitaus gefährlichere Dinge als alternative Heilmethoden geht. Wem kann er eigentlich noch trauen?

»Auch Band zwei ist eine perfekte Sommerlektüre.«
Ute Gebauer, Hamburger Morgenpost

»Stefanie Ross' zweiter Krimi um den Landarzt Jan Storm ist noch gelungener als der erste. ... Was will man mehr? Na klar: den dritten Landarzt-Roman!!!«
Matthias Kesper, Thalia Buchhandlung Paderborn

»Mir gefällt die Mischung in den Büchern der Autorin. Da geht es um interessante Menschen, es gibt jede Menge Action und Hochspannung, aber auch die landschaftliche Schönheit um Brodersby sowie Lokalkolorit und die Liebe kommen nicht zu kurz.«
Susanne Langer, https://klusiliest.blogspot.com

Drei Frauen, drei Generationen, ein Mord

Christiane Antons

**Yasemins Kiosk –
Zwei Kaffee und eine Leiche**

ISBN 978-3-89425-582-4
Auch als E-Book erhältlich

Ein Toter im Altpapiercontainer –
und das ist nicht Yasemins einziges Problem …

Das Leben muss man nehmen, wie es kommt – das haben alle drei gelernt: Dorothee Klasbrummel, Besitzerin eines Bielefelder Mehrfamilienhauses, hat seit fünfzehn Jahren ihre Wohnung nicht verlassen. Polizistin Nina Gruber wurde suspendiert und die junge lebensfrohe Kioskbesitzerin Yasemin Nowak sieht sich den zunehmend unheimlicher werdenden Liebesbeweisen eines Stalkers ausgesetzt.

Als im Altpapiercontainer des Kiosks eine Leiche gefunden wird, tun sich die ungleichen Frauen zusammen und ermitteln auf eigene Faust. Primär, um sich von den eigenen Problemen abzulenken. Doch diese Rechnung geht nicht auf …

»Ja! Das hat Klasse! Das hat Charme! Und spannend ist es auch noch.« Ute Spangenmacher, www.bookola.de

»Flott geschriebener Krimi mit einem sympathischen Frauentrio, das man sofort ins Herz schließt.« Günter Keil, Freundin

»Eine sympathische Geschichte mit viel Lokalkolorit und Humor.« Stefan Keim, WDR 4

»Ein Debüt ganz nach meinem Geschmack, spannend und mit großartigen Figuren, auch eine gute Prise Humor fehlt nicht.« Eva Hüppen, www.leser-welt.de

»Eine raffiniert zusammengesetzte Geschichte … – mit viel Alltagscharme und Witz.« Julia Gass, Ruhr Nachrichten

grafit

Der erste Fall für Katharina Tenzer

Olaf R. Dahlmann

Das Recht des Geldes

ISBN 978-3-89425-467-4
Auch als E-Book erhältlich

Sie will nur ihren Job machen.
Doch sie soll eine Marionette sein.
Also beginnt sie ihr eigenes Spiel …

Ein ermordeter Anwalt in Liechtenstein, verschwundene Steuerdaten und ein handlungsunfähiger Chef: Katharina Tenzer absolviert ihr Referendariat in der angesehenen Hamburger Kanzlei Friedemann Hausner und soll unverhofft die Unternehmerfamilie Koppersberg gegenüber der Steuerfahndung vertreten. Doch Hausner sagt seiner jungen Mitarbeiterin nicht alles.

Als Katharina begreift, worum es wirklich geht, ist es schon zu spät. Längst verfügt sie über Wissen, das sie eigentlich nicht verheimlichen darf. Und das sie zum nächsten Ziel des Mörders macht …

»Dahlmann ist ein Insider, er weiß, was alles möglich ist in der Welt der Steuerzahler, und das macht seinen Krimi sogar noch ein bisschen gruseliger. Das Thema Steuern kann also richtig spannend sein.« Anja Keber, Bayern 2

»Ein echter Pageturner. Weglegen geht nicht vor der letzten Seite.« Benedikt Stubendorff, NDR Welle Nord

Geklaute Steuerdaten, riskante Selbstanzeigen und die Folgen: hochspannend, topaktuell, von einem Insider geschrieben

grafit

Im Fokus eines Mörders ...

Kristin Lukas

Das Letzte, was du siehst

ISBN 978-3-89425-482-7
Auch als E-Book erhältlich

Ein kopfloser Projektmanager.
Ein eiskalter Serienmörder.
Mittendrin Marie ...

Expolizistin Marie Wagenfeld hat zur IT-Beraterin für Immobilienfonds umgesattelt. Eines Abends entdeckt sie die brutal zugerichtete Leiche eines Kollegen, dem der Kopf abgesägt wurde.

Schnell zeigt sich, dass der Tote alles andere als eine weiße Weste hatte. Unlautere Geschäftspraktiken, Kontakte in die SM-Szene und Erpressungsversuche kommen ans Licht. Aber wen genau hat er erpresst? Und womit?

Gemeinsam mit Kommissar Kellermann taucht die eigentlich nur als Zeugin vernommene Marie immer tiefer in die Ermittlungen ein. Als Verbindungen zu alten Fällen auftauchen, wird zunehmend klar, dass ein Serienmörder am Werk ist. Und das schon seit Jahren ...

»Der Leser braucht starke Nerven, denn der Krimi-Erstling ist nicht nur höllisch spannend und virtuos komponiert, sondern geht an vielen Stellen ziemlich unter die Haut.« Monika Willer, Westfalenpost

»Zeugt von großer Sachkenntnis und wird sowohl Thrillerleser als auch IT-Fachleute und Bankmitarbeiter jeden Geschlechts überzeugen.« Leo Speidel, ekz-Bibliotheksdienst

»Ein Ausnahmethriller im positiven Sinn!«
Beatrix Petrikowski, www.buchaviso.de

grafit